Britta & Christian Habekost

Winzerfluch

PIPER

Zu diesem Buch

Ganz weit draußen, wo auch die letzten Wege enden, wird der Wald so undurchdringlich und dunkel, dass nur eingeweihte Elwenfelser die unsichtbaren Pfade kennen. Hier, an der Grenze zwischen Zivilisation und Wildnis, kämpft sich ein Mann durch den stockfinsteren, nächtlichen Wald. Plötzlich wabert Licht durch das dichte Gehölz. Irritiert bleibt der Mann mit einem Ruck stehen. Ihm wird schmerzlich bewusst, was er da eigentlich vorhat. Und was passieren würde, wenn sie ihn erwischten. Rufe und Gesprächsfetzen wehen zu ihm herüber. Auf einmal überlagern andere Gefühle seine Furcht vor Entdeckung: bittere Wehmut und wütender Trotz. Sie haben ihn wieder einmal ausgeschlossen! Er bekommt grundsätzlich nichts mit von ihren heimlichen Zusammenkünften. Sie weihen ihn niemals ein. Direkt neben ihm schält sich plötzlich jemand aus der Dunkelheit. Ihm bleibt vor Schreck fast das Herz stehen. Er will gerade etwas sagen, will sich rechtfertigen, als die Gestalt ausholt und ihm mit voller Wucht etwas Schweres, Hartes auf den Kopf schlägt. Einen Stein.

Britta Habekost studierte Geisteswissenschaften und stillte ihre Neugier aufs Leben u.a. als Museumsführerin. Von ihr sind bereits mehrere Krimis erschienen. Gemeinsam mit ihrem Mann schreibt sie die »Elwenfels«-Krimireihe. Wenn sie nicht gerade an einem Buch schreibt, reist sie gemeinsam mit ihrem Mann durch Asien oder entspannt auf pfälzischen Weinfesten.

Christian »Chako« Habekost ist Comedian, Kabarettist und Mundart-Poet. Er studierte in Mannheim, London und Kingston/Jamaika, promovierte über karibische Performance-Dichtung und steht mit Solo-Programmen auf der Bühne, in denen er sich u.a. satirisch mit Sprache und Mentalität der Pfälzer befasst. Im Piper Verlag ist bereits seine »Gebrauchsanweisung für die Pfalz« erschienen.

Britta & Christian
Habekost

Winzer Fluch

Ein Elwenfels-Krimi

PIPER

Mehr über unsere Autorinnen, Autoren und Bücher:
www.piper.de

Wenn Ihnen dieser Krimi gefallen hat, schreiben Sie uns unter Nennung des Titels »Winzerfluch« an *empfehlungen@piper.de*, und wir empfehlen Ihnen gerne vergleichbare Bücher.

Von Britta und Christian Habekost liegen im Piper Verlag vor:
Elwenfels-Krimis:
Band 1: Rebenopfer
Band 2: Winzerfluch
Band 3: Rieslingmord
Band 4: Weingartengrab
Band 5: Traubentod
Band 6: Weinbergblut

Von Christian Habekost liegt im Piper Verlag vor:
Gebrauchsanweisung für die Pfalz

Unser Versprechen für mehr Nachhaltigkeit
• Klimaneutrales Produkt
• FSC®-zertifiziertes Papier
• Hergestellt in Europa

FSC www.fsc.org
MIX
Papier | Fördert gute Waldnutzung
FSC® C021394

Überarbeitete Neuausgabe
ISBN 978-3-492-31582-1
1. Auflage November 2020
3. Auflage Dezember 2024

Die Erstausgabe erschien unter dem Titel
»Elwenfels^{2}: Schorle für den Scharfschützen«
Umschlaggestaltung: FAVORITBUERO, München
Umschlagabbildung: SilkenOne / Getty Images
und Motive von Shutterstock.com
Karte: Tino Latzko
Satz: Satz für Satz, Wangen im Allgäu
Gesetzt aus der Scala
Gedruckt von ScandBook in Litauen
Printed in the EU

Achtung / Owacht

Personen und Handlung sind frei erfunden.
Das Dorf Elwenfels gibt es in (dieser) Wirklichkeit nicht.
Ähnlichkeiten mit pfälzischen Lebendigkeiten, Mentalitäten, existierenden Orten und Persönlichkeiten waren allerdings nicht zu vermeiden.

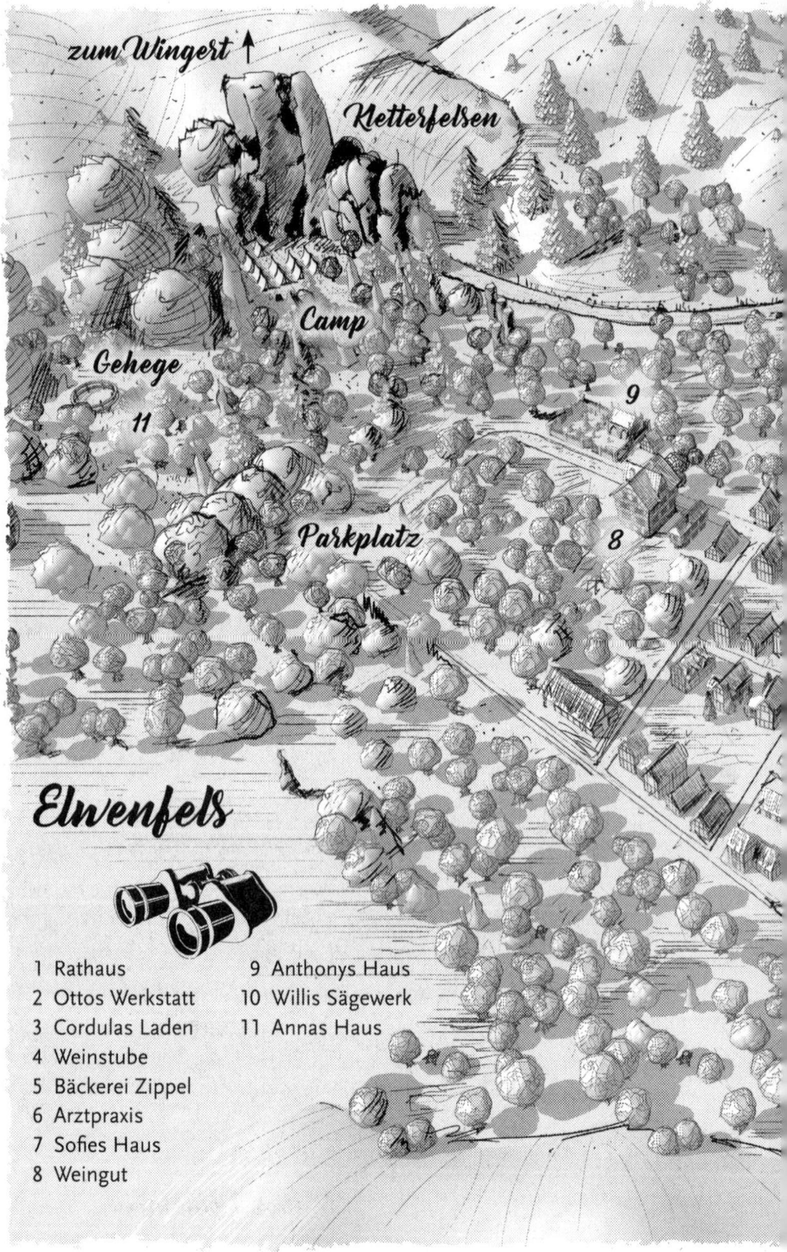
zum Wingert
Kletterfelsen
Camp
Gehege
9
11
Parkplatz
8
Elwenfels
1 Rathaus
2 Ottos Werkstatt
3 Cordulas Laden
4 Weinstube
5 Bäckerei Zippel
6 Arztpraxis
7 Sofies Haus
8 Weingut
9 Anthonys Haus
10 Willis Sägewerk
11 Annas Haus

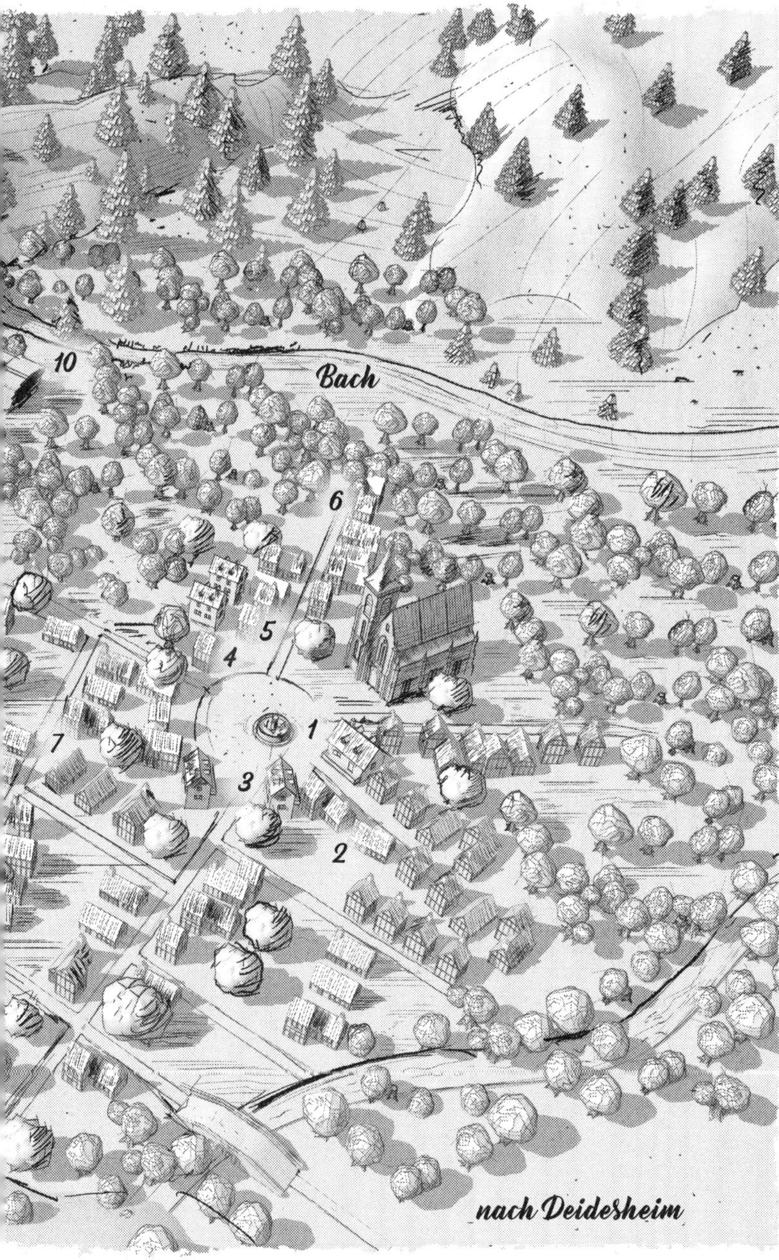
10
Bach
6
5
4
1
7
3
2
nach Deidesheim

Prolog

Ganz weit draußen, wo auch die letzten Wege enden, wird der Wald so undurchdringlich und dunkel, dass nur die Eingeweihten von Elwenfels die unsichtbaren Pfade kennen.

Hier, an der Grenze zwischen Zivilisation und Wildnis, kämpfte sich ein Mann durch den stockfinsteren, nächtlichen Wald. Plötzlich waberte Licht durch die dichten Stämme. Irritiert blieb der Mann mit einem Ruck stehen. Schweiß brach ihm so heftig aus allen Poren, dass es richtig wehtat, und ihm wurde schmerzlich bewusst, was er da eigentlich vorhatte. Und was passieren würde, wenn sie ihn erwischten.

Er stand reglos zwischen den Bäumen im Unterholz und knipste die Taschenlampe aus. Sein Rucksack fühlte sich an wie eine schwere Last, die seinen ganzen Körper nach unten zu drücken schien. Dabei befand sich nur ein einziger Gegenstand darin, und der war eigentlich nicht sonderlich schwer.

Angestrengt starrte er zwischen die Scherenschnitte der Äste und Blätter. Hier, unmittelbar vor der Lichtung am ehemaligen Kletterfelsen, wo unterirdisch ein Bach entsprang und durch ein kleines Bett aus Steinen, Moos und Sträuchern sprudelte, schien das Wort »Idylle« erfunden worden zu sein. Doch er hatte nie besonders viel für diese Stelle übriggehabt – sie war nur eine einprägsame Wegmarke zu einem anderen Ort tiefer im Wald. Und dieser Ort war viel wichtiger. Das leise Rauschen und Gurgeln des Baches bot eine gute Orientierung in der Nacht. Es half ihm, auf dem richtigen Weg zu bleiben – ein Weg, der schon bei Tageslicht verschlungen und schwer zu finden war.

Dort vorne war etwas. Etwas, das dort nicht sein sollte. Der Mann kniff die Augen zusammen. Im diffusen Licht sah er undeutlich die Schemen von Menschen. Rufe und Gesprächsfetzen wehten zu ihm herüber. Auf einmal überlagerten andere Gefühle seine Furcht vor Entdeckung: bittere Wehmut und wütender Trotz.

Sie hatten ihn wieder einmal ausgeschlossen. Er bekam grundsätzlich nichts mit von ihren heimlichen Zusammenkünften. Sie weihten ihn niemals ein. Nicht dass es ihn interessierte, er hatte wenig zu schaffen mit der Dorfgemeinschaft. Aber weh tat es ihm doch. Es hielt ihm vor Augen, wo er im Leben stand. Am Rand. Immer am Rand und außen vor.

Jetzt trafen sie sich also wieder einmal auf der Lichtung am Felsen. Der Sinn dahinter erschloss sich ihm nicht, aber er hatte ohnehin aufgehört zu versuchen, die anderen zu verstehen. Da hätte man genauso gut versuchen können, sich auf Klingonisch zu verständigen. Sollte er umkehren? Er konnte sich zwar an ihnen vorbeischleichen und sein Ziel in einem weiten Bogen ansteuern. Doch dann lief er Gefahr, sich entweder zu verlaufen, oder sie würden ihn entdecken. Und was sie dann mit ihm anstellten, wollte er sich gar nicht erst ausmalen.

Auch wenn er nun seinen ursprünglichen Plan nicht

weiterverfolgen konnte, war jetzt die Gelegenheit, endlich einmal herauszufinden, was in aller Welt sie dort trieben. Schließlich glaubten sie sich unbeobachtet.

Ohne die Taschenlampe wieder einzuschalten, ging er ein paar Schritte vorwärts und näherte sich der Stelle, wo er das diffuse, huschende Licht wahrnahm. Mit jedem Schritt wurde die Szene klarer. Und auch die Geräusche wurden deutlicher.

Er runzelte die Stirn. Etwas stimmte nicht. Die Stimmen hörten sich fremd an. Und die Geräusche ... Er wusste nicht, wie er es benennen sollte. Sie passten nicht hierher. Seine Brust verengte sich ein wenig, aber er lief weiter. Schließlich blieb er zwischen zwei Bäumen stehen und hatte volle Einsicht auf die Lichtung. Was war das? Seine Fantasie wollte ihm einreden, dass hier gerade ein Raumschiff gelandet sei.

Er sah, dass das Licht von zwei Lagerfeuern kam, von Sturmlaternen und einem Baustrahler, dessen Reflektor auf die Steinwand gerichtet war. Die Kletterhaken warfen lange Schatten auf den Fels. Einige der Zelte auf der Lichtung waren von innen beleuchtet. Er verstand nicht, was sich da vor seinen Augen abspielte. Er konnte nichts damit anfangen. Letztendlich erklärte er es sich damit, dass sie hier einen Film drehten, ohne dass er etwas davon mitbekommen hatte. Aber warum erlaubten die Elwenfelser so etwas? Sie hüteten den Wald und all seine Geheimnisse doch so eifersüchtig. Niemals hätten sie zugelassen, dass sich hier auf der Lichtung so eine absolut verstörende Szene abspielte. Da war er sich ganz sicher.

Was hatte dieses Geschehen vor der Steilwand zu bedeuten? Angstvolles Keuchen. Ein Mann, der sich im Griff der anderen wand. Sein Gesicht war vor Anstrengung gerötet, sein Mund verzerrt zu einem stummen Schrei.

Der heimliche Beobachter blinzelte. Ja, das waren eindeutig Tränen, die er im Schein der Lampen auf dem Gesicht des Mannes sah. Er bettelte und flehte, das konnte man trotz der fremdartig klingenden Worte verstehen. Seine Körpersprache war eindeutig. Die anderen lachten und hielten etwas Schwarzes in die Höhe.

Unwillkürlich machte er einen Schritt rückwärts und hielt die Luft an. Das konnten die doch nicht ernst meinen? Warum schritt denn niemand ein? Da waren doch mindestens zwanzig Leute auf der Lichtung, darunter auch einige wenige Frauen. Warum standen die alle tatenlos herum und befeuerten das Geschehen noch durch begeisterte Zurufe? Was hatte der arme Kerl verbrochen, dass sie ihm so etwas antaten?

Der Beobachter schluckte. Nur schnell weg von hier. Er wollte sich gerade leise zurückziehen, als die Aktion auf der Lichtung noch dramatischer wurde. Drei Männer drückten ihr Opfer brutal zu Boden und stülpten ihm einen schwarzen Stoffsack über den Kopf. Unterdrückte Schreie, verzweifeltes Zappeln. Im nächsten Moment trat einer vor und drückte eine Pistole an den schwarzen Sack. Nein, das war zu viel.

Er wirbelte herum und begann zu rennen. Doch schon nach drei Schritten stolperte er über eine Wurzel, krachte ins Unterholz, rappelte sich hoch und warf erschrocken einen Blick zurück. Auf der Lichtung waren alle in ihren Bewegungen erstarrt und schauten in seine Richtung. Jemand rief etwas, dann wurde ein starker Scheinwerfer auf den Wald gerichtet. Er kniff die Augen zu und hob die Hand vors Gesicht. Für Sekunden verlor er die Orientierung. In welche Richtung lag sein Rückweg? Er drehte sich aus dem hellen Lichtstrahl und hastete blindlings los.

Sie hatten ihn gesehen. Panik flutete seinen Körper. Die Taschenlampe glitt aus seiner Hand. Äste peitschten ihm ins Gesicht, seine Knie schmerzten vom Sturz. Folgten sie ihm? Mittlerweile war ihm egal, ob er sich im Wald verirren würde. Wenn er nur möglichst viel Abstand zwischen sich und die Lichtung brachte. Sein Herz schlug wild, und sein Brustkorb brannte von der ungewohnten Anstrengung. Kurz Atem holen. Widerwillig blieb er stehen und sah zurück. Nichts. Nur das schwache Licht in der Ferne. Niemand. Da war niemand. Oder doch? Er glaubte, die Anwesenheit eines anderen Menschen zu spüren.

Mann, das sind nur deine überreizten Nerven, sagte er sich. Wie sollen die dich denn im Dunkeln finden?

Er hastete weiter und hatte nur noch den einen Wunsch: so schnell wie möglich zurück ins Dorf, in sein Haus, in sein Bett. Und vergessen, was er gesehen hatte. Sein ursprünglicher Plan kam ihm jetzt völlig absurd vor. Er würde nie wieder einen Fuß in den Wald setzen, erst recht nicht nachts.

Er blieb noch einmal stehen und sah zurück. Nichts. Aber das beruhigte ihn kaum. Jetzt, wo diese Gefahr gebannt war, kam die Angst zurück, sich wirklich zu verlaufen. Wie sollte er ohne Taschenlampe zurückfinden? Doch plötzlich sah er zwischen den Zweigen die schwachen Umrisse von Häusern und einen zarten Lichtschimmer. Erleichtert atmete er aus. Noch nie war er so froh gewesen, in das Dorf zurückzukehren. Er lief jetzt gemächlicher, und die Zweige knackten unter seinen Tritten.

Er wischte sich abgerissene Blätter aus dem Haar und näherte sich der Mauer, die den Ort umgab. Er musste sich nur kurz orientieren, um zu sehen, dass er nur wenige Meter von seinem Haus entfernt gelandet war. Noch mal Glück gehabt, dachte er. Ihm war vor Erleichterung fast schwindelig. Er tastete nach den Steinen der niedrigen Mauer und wollte sich gerade darüberschwingen, als er den Umriss einer Gestalt sah. Direkt neben ihm schälte sie sich aus der Dunkelheit des Waldes.

Ihm blieb vor Schreck fast das Herz stehen. Er wollte gerade etwas sagen, wollte sich rechtfertigen, als die Gestalt ausholte und ihm mit voller Wucht etwas Schweres, Hartes auf den Kopf schlug. Einen Stein.

Es ging ganz schnell. Sein Körper reagierte verspätet, er tastete noch einmal nach der Steinmauer und sah verwundert in das Gesicht vor sich. Der Stein sauste noch einmal herab und traf ihn an der Schläfe. Sein Gesichtsfeld schien zu explodieren, er taumelte. Bevor er ganz zuletzt seinen Geruchssinn verlor, nahm er noch einmal das ganze wunderbare Aroma des Waldes wahr. Im Sturz bekam er eine der Efeuranken zu fassen, die an der Mauer hochkletterten. Er empfand noch eine Art Trost, sich daran festhalten zu können. Dann fühlte er nichts mehr.

Kapitel 1

Wie ein bereits vielen Lesern bekannter Privatdetektiv drei pfälzische Nadeln in einem Hamburger Heuhaufen findet

Ein Ellbogen landete grob in Carlos Herbs Rippen, und ein Schwall Bier ergoss sich aus einem Plastikbecher direkt auf seine Hose.

»Ja, danke. Ich dich auch«, knurrte er genervt in Richtung des ausgelassenen Typen rechts neben sich.

Doch der bemerkte es gar nicht. Er war viel zu sehr damit beschäftigt, die lauthals geschrienen Sprüche mitzugrölen, die jetzt durch das Stadion hallten.

Ich sollte bei gewissen Aufträgen in Zukunft eine Gefahrenzulage verlangen, dachte Carlos. Dazu eine Reinigungspauschale. Und eine gegen Hörschäden und Beeinträchtigungen der seelischen Gesundheit.

Seine Laune befand sich seit einer halben Stunde im steilen Sinkflug. Er machte sich ganz klein zwischen den johlenden Fans des FC St. Pauli und hoffte, dass die zwei Stunden, die er hier gefangen sein würde, schnell vorübergingen. Bis jetzt war noch nicht mal der Anpfiff erfolgt, und Carlos Herbs Toleranz war bereits aufgebraucht. Er redete sich ein, dass auch das Teil seiner Arbeit war und er jetzt einfach die Zähne zusammenbeißen musste.

Seine Hand umklammerte das kleine Opernglas in der Jackentasche. Er durfte auf keinen Fall das Objekt seiner

Beobachtung aus den Augen verlieren. Der Rest war unwichtig. Sicherheitshalber setzte Carlos das Glas an und sah, dass Bernhard Schüssler noch da war. Seine Zielperson stand in der Mitte der Gegengerade und vollbrachte gerade das Kunststück, gleichzeitig mit seinen beiden Nebenmännern zu sprechen, mit der einen Hand eine Bratwurst und einen Plastikbierbecher zu halten und mit der anderen, die ein Handy hielt, Selfies dieser Szene zu knipsen. Carlos steckte sich so unauffällig wie möglich ein Teleobjektiv auf sein iPhone und machte ein paar Bilder von Schüssler. Es lohnte sich gewiss herauszufinden, wer seine beiden Begleiter waren.

Wieder knallte ein Ellbogen in seine Seite, sodass ihm fast das Handy aus der Hand fiel. Bierdunst stieg in seine Nase, und Carlos stellte fest, dass er Durst hatte. Aber sich jetzt, so kurz vor dem Anpfiff, noch einmal durch die Menge zu schieben, um sich am Getränkestand anzustellen? Auf gar keinen Fall.

Carlos hasste große Menschenmengen. Erst recht ausgelassene, laute, grölende, alkoholisierte Menschenmengen. Er kam sich dann vor wie ein Gänseblümchen auf einer Weide voller Kühe. Und noch dazu hasste er Fußball. Er hatte nie verstanden, warum man um diesen Sport einen solchen Hype machte, warum an jedem Wochenende laut singende Horden durch Hamburg zogen, um ihren Vereinen zu huldigen. Andere größere Städte mussten dieses Spektakel wenigstens nur einmal alle zwei Wochen erleben, aber Hamburg besaß gleich zwei Clubs, die Tausende von sogenannten Fans in ihren Bann zogen.

Für Carlos gab es allerdings einen winzigen Lichtblick in diesem Chaos, dem er sich ausgeliefert hatte. Der heutige Gegner von St. Pauli hieß: 1. FC Kaiserslautern. Als Carlos den Namen des pfälzischen Traditionsvereins auf der Eintrittskarte gelesen hatte, war ein erwartungsvolles Prickeln in seinem Nacken aufgestiegen. In seinem Innern hatte sich ein schönes Gefühl ausgebreitet, das nicht gerade Dauergast war: Freude. Er hob das Opernglas und sah hinüber in den gegnerischen Block. Eine wogende Menschenmenge in Rot. Vielleicht achthundert Pfälzer, die sich dort drüben selbst feierten. Darin waren sie wahrlich Meister, auch abseits von Fußballstadien. Carlos lächelte unwillkürlich und stellte sein Opernglas schärfer. Sollte vielleicht das eine oder andere bekannte Gesicht dort drüben ...

Mann, motivierte sich Carlos, jetzt konzentrier dich auf deine Arbeit! Er sah wieder hinüber zu Bernhard Schüssler, der mit seinen Begleitern für ein neues Selfie posierte. Was gab es hier zu observieren? Aber sein Auftrag lautete, Schüssler nicht aus den Augen zu lassen. Der Immobilien-Boss, der in alle möglichen Finanz- und Halbweltgeschäfte verstrickt war, traf sich hier vielleicht noch mit jemandem, der von Interesse sein könnte. Es musste ja nicht gleich der Innensenator sein, obwohl auch der schon in seiner Nähe gesichtet worden war.

Carlos überwachte Schüssler jetzt schon seit einer Woche, und er tat es so gewissenhaft, dass er sich sogar den Horror eines Fußballspiels zumutete. Der Auftrag war wenigstens gut bezahlt, auch wenn er sich dabei langweilte und den alten Zeiten nachtrauerte. Er konnte heute immer noch bei der Kriminalpolizei sein. Wenn nicht ... Nein, daran wollte er jetzt nicht denken. Carlos atmete tief durch. Plötzlich ertönten die ersten Takte von AC/DC's *Hells Bells,* und der erwartungsfrohe Jubel erreichte einen vorzeitigen Höhepunkt. Die Mannschaft erschien im Stadion und wurde lauthals begrüßt.

Carlos hob das Opernglas und betrachtete die frenetisch mit ihren roten Schals wirbelnden Fans des 1. FC Kaiserslautern. Das Geschehen auf dem Platz trat in den Hintergrund. Warum wurde er nur immer noch so gefühlsduselig, wenn er an die Pfalz dachte? Plötzlich war er aufgeregt wie ein kleiner Junge. Die Erinnerungen an den vergangenen September kamen mit solcher Wucht zurück, dass Carlos' Umgebung für eine Weile von ihm abrückte und sich etwas wie eine Trennwand zwischen ihn und die schreienden Fans schob. Es war jetzt acht Monate her, dass Carlos selbst fast zu einem Spiel auf den Betzenberg in Kaiserslautern gefahren war, eingezwängt in einen knallroten Londoner Doppeldeckerbus, in den sich viel mehr Bewohner eines ganz besonderen Dorfes gezwängt hatten, als es eigentlich erlaubt war.

Elwenfels.

War das wirklich in diesem Leben passiert?, fragte er sich. Das kleine Dorf im Pfälzerwald erschien ihm unendlich weit weg von Hamburg. So weit weg, dass er sich immer wieder bei dem Gedanken ertappte, die Ereignisse damals nur geträumt zu haben. Elwenfels – das war eine Insel in seinem Kopf, die den gleichen Stellenwert hatte wie bei anderen Menschen solche Orte wie Mittelerde, Narnia oder Hogwarts. Naja, vielleicht nicht ganz so fantastisch. Aber im Angesicht der schnöden deutschen Realität war die Versuchung groß, mithilfe magischer Welten dem Alltag zu entrücken. In Elwenfels und in dem Wald, der das Dorf umgab, war die Wirklichkeit eine ganz andere. Diese Diskrepanz ließ Carlos immer wieder glauben, dass er seine Erlebnisse nur geträumt hatte. Eigentlich wusste er nur eines mit absoluter Sicherheit: dass in Elwenfels die besten Menschen lebten, die die Evolution hervorgebracht hatte.

Die Sehnsucht nach dem Dorf fühlte sich an wie

eine kleine, enge Kammer in seinem Herzen, wo die Tür klemmt und es kein Fenster gibt, durch das man hineinklettern kann. Es hatte bisher keinen Anlass und keinen Grund gegeben, noch einmal dorthin zu fahren. Aus Elwenfels war er damals zurückgekehrt mit einem Dachgepäckträger, der mit den Abschiedsgeschenken der Dorfbewohner voll beladen war, darunter auch drei Kisten Pfälzer Riesling – die hatte er allerdings auf dem Rücksitz verstaut. Dass sie ihn vom passionierten Bier- zum Weintrinker bekehrt hatten, war eines dieser Wunder, die er dort erlebt hatte.

Zurück in Hamburg hatte er viele Wochen gebraucht, um wieder in seinen alten Takt zurückzufinden, und seine Freude an der Hafenluft, dem Hamburger Lebensgefühl und seinem einstmals geliebten Jever war nur widerwillig zurückgekehrt. Wochenlang hatte er sich nach dem rauschenden Wald gesehnt, in dem Elwenfels eingebettet lag. Und als er eines Tages an der Alster einer Touristengruppe begegnete, die Pfälzisch sprach, hatte er sich eine halbe Stunde lang unauffällig in ihrer Nähe aufgehalten, nur um seinen Gehörsinn den weichen, zischenden Lauten dieses Dialektes auszusetzen, dieser urlautigen Mundart, die er trotz anhaltender Verständigungsschwierigkeiten so lieb gewonnen hatte. Er fühlte sich an, als würde man mit den Ohren trinken. Danach hatte ihn eine solche Wehmut überfallen, dass er kurz davor war, sich in seinen Audi zu setzen und die sechshundert Kilometer am Stück runterzureißen. Er entschied sich dann doch gegen diesen Anflug von Gefühlsduselei.

In den folgenden acht Monaten nach seiner Rückkehr hatte Carlos nichts mehr von den Elwenfelsern gehört. Aber dieses unbestimmte Gefühl, dass ihm etwas fehlte, war immer präsent. Hatte es an dem verzauberten Wein gelegen, von dem er drei Schlucke gekostet hatte? Oder das unverblümt herzlich-grobe Wesen der Dorfbewohner? Oder doch die Erinnerung an Charlottes Abschiedskuss? Ein Kuss, den sie sehr nah an seinem Mundwinkel platziert hatte und den er manchmal immer noch zu spüren glaubte.

Wieder ein Ellbogenknuff und ein Schrei direkt neben seinem Ohr. Carlos war so in Gedanken versunken gewesen, dass er den Beginn des Spiels gar nicht registriert hatte. Erschrocken fand er zurück in die Realität und überprüfte, ob Bernhard Schüssler noch da war. Der saß inzwischen auf seinem Hartschalensitz und verfolgte gebannt das Spiel. Carlos sah nur kurz auf den Rasen. Seltsamerweise hatte seine Laune den Sinkflug eingestellt. Die Tatsache, dass auf der anderen Seite des Stadions Pfälzer standen, die er sozusagen als Oberbegriff der Elwenfelser sah, besänftigte, ja tröstete ihn irgendwie. Er entspannte sich ein wenig und betrachtete durch das kleine Opernglas den Lauterer Fanblock. Er wurde nachdenklich. Sein Interesse für Schüssler verwandelte sich in Resignation. Es mochte ja sein, dass der Beruf des Privatdetektivs eine angemessene Fortsetzung für ein gescheitertes Polizistendasein war. Und es war leicht, sich zu sagen, dass den Detektiv immer etwas Geheimnisvolles, Undurchsichtiges umwehte. Dass es schlechtere Alternativen gab. Das hatte sich Carlos damals, als er umgesattelt hatte, jedenfalls eingeredet, um sich von der Schmach abzulenken, dass er bei der Kripo rausgeflogen war. Aber jetzt, da er den Beruf »Detektiv« täglich ausübte, musste er einsehen, dass Sherlock Holmes wesentlich edlere Motive hatte, sich an die Fersen eines Verbrechers zu heften. Er, Carlos, wollte einfach nur seine Miete bezahlen.

In diesem Moment erklang ein vielstimmiger Schrei,

und kurz darauf brandete ein Stöhnen durchs Stadion. Ein Tor war gefallen. Carlos wusste nicht gleich, auf welcher Seite, sah aber am Toben im Kaiserslauterer Fanblock, dass St. Pauli nun zurücklag. Instinktiv duckte er sich. Um ihn herum wurden missmutige Rufe laut, gleich darauf anfeuernde Schreie in doppelter Lautstärke. Wie gerne hätte er jetzt den pfälzischen Kommentaren auf der anderen Seite gelauscht.

Er hob wieder das Opernglas. Schüssler hatte die Unterlippe eingesaugt. Dann redete er wütend auf seine beiden Begleiter ein.

Schneller als befürchtet war die erste Halbzeit vorbei, und Carlos verließ seinen Beobachtungsposten. Er ließ sich von der Menge hinaus zu den Getränkeständen tragen. Schüssler konnte er während der Pause nicht observieren, denn der hielt sich in einer VIP-Lounge auf. Während Carlos durstig in der Schlange stand, wurde ihm bewusst, dass er gerade so etwas wie einen Moment der Selbsterkenntnis erlebt hatte. Die Anwesenheit der gegnerischen Fans aus der weit entfernten Pfalz hatte etwas in ihm ausgelöst, das er nicht definieren konnte. Eine Art diffuses Gefühl von Unvollständigkeit, etwas, das im vergangenen September begonnen hatte, als er an der Deutschen Weinstraße auf der Suche nach Hans Strobel war, der dort ein Jahr zuvor spurlos verschwunden war. Seitdem hing dieses Gefühl irgendwie in der Luft. Er war so von seinen Erinnerungen an diese Zeit absorbiert, dass er gar nicht merkte, dass er in der Schlange vor dem Getränkestand nun vorn stand und an der Reihe war.

»Was darf's sein für Sie?«, fragte eine junge Frau mit blau gefärbten Haaren und tätowierten Armen.

Und ohne dass er darüber nachdachte, indem er einfach nur seinem momentanen Gefühl folgte, sagte Carlos Herb: »Ich hätte gerne eine Rieslingschorle.«

»Hä?«, machte der Blauschopf. Sie sah ihn an, als hätte er um einen Eimer Dispersionsfarbe gebeten. »Gib's hier nich, sorry.«

Ein spöttisches Grinsen zog ihren Mund in die Breite, und Carlos registrierte, was er da gerade für einen Unsinn gesagt hatte. Eine Schorle im Millerntor-Stadion. Saukomisch. Vielleicht im VIP-Bereich, wo Bernhard Schüssler jetzt war. Aber doch nicht hier, an den klebrigen Ausschanktheken, wo es nur Bier und Softdrinks in dickwandigen Plastikbechern gab. Über seine Schulter hinweg bestellte der Typ hinter ihm sechs Bier und überging Carlos einfach. Das blaue Mädchen drehte sich zum Ausschank, um die Bestellung abzuarbeiten.

In diesem Augenblick legte sich eine schwere Hand auf Carlos' Schulter, und eine tiefe Stimme sagte: »Ou, do hot awwer mol jemond en gscheide Durscht.«

»Rieslingschorle: de Champagner ausm Dubbeglas.«

»Wo er des wohl gelernt hot, hä?«

Dann ein triumphales, dreifach glucksendes Lachen. Dasselbe Lachen, das Carlos manchmal in seinen Träumen hörte. Er drehte sich ganz langsam um, weil er an eine Halluzination glaubte. Und sah direkt in drei bekannte Gesichter über rot-weiß gestreiften Wollschals.

Willis Hand, die einer Grizzly-Pranke alle Ehre gemacht hätte, lag noch immer auf seiner Schulter, und seine Augen starrten allzu direkt in seine Seele, um als Halluzination abgetan werden zu können. Carlos konnte es nicht glauben. Er schloss die Augen. Sein Herz führte einen Freudentanz in seiner Brust auf.

Da standen sie. Willi, der Sägewerksbesitzer, und hinter ihm Automechaniker Otto und Karl, der Pfarrer aus dem sechshundert Kilometer weit entfernten Ort seiner Träume.

Elwenfels.

Die ungeduldige Menge vor dem Getränkestand drängte Carlos förmlich in Willis Arme hinein, der zupackte und ihn an sich zog. Es fühlte sich an, als würde man vom Koloss von Rhodos umarmt werden. Willi quetschte jeden Rest schlechter Laune aus Carlos heraus.

»Wo ... wo kommt ihr denn her?«, stammelte er, als Willi ihn losließ. »Und was macht ihr hier?«

»Eins von unsere Elwetritsche is abgehaue«, antwortete Otto mit sorgenvoller Miene, während er Carlos umarmte. Sein Zopf war seit letztem September ein Stück länger und grauer geworden.

»Oh!«, rief Carlos erstaunt. Die pfälzischen Fabelwesen waren zwar aus dem Bereich der Mythen und Sagen. Aber trotzdem, das hatte Carlos am eigenen Leib erfahren, war mit ihnen nicht zu spaßen. »Abgehauen? Das ist ja ... Und ihr sucht es hier in Hamburg?«

»Ah jo.« Willi machte ein ernstes Gesicht. »Hot sich als blinder Passagier im ICE versteckelt.« Bei diesem Satz fingen seine Mundwinkel an zu zucken. »Un schwimmt jetzt in de Alster.«

»Als Schwan verkleidet«, nickte Karl, und seine Augenbrauen zuckten vergnügt.

Damit brachen die drei in lautes Gelächter aus. Und wenn Elwenfelser lachen, das hatte Carlos immer wieder amüsiert festgestellt, dann lacht ihr ganzer Körper mit. Das vibrierende Zwerchfell scheint dann die Knochen in Gummi zu verwandeln, und sie brechen im wahrsten Sinn des Wortes vor Lachen zusammen. Carlos konnte nicht anders, als sich davon anstecken zu lassen.

»Mann, Großer!«, stieß Willi hervor, als er sich wieder

gefangen hatte. »Hascht du schon emol des Wort ›Auswärtsspiel‹ gehört?«

»Und weißt du auch, was en Auswärtssieg is?«, frohlockte Karl. Er trug ein T-Shirt mit einem Bild von Fritz Walter, und auf seine Worte wurde missbilligendes Genörgel in den Reihen vor dem Ausschank laut.

»Jawohl, A-u-s-w-ä-r-t-scharfes s-s-i-e-g!«, buchstabierte Willi mit seinem donnernden Organ, und ein sichtlich angetrunkener Pauli-Fan musste von seinen Kumpels festgehalten werden, sonst wäre er auf Willi losgegangen.

»Aber ... aber ... ihr seid doch ...«, stotterte Carlos vor Freude und Überraschung.

Karl legte ihm den Arm um die Schulter. »Tja, Carlos, des is die Macht der Gefühle«, sagte er mit geheimnisvollem Grinsen.

»Wie meinst du das?«

»Du tust uns so arg vermisse, dass in Elwenfels jeden Tag die Dachziegel wackle!«

»Und mir, mir vermisse disch auch!«, ergänzte Otto. »Mir brauche disch sogar e bissel.«

»Desderwege sin mir heut mitgefahre zum Auswärtsspiel. Mir wollte dich besuche«, sagte Karl.

»Aber ... das ist ... das ist ... einfach großartig!«, stieß Carlos hervor. Seine Freude über dieses Wiedersehen war so groß, dass er sein Observationsobjekt Bernhard Schüssler völlig vergessen hatte.

»Jo, jetzt stotter mol net glei«, lachte Karl.

»Da muss ich mich in ein Hamburger Fußballstadion verirren, um euch wiederzusehen, unglaublich!«

»Hajo, awwer immer noch ken Grund, en Herzkaschper zu kriege, gell?!« Otto tätschelte ihm die Schulter.

»Wie geht es euch denn?«, fragte Carlos, der am liebsten viele Fragen gleichzeitig gestellt hätte.

Willi hatte mittlerweile vier Plastikbecher mit Bier organisiert und sie verteilt. »Wie soll's uns schon gehe, bei dem Gschlorps do?« Missbilligend hob er den Becher mit der milde schäumenden Flüssigkeit, trank ihn aber doch bis zur Hälfte in einem Zug leer und atmete dann kräftig aus: »Jo, besser wie nix.«

»Genau so isses«, ergänzte Otto und wischte sich den Mund ab. »Besser Schaum vorm Mund wie Trollinger im Bauch, weeschwieschmään?!«

Alle lachten.

»Ich habe von eurem Riesling auch nichts mehr«, beeilte Carlos sich zu sagen. »Alles ausgetrunken.«

»Brav!«

»Ja, und da hab ich mir überlegt, ob ich nicht mal wieder nach Elwenfels kommen und das Leergut abgeben soll«, lächelte Carlos die Elwenfelser an. Er freute sich über seine spontane Idee, aber die drei Männer schmunzelten bloß. Niemand griff den Vorschlag auf.

»Na ja, jetzt sin mir jo erschtermol do, in Hamburg, odder?« Willi schaute Carlos herausfordernd an.

»Aber ja, klar, ich zeig euch die Stadt. Ich mach den Fremdenführer für euch!«, stieß Carlos hervor. »Oder fahrt ihr nach dem Spiel gleich wieder nach Hause?« Bei dieser Frage war ihm, als würde sein Herz bei seinem Freudentanz auf einen Reißnagel treten.

»Nee, nee. Dehääm kann warte«, brummte Otto. »Do is grad net so gemütlich.«

»Was? Wieso das denn?«

»Verzähle mir dir später«, sagte Karl.

Carlos musste erneut lachen, als er das hörte. Seit er in Elwenfels ermittelt hatte, wusste er, dass Verzählen nichts mit Rechnen zu tun hatte.

»Hopp, wir müsse wieder rein«, drängte Otto. »De Auswärtssieg kummt net von allein. Mir sehn uns drauße, nachm Spiel!«

»Aber wo …?«

Und weg waren sie. So schnell, dass Carlos sich nicht sicher war, ob nicht alles nur ein Wunschtraum in rotweiß gestreiften Schals war. Er wollte schon hinter ihnen hereilen, um einen festen Treffpunkt und eine Uhrzeit auszumachen, aber er konnte Willi, Otto und Karl in der Menge nicht mehr ausmachen.

Er musste sich regelrecht dazu zwingen, zurück auf die Tribüne zu gehen. Dort holte er sein Opernglas aus der Tasche, um Schüssler wieder ins Visier zu nehmen. Aber der war nicht mehr da. Nur noch seine beiden Begleiter saßen auf den Plätzen. Carlos unterdrückte einen Fluch. Doch im nächsten Moment war es ihm egal. Es sah ganz danach aus, als hätte er heute definitiv viel Besseres zu tun, als einem korrupten Unsympathen hinterherzuhecheln. Sein Auftraggeber musste ja nichts von seiner kleinen privaten Auszeit wissen …

Stattdessen schwenkte er das kleine Fernglas in die andere Richtung und entdeckte im gegnerischen Fanblock tatsächlich seine drei Freunde Willi, Otto und Karl. Sie hatten sich im Arm und grölten offensichtlich aus vollem Hals Fangesänge. Ab und zu hüpften sie wie kleine Kinder und schwenkten ihre Schals. Was dieses Spiel aus erwachsenen Menschen zu machen imstande war …

Carlos sammelte sich und gab sich ganz bewusst das erste Fußballspiel seines Lebens. Er verfolgte tatsächlich das Geschehen auf dem Rasen, beobachtete jeden Spielzug und brach in lautes Jubelgeschrei aus, als Kaiserslautern ein zweites Tor schoss – um ihn herum wurde es still. Feindselige, irritierte Blicke trafen ihn. Carlos scherte sich nicht darum. Plötzlich fühlte es sich an, als wäre in seiner Brust ein Fenster aufgegangen.

Das Spiel endete 2:1 für Lautern, und Carlos drängte sofort nach draußen. Er lief zum Ausgang vor dem Gäste-Fanblock und hielt fieberhaft nach den drei Männern Ausschau. Und wenn sie nun fort waren? Wenn er sie in dieser Menge nicht finden konnte? Und überhaupt – wie war es möglich, dass sie genau in dem Moment aufgetaucht waren, als seine Sehnsucht nach Elwenfels so überwältigend groß gewesen war? Das war fast schon ein bisschen übersinnlich. So wie Elwetritsche in der Alster.

»Entschuldischung, der Herr. Wo geht's denn hier zur Reeperbahn. Mir Pälzer hätte do e bissel was zu feiern heut«, dröhnte eine Stimme hinter ihm.

Erleichtert sah Carlos sich nach Willi um und gratulierte zum Sieg. »Super Spiel, wirklich.«

»War gar net so schwer gege die Gurketrupp«, lachte Otto und zupfte vergnügt an seinem grauen Zopf.

Zwei junge Pauli-Fans in Kapuzenpullis mit Piratensymbol warfen ihm im Vorbeilaufen böse Blicke zu.

»Do! Sogar denne ihm Totekopp is schunn ganz verknittert vor lauder, lauder«, rief Karl und fügte dann noch kichernd an: »Vor lauder Lautern!«

»Alla hopp«, Willi legte grinsend einen Arm um Carlos' Schulter, »un jetzt zeig uns den Stadtteil, der wo heut Trauer trage muss.«

Eine halbe Stunde später schlenderten sie, jeder mit einem Heringsbrötchen versorgt, an den Landungsbrücken entlang. Dass ausgerechnet heute die *Queen Mary 2* im Hafen lag und kurz vor dem Auslaufen stand, wertete Carlos als weiteres unverhofftes Wunder. Er gehörte nicht zu jenen Hamburgern, die sich die Tage im Jahr, an denen das Schiff in Hamburg einlief, rot in den Kalender eintrugen. Das Spektakel war aber jedes Mal so beeindruckend, dass Carlos sich freute, es mit den Elwenfelsern teilen zu können. Die zeigten sich allerdings weit weniger ergriffen als die vielen Leute am Kai, die dem Luxusliner mit offenem Mund hinterherschauten, während das tiefe, lange Tuten der Schiffssirene durch Mark und Bein ging.

»Wie die all gucken«, schmunzelte Otto ungläubig. »Wie die Kuh, wenn's blitzt. Un alles bloß wege dem Kahn.«

»Is schunn bissel was anneres wie unser Ruderboot uffm Isenachweiher, gell?«, sagte Willi und schickte ein markerschütterndes, bellendes Lachen hinterher.

Zwei Zuschauer vor ihnen, ausgestattet mit Kapitänsmützen und Deutschlandfähnchen, zuckten merklich zusammen und warfen fragende Blicke nach hinten. Offensichtlich konnten sie die fremde Sprache keinem Land zuordnen, das sie kannten.

»Jetzt awwer«, Karl setzte eine ernste Miene auf, »määnen ihr net, dass do jetzt e bissel Respekt vor menschlicher Ingenieurskunscht angebracht wär, hä?«

»Ganz recht«, nickte Willi bedeutungsschwer. »Wenn du, liewer Otto, mit deim schääne, breide, weiße Ranze nämlisch e Schiff wärscht, dann ...«

»Dann wär do gar ke Wasser meh in der Elbe«, rief Karl dazwischen.

»Genau«, ergänzte Otto trocken und tätschelte seinen Bauch, »alles wege denne wertvolle Schopperegistertonne«.

Carlos hatte keine Wahl, als in das schallende Gelächter mit einzustimmen. Oh, wie hatte er diese Art von rhetorischem Schlagabtausch vermisst. »Uzen«, so wurde dieses Ritual genannt, dem fast alle Pfälzer mit einer geradezu erschöpfenden Inbrunst frönten. Als sie sich wieder einigermaßen beruhigt hatten, war vor ihnen am Geländer der Hafenpromenade etwas mehr Platz. Wahrscheinlich waren die zwei mit den Kapitänsmützen vor den herumfliegenden Spucketröpfchen geflohen, die bei pfälzischen Verbal-Balgereien unweigerlich durch die Luft flogen.

»Warum habt ihr vorhin gesagt, dass es in Elwenfels gerade ungemütlich ist?«, fragte Carlos schließlich. »Was ist denn los? Muss ich mir Sorgen machen?«

Willi schüttelte unwirsch den Kopf. »Bei uns is grad e ziemlisch wüschdi Bagage unnerwegs. Un keiner kann was gege die mache.«

»E Invasion«, schickte Otto grimmig hinterher.

»Was? Wen oder was meint ihr denn damit?« Carlos erinnerte sich noch gut daran, wie schwer sich Elwenfels mit allem tat, was von außen kam. Seien es Touristen, die sich ohnehin nur in sehr geringer Zahl in das abgelegene Dorf verirrten, oder aber Politiker der benachbarten Verbandsgemeinde, Polizisten oder schnüffelnde Privatermittler. In den beiden Wochen, die Carlos in Elwenfels verbracht hatte, hatten die Dorfbewohner ihn zwar überaus zuvorkommend behandelt, aber keinen Hehl daraus gemacht, dass sie seiner Heimreise mit Freude entgegensahen. Dann war aber alles anders gekommen.

Auch wenn sein Fall die Ausnahme war: Carlos hatte gesehen, was sie mit dem Verbandsbürgermeister gemacht hatten, der ihnen mit seinen politischen Plattheiten zu nah gekommen war, oder wie sie den eingeheirateten schwäbischen Winzer Hartmut Bitterlinger auf Distanz hielten, weil er sich nicht an die ungeschriebenen Gesetze von Elwenfels hielt. Der Ort war eine Insel im Meer des Mainstreams. Die Bewohner waren sich dessen auf eine überaus rebellische Art bewusst. Wahrscheinlich hatten die antiken Vorfahren der Dorfbewohner ebenso gerne römische Legionäre verprügelt und auf einen Haufen gestapelt wie die seelenverwandten Bewohner eines kleinen, gallischen Dorfes weiter westlich.

Aber das heutige Elwenfels machte sich klein und unauffällig in seinem großen Wald, um in dieser Abgeschiedenheit Dinge zu tun, die anderswo in der Republik schlicht undenkbar, vielleicht sogar illegal waren.

»Also, wenn uns jemand gefragt hätt, dann hätte mir unsern Wald für zum Sperrgebiet erklärt, zur Weltfrieden-Mini-Zone«, sagte Karl. »Aber uns fragt halt keiner. Und schon sin die einmarschiert.«

»Einmarschiert? Wer denn?«

»Ah, die Bundeswehr«, stieß Otto hervor. »Frag net warum, aber die ham sich unsern Wald für e Manöver ausgesucht. Die spielen jetzert paar Tag lang Krieg am alte Kletterfelsen. Weißt du noch, wo der is?«

Natürlich wusste Carlos das. Die hohe, steile Felswand, aus deren Tiefen der Bach entsprang, wäre ein Paradies für Kletterer gewesen – die aber nicht kamen, weil die Elwenfelser das nicht zugelassen hätten. Die Lichtung lag still und verlassen da, und jeder Landschaftsmaler hätte bei ihrem Anblick feuchte Augen bekommen.

»Wie jetzt …?« Carlos konnte nicht glauben, was er da hörte. Wie war es möglich, dass ausgerechnet die Bundeswehr auf dieses versteckte Stück Paradies aufmerksam geworden war?

Willi nickte düster, verdrückte den letzten Rest seines Fischbrötchens und wischte sich die Finger mit einer überforderten Papierserviette ab. »Es kummt aber noch schlimmer. Unser Lieblingsfreunde sin auch noch mit dabei.« Er setzte ein schiefes Grinsen auf und wirkte dabei fast schon ein bisschen diabolisch, als er hinzufügte: »Unser Bschützer aus Yankeestanien.«

»Du meinst die U.S. Army?«

»Jo genau, die Leut, wo schon seit Jahrzehnte unsern Pälzerwald mit ihrer friedfertige Anwesenheit veredle.«

»Fuffzehn Soldate aus Deutschland und noch mal fuffzehn aus Amerika. Elitesoldaten, Spezialkräfte, so heißt's«, erklärte Karl resigniert.

»Speschäl Forzes«, schnaubte Willi, »weeschwieschmään?«

»Ja, und was treiben die da?«, wollte Carlos wissen.

»Oh, was weiß dann isch«, spuckte Otto aus. »Spiele halt, bumm, bumm, wie frieher an Fastnacht. Wie heißt's gleich? Leistungsmarsch. Die sin wohl all von Ramstein aus losgewandert, bis zu uns nach Elwefels!«

»Von de Höll gradwegs ins Paradies«, schnaubte Willi.

»Jo. Un jetzt klettern die da de ganze Tag nuff un runner, renne nachts durch de Wald un mache einer uff Forzathlet.«

»*Forzathlet?*« Carlos schmunzelte.

»Ah jo. Erscht groß Wind mache, un dann Angscht hawwe, dass es stinke könnt. So laaft's doch in de Weltpolitik, odder?«

»Aber dann werden die irgendwann euren geheimen Wingert entdecken!«, stellte Carlos fest, und ihm wurde ein bisschen flau im Magen.

Willi, Otto und Karl wirkten seltsamerweise ganz entspannt.

»Oh, un wenn schon«, winkte Willi ab. »Die ham doch ihr Satellitenbilder sowieso. Un die Spitzel von de NASA zähle wahrscheins jeden Tag die Traube an de Henkel.«

»Die NSA määnscht du«, korrigierte Karl den Sägewerksmeister.

»Jo, is doch egal. Die ham doch sowieso all ken Schimmer, was des wirklich is.«

»Da wär ich mir nicht so sicher«, sagte Carlos, dem auf einmal ganz beklommen zumute war.

Der Wingert, der versteckt auf einer Lichtung im Wald hinter Elwenfels lag, war in vielfacher Hinsicht ein Phänomen. Zuerst war er ein biologisches Wunder, denn nirgendwo sonst auf der Welt wuchsen gesunde Weinreben im Mikroklima des Waldes. Und der Wein, den die Dorfbewohner aus den Trauben herstellten – das war so etwas wie der Stein der Weisen unter den alkoholischen Getränken. Von diesem Geheimnis wusste niemand außerhalb des Dorfes (nun ja, fast niemand), und seine Bewohner hüteten es wie einen Schatz.

»O kumm, die arme Deifel saufen eh bloß Bier, die interessieren sich doch gar net für Traube un so Zeugs.«

Otto lachte gehässig. »Vielleicht, wenn mir jetz e Schild uffbaue, wo draufsteht *Zur Budweiser-Plantage*, dann täte die unsern Wingert stürme.«

»Außerdem weißt du doch, dass unsern Wingert sei ganz spezielle Security hot, odder?« Karl zwinkerte Carlos verschwörerisch zu.

Er dachte an das vogelartige Glucksen und Schnarren, das vor allem nachts aus dem Wald um Elwenfels herum ertönte. Auch davon träumte er manchmal. Er erinnerte sich an die Schemen von großen, gefiederten Wesen, die sich durchs Unterholz bewegten, an das Aufblitzen gelber Augen. Er hatte nie einen lebendigen Elwetritsch aus der Nähe gesehen. Aber er wusste, dass es sie gab.

Otto hob lächelnd eine Hand und strich liebevoll über Carlos' rechte Wange. »Is gut verheilt, die Narb«, kommentierte er die blasse, leicht gezackte Erinnerung an den Zusammenstoß mit einem der geheimnisvollen Tiere.

Auch in Carlos' Nacken klaffte eine solche Narbe, die aber von seinem Haar verdeckt wurde, das er sich seit seinem Austritt aus der Kriminalpolizei wachsen ließ. »Also, ich hoffe, wenn ich euch mal wieder in Elwenfels besuche«, sagte er, »dass mich eure Haustiere dann nicht mehr als Eindringling betrachten.«

Alle drei hoben lächelnd die Schultern. Keiner sprach die von Carlos sehnlich erhoffte Einladung nach Elwenfels aus.

Schon wieder ein Reißnagel. Also versuchte er es anders. »Aber habt ihr euch mal überlegt, wie gefährlich es ist, wenn diese Soldaten durch euren Wald rennen? Was ist denn, wenn da was passiert?«

»Du sagst es«, bestätigte Willi mit einem grimmigen Grinsen. »Deswegen sin wir ja extra nach Hamburg gefahre. Damit mir uns hier e bissel abreagiere könne.«

»Soldaten in Elwenfels«, bohrte Carlos weiter. »Das ist doch Konfliktpotenzial pur! Wie haben die euch überhaupt gefunden?«

Karl sah Carlos an und machte ein geheimnisvolles Gesicht. »Du weißt doch noch. Jeder, der ebbes richtig sucht, kummt irgendwann nach Elwenfels.«

Carlos nickte. So war das damals wirklich gewesen bei ihm. Bloß, was war mit den Menschen, die das, was sie in Elwenfels gefunden hatten, wieder verloren haben? »Ja, aber wie soll das auf dreißig Soldaten zutreffen?«, wollte er wissen.

Die drei zuckten etwas hilflos mit den Schultern.

»Des Schicksal«, sagte Karl und versuchte seiner Stimme ein wenig Pathos zu verleihen, »des Schicksal geht oft verschlungene Wege. Wer weiß, was es vorhat mit uns.«

Eine gedrückte Stimmung lag auf einmal über ihnen.

»Jo alla. Jetzt aber mol!«, brach Willi den Bann. »Jetzt häng mol do net de Pfarrer naus uff emol. Mir sin do in Hamburg.«

Er breitete die Arme aus. »Weit un breit is do ke Kirch zu sehe, un dei Peif hascht auch net dabei. Alla, blos die Backe net so uff!«

Das folgende Gelächter war wie eine Befreiung aus diesem Moment der Hilflosigkeit.

»Genau«, rief Carlos. »Das weiß ich noch: In der Pfalz geht der Pfarrer nämlich …«

»… mit de Peif in die Kirch!«, fielen die anderen lauthals ein.

»Alla hopp, moin guter Palatino-Hanseat«, sagte Otto, »jetzt zeig uns mol, was do so gebote is!«

»Jo«, Willi ließ eine Hand auf Carlos' Schulter niedersausen, »mir täten uns jetzt gern e bissel – wie sagt ma gleich – animiere.«

»Amü…«, fiel Karl glucksend ein, »du määnscht amüsiere. So was nennt ma in de Psychologie en freudischer Versprescher.«

»Okay«, unterbrach Carlos die neue Runde des verbalen Schlagabtausch-Rituals, »was wollt ihr denn jetzt genau machen?«

»Ah do«, Otto wischte mit seiner Pranke durch die Luft, »die ›Rote Meile‹, die ›Sündige Serpentine‹«, er schnippte nach Worten suchend mit den Fingern, »ha die Gass do vorne halt, wo jeder Tourist drüwwerschlappt.«

»Ihr meint die Reeperbahn.«

»Genau. Do täte mir jetzt gern hie.«

Die Augen der drei leuchteten auf, und Carlos bekam einen kleinen Schweißausbruch.

Kapitel 2

... zeigt, wie schnell sich Leichenblässe und Schamesröte abwechseln können

Charlotte tastete nach dem Lichtschalter der Nachttischlampe. Sie war mit einem Schlag so hellwach, als hätte ihr jemand Eiswasser ins Gesicht geschüttet. Alarmiert sah sie sich im Schlafzimmer um. Alles war ruhig. Sie wusste nicht, was sie geweckt hatte. Das Fenster war gekippt, und der Nachtwind umschmeichelte die Gardine, die im Mondlicht einen kleinen, schüchternen Schleiertanz aufführte. Sie setzte sich im Bett auf und lauschte. Vielleicht balgten sich draußen die Katzen, und das Geschrei hatte sie aus dem Schlaf geschreckt. Aber alles blieb still.

Es war eindeutig zu still. Sie wandte den Kopf und sah, dass die andere Seite des Bettes leer war. Charlotte maß diesem Umstand keine besondere Bedeutung zu. Es kam oft vor, dass ihr Ehemann erst ins Bett ging, wenn sie schon lange schlief. Oder dass er mitten in der Nacht aufstand und hinunterging, um ... Charlotte wusste nicht, was er dann machte. Sie hatte aber mal gelesen, dass es typisch für derart getriebene Charaktere wie Hartmut war, nachts aufzustehen und zu grübeln oder zu arbeiten, obwohl es nichts zu arbeiten gab. Ob er gerade eben aufgestanden und sie deswegen aufgewacht war? Aber dann hätte sie erstens das Knarren der Holzböden im Erdgeschoss des alten Hauses gehört, und zweitens wäre seine Bettseite noch warm gewesen. Das war sie aber nicht. Irgendwie sah sie sogar so aus, als hätte Hartmut heute noch gar nicht darin gelegen. Charlotte seufzte und wollte sich wieder hinlegen. Doch eine sonderbare innere Unruhe hinderte sie daran. Sie saß eine Weile aufrecht im Bett und lauschte in die Nacht hinaus mit ihrer friedlichen dörflichen Stille.

Der Wecker auf dem Nachttisch zeigte 2:39 Uhr. In zwei Stunden würde sie das geschäftige Geklapper aus der Bäckerei hören, wenn Frau Zippel die ersten Brötchen backte. Etwas später würde dann das Geknatter von Erwins Traktor zu hören sein, der direkt unter ihrem Fenster auf dem schmalen Weg zwischen den Häusern und dem Waldrand vorbeifuhr.

Charlotte schwang die Beine aus dem Bett. Sie war zu wach, um einfach wieder einzuschlafen zu können, und wurde das Gefühl nicht los, dass irgendetwas nicht stimmte. Da draußen war etwas nicht so, wie es sein sollte.

Sie trat ans Fenster und sah hinaus. Es war eine mondhelle, leicht windige Nacht, und aus dem nahen Wald drang der feuchte, würzige Geruch zu ihr herüber, den sie so liebte. Sie schaute hinunter zu der niedrigen Mauer, die den kleinen Weg zum Wald hin abgrenzte. Charlotte stutzte und kniff die Augen zusammen. Die Efeuranken, die die Mauerkrone überzogen, zitterten an einer Stelle leicht. Und das lag nicht am Wind, denn die anderen Pflanzen dort unten bewegten sich nicht. Nur die Blätter in den Baumkronen rauschten. Charlotte schaute genauer hin. Die Efeuranken sahen wirklich so aus, als würde jemand an ihnen ziehen.

Charlotte blinzelte. Wahrscheinlich ein Vogel, eine Ratte oder sonst ein Tier. Im nächsten Moment hörte die

Bewegung auf, und die Efeuranken lagen wieder still da wie die Mauer, die sie umklammerten. Es war dieses plötzliche Ende der Bewegung, das Charlotte frösteln ließ. Sie war ein intuitiver Mensch, und irgendetwas sagte ihr, dass sie hinuntergehen und nachschauen musste, was sich hinter der Mauer abspielte – und zwar jetzt sofort. Eine andere Stimme in ihrem Innern lachte sie aus und behauptete, dass sie einer optischen Täuschung unterlag. Und dass die Sinne nachts schärfer, zugleich aber auch trügerischer waren. In der Nacht kamen die dunklen Gedanken, und die Welt war eine andere als bei Tageslicht.

Charlotte zog sich vom Fenster zurück, schlüpfte in ihre Jeans und einen dünnen Pullover. Sie stieg die knarzenden Holzstufen ins Erdgeschoss hinunter. Von Hartmut keine Spur. Vorsichtshalber schaute sie kurz in die Küche, ins Wohnzimmer und in die kleine Halle am Eingang des Weinguts, das ans Haus angeschlossen war. Nichts. Sie zog ihre Turnschuhe an und nahm eine Jacke vom Garderobenhaken.

Dank jahrelanger Lektüre von Kriminalromanen wusste sie, dass es ratsam war, sich jetzt mit irgendeinem Gegenstand zu bewaffnen, bevor sie nach draußen ging. Sie beließ es jedoch bei der Taschenlampe, die auf der Flurkommode lag. Sie atmete tief aus, trat in den dunklen Hof hinaus und lief durch die geöffnete Scheune nach hinten zum Waldrand. Im Dunkeln der Scheune stand ein uralter Traktor. In der hintersten Ecke war das Fiepen von Mäusen zu hören. Charlotte folgte dem stillen Weg hinter den Häusern. Sie konnte sich nicht eines seltsamen euphorischen Gefühls erwehren, dass sie um diese Uhrzeit draußen war. Das kam nicht oft vor, und sie genoss den nächtlichen Zauber. Das feuchte Gras machte zarte, wischende Geräusche unter ihren Schritten und strich an ihren Beinen entlang. Die Waldluft war betörend.

Jetzt lag die Mauer vor ihr. Sie hielt inne und suchte die etwas niedrigere Stelle, wo der Efeu vorhin so merkwürdig gezittert hatte. Hier waren sie als Kinder immer drübergeklettert, wenn sie zum Spielen in den Wald wollten. Auf einmal kam es Charlotte ein bisschen komisch vor, mit welchen Gedanken sie hier nachts herumlief. Sie schaltete die Taschenlampe ein und leuchtete über die Mauer. Leise Spuren von Angst kämpften gegen den lauten Spott ihres Verstandes, der im nächsten Moment schockartig verstummte. Charlotte hörte auf zu atmen.

Das war ... das konnte nicht wahr sein. War sie in einen Albtraum gerutscht? Eine gefühlte Ewigkeit stand sie einfach nur da, über die Mauer gebeugt, und leuchtete die Gestalt an, die dahinter lag. Hartmut.

Das Grauen legte sich wie eine schwere Decke über Charlotte. Sie riss die Taschenlampe zurück, taumelte ein paar Schritte gegen die Hauswand und begann am ganzen Körper zu zittern. Ihre Gedanken überschlugen sich: Was jetzt? Schreien? Hilfe holen? Über die Mauer klettern? Oder war das alles doch nicht real?

Charlotte zwang sich, zur Mauer zurückzugehen und noch einmal darüber zu leuchten. Die Szenerie dahinter war unverändert. Hartmut lag dort, sein Körper kaum sichtbar, seine Hand krampfhaft verkrümmt zwischen den Efeuranken. Der Kopf war voller Blut, seine Augen waren halb geschlossen.

Charlotte stieß einen lautlosen Schrei aus. Ihr war eiskalt. Ohne die harten Steine wahrzunehmen, kletterte sie über die Mauer. Ihr Fuß verhedderte sich in einer der Efeuranken, und sie stürzte auf die andere Seite. Mit einem kleinen Aufschrei landete sie halb auf Hartmut, halb auf dem steinigen Boden. Ein scharfer Schmerz zuckte durch ihre Hand. Sie hatte sich im Fallen instinktiv abgestützt, dabei war ihr Handgelenk umgeknickt. Der Schmerz lähmte sie sekundenlang.

Keuchend rappelte sie sich auf. Die Taschenlampe stand jetzt an Hartmuts Körper gelehnt und schickte ihr Licht nach oben in die Baumkronen. Es war gespenstisch. Charlotte drehte Hartmuts Kopf zu sich. Seine Augen hatten etwas Trauriges. Dieser richtungslose Blick ging bis auf den Grund ihrer Seele. Sie hielt die Luft an. Sein Haar war auf der einen Seite des Kopfes ganz blutig, und der Schädel sah irgendwie merkwürdig eingedrückt aus. Ihr wurde übel.

Was war passiert? Hatte Hartmut über die Mauer klettern wollen und war gestürzt? Aber dann verletzte man sich doch nicht so schwer! Was hatte er hier draußen denn gemacht? Sie sah, dass er einen Rucksack trug. Vorsichtig drehte sie seinen Körper ein Stückchen zur Seite. Aus der Lasche des Rucksacks lugte der Schneidkopf einer Zweihandschere heraus.

Bevor Charlottes erschüttertes Bewusstsein diese Information richtig einordnen konnte, registrierte ihr Verstand endlich, dass sie hier nicht einfach so sitzen bleiben konnte. Sie legte ihre Finger an Hartmuts Hals. Kein Puls. Sie ließ ihren Mann los, und sein Körper sank schwer zurück. Wieder dieser Blick unter den halb geschlossenen Lidern. Charlotte spürte die Tränen über ihre Wangen laufen. Sie hatte sich gewünscht, dass ihre Ehe schnellstmöglich endete. Aber doch nicht so! Ohne zu wissen warum, folgte sie einem Impuls und strich durch Hartmuts Haare.

Sie weigerte sich, das alles zu begreifen. Du hast einen Schock, sagte sie sich. Du kannst nicht mehr klar denken. Sie ließ sich zurücksinken und lehnte sich gegen den dünnen Stamm einer Buche. Ihre Finger spielten mit der kalten Oberfläche eines Steins, die andere Hand vergrub sich im Laub. Um sie herum lag der Wald in nächtlichem Schweigen.

So blieb sie sitzen. Und so fanden einige Dorfbewohner sie am nächsten Morgen.

Carlos Herb hasste die Reeperbahn. Als junger Typ gehörte es zum Standardprogramm, sich hier auszukennen. Später dann, als Polizist, war diese Gegend immer wieder die Bühne für spektakuläre Einsätze gewesen. Er hatte nie verstanden, was so anziehend war an einem Ort, an dem das Verbrechen hinter schrill blinkenden Fassaden gedieh, wo Zuhältern gehuldigt wurde, als seien sie Popstars. Muskelbepackte Türken und Bulgaren bewachten eine Welt, in der Frauen im Akkord Selbstausbeutung betrieben und den Besuchern aus aller Welt lustvolle Sünde und genussvolle Verruchtheit demonstrierten. Carlos konnte nichts Sündiges an der Reeperbahn finden, und mit Genuss hatte sie schon gar nichts zu tun. Das hier war nichts weiter als ein Industriegebiet, in dem ein stumpfer, immer gleicher Arbeitsrhythmus herrschte. Er sah auch keine Freude dort. Die allgegenwärtige Fröhlichkeit war unterspült vom Alkohol und konnte jeden Moment in Gewalt und Trauer umschlagen. Für Carlos' Begriff von Ausgelassenheit und Genuss lagen hier zu viele Glasscherben rum, blinkte zu oft Blaulicht, floss zu viel Blut – auf der Straße ebenso wie hinter den Mauern. Spätestens seit er, während seiner Zeit als Kommissar, den Mord an zwei rumänischen Frauen aufklären musste, die in einem der Hinterzimmer der rot blinkenden Fassaden zu Tode geprügelt worden waren, erfüllte ihn die Reeperbahn mit Abscheu. Am schlimmsten war für ihn jedoch ein Phänomen, das in den letzten zehn Jahren massiv zugenommen hatte: Junggesellenabschiede.

Auch heute, als er mit seinen neugierig feixenden Elwenfelsern in die breite, zugige Straße einbog, bot sich ihm ein Bild johlender, betrunkener Männergruppen, die es witzig fanden, in Frauenkleidern herumzulaufen und junge Mädchen anzusprechen, um für blödsinnige Handyfotos zu posieren. Als wäre das nicht schon genug, gab es auch immer wieder Frauengruppen, die im Schulmädchen-Outfit durch die Straße zogen, vor den patrouillierenden Streifenpolizisten ihren Hintern oder ihre Brüste entblößten und dabei Geräusche ausstießen wie ein Flipperautomat auf Lachgas.

Er fragte sich, warum Menschen sich einen Ort wie diesen zum Feiern aussuchten. Es stank nach Schweiß, Urin und billigem Parfüm, und in der Luft lag eine Atmosphäre von gekünstelter Freude und latenter Aggressivität. Carlos schämte sich vor Willi, Otto und Karl, dass die weltberühmte Reeperbahn, ein Wahrzeichen seiner geliebten Stadt, so verkommen und leer und deprimierend war. Seit er erfahren hatte, was in dem kleinen pfälzischen Elwenfels an subtiler Erotik möglich war, erschien ihm die »Amüsiermeile« wie ein Fotoroman aus einem billigen Sexmagazin.

Plötzlich klingelte sein Handy. Er machte den dreien ein Zeichen, dass er kurz telefonieren müsse, und zog sich hinter eine Werbetafel am Straßenrand zurück.

»Sag mir, dass du dein Geld wert bist, Herb«, ertönte die Stimme seines Auftraggebers. Er war Anwalt und wollte Bernhard Schüssler drankriegen, indem er Beweise gegen ihn suchte, die bei einem Gerichtsverfahren hilfreich sein konnten. Sein Mandant war ein junger Investor, der durch Schüssler sein gesamtes Vermögen verloren, aber nichts Verwertbares gegen den Immobilienhai in der Hand hatte.

»Äh, was meinen Sie?« Carlos brach der Schweiß aus.

»Hey, war das nicht so, dass ich dich dafür bezahle, dass du an Schüssler dran bleibst? Auf Schritt und Tritt?«

Der Anwalt duzte ihn sonst nie. Wenn er jetzt damit anfing, war das ein schlechtes Zeichen.

»Ich ... ich habe ihn verloren«, presste Carlos etwas kleinlaut hervor.

»Verloren? Wie das denn?«, blaffte der Anwalt. »Was erzählst du mir hier für einen Mist, Herb? Schüssler sitzt bei Austern und Champagner in seinem Lieblingslokal und schnackt ganz locker mit dem Wirtschaftssenator.«

Carlos fühlte, wie das Adrenalin seine Adern flutete. So ein Schiet. »Woher wissen Sie das denn so genau?«, fragte er möglichst sachlich.

Der Anwalt stieß ein verächtliches Lachen aus. »Ich weiß, wo ich suchen muss, Mann.«

»Und wozu brauchen Sie dann einen Privatdetektiv?« Dass die Frage ein Fehler gewesen war, wusste Carlos bereits in dem Augenblick, als die Worte seinen Mund verließen.

Der Anwalt atmete hörbar ein und sagte schließlich: »Alles klar, du Klugscheißer. Behalt deinen Vorschuss. Du wirst ihn brauchen. Es wird sich schnell herumsprechen, dass du ein Loser bist.« Dann legte er auf.

Das war wohl das Ende dieses bequemen und lukrativen Auftrags. Carlos fluchte, stopfte das Handy in seine Hosentasche zurück und sah sich um. Wo waren sie, verdammt? Er drehte sich einmal um die eigene Achse. Aber seine Elwenfelser, der Grund für den ganzen Ärger, waren spurlos verschwunden.

Er wartete, bis eine Horde Junggesellen laut grölend an

ihm vorbeigezogen war, und hielt weiter Ausschau. Auch auf der anderen Straßenseite konnte er sie nicht entdecken. Carlos scannte die Ladenzeile ab. Dann sah er etwas, das ihn augenblicklich überforderte. Er war sich nicht sicher, ob er lauthals auflachen oder gequält stöhnen sollte. Er machte eine Bewegung in diesem großen Sexshop fünf Meter weiter aus. Der Laden – rund um die Uhr und dreihundertfünfundsechzig Tage im Jahr geöffnet – war berühmt-berüchtigt, selbst für Reeperbahnverhältnisse, und verfügte über eine beachtliche Auswahl an speziellen Utensilien, die das Angebot eines gewöhnlichen Geschäfts dieser Ausrichtung bei Weitem überschritt. In dessen riesigem, hell ausgeleuchtetem Schaufenster sah er jetzt Otto, der einen quietschgrünen Vibrator in die Höhe hielt und damit vor Willis Nase herumfuchtelte. Sein Mund formte Worte, die Carlos gar nicht hören wollte. Er konnte sich aber vorstellen, dass sie alle üblichen Kommentare, die in diesem Shop für gewöhnlich fielen, in den Schatten stellten. Im Hintergrund stand Pfarrer Karl und musste sich vor Lachen auf den Knien abstützen.

Schnell hastete Carlos auf den Eingang des Sexshops zu, passierte den breitschultrigen Security-Mann und stellte sich, die Hände in die Seiten gestützt, vor seiner ausgelassenen pfälzischen Reisegruppe auf. Er kam sich vor wie ein Vater, der seine übermütig gewordenen Jungs einfangen muss.

»Do bischt jo endlisch!«, rief Otto ihm entgegen und reichte das summende, grüne Ding an Willi weiter, in dessen Pranken es plötzlich erheblich an Größe und Imposanz einbüßte.

Carlos sah sich schnell im Eingangsbereich des Ladens um. Er lächelte bemüht und versuchte krampfhaft, gelassen zu bleiben.

»Oh, du guckscht jetzt awwer auch grad e bissel peinlich aus de Reizwäsch, mein Guder«, lachte Otto. »Bischt du heut zum erschte Mol do?«

»Ich? Nein. Klar kenn ich den Laden hier«, beeilte Carlos sich zu sagen, bereute es aber sofort wieder.

Seine Freunde sahen ihn erstaunt an und nickten anerkennend.

»So einer bischt du also«, stellte Willi fest.

»Und was kannscht du hier so empfehle?«, fragte Karl.

Carlos setzte ein säuerliches Lächeln auf.

»Des do vielleicht?« Otto griff nach einer großen Flasche mit Gleitmittel und schwenkte sie vor Karls verdutztem Gesicht. »So was tät dir vielleicht helfe, Herr Pfarrer. Dass dei Kirchetür endlisch uffhört, so gottserbärmlisch zu quietsche.«

Karl prustete los. »Hör uff jetzert! Mir wern noch verhaftet von de Sittenpolizei. Guck do, die annere benehmen sich aach.«

Sie blickten sich um. Ein Mann, der am anderen Ende des Ladens mit dem Rücken zu ihnen vor einer Wand mit Magazinen stand, schien den Kopf einzuziehen. Die Kunden des Geschäfts waren die übliche Mischung aus Typen, die entweder verschämt und unauffällig in irgendwelchen Ecken standen oder mit demonstrativ zur Schau gestellter Lockerheit durch die Regalreihen zogen und alles anfassten, was ihnen in die schweißnassen Finger kam. Im hinteren Bereich des Ladens waren ein paar alkoholisierte Party-Junggesellen damit beschäftigt, sich lauthals lachend und stöhnend mit Reitgerten und Staubwedeln aus Straußenfedern zu traktieren, bis eine Verkäuferin dazwischenging.

Die Einzigen, die hier offensichtlich wirklich Spaß hatten, waren die Pfälzer Karl, Willi und Otto.

Letzterer nahm jetzt interessiert ein kleines Fläschchen in die Hand. »Guck emol do! Spanische Fliege, was'n des?«

»Des is e Aphro…«, versuchte sich Willi. »E Aphrodite-Tonikum nennt ma des. Also ebbes, dass ma widder mehr Luschd kriggt do druff.«

»Wo druff?« Otto zog die Augenbrauen hoch und spielte den Unwissenden.

»Ah uff des, wo die Aphrodite fer berühmt is.«

»Fer ihr uffgestellte Lockehaar määnscht?«, fragte Otto.

»Nää. Des is de Afro-Look, wo du määnscht. Des hot mit dere griechische Göttin der Liebe …«, bei diesem Wort zog Willi das untere Lid seines rechten Auges mit dem Zeigefinger nach unten und starrte Otto bedeutungsschwer an, »… mit der hot des ebbes zu tun.«

»Aha, des määnscht du.«

»Ja.«

»Dass ma mehr Luschd kriegt?«

»Ja.«

»Noch mehr?« Otto warf einen abschätzigen Blick auf das kleine Fläschchen in seiner Hand. »Awwer wer braucht denn so ebbes?«

Die drei Elwenfelser sahen sich fragend an und zogen dann wie auf Kommando die Schultern hoch.

»Spanische Fliege. Des klingt fascht so unnütz wie Pälzer Essigmück. Gibt's haufenweis, aber keiner tät die vermisse, wenn sie nimmi do wärn. Ferzz!«

Mit diesem lautmalerischen Schlusswort stellte Otto das Fläschchen klirrend wieder ins Regal zurück.

»Haben die Herrschaften vor, auch etwas zu kaufen?« Dieselbe Verkäuferin, die gerade die überdrehten Junggesellen gerügt hatte, näherte sich.

Carlos stellte sich vor, wie frustrierend der Job hier sein musste, wenn man bei angeblichen Kunden dauernd die Rolle einer Kindergärtnerin zu übernehmen hatte.

»Ob mir was kaufe?«, fragte Karl. »Jo, des hängt davon ab, ob man do was finde könne tät, was ma brauche könne wollt, wissen Sie, wie isch mein?«

»Was suchen Sie denn?«, fragte die Frau mit professioneller, distanzierter Höflichkeit.

»Etwas, wo uns befreie tut von den Fesseln der Konvention«, antwortete der Pfarrer mit hochdeutsch gestelztem Pfälzer Pathos.

»Dann gehen Sie doch am besten in die SM-Abteilung im Untergeschoss«, erklärte die Verkäuferin trocken, »Bondage-Utensilien, Peitschen und Nonnenkostüme aus Latex und Lack. Da finden Sie bestimmt was für Ihre Fessel-Convention.« Sie zwang ihrem chronisch gelangweilten Gesicht ein Zucken ab, das wohl ein Lächeln darstellen sollte, und wandte sich ab.

Karl sah ihr entgeistert nach. »Woher hot die gewusst, dass isch ... also des mit de Nonne?«

»Die wird dafür bezahlt, dass sie dir in den Kopf guckt«, meinte Carlos.

»Gibt's eigentlich auch Winzerkutte aus Gummi?«, schaltete Willi sich ein. »Is vielleicht ebbes fer de Bitterlinger. Dann wird er net nass, wenn's regnet.«

Sie lachten.

»Na, dann auf in den Untergrund, Männer«, sagte Carlos. Er hatte beschlossen, sie einfach machen zu lassen. So lustig würde es auf der Reeperbahn so schnell nicht mehr werden. Er fühlte sich durch die Anwesenheit der Elwenfelser einfach nur gut, obwohl er gerade einen lukrativen Auftrag verloren hatte. Was die drei hier abzogen, hatte etwas von einer selbstironischen Performance, eine Art

Doku-Soap mit dem Titel *Von Elwenfels nach Sodom & Gomorrha: drei Pfälzer im Erotik-Palast der Großstadt.*

Im Untergeschoss gingen sie zunächst wortlos an den Verkaufsregalen mit diversen Schlaginstrumenten und Fesselutensilien vorbei, und Carlos nahm innerlich Habtachtstellung an, weil er jederzeit einen zwerchfellstrapazierenden Spruch erwartete, der gleichzeitig die Blutzufuhr im Gesicht ankurbelte. Und der ließ auch nicht lange auf sich warten.

»Ou, ou, ou mol do!«, rief Willi ihnen plötzlich über zwei Regalreihen hinweg zu und hielt eine Gummimaske in die Höhe, die eindeutig einen Schweinskopf darstellte. »Isch hab gar net gewusst, dass die do auch Fastnachtsartikel führe.« Er steckte eine Hand in die Halsöffnung und benutzte die Maske als eine Art Kasperlepuppe, die er nun hin und her bewegte und dazu laute Grunzgeräusche machte. Dann rief er: »Isch bin die ärmscht Sau von de Reeperbahn, weil isch vom FC Pauli kam. Ke Chance gehabt gege starke Pälzer, schunn land isch im Kochtopf vom Tim Mälzer.«

Das folgende Gelächter war so laut, dass die Verkäuferin plötzlich an der Treppe auftauchte, um nach dem Rechten zu sehen.

»Alles gut hier unten«, rief Carlos, »alles gut! Meine Freunde aus der Pfalz sind nur ein bisschen angetörnt von der Atmosphäre hier.«

»Ja genau«, ergänzte Karl. »Is alles so schää esoterotisch do, gell Männer?«

Nachdem sie sich einigermaßen beruhigt hatten, entdeckten die drei Elwenfelser eine Regalreihe, bei der sie nicht zu den üblichen Sprüchen animiert wurden. Beim Anblick von Feinstrümpfen und Nylons wurden sie plötzlich ganz ruhig und zahm. Plötzlich zeigten sie sich so staunend interessiert wie Kinder in einem Streichelzoo.

Es endete damit, dass sie Strümpfe für die halbe Damenwelt von Elwenfels aussuchten, besonders für Cordula, die in dem winzigen Dorf ein ziemlich bemerkenswertes Miederwarengeschäft betrieb. Seit letztem Jahr wusste Carlos, dass in Elwenfels eine Art Fetisch für feine Strumpfwaren existierte, und die Erinnerung an ein Erlebnis in der Felshöhle ließ ihn erröten.

Der Großeinkauf wurde an der Kasse von der Verkäuferin mit – für ihre Verhältnisse wohl euphorisch – nach oben gezogenen Mundwinkeln quittiert. Als sie Willi das Wechselgeld überreichte und sich bedankte, neigte der höflich den Kopf und sagte: »Donkschää, Madame«. Dann wandte er sich seinen Begleitern zu und bemerkte: »Hopp, schnell jetzert! Isch kann's kaum erwarte, die Dinger anzuziehe.«

Das Lächeln der Verkäuferin rutschte ab. Otto und Karl kicherten wie zwei Schulmädchen. Und Carlos folgte seinen Freunden rasch hinaus auf die Straße, wohl wissend, dass er sich hier nie wieder blicken lassen würde.

Draußen auf der Reeperbahn konnte er die drei nicht davon abhalten, sich noch ein paar Schaufenster und Stripbars von außen anzuschauen, dann hatten sie auch schon wieder Durst.

Zum Glück gab es in einer der abgelegenen Seitenstraßen eine gemütliche, urige Weinbar, die er als frischbekehrter Wein-Fan seit Kurzem kannte und für die Carlos sich gewiss keine abfälligen Bemerkungen anhören musste. Kurz darauf saß er mit Willi, Otto und Karl an einem kleinen Holztisch, vier Gläser mit Mosel-Riesling vor sich. Pfälzer Wein hatte es nicht auf die Karte geschafft.

Die nun folgenden Reaktionen waren abzusehen. Nach den ersten verächtlichen Schmätzern folgte das Urteil der pfälzisch-lokalpatriotischen Weinkenner.

»Flüssig isser jo, des muss ma dem Mosel-Fiesling lasse.«

»Uff e Art isser sogar trinkbar, würd isch sage.«

»Jo, bevor ma verdurschte, odder?«

»Des könnt trotzdem passiere, wenn isch die klääne Matchbox-Gläser do anguck.«

»Jo, jetzt piens net.«

»Besser wie nix.«

»Alla, weg damit!«

Die Gläser klirrten.

Nach ein paar weiteren Runden verbalen Schlagabtausches und mehrfachen Nacherzählungen der Sexshop-Episode fragte Karl schließlich: »Alla, Carlos, jetzt verzähl mal, wie dir's geht.«

Carlos war dankbar für diese Frage. Er hatte den ganzen Nachmittag Zeit gehabt, sich die Antwort zurechtzulegen, und wusste, dass die Elwenfelser keine Freunde allzu ausschweifender Reden waren, also antwortete er kurz und bündig. »Wenn ich euch nicht so vermissen würde, ging's mir besser.«

Drei Paar Augenbrauen hoben sich synchron, und er spürte, dass er einen Nerv getroffen hatte. Carlos überspielte den Moment, indem er fragte: »Wie geht es Hans Strobel? Ist er jetzt vollends eingepfälzert bei euch? Ich hab das ja leider nicht geschafft in der kurzen Zeit, in der ich bei euch war.«

Niemand antwortete, aber Willi warf einen kurzen Blick auf seine beiden Begleiter. »Sag mol, Carlos, kann des sei, dass du willscht, dass wir disch morgen, wenn wir heimfahre, mitnehmen sollen?«

»Naja, ich will mich nicht aufdrängen. Und zwingen kann ich euch auch nicht.«

»Doch! Uff e gewisse Art un Weis zwingst du uns«, sagte Otto. »Mir sin nämlich sensibel. So e bissel wenigstens. Määnscht du wirklich, mir könnten mit ruhigem Gewisse heimfahre un disch do zurücklasse, so kreuzunglücklisch, wie du bischt?«

»Davon war keine Rede!«, wehrte Carlos ab.

»Oh!!!«, kam es aus drei Mündern gleichzeitig. Das war die kürzeste und gleichzeitig heftigste Art einer pfälzischen Verneinung.

Niemand glaubte ihm. Und Carlos war froh darüber. »Ich bin nicht unglücklich«, beharrte er. »Wobei ... glücklich eigentlich auch nicht. Naja, es war ein bisschen schwer für mich in letzter Zeit.«

Karl beugte sich vor und fixierte Carlos. »Isch hab dein Blick gesehe. Vorhin, wo der große, tutende Kaschte aus dem Hafen ausgelaufe is. Was du in de Augen hascht, des nennt ma Sehnsucht. Am liebschde tätscht du disch uff so e Schiff hocke. Un fort, Hauptsach fort, odder?«

»Okay, du hast recht«, murmelte Carlos betreten. »Aber ich will gar nicht mit dem Schiff weg.«

»Jo, nach Elwenfels geht jo auch ke Schiff«, lächelte Otto.

»Aber en Zug«, sagte Willi. »Morgen, um siebe Uhr fuchzeh.« Er beugte sich vor und sah Carlos tief in die Augen: »Sei pünktlich, Großer!«

Carlos blickte in drei grinsende Gesichter und hob automatisch sein Glas, um das Gesagte zu besiegeln, so wie er es in Elwenfels gelernt hatte. »Alla dann, hopp. Sind wir wieder gut«, sagte er leise.

»Jo, sin ma widder gut«, nickte Willi.

Die Gläser klirrten, und Carlos war auf einmal ganz schwach vor Erleichterung.

Kapitel 3

Das Teil einer Gruselgeschichte sein könnte (weil es nachts bei Mondlicht auf dem Friedhof spielt), in Wirklichkeit aber etwas ganz anderes ist

Anthony trat vor die Tür seines kleinen Häuschens am anderen Ende von Elwenfels und sog die kühle Nachtluft tief ein. Der Mond stand am Himmel wie eine riesiger Lampion, den die Sterne wie LED-Leuchten umstanden, und tauchte die Szenerie in gleißend weißes Licht, das um einiges zu hell für die klischeehafte Vollmondromantik war. Es war eine perfekte Nacht, beschloss der Friedhofsgärtner.

Perfekt, um die Marihuanablüten zu ernten. Das Zeug wucherte wie Löwenzahn zwischen dem Weg und auf den Gräbern seines Arbeitsplatzes, ganz ohne sein Zutun. Niemand störte sich daran. Immer im Mai erschienen die hellen, gezackten Blätter zwischen Rosenstöcken, Buchsbäumen, Eiben und Efeu, und Anthony hatte herausgefunden, dass die beste Zeit zur Ernte eine klare, kühle Vollmondnacht war. Er hatte keine Ahnung, warum das Zeug hier so gut gedieh, ausgerechnet neben seinem kleinen Häuschen, das einen Teil der Friedhofsmauer ausmachte.

Er hatte es nie ausgesät. Es schien fast, als wüsste die Natur, dass er als einziger Bewohner dieses Ortes den gewissen kulturellen Background hatte, noch dazu nur in

Ausnahmefällen Alkohol konsumierte, und dass sie ihn deswegen mit einer Art Ersatz bedachte. Anthony war Rastafari und ernährte sich ebenfalls entgegen der pfälzischen Gepflogenheiten auch noch vegan. Die Dorfbewohner akzeptierten seine Einstellung, ohne sich darüber lustig zu machen. Sie tolerierten auch, dass auf den Gräbern ihrer Verstorbenen eine Pflanze gedieh, die für Anthony denselben Stellenwert einnahm wie für die restlichen Elwenfelser der tägliche Riesling.

Anthony war als Friedhofsgärtner und Förster für die Pflege aller Pflanzen verantwortlich. Alles, was hier wuchs, war seiner Obhut unterstellt – und manche Pflanzen genossen seine ganz besondere Aufmerksamkeit. Anthony hatte auf all seinen Reisen durch die Welt kein einziges Mal etwas Vergleichbares geraucht, nicht einmal auf Jamaika, wo sein Vater ursprünglich herstammte. Das Gras aus Elwenfels war das beste, das er kannte. Und die Elwenfelser wären nie auf die Idee gekommen, dass eine Substanz, die die Natur hervorbrachte, verboten oder illegal sein könnte.

Gerade was diese ganz eigene Weitsicht seiner Einwohner betraf, war es sicherlich von Vorteil, dass das Dorf so isoliert war und im Schatten der großen weiten Welt sein eigenes Süppchen kochte. Elwenfels war seit Jahrhunderten ein weißer Fleck auf der politischen Landkarte. Es hatte bei seiner Gründung vor vielen Hundert Jahren Sonderrechte erhalten, die nie widerrufen oder überprüft worden waren. Es gab immer wieder Bemühungen der benachbarten Verbandsgemeinde Deidesheim, das kleine, seltsame Dorf am Rand des Pfälzerwaldes in die Verwaltungsstruktur einzugliedern, dem Tourismus zu öffnen, Kontrolle auszuüben. Bislang hatten sie noch jeden dieser Versuche abwehren können.

Allzu viel Aufmerksamkeit von außen hätte nicht nur das Aus für Anthonys Kräuter bedeutet, sondern auch für viele andere verschrobene, verrückte und absonderliche Eigenheiten. Deswegen erntete er einmal im Monat. Es fehlten nur noch eine goldene Sichel, ein langer Rauschebart und ein weißer Kapuzenumhang, um das Bild vom Druiden perfekt zu machen, dachte er.

Es war halb drei, als er mit einem kleinen Messer und einem großen Stoffbeutel aus seinem Haus trat. Die Nacht war kühl und windig, der Wald roch intensiv, und der Bach plätscherte laut dort hinten, wo der Friedhof endete. Anthony lächelte. Das Gefühl von Glück war bei ihm immer mit Dankbarkeit verknüpft. Sein Leben wäre beinahe in ganz anderen Bahnen verlaufen. Genauso gut könnte er jetzt in einem Großstadt-Ghetto in Nordamerika sitzen, mehr oder weniger zu Armut und Kriminalität verdammt, und ständig im Kampf mit dem alltäglichen Rassismus einer Gesellschaft, deren Notenbank *In God We Trust* auf ihr Geld drucken ließ; doch sein Vater, der Soldat bei der U.S. Army gewesen war, hatte 1971 eine andere Entscheidung getroffen und war während einer Stationierung in Ramstein desertiert, kurz bevor es weitergegangen wäre nach Vietnam. Später hatte er Anthony die Geschichte in immer neuen Ausschmückungen erzählt. Von seiner Odyssee durch die Dörfer im Pfälzer Wald zu seiner nächtlichen Ankunft in Elwenfels über die herzliche, kompromisslose Gastfreundschaft der Dorfbewohner bis hin zu Lina, in die er sich verliebt hatte und die ein Jahr später den kleinen Anthony zur Welt brachte.

Danke Dad, dachte Anthony und schickte einen stummen Gruß in den klaren Nachthimmel.

Er brauchte kein Licht, um die Pflanzen zu finden. Er roch sie im Dunkeln. Anthony begann bei den Gräbern direkt an der Mauer. Er liebte dieses nächtliche Ernteritual. Auf dem Turntable seines Schallplattenspielers drehte sich eigentlich immer irgendeine alte, knisternde Scheibe »Made in Jamaica«, und jetzt gerade ertönte ein leiser Nyabinghi-Rhythmus in der nächtlichen Stille. *Keep cool Babylon* sangen Ras Michael & The Sons Of Negus in den Pfälzerwald hinaus.

Er war gerade an der Nordseite der Mauer angekommen, als ihn ein leises Geräusch irritierte. Er hielt inne. Es war wie das Knirschen von Kies, aber nicht regelmäßig, sondern irgendwie abgehackt. Langsam streckte er sich. Das Knirschen kam von außerhalb der Friedhofsmauer, von der Straße. Irgendjemand war dort. Normalerweise schliefen um diese Zeit alle im Dorf. Anthony legte sein Messer und den Stoffbeutel mit seiner Ernte neben einer Grabeinfassung vorsichtig ab und ging in Richtung Friedhofstor. Wer war der nächtliche Spaziergänger? Ein schlafloser Elwenfelser, der es in seinem Bett nicht mehr aushielt?

Kurz bevor er das Tor erreichte, rief er leise eine Warnung: »Net erschrecke! Ich bin's, de Anthony.«

Das Geräusch verstummte abrupt. Anthony runzelte die Stirn. Er war kein ängstlicher Mensch. Er glaubte weder an Gespenster noch hatte er jemals eine Bedrohung empfunden in diesem Dorf. Wenn hier nachts jemand entlanglief, dann kannte er ihn oder sie. Aber dann fiel ihm ein, dass diese Gewissheit nicht mehr galt, weil seit ein paar Tagen ganz andere Menschen hier unterwegs waren.

Er straffte sich und rief: »Wer ist da?«

Keine Antwort. Keine Bewegung. Aber ein anderes Geräusch, ein ... Keuchen. Ganz nah. Hinter der Mauer. Plötzlich bereute er es, dass er sein Messer zurückgelassen hatte. Er atmete tief ein und öffnete das Friedhofstor. Das Knirschen ertönte wieder, diesmal ruckartig, lauter und verdammt nah. In der nächsten Sekunde stürzte sich etwas auf ihn und warf ihn zu Boden.

Er war zu erschrocken, um einen Laut auszustoßen oder sich zu wehren. Er landete mit dem Gesicht nach unten auf dem Asphalt der Straße, einzelne Steinchen bohrten sich in seine Wange und die Handflächen. Dann war das Keuchen direkt über ihm. Der Körper, der sich auf ihn geworfen hatte, war unglaublich stark, ein richtiges Kraftpaket, und Anthony spürte sofort, dass er keine Chance hatte. Er spürte zwei entschlossene Hände, die ihn unten hielten, und Beine, die ihn in die Zange nahmen.

»Ich ... ich bin unbewaffnet«, stieß Anthony hervor, weil ihm nichts Besseres einfiel. Vorsichtig drehte er seinen Kopf, um den Angreifer sehen zu können – und sah über sich eine dunkle Gestalt knien.

Es war jener Augenblick, in dem Charlotte nur ein paar Hundert Meter weiter neben ihrem toten Mann auf den Waldboden sank, als Anthony bewusst wurde, dass er die erste Gewalterfahrung seines Lebens machte.

Er starrte entgeistert in das Gesicht über sich und erkannte, dass es schwarz war. Genauso schwarz wie seines. Und dass es das Gesicht einer Frau war.

Sie trug ein schmutziges, weißes T-Shirt. Es war ein eigenartiger Anflug von absoluter Klarheit, in dem Anthony begriff, was hier los war.

Ohne zu blinzeln, blickte er in das Gesicht. Er sah zwei große, schwarze Augen. Und das, was er in ihren Augen sah, überlagerte die Gewalt, die dieser Körper auf ihn ausübte. Es war die blanke Angst.

Der Körper auf ihm veränderte sich. Anthony spürte ein leises Zittern, das Oberschenkel und Arme ergriff. Die

Frau, die auf ihm saß, schien gleichzeitig zu versteinern und zu zerbrechen. Anthony nutzte den Moment. Er schnellte nach oben, schüttelte ihre Hände ab und packte die Frau an den Armen. In der nächsten Sekunde sank sie zur Seite gegen die Friedhofsmauer. Ihre Augen flackerten. Aus ihrem verzerrten Mund kam ein leises Wimmern wie von einem verletzten Tier. Ihr Körper versuchte noch, ein antrainiertes Programm aus Stärke und Gegenwehr abzuspulen, die Hände deuteten schwache Schlagbewegungen an, aber Anthony ließ es nicht zu. Er zog die Frau an sich und nahm sie fest in die Arme. Sie ließ es geschehen.

Er wusste zwar nicht, wie Angstschweiß roch, aber der bittere Geruch, den sie ausströmte, konnte nichts anderes sein. Sie zitterte jetzt unkontrolliert und begann, unterdrückt zu schluchzen. Er wollte sie nicht zu sehr bedrängen und lockerte seinen Griff ein wenig, aber die Frau klammerte sich jetzt an ihm fest und presste ihr Gesicht in seine Armbeuge.

Anthonys Herz hämmerte wild gegen seine Rippen. Was sollte er jetzt tun? Er sah die Straße in beide Richtungen hinunter, aber alles blieb still. Vorsichtig versuchte er, die Frau ein wenig von sich wegzuschieben und aufzustehen. Sie lockerte ihren Griff und fühlte sich jetzt an wie eine schlaffe Puppe. Anthony bugsierte sie mit sich durch den Eingang zum Friedhof und schob das Eisentor zu. Die Frau war ohne jede Körperspannung. Sie atmete gequält, als enthielte die Luft nicht genug Sauerstoff. Anthony stützte sie mit beiden Armen und führte sie zur Tür seines Hauses. Sie ließ es widerstandslos geschehen. Der Reggae-Trommelrhythmus, der aus dem Haus drang, machte Anthony mit einem Schlag ruhiger.

Drinnen ließ er die Frau auf das Sofa sinken und drehte

die Musik ein bisschen leiser. Sie verfolgte ihn mit ängstlichen Augen. Dann nahm sie die geöffnete Tür ins Visier. »Close it!«, wisperte sie mit geweiteten Augen. »Close the door!«

Anthony schloss die Tür, holte ein Glas Wasser und kniete sich dann vor das Sofa. Das Gesicht der Frau war starr vor Schreck. Und gleichzeitig fiel ihr Ausdruck immer wieder in sich zusammen. Dazwischen war es, als würde man in ein ganz anderes Gesicht sehen. Als würden sich Maske und Gesicht immer wieder abwechseln. Anthony war ratlos. Er wusste nicht, was diese Frau jetzt brauchte. Das Wasserglas schaute sie nicht mal an. Aber offensichtlich schien die geschlossene Tür sie zu beruhigen.

»What's your name?«, fragte er leise.

Sie sah ihn an, als hätte er sie auf Amharisch angesprochen, der Amtssprache Äthiopiens. Dann schüttelte sie den Kopf und flüsterte: »No name.«

Zwei Silben, bei denen es Anthony auf einmal wieder ganz kalt wurde vor Unbehagen. Dann sank die Frau zur Seite und umklammerte eins der Kissen. Im nächsten Moment war sie eingeschlafen.

Kapitel 4

Warum in einem verlorenen Paradies niemand einen roten Teppich ausrollt

Als Carlos sich am Mannheimer Hauptbahnhof auf den Rücksitz des kleinen, alten VW Käfer neben Willi zwängte, war ihm seine Vorfreude auf Elwenfels fast schon ein wenig unheimlich. Sein Herz hüpfte, als wollte es sich schon mal warm machen für die ganz große Freude später, wenn sie ankommen würden.

Es war noch ein ganz schönes Stück bis Elwenfels, und der beste Teil der Reise kam noch. Willi entspannte sich sichtlich in Ottos kleinem Oldtimer. Er war schon eingeschlafen, als sich auf der Hochstraße über Ludwigshafen der Blick öffnete. Auf die blauen Berge der Haardt, mit einer Sonne, die mit orangeroten Strahlen fast kitschig über der Weinstraße stand. Vielleicht wollte sie sich heute etwas mehr Zeit mit dem Untergehen lassen, nur um den Anblick der Landschaft unter ihr noch ein Weilchen zu genießen, dachte Carlos.

Willis Kopf sank an Carlos' Schulter, und kurz darauf hörte er sich an wie ein Bär im Winterschlaf. Otto und Karl schwiegen, aber es war ein behagliches, dankbares Schweigen von Menschen, für die Heimat mehr war als nur ein Wohnort.

In Carlos kamen Erinnerungen an die Urlaube seiner

Kindheit hoch. Einmal im Jahr waren seine Eltern mit ihm im Wohnmobil an die französische Atlantikküste gefahren. Eine fünfzehn Stunden währende Fahrt voller Langeweile, und Carlos war seinen Eltern mit der einen Frage im Ohr gelegen, die für ein Kind wichtig ist, wenn es in einen fahrbaren Untersatz gequetscht wird und stundenlang ausharren muss: Wie weit noch?

Bald tauchten die ersten Rebenreihen neben der Autobahn auf, und Carlos' Herz schlug höher. So war es damals auch gewesen. Kaum hatten seine Eltern südlich von Bordeaux die Autobahn verlassen und waren auf einer Landstraße durch ausgedehnte Pinienwälder gefahren, zwischen denen das Meer aufblitzte, da hatte Carlos die quälenden letzten vierzehn Stunden vergessen und sich zappelnd vor Ungeduld gefreut.

Nach einer knappen halben Stunde fuhr Otto von der Autobahn ab und bog auf die Weinstraße ein. Beim Anblick der Hügelkette, an der sich die Weinreihen sanft nach oben schmiegten, malte sich ein Dauerlächeln auf Carlos' Gesicht. Noch vor einem Tag hatte sein Leben ganz anders ausgesehen, und er hätte niemals gedacht, dass seine nagende Sehnsucht sich so unverhofft erfüllen würde. Er zwang sich dazu, jeden Moment ganz bewusst zu genießen und in sich aufzusaugen.

»Kaum zu glauben«, sagte er leise, »letztes Jahr bin ich hier langgefahren und fand alles schrecklich. In meinem Kopf saß jemand, der alles schlecht gemacht hat – die Dörfer, die Reben, die Leute. Unfassbar, einfach unfassbar.«

Otto und Karl stießen ein gutmütiges Lachen aus.

»Eigentlisch müssten mir disch umbenenne von Saulus in Paulus!«, schlug Karl vor. »Isch bin mir sicher, der is damals auch do bei uns in de Palz bekehrt worden, bloß is des beim Abschreibe von de Bibel irgendwie untergegange, weeschwieschmään?«

»Ähm, ich bin nicht sonderlich bibelfest«, gestand Carlos.

»Des is net schlimm«, winkte Karl ab. »Hauptsach, du bischt bekehrt.«

»Bin ich«, bestätigte Carlos. »Halleluja!«

Die Männer lachten.

Auf der Weinstraße würden sie kurz vor Deidesheim nach rechts abbiegen und zwischen den aufgereihten Reben den Hang hinauffahren, um dann in den Wald einzutauchen. In Carlos' Nacken breitete sich ein wohliges Kribbeln aus. Doch als die Abzweigung kam, vermisste er etwas. »Wo ist denn das Schild?«, fragte er.

»Abmontiert«, bemerkte Otto trocken. »Des Paradies wird net ausgeschildert, so äfach is des.«

Willi erwachte mit einem lauten Schnarcher und zuckte zusammen. Ein kurzer Blick, und er hatte die Koordinaten erfasst. »Endlisch!«, sagte er und kurbelte die Scheibe herunter. »Des gelobte Land hot uns widder.«

Carlos fing einen feinen, grasig blumigen Duft von draußen auf. »Was riecht denn hier so gut?«

»Des is die Rebblüte«, klärte Otto ihn auf. »Riecht gut, odder?«

»Du kommscht genau richtisch, Großer. Heut Nacht werd nämlich was gefeiert!«

Carlos verstand nicht genau, was Willi damit meinte, aber es war ihm egal. Er war viel zu sehr damit beschäftigt, die sattgrünen Bäume zu bewundern, in deren Schatten der Käfer jetzt eintauchte. Die Erinnerung an jenen Tag im vergangenen September, als er selbst seinen Audi diese Straße hochgelenkt hatte, war ständig präsent. Damals hatte er sich gefreut, dass er das Rebenmeer der Ebene mit seinen Weinfesten und von Touristen bevölkerten Dörfern endlich hinter sich lassen konnte.

In Ermangelung eines elektrischen Fensterhebers oder einer Drehkurbel klappte er das Fenster ein Stück auf und atmete tief den Waldgeruch ein. Ein Blick auf seine Uhr zeigte ihm, dass er auch heute um kurz vor sechs in Elwenfels ankommen würde – genau wie damals.

Otto lenkte den Käfer mit geschmeidigen Bewegungen die kurvige Waldstraße entlang.

Carlos konnte es kaum erwarten, endlich über die kleine Steinbrücke ins Dorf hineinzufahren und dann auszusteigen, mitten auf dem Platz neben dem Elwetritsche-Brunnen. Na, die würden Augen machen! Er freute sich auf die überraschten Gesichter der Elwenfelser wie ein kleines Kind, dass Willi, Otto und Karl ihn aus dem hohen Norden mitgebracht hatten.

Erst später würde Carlos auffallen, dass es bereits zu diesem Zeitpunkt Anzeichen dafür gegeben hatte, dass etwas nicht stimmte. Ganz und gar nicht stimmte.

Denn ein Bewohner von Elwenfels, auf den er sich ganz besonders freute und der immer in der Umgebung des Dorfes irgendwo auftauchte, war heute nicht zu sehen. Auch den anderen fiel seine Abwesenheit auf.

»Wo is'n de Erwin?«, fragte Otto verwundert.

Normalerweise tuckerte er doch immer durch den Wald. Ganz gleich, wann und wie man sich Elwenfels näherte – immer tauchte irgendwo der uralte Traktor auf, den Anhänger voller Trauben. Und sein Fahrer war der jüngste Alte des Universums. Die Begegnung mit dem singenden Altwinzer und seinem unerschöpflichen Arsenal rätselhafter volksphilosophischer Sprüche hatte dafür gesorgt, dass Carlos sein Leben in einem anderen

Licht sah. Dank Erwin nahm Carlos die Dinge nicht mehr so ernst und verbissen.

Dieser Erwin, der aus einer anderen Dimension des Lebens kam, personifizierte Elwenfels wie kein anderer. Carlos dachte oft an ihn. Er hatte bei seinem ersten Besuch hier unglaubliche Dinge über den alten Winzer erfahren, von denen er bis jetzt nicht wusste, ob sie real oder Teil der Legenden waren, die sich um Elwenfels rankten wie der Efeu an der Friedhofsmauer.

Carlos spürte auf einmal eine nagende Enttäuschung. Wo war der kleine Traktor? Die drei Männer suchten stirnrunzelnd den Waldrand und die Straße vor ihnen ab. Aber Erwin blieb verschwunden.

Dann kam das Dorf. Das zugewachsene Schild, das nur noch ein kleines »f« und ein »s« freigab. Schon war die kurze Irritation wie weggeblasen, Carlos' Freude dehnte sich aus wie ein Luftballon kurz vor dem Platzen.

»Wisst ihr was?«, verkündete er lauthals. »Ich hätte jetzt, glaub ich, erst mal Lust auf eine Rieslingschorle.«

»*Eine*?«, echote Willi und schlug Carlos aufs Knie. »Bischt du immer noch Abschtinenzler?« Er schmatzte demonstrativ und löste den Sicherheitsgurt. »Mindeschtens sechse müsse ma trinke, dass der durschtische Tag geschtern wieder uffgeholt is.«

»Awwer wirklisch. Isch fühl mich, wie wenn isch ein Jahr uffm Mond gewese wär!«, sagte Karl und streckte sich ächzend. »Odder im Saarland.«

»Ma sagt jo immer, dass Durscht schlimmer is wie Heimweh«, meinte Otto beinahe nachdenklich. »Aber jetzt bin isch mir do gar nimmi so sicher.«

Sie rollten auf den Platz vor der immer noch mit grünen Planen verhängten Kirche, und schon wieder kam das intensive Gefühl eines Déjà-vu in Carlos hoch. Der Platz lag genauso verlassen wie damals.

»Was'n do los?«, fragte Willi. »Die üwwerschlagen sich jo fascht vor Wiedersehensfreud, hä?«

Sie stiegen aus. Carlos erinnerte sich noch gut an die spezielle Stille in Elwenfels. Das einzige Geräusch war das Geplätscher des Brunnens und das Gurren der Tauben.

Wie selbstverständlich wandte sich Carlos der Weinstube zu, die an der Westseite des Platzes lag. »Sicher gibt es da drin eine kleine Willkommensfeier für euch, oder nicht?«, fragte er heiter.

Aber Willi, Otto und Karl waren gar nicht mehr so ausgelassen und sahen sich irritiert um. Langsam gingen sie Carlos hinterher, der mit großen Schritten durch den Hof des Gasthauses eilte und den anderen erst an der Tür den Vortritt ließ. Er zitterte vor freudiger Erwartung.

Willi stieß die Tür zum Gastraum auf.

Drinnen herrschte wieder dieses Zwielicht, an das sich die Augen erst gewöhnen mussten. Da! Ein heimeliger Geruch nach altem Holz und gebratenen Kartoffeln.

Carlos schlüpfte neben den dreien durch die Tür und hätte am liebsten laut *Taddaaaa!* gerufen. Aber eine Sekunde später hatte er das Gefühl, in den Versammlungsraum eines Bestattungsunternehmens zu platzen, in dem Hinterbliebene trauerten. Blasse Gesichter schälten sich aus dem schummrigen Hintergrund, große Augen starrten ihnen entgegen. Die Definition pfälzischer Wiedersehensfreude hatte eindeutig bessere Tage gesehen.

In Carlos' Brust zog sich ein Knoten zusammen. Er konnte förmlich spüren, wie sich seine eigene Gesichtsfarbe der der anderen anpasste, und ein Blick auf Willi zeigte ihm, dass auch bei ihm alles Blut aus den Wangen gewichen war.

»Was zum Deifel …?«, stieß Pfarrer Karl erschrocken hervor.

Carlos erkannte jetzt Einzelheiten. In der Gaststube saßen gewiss an die Hundert Menschen eng zusammengequetscht an den Tischen, standen an der Theke und lehnten an den Wänden. Das Detail, das Carlos bei seinem letzten Besuch so lieb gewonnen hatte – die großen Halbliter-Schorlegläser –, konnte er auch ausmachen, nur wirkten die matt schimmernden Dubbeschoppen auf den Tischen heute nicht wie die fröhlichen Gefäße pfälzischer Lebenslust, sondern wie traurige Blumenvasen, an denen sich die Anwesenden festhielten. Der ganze Raum strahlte eine intensive Verzweiflung aus.

»Hear! Was um alles in der Welt is'n do los?!«, rief Karl in die Menge. Seine Stimme bebte. »Was'n passiert? Wer is'n gestorbe?«

Carlos ließ hastig den Blick durch die Runde schweifen. Er nahm nun einzelne Gesichter wahr. Die Bäckerin Zippel, Alfred, die schöne Cordula sowie Brigitte und Berthold, die beiden Pensionswirte, die ihn letztes Jahr beherbergt hatten. Und hinter der Theke das liebevolle, vertraute Gesicht von Elsbeth, oder kurz Bettel, der Gastwirtin. Eine Frau, wie sie jeder Mensch auf der Welt als Großmutter haben möchte.

Die alte Wirtin strengte die Augen gegen das Licht an, das zur immer noch offenen Tür hereinfiel und die Neuankömmlinge schlecht sichtbar machte. Als sie Carlos erkannte, hellte sich ihr Gesicht ein wenig auf. Sie zeigte mit einem leicht zitternden Finger auf ihn.

»Ah, guck emol do. Des kann doch net wohr sei!«, rief sie aus und knuffte eine neben ihr stehende Gestalt, deren Gesicht im Schatten der Hängeschränke lag. »De Carlos! Isch fass es net. Könnt ihr Gedanke lese, dass ihr den mitbringt, grad jetzt, wo ma ihn am meischte brauche?«

Jetzt erst schienen die versammelten Menschen zu begreifen, dass der vierte Mann neben der Tür keiner der ihren war.

»Nee, das gib's ja nich!«, ertönte eine hanseatisch gefärbte Stimme aus einer Ecke.

Hans Strobel. Sein Hamburger Landsmann. Wegen ihm war Carlos als Privatdetektiv im vergangenen September hier gelandet. Und auf der Suche nach ihm hatte er am Ende weit mehr gefunden als nur den ehemaligen Multimillionär, der nun behände auf dem Gerüst an der Kirche herumkletterte und uralte Steinskulpturen restaurierte. Strobel winkte zaghaft, ohne zu lächeln.

»Jetzt wird alles gut!«, verkündete Frau Zippel und strahlte ihn an.

Carlos sah sich verwirrt um.

»Was donn? Was wird gut?« Das war Otto. Seine Augen suchten angestrengt das Zwielicht ab. Er war verheiratet mit einer Frau namens Lilly, die Carlos nur flüchtig kannte. Lilly trat nun aus dem Hintergrund vor und umarmte ihren Mann. Otto atmete erleichtert aus und umschlang Lilly, die in seinen breiten Armen versank wie ein kleines Kuscheltier in den Armen eines Kindes.

Carlos hielt Ausschau nach dem Gesicht, auf das er sich eigentlich am meisten gefreut hatte. Charlotte. Beim Gedanken an deren Schwester Sofie, wegen der er vergangenes Jahr Herzklopfen bekommen hatte, befiel ihn dagegen immer noch ein Gefühl von Befangenheit und Nervosität. Und das nicht bloß, weil Sofie die große Liebe von Hans Strobel war, was Carlos im Nachhinein als ein unerhörter Zufall erschien, als spöttischer Scherz des Universums.

Aber Charlotte, die ebenso unerreichbar war wie Sofie, hatte es ebenfalls geschafft, ihn bis ins Mark zu verzaubern. Er stellte sich gern vor, dass Sofies und Charlottes Mutter eine Märchenfee gewesen war, die ihre Töchter nicht nur mit außergewöhnlicher Schönheit, sondern auch mit einem geheimnisvollen, ungreifbaren Etwas ausgestattet hatte, was Carlos noch bei keiner anderen Frau jemals wahrgenommen hatte. Jedenfalls hatte es Charlotte geschafft, dass er seit acht Monaten mindestens einmal am Tag an sie dachte. An ihren intensiven Blick. An ihren Kuss, der ein bisschen zu nah an seinem Mund gewesen war, um nur ein einfaches Abschiedsküsschen zu sein.

Jetzt sah er sie, und sein Herz machte schon wieder einen kleinen Sprung.

Charlotte stand neben der Theke, und ihre Wangen waren tränenüberströmt. Als sich ihre Blicke trafen, huschte ein ungläubiges Lächeln über ihr Gesicht. Ein Lächeln, das es trotz aller Widrigkeiten immer noch schaffte, den ganzen Raum zum Leuchten zu bringen. Carlos schluckte. Er wollte sich nur noch setzen.

Plötzlich veränderte sich die Stimmung im Gasthaus. Das traurige Festhalten an den Schorlegläsern ging über in eine Art allgemeines Aufatmen. Man prostete sich zu, wenn auch ohne die sonst üblichen Sprüche.

Die Wirtin, die es trotz Kittelschürze und grauer Gouvernantenfrisur schaffte, wie eine alte Operndiva auszusehen, stellte vier Schoppengläser auf die Theke und mischte mit gekonnten Handgriffen vier Pfälzer Schorle, die die vier Männer dankbar ergriffen.

»Alla hopp«, sagte sie. »Schää, dass ihr widder do sin.«

Das nächste Déjà-vu: In Carlos' Hand lag wieder dieses riesige Weinglas, und seine Finger gruben sich gierig in die Vertiefungen. Wie hatte er nur jemals denken können, dass ein Pils auch nur annähernd diesem Getränk das Wasser reichen konnte?

Entgegen ihrer sonstigen Manier tranken Willi, Otto und Karl eher zögerlich und stießen nicht einmal mit ihm an. Auf ein vielstimmiges »Herzlich willkommen in Elwenfels!« wartete Carlos vergebens. Trotzdem genoss er den ersten Schluck. Der zweite erfrischte ihn, und der dritte beruhigte ihn. Er war wieder zu Hause.

In diesem Augenblick trat Charlottes Schwester Sofie aus der Tür zum Keller. In der Hand trug sie einen Korb mit fünf staubigen, uralten Weinflaschen. Als sie Carlos sah, rutschte ihr der Korb beinahe aus der Hand. »Nää!«, rief sie ungläubig aus. »Woher wusstest du …?«

Sie stellte den Korb ab, ging auf Carlos zu, ergriff seine Hände und sah ihn entgeistert an. Carlos schluckte.

Ihre Augen waren viel zu grün, viel zu schillernd und tief, um menschliche Augen zu sein. Seine Handflächen wurden ganz feucht. »Ja, also, ich freu mich auch«, sagte er etwas verlegen. »Aber, was ist denn hier los bei euch?«

»Carlos, du kommst zu einer ungünstigen Zeit«, erwiderte Sofie seufzend. »Un gleichzeitig schickt dich de Himmel.«

»So wie in eurem Lieblingsspruch?«, fragte er und zwang sich zu einem Lächeln. »Wie war das noch gleich? Komm und geh auch weg?«

Vereinzelt wurde zaghaftes Lachen laut.

»Kumm, geh fort!«, verbesserte ihn Willi und stieß nun doch sein Glas mit seinem zusammen. »Du hascht escht was gelernt bei uns.«

»Hear, mir reischts jetzert«, dröhnte Otto durch den Raum. »Kann uns jemand mol aufkläre, was do los is, zum Dunnerwedder nochemol?«

Statt einer Antwort deutete Sofie auf ihre Schwester Charlotte, die sich, die Tränen abwischend, von der Theke löste und nach vorn kam. Wortlos fiel sie Carlos um den Hals.

Entgeistert legte er die Arme um sie. Sie roch nach Angst wie jemand, der einen furchtbaren Schock erlitten hatte. Als sie sich von ihm löste, wusste er plötzlich, was los war. Er sah es in ihren Augen.

Sofie spürte wohl, dass Charlotte nicht in der Lage war, auch nur irgendetwas zu erklären, deshalb übernahm sie. »De Mann von de Charlotte, de Hartmut. Er is tot.« Mit einem vielsagenden Blick zu Carlos fügte sie hinzu: »Is gestern Nacht ermordet worden.«

Kapitel 5

In dem Carlos klar wird, dass sein Urlaub zu Ende ist, bevor er überhaupt begonnen hat

Eigentlich hätte Carlos an diesem Tag ein T-Shirt mit dem abgedroschenen Spruch »Leben ist das, was passiert, während du andere Pläne machst« tragen müssen. Nichts wäre treffender gewesen. Er hatte sich auf lustige Tage in Elwenfels gefreut und war mitten in eine Tragödie geplatzt. Was nicht hieß, dass der Humor ganz auf der Strecke bleiben musste. Das wusste er spätestens seit den dramatischen Ereignissen bei seinem letzten Besuch. Die Elwenfelser waren, wie die meisten anderen Pfälzer, geprägt durch eine ständige Bereitschaft, dem Leben mit all seinen manchmal auch negativen Überraschungen immer etwas Humorvolles abzuringen (und sei es nur rhetorisch). Es war diese Mischung aus unverblümter Direktheit und permanenter Bereitschaft zur Verbalsatire, die die Mentalität dieser Menschen so einzigartig machte – und für den nicht Eingeweihten auch so unverständlich.

Nachdem die Begrüßung mit den Dorfbewohnern zu guter Letzt doch noch überaus herzlich ausgefallen war, war Carlos, von all den Umarmungen ziemlich zerknittert, mit dem harten Kern der Elwenfelser an einen Tisch im angrenzenden Festsaal gezogen: Neben ihm saßen Sofie und Charlotte und sein Landsmann Strobel, auf der anderen Seite des Tisches die Wirtin Bettel, Willi, Otto, Karl und der Arzt Michael Schaf.

Die alte Wirtin, Großmutter der beiden Schwestern, hatte Carlos an sich gedrückt wie den verlorenen Sohn und erst mal eine große Portion Bratkartoffeln mit weißem Käs auf den Tisch gestellt, begleitet von einem zwar einsilbigen, aber äußerst liebevollen »Do!«.

Carlos lächelte wie ein braver Schwiegersohn.

Bettel sagte: »Genau wie beim erschte Mol, wo du so ganz forzdormelisch do ankumme bischt, weischt noch?«

Wie hätte er seine erste Begegnung mit den Eingeborenen und den nachfolgenden Initiationsritus jemals vergessen können. Carlos traute sich angesichts der Schreckensnachricht gar nicht so richtig zu essen; zuerst wollte er wissen, was genau geschehen war.

Sofie begann zu erzählen: »Charlotte hat ihn heut Nacht gefunden. Hinter de Mauer am Waldrand. Ihm is de Schädel eingeschlagen worden. Mit em Stein.«

»Aber ... warum?«, fragte Carlos. Er hatte auch schon mal intelligentere Fragen gestellt. Aber es war schon ein Weilchen her, dass er mit einem Mord zu tun hatte. Außerdem war er hier emotional involviert und fühlte sich ein bisschen befangen – wie immer in der Anwesenheit der beiden schönen Schwestern.

»Gudi Frag, Herr Kommissar«, sagte Bettel und verschränkte die Arme vor der Brust. »Von uns war's jedenfalls keins.«

»Natürlich net«, sagte Sofie ruhig. »Niemand in Elwefels wär fähig, so was zu machen. Auf der andere Seit isses auch klar, dass ihn keiner gemocht hat ... so richtig.« Sie drückte ihrer Schwester mitfühlend die Hand. »Wenn do einer net reingepasst hat, dann war's de Hartmut.«

Carlos sah, wie Hans Strobel seiner Lebensgefährtin

Sofie ein subtiles Lächeln voller Dankbarkeit sandte. Er selbst war von den Elwenfelsern akzeptiert worden, obwohl er als Hanseat quasi von einem fremden Planeten kam. Dem eingeheirateten Bitterlinger, einem gescheiterten Winzer aus Stuttgart, war dieses Glück allerdings nicht beschieden gewesen, was nicht an seiner Herkunft lag, sondern an seiner Weigerung, sich auf die Lebenseinstellung der Elwenfelser einzulassen. Er war ein grantiger, freudloser und verbissener Mensch gewesen, der nur an seinen persönlichen Erfolg dachte und anstelle seines Herzen eine Registrierkasse besaß. Einer, der nur ans Geld dachte und an dem die Schönheiten des Lebens ungesehen vorbeirauschten. Und Carlos hatte schon damals eine Ahnung davon bekommen, dass Hartmut Bitterlinger und Charlotte so gut zusammenpassten wie Kapitän Ahab und ein Walfanggegner.

»Aber davon hat die Polizei ja keine Ahnung, oder?«, nahm Carlos den Faden wieder auf. »Waren die überhaupt schon hier?«

Betretenes Schweigen.

Sofie trank einen Schluck aus ihrem Schorleglas, ehe sie weitersprach. »Tja, des is des Hauptproblem.«

Bettel zog scharf die Luft ein und nickte widerwillig. »Hajoo. Die Polizei war do. Do bei uns, in Elwefels.«

Sofie und Charlotte nickten betreten. Willi hieb die Faust auf den Tisch und wollte gerade einem Wutanfall freien Lauf lassen, aber ein strenger Blick der Wirtin ließ ihn zusammensinken.

»Es ging net anders«, sagte Sofie.

»Aber ich dachte, ihr regelt solche Sachen eher unter euch«, sagte Carlos und konnte nicht fassen, was er da sagte.

»Ja, des hätten wir jo auch so gemacht«, murmelte

Charlotte. »Normalerweis ... aber es war do jetzt einfach net zu vermeide.« Ihre Stimme klang hohl und erschöpft.

»Des arme Mädel war die ganz Zeit neben der Leich gesesse bis morgens!«, lamentierte Bettel. »Is halb verfrore im Wald.«

»De Berthold hat sie dann um siebe Uhr in de Früh gefunde, wo er mit seim Hund naus is«, erzählte Sofie weiter. »Un später sin dann de Alfred, de Berthold und de Michael in de Wald und ham de Hartmut dann ... also, mitgenommen.«

»Wir wollte ihn erscht mal zu mir in die Praxis bringe«, sagte der Dorfarzt.

Carlos sah ihn mit aufgerissenen Augen an. Der ehemalige Kriminalkommissar, der noch in ihm steckte, schlug fassungslos die Hände über dem Kopf zusammen. Er wusste nicht, ob er derartige Naivität verteufeln oder einfach nur bewundern sollte.

»Jo, jetzt guck net so wie die Kuh, wenn's blitzt!«, blaffte Michael ihn an. »Ich persönlich trag auch lieber Knoche durch die Gegend, wo schon fünf Jahr rumgelegen sin, als wie en frische Tote.«

Carlos konnte ein kurzes Zucken seiner Mundwinkel nicht unterdrücken. Er dachte an den vergangenen September, als er mit den gleichen Männern, die jetzt am Tisch saßen, im Wald ein Skelett freigelegt und an anderer Stelle drapiert hatte, um die Polizei auf die richtige Fährte zu lotsen. Er schluckte.

»Also, jedenfalls ham mir de Hartmut ausm Wald geholt un wollten ihn in die Praxis bringe. Un wer kommt grad in dem Moment in de Ort gerollt?«

Carlos zuckte mit den Schultern, aber dann fiel ihm der Name des Streifenpolizisten wieder ein: »Wachtmeister Zohres.«

Die anderen nickten gequält. Willi stöhnte auf und schaufelte Bratkartoffeln auf seinen Teller, um sie nicht gerade zärtlich mit seiner Gabel zu traktieren. Als wäre jede Kartoffel ein Stück vom Gesicht des Gesetzeshüters, der in Elwenfels so gern gesehen war wie ein Schneesturm in der Karibik.

Zohres war Polizist aus dem nahen Deidesheim, den Carlos im letzten Jahr kennengelernt hatte. Ein selbst ernannter Provinz-Sheriff, der ein paarmal in der Woche in Elwenfels auftauchte, um nach dem Rechten zu sehen, wie er es ausdrückte. Er war besessen von dem Gedanken, dass in Elwenfels ungute, verbotene Dinge ausgebrütet wurden. Und überhaupt konnte er dieses seltsame, verwunschene Dorf, das es immer wieder schaffte, sich einer übergeordneten staatlichen Verwaltung zu entziehen, nur schwer mit seinem Berufsethos vereinbaren. Immer wieder tauchte er unangekündigt mit seinem Streifenwagen auf, stets darauf erpicht, die Elwenfelser in flagranti bei irgendeiner Untat zu ertappen. Diesmal hatte sich seine Hartnäckigkeit offenbar gelohnt.

»Stell der des mol vor!«, knurrte Michael. »Der kommt do angerollt, un des Erste, was er sieht, sin drei Leut, wo e blutige Leich rumschleppen. Volltreffer fer de Herr Wachtmeeschder! Da konnten wir wirklich nix mehr mache.«

»De Zohres hat natürlich sofort Verstärkung gerufen«, seufzte Sofie. »Um neun Uhr war do alles voll. Polizei, Gerichtsmedizin, Spurensicherung. Alles, was man so braucht in der böse Welt do drauße ...«

Willi verdrehte die Augen und legte die Hände vors Gesicht. Sein Teller war bereits leer. Otto guckte ins Leere, ohne etwas zu sagen. Karl streichelte Charlottes Rücken. Und der eingebürgerte Hanseat Strobel schüttelte ungläubig den Kopf. Es war das erste Mal, dass Carlos diese Männer sprachlos sah.

»Die sin erst vor einer Stund wieder fort«, flüsterte Charlotte. »Kurz bevor ihr gekommen seid.«

»Und?«, drängte Carlos. »Wer hat ihn getötet?«

»Wissen wir net«, sagte Sofie. »Aber für die sin wir natürlich all verdächtig. Auch ohne die Aktion mit dem Leichentransport am helllichte Tag. Un so glaubt die Polizei jetzt natürlich, dass wir den Mord vertusche wollte.«

»Wolltet ihr ja irgendwie auch«, stellte Carlos nüchtern fest.

Willi hob ruckartig den Kopf und sah ihn scharf an.

Sofie legte ihm eine Hand auf den Arm und sagte sanft: »Wir wollten des auf unser Art un Weis kläre. Des is en Unterschied!«

Carlos lächelte schief. »Ob das die Kriminalpolizei versteht, ist die andere Frage.«

»Jo klar«, schaltete sich jetzt Michael Schaf, der Arzt, ein. »De Tatort war natürlich, wie sagt man, verunreinigt. Die Leut mit denne weiße Ganzkörperkondome do, die Spurensicherung, sechs Stund ham die do rumgemacht. Jede einzelne Tannennadel ham die eingesteckt. Un die andere sin rum un ham de halbe Ort befragt. Morgen kommen sie wieder.«

»Ich muss morgen nach Ludwigshafen ins Präsidium«, sagte Charlotte beklommen. »Meine Aussage machen.«

Sofie legte den Arm um sie. »Sie haben die Charlotte erst mal in Ruhe gelassen. Aber die wollen natürlich wissen, warum sie vier Stunden neben ihrem tote Mann sitzt un keinem Bescheid sagt.«

»Wie hast du ihn, also Hartmut, wie hast du ihn denn gefunden?«, fragte Carlos behutsam.

Charlotte atmete tief ein und sah ihn an. Carlos Brust

zog sich zusammen. Es war schrecklich, sie so erschüttert und bleich zu sehen. »Ich weiß, was all denken. Dass ich de Hartmut net geliebt hab. Des stimmt auch. In letzter Zeit hab ich ihn wirklich net besonders ... gern gehabt. Aber des war net immer so. Und dass alles so gekommen is, hat jo en Grund.« Sie senkte den Kopf und starrte auf die Tischplatte.

Niemand sagte etwas. Carlos erinnerte sich an das Unvorstellbare, was Hartmut Bitterlinger verbrochen hatte. Ein bilderbuchreifer Frevel. Der größte Betrug an Elwenfels und seinen kollektiven Werten. Dass sie ihn nach seinem Verrat nicht mit Mistgabeln und Fackeln aus dem Dorf gejagt hatten, war nur der Tatsache geschuldet, dass die Menschen hier viel kreativer waren, wenn es um Rache ging. Sie hatten ihn auf eine weitaus effektivere Weise bestraft. Carlos hatte nie erfahren, wie es Bitterlinger danach ergangen war. Leicht war das Leben für ihn im Dorf sicher nicht geworden. Auch nicht an der Seite einer so bezaubernden Frau wie Charlotte.

»Ich hab's gespürt«, fuhr Charlotte fort. »In de Nacht, wo's passiert is, hab ich's gespürt. Ich bin ans Fenster un hab gesehen, wie sich hinter der Mauer was bewegt hat. Er muss gestorben sein, wo ich grad ausm Haus bin, um zu gucke.« Sie verbarg ihr Gesicht wieder in den Händen.

»Aber das würde bedeuten, dass du dem Mörder ganz nah warst«, meinte Carlos.

Charlotte nickte schwach. »Aber wer macht denn so was?«, stieß sie hervor. »Un dann noch so! Den Schädel einschlagen. Ich geb ja zu, er hat bei uns en schwere Stand gehabt. Aber so was, des hätt von uns do niemand mache könne.«

Die anderen schüttelten wortlos den Kopf.

Sofie sah nachdenklich in die Runde. »Stimmt schon:

Wir haben uns oft gewünscht, de Hartmut loszuwerde. Aber so was hat er net verdient. Keiner hat de Tod verdient, bloß weil er en schlechte Woi macht.«

Wie auf ein geheimes Kommando griffen alle am Tisch nach ihren Gläsern und stießen überraschend zart miteinander an.

»Uff de Hartmut«, sagte Pfarrer Karl mit belegter Stimme. »Dass er uff de anner Seit en bessere Woi zu trinke kriegt, als wie er do gemacht hat.«

Allgemeines Nicken, simultanes Trinken. Charlotte weinte wieder. Und Carlos spürte auf einmal das bekannte elektrisierende Kribbeln im Bauch. Ein lustvoll-unangenehmes Gefühl, das ihn schon so viele Jahre begleitete und bei dem er sich lebendig fühlte. Das hätte er den anderen gegenüber aber niemals erwähnt. Es kam ihm makaber vor und war ihm selbst unheimlich. In diesem Moment wünschte er sich, dass irgendetwas anderes an die Stelle dieses Gefühls trat. Etwas, das ihn lebendig fühlen ließ, ohne den Beigeschmack von Tod.

Er wartete ab, bis Charlotte sich etwas gefangen hatte. »Ähm, was ist denn eigentlich mit diesen Soldaten, die gerade im Wald sind? Wurden die auch schon befragt?«

Willi schnaubte verächtlich. »Oh! So schnell schafft die Polizei doch net. Des mache die wahrscheins erscht heut, wenn de Markt verloffe is.«

Carlos tastete sich vor. »Ich will ja keine vorschnellen Schlüsse ziehen, aber …«

»Du glaubst, einer von den Berufskillern war's?«, fragte Strobel mit seiner kühlen Nordmannstimme. »Glaubst du nicht, dass die froh sind, wenn sie mal Pause machen können vom Töten?«

Carlos zog die Augenbrauen hoch. So eine naive Sichtweise hatte er Strobel gar nicht zugetraut.

»Was wollte Hartmut denn im Wald?«, fragte Carlos weiter.

»Manchmal hat er halt nachts den Rappel gekriegt«, sagte Charlotte schwach. »Dann is er raus. Aber was er do gemacht hat? Ich weiß es net. Er war doch immer so unruhig un nervös.«

»De Hartmut hat en Rucksack dabeigehabt«, ergänzte der Dorfarzt. »Ke Ahnung, was do alles so drin war. Die Polizei hat den natürlich mitgenommen. Was ich aber gesehen hab, do hot was rausgeguckt ... oben.«

Er sah bedeutungsschwer in die Runde.

»Was denn?«, fragte Charlotte alarmiert.

Schaf schaute ins Leere und senkte seine Stimme: »Wenn wir Pech ham, dann sin die Polizischde net so dappisch, wie sie aussehe. Un dann kombiniere die e bissel. Dann wissen die, dass wir alle en Grund gehabt ham, ihn zu bestrafe do defür.«

»Was?«, rief Elsbeth entgeistert.

»Kumm, jetzt blos die Backe net so uff un sag, was du määnscht!«, fuhr Otto den Arzt an.

»Es sah aus wie e Zweihandscher«, verkündete Schaf. Dann hielt er eine Hand nach oben und machte mit Zeige- und Mittelfinger eine Scherenbewegung. »Schnipp-schnapp. Un ab!«

Am Tisch schnappten sie nach Luft.

Charlotte schlug die Hand vor den Mund. »Jetzt versteh ich. Er wollt zum Wingert«, hauchte sie, »un die Rebstöcke zerstören.«

Das Schweigen, das sich nach dieser Erkenntnis über den Tisch legte, war wie Blei. Carlos konnte spüren, wie ein Gedanke durch die Köpfe um ihn herum huschte, den wahrscheinlich ebenfalls niemand gegenüber Carlos geäußert hätte. Aber er dachte ja dasselbe. Wenn es wahr war und Hartmut in dieser Nacht die Reben des Wingerts hatte zerstören wollen, dann war der Mörder genau im rechten Moment gekommen. Für Außenstehende ergab das ein erstklassiges Mordmotiv. Auf einmal waren alle Elwenfelser verdächtig.

Carlos' Brust wurde noch ein bisschen enger. »Ich möchte noch mal auf eure ungebetenen Besucher im Wald zu sprechen kommen«, sagte er. »Abgesehen davon, dass ihr zwar ein Motiv habt, es aber keiner von euch war ...« Er stockte, weil er gegen seine oberste Maxime verstieß. Nur weil er dieses Dorf liebte, hieß das noch lange nicht ... Aber diesen Gedanken wollte und konnte Carlos nicht weiterverfolgen. »Woher wollt ihr wissen, dass er nicht mit einem von diesen Soldaten aneinandergeraten ist?«

»Ah, die hätten doch gar kein Motiv«, protestierte Sofie.

»Woher willst du das so genau wissen?«, entgegnete er.

Charlotte sah ihn mit großen Augen an. »Die Polizei klärt das bestimmt. Die fragen doch all, die in der Nähe waren, oder?«

Carlos nickte, obwohl er sich ganz und gar nicht sicher war. Schließlich bezog sein Job als Privatdetektiv seine Existenzberechtigung vor allem aus der fehlenden Gründlichkeit der regulären Polizeiarbeit. Ein bisschen, so musste er zugeben, überforderte ihn die Sachlage hier gerade. Und genau deswegen brannte ihm schon die ganze Zeit eine Frage auf den Lippen. »Ähm, wieso hat Elsbeth vorhin gemeint, dass jetzt alles gut wird, als sie mich gesehen hat? Glaubt ihr wirklich, dass ich in dieser Sache irgendwie ...?«

»Jo, jetzt trink erschtermol e Schlückel, sunscht roschtet dir noch dei Gosch ein, odder?«, sagte Willi und schob ihm das halbvolle Schorleglas hin.

Carlos gehorchte. Er hätte gerne gelacht über den

Spruch, aber die dazugehörigen Muskeln waren wie gelähmt.

Willi räusperte sich. »Liebe Leut, isch müsst es net sage, isch sag's aber trotzdem. Des is alles mehr wie schlimm. Ma könnt auch sage: Es is e kreizdunnerwedder-unnerirdisch-abardische Kataschtroph. Die wern bei uns do rumschnüffle wie die Säu im Trog!«

»Ja, das wollen wir mal hoffen«, sagte Carlos. »Und wenn sie gut sind, werden sie den Mörder auch schnellstmöglich finden, dann habt ihr wieder eure Ruhe.«

»Und wenn net?« Willi näherte sein Gesicht Carlos und fixierte ihn eindringlich. »Wenn die sich bleed un dappisch wie die Bohnesimpel anstelle? So wie damals, wo se unsern Freund Strobel gesucht ham?«

Über Strobels Gesicht huschte ein triumphales Lächeln. Doch im nächsten Moment wurde er wieder ernst und beugte sich zu Carlos über den Tisch. »Was dir die anderen sagen wollen: Es könnte ja sein, dass wir in dem Fall ein bisschen zusätzliche Hilfe von außen benötigen. Und deswegen ist es toll, dass du da bist.«

»Na dann«, sagte Carlos mit einem bemühten Lächeln. »Danke für die Ehre. Falls es irgendwie kompliziert werden sollte, dann helfe ich natürlich gerne.« So schnell wurden Träume wahr, dachte er ein wenig erschrocken.

Zu diesem Zeitpunkt ahnte noch keiner am Tisch, wie kompliziert es wirklich werden würde.

Charlotte atmete tief ein und stand auf. »Dann hoff ich mal, dass es bald vorbei is. Wir könne jetzt sowieso nix mehr unternehme. Wir sollte uns deswegen jetzt erst mal auf das konzentriere, was vor uns liegt.« Sie ging hinter Carlos vorbei zur Tür und streifte ihn kurz mit der Hand am Rücken. »Alla, ich leg mich e bissel hin, damit ich heut Abend fit bin. Ich freu mich seit Monate da drauf, des lass ich mir net verderbe. Von niemand un nix! Auch net vom Hartmut!« Sie klang fast wütend, als sie das sagte.

»Jo, mei Mädel, so is recht«, sagte Bettel liebevoll und begleitete Charlotte nach draußen.

»Aha«, sagte Carlos wie ein Streber in der Schule. »Heute Abend ist wieder Weinfest in Elwenfels.«

»So ähnlich, ja«, sagte Otto knapp.

Sofie berührte ihn kurz am Arm. »Man merkt halt doch, mein lieber Carlos, dass du dich auskennst mit unsere Sitte un Gebräuche, gell?« Sie lächelte ihn vielsagend an, und Carlos überrieselte es heiß. »Un deswegen darfst du heut Abend auch mitkomme un mit uns feiern.«

»Äh, wohin denn mitkommen, bitte?«

»Heute wird die Rebblüte gefeiert«, sagte sie. In ihren Augen funkelte es voller Vorfreude.

»Oh ... ah ... na dann.«

»Jo, genau!«, sagte Willi und zwinkerte Carlos zu. »Besser hätt isch's auch net ausdrücke könne. Ma merkt, dass du dir denke kannscht, was des bedeutet.«

Carlos erinnerte sich an die versteckte Höhle im Wald und was sich vor einem Jahr abgespielt hatte. Für einen kurzen Augenblick verschwammen die Probleme, mit denen er hier konfrontiert war, und er tauchte ein in ein magisches Reich, das nicht von dieser Welt war. Er konnte nicht fassen, dass er jetzt erneut Teil davon sein durfte, ganz offiziell, ohne die Heimlichtuerei von damals. Bei der Erinnerung an die nackten Elwenfelser, die in einem bacchantischen Ritual die Weinlese gefeiert hatten, überflutete ihn aber dennoch ein Gefühl der Peinlichkeit. Ob es heute Abend wieder derart hemmungslos zugehen würde?

»Wenn du willst, dann wohnst du bei uns«, verkündete Sofie. »De Hans freut sich ganz arg. Ich mach das Gästezimmer fertig.«

»Oh, danke.« Carlos konnte sein Glück kaum fassen.

»Dann können wir so'n kleines bisschen wat snacken, was sich so tut an Alster und Elbe, oder?«, sagte Hans.

Carlos nickte lächelnd. »Wenn dich das noch interessiert. Bei all der alltäglichen Exotik hier.« Mit seinem Arm deutete er einen weiten Bogen an. Plötzlich fiel ihm etwas ein. »Sagt mal: Wo ist eigentlich Anthony?« Er hatte den jungen Mann mit den jamaikanischen Wurzeln und dem urpfälzischen Mundwerk, der ihm damals so aufgefallen war, noch nirgendwo entdeckt.

»Weiß net«, sagte der Arzt. »Der hat sich heut schon de ganze Tag net blicke losse.«

»Komisch eigentlich.« Sofie runzelte die Stirn.

»Vielleicht isser krank?«, schlug Karl vor. »Soll ich mal nach ihm schauen?«

»Oh!« Willi winkte ab. »Wer nur Grünzeug futtert, der wird net krank!«

»Oder er schwebt mal wieder irgendwo durch die Gegend«, meinte Hans und deutete einen Joint vor seinem Mund an.

Die Runde lachte.

Carlos fühlte, wie ihn die Müdigkeit mit einem Schlag übermannte. Er konnte es kaum erwarten, seinen wirren Gedanken ein wenig Ruhe zu gönnen.

Kapitel 6

Wie verhindert wird, dass eine pfälzische Weinstube sich in einen Western-Saloon verwandelt

Als Carlos gerade aufstehen wollte, war auf einmal lautes Türenschlagen zu hören. Stimmen und Schritte drangen aus dem Nebenraum.

Bettel, die in der Zwischenzeit wieder in die Gaststube hinübergegangen war, kam zurück und zeigte mit seitwärts ausgestrecktem Daumen auf die Schiebetür zum Nebenraum. »Bsuch!«, sagte sie einfach nur, um gleich wieder in der Küche zu verschwinden.

So wie sie es ausgesprochen hatte, klang es weniger nach be- als nach heimsuchen. Die Schiebetür ging auf, und als Carlos den ersten Blick auf die Gäste warf, verstand er.

Im Zwielicht des Gastraumes standen zwei Männer in Uniform. Es waren Outfits der Marke »Wüstenstürmer« in hellbeigem Camouflage-Stoff, der seit dem ersten Irak-Krieg bei den meisten Armeen der Welt zum Standard geworden war: Khaki mit grünen Amöbenmustern und breiten Gürteln, an denen ein halber Baumarkt hing. Mit den schweren, geschnürten Stiefeln hatten die Soldaten getrocknete Erde auf dem blank gewienerten Holz des Bodens verteilt. Die beiden Männer sahen sich entfernt ähnlich, als wären sie miteinander verwandt. Beide hatten breite, glatte Gesichter, eiswasserblaue Augen, das Ganze unterlegt mit dem gewissen energischen Zug um ein kantiges Kinn, der auf viele Leute einschüchternd wirkte. Millimeterkurz geschorene Haare zeigten zwei massige Schädel, wobei Haut und Haarfarbe des einen ein wenig dunkler waren. Das einzig deutliche Unterscheidungsmerkmal waren die aufgenähten Flaggen am Ärmel der Uniformen. Die eine rot-weiß gestreift mit einem blauen Kasten in der linken oberen Ecke, der mit weißen Sternen besprenkelt war, die andere mit Längsstreifen in Schwarz-Rot-Gold.

Carlos bekam sofort ein ungutes Gefühl. Diese Männer passten in die Elwenfelser Weinstube wie zwei Pitbulls in eine Puppenstube.

»Guten Tach allerseits!«, bellte der Deutsche. »Oder welche Uhrzeit herrscht hier drin im Dunkeln?« Der Mann musterte die Anwesenden prüfend, ehe seine Blicke an Willi hängen blieben.

»Uhrzeit?«, echote der und schaute demonstrativ auf seine Armbanduhr. »Viertel nooch Babbel-net-dummrum un fünf vor Sag-was-du-willscht.«

Glucksen wurde laut. Bettel hob wie ein junges Mädchen ihre Schürze zum Mund und kicherte hinein.

»Was wir wollen?«, entgegnete der Uniformierte. »Naja, was man eben will in einer Wirtschaft.«

Der andere Mann grinste auffordernd in die Runde und machte eine Geste, als würde er ein Glas an den Mund heben. Willi ging auf ihn zu, grabschte nach seiner Hand und betrachtete sie ungeniert.

Mit einem Ruck zog der Mann seine Hand zurück. »Hey!«

»Jo, is jo gut. Isch wollt bloß mal nachgucke, ob die Griffel breit genug sin fer unser Dubbegläser.«

Erneutes, diesmal lauteres Glucksen. Auch Carlos' Zwerchfell erwachte langsam aus seiner Erstarrung.

»Ha, wenn man de ganze Tag so e Knarre rumhebe muss«, ergänzte Willi. »Un plötzlisch soll ma so pälzisches Weltkulturerbe be-greife, weeschwieschmään?«

Carlos biss sich auf die Unterlippe. Er wünschte sich auch nur zwei Prozent von so viel kreativer Schlagfertigkeit.

»What's he saying?«, fragte der Mann irritiert seinen Begleiter.

Der deutsche Soldat antwortete lässig: »Forget it. These people are a bit funny, you know. Just bullshit.«

»Jo, ganz genau, euern Schit do drauße ...«, echote Bettel und deutete auf die Spur von kleinen Erdklumpen, die die Stiefel der Soldaten im Eingangsbereich hinterlassen hatten, »... könn ner grad selber wegmache. Des wär funny!« Sie tauchte unter die Theke und kam mit Kehrblech und Handbesen hervor, die sie dem verdutzten Amerikaner in die Hand drückte.

Carlos schnappte lautlos nach Luft.

»Soll das bedeuten, dass wir hier als Gäste unerwünscht sind?« Die Stimme des deutschen Soldaten hatte nun einen schneidenden Unterton. Sein Begleiter legte das Kehrblech irritiert auf den nächsten Tisch.

»Aber nein«, beschwichtigte Sofie und trat hinter Carlos hervor. Ihre helle Stimme klang freundlich und weich.

Ihr Anblick ließ die beiden Männer blinzeln. Sofie trug eines ihrer dunkelgrünen Kleider, das ihre helle Haut und die feenartige Frisur besonders gut zur Geltung brachte.

»Dies ist ein freies Land, nicht wahr? Und wenn Sie schon in unserem Wald Spaß haben, warum dann nicht auch in unserer Weinstube?« Nur jemand, der Sofie kannte, vernahm die leise Ironie in ihrem Hochdeutsch.

»Aber nur, wenn Sie nicht so tun, als wäre das hier ein Saloon, in dem Sie den Cowboy raushängen können. Wir haben hier nämlich weder Schwingtüren noch Lust auf schlechte Luft.« Mit einem geradezu betörenden Augenaufschlag lächelte Sofie die beiden Männer an.

»Warum glauben Sie, dass wir hier sind? Um Ärger zu machen?«, fragte der Mann mit einem jovialen Grinsen.

»Also, wer so do herkummt«, knurrte Willi und wies auf die Uniformen. »So e Verkleidung braucht ma bei uns net, wenn ma sein Durscht stille will.«

»Berufskleidung«, sagte der Soldat. »Also, was trinkt man denn bei Ihnen so? Sicher Wein, oder?«

»Ou ja. Do kennt sich einer aus mit de Sitte un Gebräuche von de Eingeborene, gell?«, stichelte Willi weiter.

Bettel schlüpfte hinter die Theke und nahm bereitwillig ein Dubbeglas aus dem Schrank. Sie goss es mit Weißwein und einem Schuss Wasser voll.

Wie vertraut Carlos dieser Anblick war. Und welche Erinnerungen er in ihm auslöste. Er selbst war im vergangenen Jahr dehydriert und beinahe orientierungslos in dieses Gasthaus hineingestolpert und erst einmal dem glucksenden Spott der Männer ausgesetzt gewesen, ehe Bettel ihn erlöst hatte. Bloß dass der Spott, der sich damals über ihn ergossen hatte, wesentlich liebevoller gewesen war. Gegenüber den beiden Soldaten lag ein Tonfall in den Stimmen der Elwenfelser, den Carlos so noch nie wahrgenommen hatte.

Die Wirtin kam hinter der Theke hervor, doch anstatt das Glas einem der beiden Männer zu geben, stellte sie es auf dem Holzpodest in einer Nische neben der Schiebetür zum Nebenraum ab, die Carlos erst jetzt einer genauen Betrachtung unterzog.

Das Licht fiel durch ein kleines, rundes Fenster und

füllte die Nische aus wie die Strahlen eines Kirchenfensters, die auf einen Altar treffen. Und das, was Carlos in dieser Nische sah, war nichts anderes als eine Art Altar. Der Anblick der imposanten Gestalt, die dort thronte, jagte ihm einen halb wohligen, halb erschrockenen Schauer über den Rücken.

Auf dem Holzpodest stand das beeindruckende Tierpräparat, das im vergangenen Jahr nach Elwenfels zurückgekehrt war. Es kam aus dem Besitz eines Jägers von der Weinstraße, der mit Touristen sogenannte Elwetritsche-Jagden veranstaltet hatte. Und der, genau wie die Elwenfelser, wusste, dass diese Fabelwesen eben nicht nur im Reich der Fantasie zu Hause waren. Er hatte das Unaussprechliche getan und die »pfälzische Ursünde« begangen: Er hatte einen Elwetritsch geschossen. Und ihn danach sogar noch eigenhändig ausgestopft und den Touristen präsentiert.

Bettel hatte das Schorleglas vor dem ausgestopften Elwetritsch abgestellt. Es war ein echter Ehrenplatz für das Wappentier der Elwenfelser, das hier zwischen getrockneten Blumensträußen und einem dicken Rebstock saß. Vor seinem mit spitzen Zähnchen bewehrten Schnabel stand ein Schälchen mit Weintrauben – und nun auch das volle Dubbeglas. Bettel strich einmal zärtlich über die leuchtenden Federn, und Carlos musste an die buddhistischen Altäre denken, die er in Thailand gesehen hatte. Da wurden vor der Statue des Buddha jeden Tag ein Teller mit Früchten und ein Glas Wasser, Räucherstäbchen und ein paar Geldscheine abgelegt. Carlos schmunzelte. Der Elwetritsch hatte es nach seinem Ableben ziemlich gut. Ihm wurde täglich geopfert: Wein statt Wasser.

Die beiden Neuankömmlinge musterten Bettels Ritual mit einer Mischung aus Neugierde und Spott.

»Cool!«, sagte der G.I. »Crazy animal!«

»Ja. Und was ist nun mit unserem Durst?«, fragte sein deutscher Waffengenosse.

Bettel ließ sich nicht drängen. Langsam goss sie zwei weitere Gläser voll und stellte sie auf die Theke. »Acht Euro sin des dann zusamme!«, schnarrte sie.

Carlos musste grinsen. Das war das untrügliche Zeichen, dass die Elwenfelser einen auf Distanz halten wollten – wenn sie für irgendetwas Geld verlangten. Ihn selbst hatten sie damals nur einmal bezahlen lassen, und da war es um ihre Sympathien für ihn gerade auch schlecht bestellt gewesen. Abgesehen davon war Carlos jedoch während seines letzten Aufenthaltes hier für kein einziges Getränk oder Essen selbst aufgekommen.

Stirnrunzelnd kramte der Deutsche einen Zehneuroschein aus der Hosentasche und sagte: »Stimmt so.«

Bettel ignorierte seine Geste, griff in die Schublade und ließ eine Zweieuromünze auf den Tresen klappern.

Die beiden Soldaten nahmen ihre Gläser und tranken.

Der Amerikaner schmatzte genüsslich, hob den Schoppen in die Höhe und sagte: »Pretty big glass, huh? Why not use it for flowers?«

Die Männer brachen in Gelächter aus. Sie ließen ihre Gläser zusammenknallen und tranken mit großen Schlucken, ohne zu bemerken, dass sich die Raumtemperatur urplötzlich um einige Grad verringert hatte.

Die umstehenden Elwenfelser beobachteten die Szenerie mit unbewegten Gesichtern. Für sie war der Vergleich ihrer geliebten Dubbegläser mit Blumenvasen so abgedroschen wie Blondinenwitze. Willi deutete entgegen seiner lauten Art ein Gähnen an, und Sofie verdrehte gelangweilt die Augen.

Der US-Amerikaner fuhr nun mit den Fingern an den

runden Vertiefungen im Glas entlang: »What's that for?«, fragte er, durchaus interessiert.

»Na, da hat der Glasbläser wohl einen Schluckauf gehabt, was?«, rief der Bundeswehrler. »You know«, sagte er seinem Partner und machte Hicks-Geräusche.

Beide lachten wieder, obwohl der Amerikaner wohl kaum verstanden hatte, was gemeint war.

»Des do«, tönte Willis Stimme durch die Weinstube, dass das Lachen der beiden Soldaten auf einen Schlag verstummte. Er hielt ein Schoppenglas mit ausgestrecktem Arm in die Höhe. »Des is pälzisches Weltkulturerbe! Warum die Dubbe do drin sin, des verzähle mir euch gern. Aber erscht, wenn ihr uns verzählt, warum euer Flugzeuge, wo nach Ramstein fliege, immer so en Krach mache müsse, wenn die über uns drüwwerbrettern.« Willi stellte das Glas mit einem Knall auf den Tresen und fixierte den US-Amerikaner mit einem Lächeln. »Des nervt nämlisch, know what I mean?«

»Warum sind Sie eigentlich so feindselig?«, fragte der Deutsche und stellte sein Glas ab. »Falls Sie sich Sorgen machen, dass wir uns in Ihrem schönen Wald hier nicht sachgemäß verhalten, kann ich Sie beruhigen. Unsere Männer sind angewiesen, keinen Müll herumliegen zu lassen und nichts zu zerstören. Unser Manöver läuft umwelttechnisch völlig korrekt ab.«

»Umwelttechnisch?!«, echote die alte Else und schickte ein verächtliches Schnauben hinterher.

Der Mann musterte sie schweigend und schien darüber nachzudenken, was er antworten sollte. Dann trank er und ließ es bleiben.

Willi ging in die Offensive. »Wart ihr des mit dem Hartmut Bitterlinger?«

»Wie bitte?«

»Unsern Winzer. Habt ihr den heut Nacht im Wald erschlagen?«

Der Mann mit Schwarz-Rot-Gold auf dem Arm erklärte seinem Begleiter die Frage auf Englisch. Der runzelte die Stirn und machte ein völlig verständnisloses Gesicht. »Davon ist uns nichts bekannt«, versicherte der Deutsche.

»Und wege was seid ihr dann do?«, wollte Karl wissen. »Ich meine, so en Schoppe Pälzer Woi is eigentlich Grund genug. Aber ihr seid doch wege was annerem do.«

Der Uniformierte wollte widersprechen, doch dann stockte er und sah sich konzentriert in der Gaststube um. »Moment mal. Haben Sie gerade gesagt, dass in diesem Dorf ein Mord geschehen ist? Heute Nacht?«

»Endlisch hot er's begriffe!«, triumphierte Elsbeth sarkastisch.

Er wandte sich wieder an seinen Kameraden und flüsterte ihm eindringlich etwas zu.

Augenblicklich verlor der seine so demonstrativ zur Schau gestellte Rolle des harmlosen Touristen und kniff die Augen zusammen. Dann sagte er: »Oh ... fuck!«

»Was mein Kamerad meint, ist: Wir haben keine Meldung erhalten von diesem ... Vorkommnis«, sagte der Deutsche.

Dann nahm er ein zusammengefaltetes Blatt Papier aus seiner Gürteltasche. »Wir sind eigentlich wegen etwas ganz anderem hier. Aber jetzt sieht es wohl so aus, als müssten Sie in dieser Angelegenheit mit uns zusammenarbeiten.«

»Was denn für eine Angelegenheit?«, fragte Carlos.

Der Mann nickte beschwichtigend. »Eins nach dem anderen. Hiermit stellen wir uns jetzt erst mal vor.« Seine Stimme war noch metallischer geworden. »Mein Name ist Leutnant Horst Falke. Und das ist Lieutenant Bill Ellman. Wir haben den Befehl über unsere kleine deutsch-amerikanische Übung, die gerade im Wald stattfindet.«

»Wie beeindrückend!«, sagte Sofie mit einem strahlenden Lächeln, ganz so, als hätte sich das sinnverändernde »ü« aus Versehen in das Wort geschmuggelt.

Diesmal entging Falke die Ironie nicht. Um seine Mundwinkel zuckte es. Dann entfaltete er das Papier und hob es hoch. »Ich will ja nicht vorschnell urteilen, aber diese Person hier könnte für den Mord an Ihrem Mitbürger verantwortlich sein.«

In der Weinstube wurde es still. Alle reckten die Hälse und sahen sich das Foto an. Darauf war das Gesicht einer afroamerikanischen Frau mit streng nach hinten gekämmten Haaren zu sehen. Sie trug die gleiche Tarnuniform wie die beiden Männer und posierte auf dem Bild in einem orientalisch anmutenden Hauseingang neben einem von Einschusslöchern übersäten Panzer. Das Gesicht der Frau war unbewegt und starr. Nicht einmal die Andeutung eines menschlichen Ausdrucks lag darin. Sie hatte die Arme vor der Brust verschränkt und schien in ihrer Uniform ein wenig unterzugehen.

»Das ist Private Trudy Gonzales. Sie hat sich gestern Nacht von unserer Gruppe separiert und ist seitdem nicht mehr aufgetaucht.«

»Kann ma irgendwie verstehe«, sagte Willi und grinste. »Hot wahrscheins Besseres zu tun.«

»Ach ja?«, fragte Falke mit leiser, schneidender Stimme. »Zum Beispiel, einen Ihrer Mitbürger umzubringen?«

»Sie glauben, diese Frau hat Hartmut Bitterlinger ermordet?«, fragte Carlos.

»Glauben tun wir gar nichts. Aber es liegt ja wohl nahe. Seit heute Morgen, kurz nach halb drei, ist sie nicht mehr gesehen worden. Wann wurde der Mann getötet?«

Niemand sagte etwas.

Carlos fühlte eine gewisse Erleichterung, dass so schnell ein Ansatz vorlag, der den Täter außerhalb der Elwenfelser Dorfgemeinschaft verortete. Aber gleichzeitig hatte er das diffuse Gefühl, die Frau auf dem Bild in Schutz nehmen zu müssen. Da war er wieder, der Instinkt des Ex-Bullen. Er wusste nicht warum, aber irgendwie tat sie ihm leid. »Was für einen Grund sollte diese Soldatin gehabt haben, einen fremden Mann zu erschlagen?«, fragte er.

»Wahrscheinlich hat die Gute bloß mal 'ne Pause gebraucht und ist deswegen weggelaufen«, meinte Hans Strobel lapidar.

Falkes Lächeln war so dünn wie Zahnseide. Er hielt ihm das Bild unter die Nase. »Ich glaube, Sie verstehen nicht ganz. In unserer Sprache nennt man das Desertation. Und das ist bei jedem Militär der Welt eine Straftat.« Er nickte nachdrücklich. »Eine schwere Straftat.«

»Dann wollt ich auch Straftäter sein«, sagte Willi trocken.

»Ich auch«, schickte Bettel hinterher. »Allein schunn wege dere fleckische Uniform. Dann schunn lieber e durchgscheuerte, alte Kittelschürz.« Sie lachte kurz auf und begann, mit kleinen wütenden Bewegungen Gläser zu polieren.

»Wie Sie darüber denken, bleibt Ihnen überlassen. Ich kann Ihnen nur sagen – es ist die Pflicht der U.S. Army in Person von Lieutenant Ellman, seine Untergebene Gonzales zu finden. Und da er des Deutschen kaum mächtig ist, helfe ich ihm dabei. Also, noch einmal: Haben Sie diese Frau gesehen?«

»Auch noch einmal«, hakte Carlos nach. »Wieso glauben Sie, dass diese Soldatin einen fremden Mann umbringt. Wo ist da das Motiv?«

Falke presste die Lippen zusammen und tauschte einen schnellen Blick mit seinem Begleiter. »Es mag vielleicht ein wenig zynisch klingen in Ihren Ohren, aber dieser Mord ist für uns erst mal zweitrangig. Zuerst müssen wir Gonzales finden. Das ist auch in Ihrem Interesse, denn wir haben leider Grund zu der Annahme, dass diese Frau eine Gefahr für sich und andere darstellt. Sie war in letzter Zeit ein wenig labil. Also: Können Sie Angaben machen, wo sie sich aufhält?«

»Wieso soll sie denn ausgerechnet hier bei uns sein?«, fragte Karl.

»Verkaufen Sie mich nicht für dumm.« Falkes Ton wurde wieder eine Spur schneidender. »Wo soll sie denn sonst sein? Hier ist doch nichts in der Nähe. Sie wird sich wohl kaum kilometerweit durch den Wald schlagen. Sie wird ...«

»Also bei uns hot se sich jedenfalls net versteckelt!«, rief Bettel dazwischen.

Carlos lächelte in sich hinein. Genau den gleichen Satz hatte sie damals zu ihm gesagt, als er auf der Suche nach Hans Strobel gewesen war. Und es war eine glatte Lüge gewesen. Denn zu diesem Zeitpunkt lebte sein Hamburger Landsmann bereits seit einem Jahr in Elwenfels, weil er keine Lust mehr hatte auf sein altes, unglückliches Leben als gestresster Unternehmer. Er hatte in Elwenfels seinen Frieden und die Liebe von Sofie gefunden. Die Elwenfelser hatten alles unternommen, um ihn vor der Neugierde des Privatdetektivs zu schützen, und Carlos permanent aufs Glatteis geführt, bis er herausfand, dass Strobel die ganze Zeit auf dem grün verhängten Kirchengerüst gearbeitet und romanische Steinskulpturen restauriert hatte.

Auf einmal breitete sich ein Kribbeln auf seiner Kopfhaut aus. War es diesmal auch so? Bettel versicherte, dass die Soldatin nicht im Dorf war. Und wenn doch? Wie sollte das gehen bei all dem Chaos, das die Ermordung Bitterlingers mit sich gebracht hatte? Wahrscheinlich wusste wirklich niemand, wo diese Trudy Gonzales steckte. Aber wer konnte schon sagen, wo genau in Elwenfels die Grenze zwischen Wunsch und Wirklichkeit verlief?

Leutnant Horst Falke straffte sich. »Also, Sie bleiben dabei. Niemand hat diese Frau gesehen? Okay. Ich mache Sie noch einmal darauf aufmerksam, dass es sich hier um eine schwere Straftat handelt. Folglich ist es auch eine Straftat, einen Straftäter zu decken oder zu verstecken.«

»Ach Gott, ach Gott! So viel Straf uff einmal. Kommscht dir jo vor wie im Alte Teschtament«, seufzte Pfarrer Karl.

Falke ging nicht darauf ein. »Wir machen Ihnen dieses Angebot: Gehen Sie in sich! Befragen Sie Ihre Mitbürger! Sammeln Sie Informationen!« Er lächelte säuerlich in die Runde. »Sie haben Zeit bis morgen früh um neun Uhr Ortszeit. Falls wir bis dahin keine Auskunft über den Aufenthaltsort von Gonzales erhalten, dann ...« Er machte eine dramatische Pause.

»Dann was, hä?«, bellte Willi.

»Dann versichere ich Ihnen, werden wir Ihr hübsches Dörfchen hier auf den Kopf stellen.«

»Wie bitte?«, schnaubte Carlos. »Auf welcher gesetzlichen Grundlage denn, bitte schön?«

Die Bewegung, die Falkes Lippen spaltete und die man beim besten Willen kein Lächeln nennen konnte, würde einen eigenen Platz in Carlos' dunkelsten Träumen einnehmen. »Rücken Sie die Frau raus!«, zischte er. »Danach können Sie wieder mit Ihren gesetzlichen Grundlagen kuscheln.«

»Hear, Langer, hascht du was an de Ohre?«, rief Willi

und hieb mit der Hand auf den Tisch. »Wie oft dann noch? Des arme Mädel is net hier bei uns! Vielleicht liegt sie tot im Wald. Isch tät mir auch die Kuggel gebe, wenn enner wie du mich sucht!«

»Danke für den Hinweis«, erwiderte der Leutnant trocken. »Der Wald wird gerade von unseren Männern gründlich durchkämmt.« Er sah reihum. »Warum werde ich den Eindruck nicht los, dass Ihnen allen das jetzt überhaupt nicht gefällt, hm? Befürchten Sie, dass wir Ihre Waldgeister aufscheuchen?« Er schickte ein kurzes Lachen hinterher.

Niemand sagte etwas, aber Carlos konnte die wortlose Panik der Elwenfelser spüren.

Lieutenant Ellman, der während des Wortwechsels entspannt durch den Raum gewandert war, als ginge ihn das alles nichts an, stand jetzt vor der Nische mit dem Elwetritsch und strich dem Tier über die Federn. Carlos hätte ihm am liebsten ein leeres Schoppenglas auf die Hand geschlagen. Der US-Soldat strahlte jetzt etwas Besitzergreifendes aus. Man sah ihm an, dass er seine Rolle als Gast abgelegt hatte.

»Zum letschte Mol«, dröhnte Willi. »Wenn se net do is, dann is se net do – un fertisch!«

Falke trat auf Willi zu und fixierte ihn. »Hören Sie zu, Goliath«, sagte er leise. »Ihre unverständlich formulierten Sprüche können nicht davon ablenken, dass hier etwas im Busch ist. Das spüre ich. Egal, was Trudy Gonzales Ihnen erzählt hat oder erzählen wird – es ist eine Lüge. Diese Frau hat es nicht verdient, dass Sie sich wegen ihr zu Straftätern machen. Bedenken Sie das. Wir sehen uns morgen.«

Er gab Ellman einen Wink. Der ließ vom Elwetritsch ab und folgte dem Leutnant zur Tür, ohne jemanden anzusehen. Im nächsten Moment waren die beiden Männer draußen.

In der Weinstube wurde hörbar ausgeatmet.

»Do könnt ma naus, wo ke Loch is!«, brach Otto sein Schweigen. »Was war denn des jetzert?«

Karl schüttelte den Kopf. »Dumm un Dappisch spiele Soldat.«

»Scheiß Kriegstreiber!«, platzte es aus Jan Schnur heraus, der im Hintergrund an einem Tisch saß. Er war der Sohn des abtrünnigen Jägers, der den Elwetritsch geschossen hatte, und hatte aus verständlichen Gründen eine gewaltige Aversion gegen Waffen und Uniformen, auch weil sie ihn an seinen Vater erinnerten. Sein Ausruf war so laut, dass die beiden Männer es auch durch die geschlossene Tür hören mussten.

Elsbeth wischte stoisch an der Theke entlang, und Willi trank in Riesenschlucken sein Glas leer. Sofie guckte einfach nur ungläubig zur Tür und zwirbelte eine ihrer rotbraunen Haarsträhnen um den Zeigefinger.

»Also, eigentlich ist das ja alles ganz einfach«, resümierte Carlos. »Diese Frau ist nicht hier. Korrekt?«

Kopfnicken ringsum.

»Und wenn sie hier wäre, dann würdet ihr sie nicht verraten. Stimmt's?«

Erneutes Nicken.

»Aber was ist mit Bitterlinger? Was ist, wenn sie ihn erschlagen hat?«

»Carlos, isch sag dir was«, meinte Willi. »Du denkscht jetzt wahrscheins, dass isch herzlos bin, aber am wichtigschte is erschtermol, dass es keiner von uns Elwefelser war. De Bitterlinger war e Schlang im Paradies. Mei Trauer, dass er jetzt fort is, halt sich do ganz arg in Grenze.«

»Sei froh, dass meine Schwester nicht da ist«, entgegnete Sofie, aber Carlos hörte an ihrer Stimme, dass sie Willi im Grunde zustimmte.

»Es Charlottsche werd wieder glücklisch, da bin isch mir sicher!«, verkündete Bettel.

Willi nickte. »Es Wichtigschte is, dass wir hier wieder unsern Friede ham.«

Alle stimmten zu.

»Wir sin unschuldig, un deswege kann uns keiner was.«

»Jo. Verzähl des mol denne uniformierte Forzathlete in unserem Wald«, sagte Jan Schnur. »Die sollen äfach die Frau do finde, un fertisch. Wenn die de Bitterlinger erschlage hot, donn bitteschön. Geht uns nix an!«

Carlos senkte den Kopf. So einfach, wie Jan Schnur und wahrscheinlich auch die anderen es gern gehabt hätten, würde es nicht werden. Das wusste er jetzt schon.

Kapitel 7

Eine magische Nacht, in der sich ein Pfarrer zum Druiden wandelt

Carlos blieb nicht viel Zeit, sich in seinem Urlaubsdomizil einzurichten. Hans Strobel und Sofie führten ihn in das Haus nahe der Bäckerei, in dem vergangenes Jahr auch das Abschiedsessen mit dramatischem Ausgang stattgefunden hatte.

Sofie brachte ihn in den ersten Stock. Eine Tür stand offen, und im dahinter liegenden Zimmer sah er ein breites, verschnörkeltes Eisenbett mit geblümter Bettwäsche, in dem Charlotte lag. Ihre Hand hing schlaff aus dem Bett, und ihr blasses Gesicht hob sich von ihren dunklen, offenen Haaren auf dem Kissen ab. Sie sah entspannt und friedlich aus, aber auch irgendwie völlig erschlagen. Sein Herz schlug eine Winzigkeit schneller. Er empfand bei diesem Anblick etwas, etwas Großes, von dem er aber nicht wusste, ob es schön war oder einfach nur traurig.

Sofie nahm die Klinke und schloss behutsam die Tür. »Ich lass die Charlotte net in ihrem Haus schlafe«, flüsterte sie. »Jetzt, wo sie da ganz allein ist.« Dann öffnete sie eine Tür auf der anderen Seite des Flurs.

Carlos betrat ein geräumiges Gästezimmer mit Blick auf den Dorfplatz. Das Zimmer war eigentlich eher eine Bibliothek. Ringsum an den Wänden standen Bücherregale, die bis unter die Decke vollgepackt waren. Davor reihten sich weitere Bücher, sogar das Fensterbrett war vollgestellt. In der Mitte des Raumes stand ein breites Bettsofa, dessen Liegefläche Sofie nun auszog. Kurze Zeit später war das Gästebett mit der gleichen geblümten Bettwäsche bezogen, wie er sie gerade in dem anderen Zimmer gesehen hatte. Beim Gedanken, Tür an Tür mit Charlotte zu schlafen, wurde Carlos ein wenig unruhig. Als wäre seine Nervosität Sofie gegenüber nun auf Charlotte übergesprungen. Es war ihm fast ein wenig peinlich, wie leicht er sich aus der Ruhe bringen ließ, aber er war gegen die Aura der beiden, insbesondere Charlotte, einfach machtlos.

»So, nur dass du später net erschrickst«, sagte Sofie und deutete auf die Bücherregale. »Das hier ist unser Gemeindebücherei. Jeder darf rein, zu jeder Tages- und Nachtzeit. Die Türe sin ja sowieso überall offen, wie du weißt. Die meisten von uns gucken kein Fernseh un auch kein Netflix. Es kann also sei, dass irgendjemand vorbeikommt un sich um elfe nachts noch en Krimi ausleihe will. Nur dass du vorbereitet bischt, gell?«

Carlos sah sich entgeistert um. Das war mal wieder typisch für dieses Elwenfels.

Anschließend zeigte ihm Sofie noch das Badezimmer. »Mach dich fertisch. In einer Stund geht's los.«

»Wohin denn?«, fragte Carlos.

»In de Wald. In de Wingert.« Bei diesen Worten begannen ihre Augen wieder zu glühen.

»Ähm ... wird das wieder so wie letztes Jahr in der Höhle?«, fragte Carlos vorsichtshalber. Beim Gedanken daran, dass die Elwenfelser womöglich von ihm verlangten, dass er mitmachte, wurden seine Knie weich.

Sofie strich ihm lächelnd über den Arm. »Wenn du Bedenke hast – du muscht net mitkomme.«

»Nein, nein, ich will ja mit. Nur ...«

»Nur ke Angst, mein Guder. Diesmal bleiben die Klamotte an. Zumindest bei de Mannsleut.« Und damit machte sie kehrt und ging mit leichten Schritten die Treppe hinunter.

Für eine Sekunde schaute ihr Carlos noch mit offenem Mund hinterher, dann ging er duschen. Er stellte die Temperatur kälter ein als gewöhnlich, um die wilden Gedanken zu vertreiben, die durch seinen Kopf tanzten.

Als er eine Dreiviertelstunde später in die Küche kam, traf er nur Hans Strobel, der gerade dabei war, eine Kiste mit Lebensmitteln vollzupacken. Draußen begann es zu dämmern.

Carlos hatte einen trockenen Mund. Die Selbstverständlichkeit, mit der er als Außenstehender zu einem dieser merkwürdigen, archaisch anmutenden Feste der Elwenfelser eingeladen wurde, überforderte ihn mehr, als dass sie ihn ehrte. »Weißt du, was die jetzt da genau machen im Wald?«, druckste er herum.

»Lass dich überraschen«, sagte Strobel. »Es wird dir gefallen.« Er überreichte Carlos die Kiste mit gefüllten Plastikschüsseln und schulterte selbst einen schweren Rucksack, in dem es eindeutig gläsern klapperte.

»Warten wir nicht auf Sofie und Charlotte?«, wollte Carlos wissen.

»Die sind schon vor Ort, mein Guter.«

Zusammen mit Strobel lief Carlos bis zum Waldrand auf den verlassenen Wanderparkplatz.

Die Bäume hoben sich schwarz vom milchigen Abendhimmel ab. Ihre Wipfel waren erfüllt vom Gesang der Vögel. Immer mehr Männer kamen nun aus dem Ort und strebten, beladen mit Körben und Taschen, dem Wald zu. Kein weibliches Wesen weit und breit.

Als sie hinter dem Parkplatz ins Dickicht traten, durchströmten Carlos die Erinnerungen. Wie oft war er vergangenes Jahr durch diesen Wald gestolpert und hatte doch nie das gefunden, wonach er eigentlich gesucht hatte. Und wenn er etwas gefunden hatte, dann waren es rätselhafte Dinge gewesen, die er sich nicht erklären konnte. Dieser Wald war eine Welt für sich und bildete für Außenstehende ein Labyrinth mit seinen ganz eigenen Regeln.

Jetzt, mit Strobel an seiner Seite und einer offiziellen Einladung, erschien ihm das undurchdringlich scheinende Blätterwerk wesentlich zugänglicher. Sie passierten die große Hecke, durch die Carlos damals keinen Durchgang finden konnte, und spazierten in das Birkenwäldchen hinein. Überall erklangen die gedämpften und gleichzeitig ausgelassenen Stimmen der Männer aus dem Dorf.

Mit einem Mal fühlte Carlos das unvergleichliche Kribbeln der Vorfreude. Ein Hochgefühl, das nur ein bisschen eingeschränkt wurde von dem Wissen, dass irgendwo hier auch die Soldaten zugange waren. Aber glücklicherweise war von ihnen nichts zu sehen. Im Moment jedenfalls. »Sag mal«, wandte er sich an Strobel, »ist dir wegen Hartmut Bitterlinger in letzter Zeit was aufgefallen? Gab's irgendwelche Probleme mit ihm?«

»Du meinst noch mehr Probleme als sonst?«

»Ja. Hatte er Ärger oder hat er irgendwas erwähnt, was aus der Reihe fällt.«

»Naja, weiß nicht. Wieso fragst du?«

»Komm schon! Ich als ehemaliger Bulle ... ich muss einfach jede mögliche Option durchdenken. Auch wenn wir hier in Elwenfels sind, ich kann nicht einfach so tun, als käme jede Gefahr von außerhalb des Dorfes. Auch wenn die Einwohner das gerne so hätten. Und das mit dieser Soldatin ... Ich weiß ja nicht. Wenn jemand einem den Schädel einschlägt, dann hat er doch einen guten Grund dazu, oder nicht? Das macht man doch nicht einfach so im Vorbeigehen.«

Strobel zog an den Trägern seines Rucksacks und nickte. »Schon klar. Also ich habe bloß mitbekommen, dass der Bitterlinger sich mit dem Kruse total überworfen hat.«

Carlos erinnerte sich. Thomas Kruse war ein überregional bekannter Winzer aus dem benachbarten Deidesheim, mit dem Bitterlinger im letzten Jahr ein seltsames Arrangement für eine Art Zusammenarbeit gehabt hatte. Carlos hatte ihn als in sich versunkenen, künstlerischen Mann kennengelernt, der sich mehr für seinen Wein als für seine Mitmenschen interessierte.

»Und wie lief es mit Charlotte?«, fragte Carlos weiter.

»Du meinst, ob sie so unglücklich war, dass sie ihm letztendlich doch einen Auftragskiller auf den Hals gehetzt hat?« Strobel unterdrückte ein Lachen.

»Du hast recht, das ist absurd«, lenkte Carlos ein. »Aber sie war immer noch sehr unglücklich in ihrer Ehe, oder?«

»Auf jeden Fall. Sie hatte fest vor, demnächst die Scheidung einzureichen.«

»Hm.«

»Ja, hm«, echote Strobel. »Hör mal, von uns kannte niemand den Bitterlinger wirklich gut. Und auch Charlotte hat immer wieder mal gesagt, dass sie oft gar nicht weiß, mit wem sie da zusammenlebt. Keiner weiß genau, was der wirklich am Laufen hatte, ob er mit jemandem 'ne offene Rechnung hatte oder so was.«

Schweigend gingen sie weiter. Die Kiste in Carlos' Händen war schwer, seine Muskeln begannen zu schmerzen, aber er ignorierte sie. Dafür war der Zauber des Waldes einfach zu groß. Es war Anfang Juni, und hier, in der »Toskana Deutschlands«, war es fast so warm wie an der Nordsee im Hochsommer.

Ehe Carlos nachvollziehen konnte, wo genau sie entlanggelaufen waren, standen sie am Rand der Lichtung, in deren Zentrum der geheime Weinberg lag. Strobel zog mit einem erleichterten Schnaufen den Rucksack vom Rücken und stellte ihn ab. Carlos betrachtete staunend das Geschehen. Er hatte den Weinberg nur einmal bei Tageslicht gesehen, damals im Herbst. Jetzt leuchteten die großen Blätter an den knorrigen, alten Stämmen so grellgrün, dass ein gewisses Mitglied der Sesamstraße sich bequem darin hätte verstecken können. Rosenstöcke blühten an den Enden der Rebzeilen, und in den Reihen dazwischen breitete sich ein blühender Blumenteppich aus. Als entstammte die Szenerie einem Kinderbuch, hoppelten auch noch ein paar Hasen herum. Carlos blinzelte. Es hätte ihn nicht gewundert, wenn jetzt ein bocksbeiniger Typ mit Panflöte aufgetaucht wäre. Ein eigenartiges, irreales Gefühl ergriff ihn.

Rings um den Wingert breiteten die Männer aus dem Dorf Picknickdecken aus, Campingstühle und Tische wurden aufgestellt, und aus den Körben und Kisten kamen Teller und Gläser zum Vorschein. Carlos entdeckte Otto, der am Waldrand rings um die Lichtung Fackeln in den Boden steckte. Und Karl, der Pfarrer, hängte mit Kerzen bestückte Laternen in die Rebzeilen. Unter all den anderen entdeckte Carlos nun auch Anthony, der ziemlich abwesend wirkte. Carlos hob die Hand und winkte dem Mann mit den hüftlangen Dreadlocks, aber Anthony schien ihn gar nicht zu bemerken.

Wo aber waren die weiblichen Wesen in diesem ganzen Treiben? »Sind sie in der Höhle?«, fragte Carlos Strobel und sah zu der Steilwand am anderen Ende der Lichtung.

Strobel lächelte vielsagend. Dann deutete er auf den Rucksack, damit Carlos ihm half, den Inhalt auszupacken.

»Also, komisch finde ich das schon ein bisschen«, meinte Carlos schließlich, als alles auf einer bunten Decke angerichtet war, die Strobel auf einem freien Plätzchen ausgebreitet hatte.

»Was?«

»Dass ihr alle, und vor allem Charlotte, also, dass ihr alle überhaupt einen Kopf dafür habt, hier eine Feier abzuhalten. Einer eurer Mitbürger wurde ermordet, und ihr habt keinen blassen Schimmer, wer der Täter sein könnte. In eurem Wald sind dreißig Soldaten unterwegs! Woher nehmt ihr die Ruhe, jetzt zu feiern?«

Strobel griff nach Carlos' Arm und sah ihn prüfend an. »Du warst lange weg, mein Freund.«

»Was hat das damit zu tun?«

»Weißt du nicht mehr, wie es hier läuft?«, fragte Strobel. »Wir können nicht anders. Es gibt Dinge, die müssen getan werden. Ganz egal, was sonst so passiert. Ich hab's am Anfang auch nicht verstanden. Aber das hier, das ist wie Atmen.«

»Oha. Na dann bin ich mal gespannt«, murmelte Carlos.

»Außerdem wäre es doch bescheuert, gewissen äußeren Umständen so viel Macht über dich zu geben, dass du die Dinge vernachlässigst, die du am meisten liebst.«

»Da hast du auch wieder recht.«

Später, als die Dämmerung in Dunkelheit übergegangen war, stand Carlos am Rand des Weinbergs und beobachtete gebannt, wie aus einer Öffnung in der Steilwand die Frauen kamen. Sie waren in lange, weiße Gewänder gekleidet und liefen mit langsamen Schritten auf den

Wingert zu. Carlos hielt Ausschau nach Charlotte. Sie lief neben Sofie an der Spitze des Zuges. In ihrem Gesicht fand er keine Spur von Erschöpfung und Traurigkeit mehr, und sie sah nicht aus wie eine frischgebackene Witwe, deren Mann einen Tag zuvor ermordet worden war. Oder wie die Hauptverdächtige in einem Kriminalfall. Sie wirkte einfach nur friedlich und irgendwie entrückt.

Kein Laut außer dem leisen Knirschen und Rascheln der Schritte war zu hören. Die Männer schwiegen andächtig und beobachteten die Frauen, wie sie dicht hintereinander an den Rebzeilen entlangliefen, bis sie schließlich einen geschlossenen Kreis um den Wingert bildeten. Carlos' Herz schlug schneller. Im Schein der Fackeln und Laternen leuchteten die Gesichter golden und rötlich. Das Ganze war wie ein antikes Ritual und so weit von der gewöhnlichen Welt entfernt wie Pfälzisch von Hochdeutsch und Elwenfels von Hamburg.

Als sich der Ring der weiblichen Wesen um die Weinreben geschlossen hatte, lösten sich aus der Menge fünfzehn Frauen, unter ihnen Charlotte, Sofie, Cordula und die Wirtin Elsbeth. Sie beugten sich hinunter zu einem großen Korb, in dem fünfzehn staubige, alte Weinflaschen lagen. Jede nahm sich eine Flasche und trat auf den Pfarrer zu, der sich jetzt aus der Menge löste. Er trug ebenfalls ein langes Gewand in Weiß, und seine jungenhafte, etwas zottelige Art war einer altertümlichen Würde gewichen, die man wohl eher bei einem keltischen Druiden erwartet hätte.

In einer einzigen Bewegung hoben die fünfzehn Frauen die alten Weinflaschen vor die Brust, und Karl sagte mit einer Stimme, die einem flüsternden Rufen glich: »Brüder und Schwestern. Ihr liewe Leit. Heut sin mir wieder do versammelt, am Herzmuskel von unserm Leben. Heut

Nacht wird die Natur an diesem heiligen Ort en neuer Lebenszyklus einleite. Heut Nacht wern die erschte Blüde auftauche an unsre Reben. Wir alle wissen, was des heißt. Heut Nacht passiert des Wunder, was alle Jahr immer wieder passiert. In e paar Monat wern mir hier unser reife Traube lese. Traube, wo auf der ganze Welt einzischartisch sin. Un damit die Kraft un der Saft vom Lebe in die Traube fließe kann, unterstütze mir die Natur mit unserm alte Ritual, wo seit Jahrhunderte so is, wie es is. Unser Liebe geht über auf die Rebblüte und wird so die beschte, gesündeschte und edelschte Früchte wachsen lasse. So sei es, jetzert un in alle Ewischkeit, alla hopp!« Er breitete die Arme aus und hielt eine Weile inne.

Die Stille im Kreis der flackernden Fackeln war überirdisch. In den Gesichtern ringsum erkannte Carlos Freude und eine Ernsthaftigkeit, die er so noch nie bei den Elwenfelsern bemerkt hatte. Aber bei genauem Hinsehen entdeckte er auch, wie einige der Männer ihren Damen im Wingert zuzwinkerten oder verstohlen winkten. Carlos musste unwillkürlich grinsen. Über dem feierlichen Geschehen lag eine kaum merkliche Ausgelassenheit, die trotz allem wie Sirup in die Stille einsickerte.

»Schon von alters her, seit Jahrhunderte, also ewisch un drei Tag, gebe mir en Teil von dem wunderbare Schatz, wo uns die Natur immer wieder schenkt, in den allerselbe Bode zurück, auf dem unser heilische Rebe wachse. Mir begrüße die Rebblüte mit einem Trankopfer. Isch segne diesen Woi, unsern Woi, mit dem unser Schwestre, unser Mädels, jetzt de Wingert benetze wern. So sei es, alla hopp!«

Karl holte einen Korkenzieher aus der Tasche seines Gewandes und nahm die erste Flasche von einer der Frauen entgegen. Während er mit bedächtigen Bewegungen die Flasche entkorkte, ließ die Frau ihr Gewand zu Boden gleiten. Der Fackelschein fiel auf ihren nackten Rücken und die Rundungen ihres Hinterns.

Carlos schluckte. Die Frau nahm die Flasche wieder entgegen, und der Pfarrer murmelte etwas, das Carlos nicht verstehen konnte. Er schien auf einmal in einer fremden, einer alten Sprache mit der Frau zu reden. Bei allem spielte die Nacktheit der Frau keine besondere Rolle, Carlos entdeckte weder einen anzüglichen Blick in den Augen von Karl noch in einem der anderen Gesichter. Und es war das Selbstverständlichste der Welt, dass auch die anderen Frauen sich jetzt der Reihe nach entkleideten. Als alle Flaschen entkorkt waren, drehten sie sich um, und Carlos sah ihre Körper im goldenen Fackellicht. Er wusste nicht, ob er hinsehen oder den Kopf senken sollte.

Charlotte und ihre Schwester – sie sahen aus wie Wesen aus einer versunkenen Welt. Seine Verwirrung wurde noch verstärkt durch die Tatsache, dass die beiden geradezu beschämend schön waren. Hans Strobel neben ihm stieß ein seliges Seufzen aus. Carlos schluckte, was bei seinem trockenen Mund fast schon schmerzhaft war. Gemeinsam bewegten sie sich nun auf die Rebzeilen zu, schlüpften in den Kreis zu den anderen Frauen und tauchten ein ins Innere des Wingerts.

Sie waren nicht länger die bodenständigen, einfachen Bewohnerinnen eines etwas weltfremden Dorfes. Die Flaschen in ihren Händen sahen aus wie Opferkelche. Auf einmal waren sie Botschafter einer lang vergangenen Zeit, in der unzählige Wälder und Felder überall auf der Welt derartige Rituale beherbergt hatten. Ein leises Plätschern ertönte, als die Frauen in einem synchronen Rhythmus durch die Rebzeilen schritten und jede Rebe mit dem Wein begossen. Ringsum wurde ein Murmeln laut, die männlichen Dorfbewohner stießen einen beschwörenden Singsang aus. Gebannt verfolgte Carlos die Veränderung der Atmosphäre. Der Gesang schwoll an, je weiter die nackten Frauen sich dem anderen Ende des Wingerts näherten. Als am Ende alle fünfzehn die leeren Flaschen in die Höhe hielten, brach der Gesang abrupt ab, und die gespannte Atmosphäre entlud sich in einem donnernden Applaus.

»Es ist vollbracht!«, tönte Karl. »Auf dass des e gute Rebblüte gebbt! Do druff müsse ma trinke! Worauf wartet ihr?«

Das war das Signal, auf das die umstehenden Männer gewartet hatten. Im Nu wurden Weingläser – nicht die Dubbeschoppen, sondern elegante Stielgläser – herumgereicht, und Carlos konnte seine trockene Kehle endlich mit einem Schluck Riesling befeuchten.

Strobel schlug ihm auf die Schulter. »Das ist schon was anderes als die Cocktailpartys in Hamburg, was?«

Carlos nickte benommen und dachte an die Junggesellen von der Reeperbahn, die bei diesem Anblick wahrscheinlich gegähnt hätten. Er fixierte Charlotte, die eben wieder in ihr weißes Gewand schlüpfte. Sie wirkte im allgemeinen Trubel ein wenig verloren. Carlos atmete tief durch, sog die rauchige Nachtluft ein. Dann goss er ein Glas voll und ging zu ihr. »Das war schön«, sagte er mit belegter Stimme und reichte ihr das Glas mit einer kleinen Verbeugung.

Charlotte schenkte ihm ein Lächeln. »Das war keine Performance für Zuschauer, Carlos. Das war für den Wingert.«

»Schon klar. War trotzdem schön.« Er sah dabei zu, wie Charlotte mit geschlossenen Augen den Wein trank. Ihre Augenlider glänzten feucht, und plötzlich lag auf ihrem

Gesicht wieder diese Erschöpfung. Carlos konnte förmlich spüren, wie sich ihre Stimmung verdunkelte. Es schien, als kehre sie nun, da diese Pflicht getan war, in ihren Schockzustand zurück.

Während alle anderen sich auf Picknickdecken und an Campingtischen zum Essen niederließen, sah sich Charlotte auf einmal mit geweiteten Augen um. »Hast du das gerade gehört?«, wisperte sie.

»Was denn?«

»Das Lachen?«

»Was für ein Lachen?«

Ihre Augen suchten angestrengt den Waldrand ab. »Da war gerade ein Lachen. Ein fremdes Lachen.«

»Also ... ich wollte sowieso mal fragen, warum ihr so etwas veranstaltet, wenn dreihundert Meter weiter diese Leute im Wald campieren«, sagte Carlos. »Habt ihr keine Angst, dass die euch heimlich beobachten?«

»Mir wern doch all bewacht. Weißt du des nicht mehr?«, widersprach Charlotte und starrte in die Dunkelheit jenseits der Fackeln. Dann schüttelte sie den Kopf, als hätte sie sich geirrt, und sah Carlos von der Seite an. »Unser Elwetritsche sin immer do«, flüsterte sie.

Er spürte ihren Blick auf sich und schaute seinerseits angestrengt ins Unterholz, um das unheimliche, gelbe Funkeln von Vogelaugen zu entdecken. Aber da war nichts zu sehen.

Die Elwenfelser hatten ihm versichert, dass die Elwetritsche eine Art Schutz für den heiligen Wingert bildeten. Aber vor acht Monaten, als er hier herumgeschnüffelt hatte, war diese fabeltierische Security nicht besonders aufmerksam gewesen und hatte nur mit Verzögerung reagiert. Carlos war von einem der Viecher erst außer Gefecht gesetzt worden, nachdem er die Elwenfelser bereits eine ganze Weile bei ihrem heimlichen Ritual beobachtet hatte. Sie mochten wehrsam sein, die Elwetritsche, aber kamen sie auch im rechten Moment?

Und selbst wenn? Was hätten ein paar Fabelwesen gegen einen Trupp uniformierter Spezialkräfte ausrichten können?

Carlos beschloss, das Thema zu wechseln. »Hör mal, Charlotte, wenn du morgen zur Polizei fährst, soll ich dich vielleicht begleiten? So als moralische Unterstützung? Du weißt ja, ich war früher selbst ...«

»Des is echt lieb von dir«, unterbrach sie ihn und trank noch einen Schluck Wein. »Aber die Sofie kommt schon mit. Ich will dich da net mit reinziehe.«

»Hattest du denn schon mal mit der Polizei zu tun?«, tastete er sich vor.

»Noch nie.«

»Das kann ziemlich belastend sein.«

»Ich schaff das schon.« Ihre Stimme zitterte, und ihr Lächeln war verkrampft. »Ich hab de Hartmut net erschlage. Des is die Wahrheit. Was soll mir do passiere?«

Carlos hatte das komische Gefühl, dass dieser Satz wie eine leise Drohung zwischen ihnen hing. Ihn ergriff ein intensives Unbehagen bei der Vorstellung, dass diese sensible Frau morgen von der Kriminalpolizei verhört werden sollte. Sein Bedürfnis, sie zu beschützen, wurde übermächtig. »Dass du unschuldig bist, interessiert die erst mal nicht. Der Ehepartner wird immer als Erstes verdächtigt. Und deswegen solltest du vielleicht ...«

Sie berührte seinen Arm und sah ihn eindringlich an. »Hör mal, Carlos, geb einfach mol Ruh jetzert, ja?«, bat sie. »Ich weiß, dass du nur helfen willst. Des is awwer net nötig. Weil morge is morge – un heit is heit. Des is so en schöner Abend. Ich will des jetzt genieße.«

Carlos spürte einen Stich im Herzen. »Tschuldigung«, murmelte er betroffen.

Sie fixierte ihn mit einem rätselhaften Blick. »Warum krieg ich des Gefühl net los, dass es irgend en höhere Sinn hat, dass du do bischt?«, fragte sie schließlich, und ihre Stimme war wieder sanft und verspielt.

Carlos erwiderte nichts. Er sah sie nur an.

»Ich glaub, ich weiß es«, sagte Charlotte leise.

»Ja?«

Sie nahm einen weiteren kleinen Schluck. »Menschen begegnen sich net aus Zufall. Alles is im Fluss. Des is des einzigschte, was sicher is.« Dann reichte sie ihm das Glas zurück, und mit einer kleinen Drehung lag der Abdruck ihrer Lippen nun genau auf seiner Seite, direkt vor seinem Mund.

Im Licht der Fackeln sah er deutlich die Spur auf dem Glasrand. Der Blick, der ihn aus Charlottes Augen traf, sank wie ein kleiner Stein bis auf den Grund seiner Seele. Wortlos hob Carlos das Glas an den Mund und trank. Ihre Blicke trafen sich. Der Moment dehnte sich aus. Carlos nahm die Feier ringsum nur noch gedämpft wahr. Dabei entging ihm allerdings auch das Rascheln am Waldrand, wo sich zwei schwarze Gestalten durch das Unterholz entfernten.

Kapitel 8

Unheimliche Begegnung mit einer (nur hier) bekannten Art

Jimmy Dean und Russel Calvin hatten durchaus schon schlimmere Zeiten erlebt. Vor zwei Monaten waren sie noch in Afghanistan stationiert, dagegen war das hier ein Spaziergang. Die beiden Soldaten begriffen nicht so recht, warum dieses als »Übung« bezeichnete Spielchen hier überhaupt stattfand. Sie hatten weitaus effektivere Trainingseinheiten absolviert – in der Wüste, in verlassenen Ruinenstädten. Oder in einem realistischen Übungscamp mit Pappkulissen und beweglichen Dummies, auf die man ein ganzes Magazin leeren oder auch nur einen gezielten Schuss abfeuern konnte. Sie waren durch heißen Sand gerobbt und hatten in klirrender Kälte unter freiem Himmel campiert. Ganz abgesehen davon, dass die Realität des Krieges eine wesentlich bessere Ausbildung war als die Ausbildung selbst.

So lag der Verdacht nahe, dass diese Pfadfinderspielchen in einem deutschen Waldgebiet entweder posttraumatischen Kriegserfahrungen entgegenwirken sollten oder dass es wieder mal eine seltsame Art der Beschäftigungstherapie war, die sich irgendein Schreibtischtäter in den Verwaltungszimmern der Army ausgedacht hatte. Tommy, der Truppenarzt, hatte allen Ernstes behauptet, dass die knorrigen, alten Bäume und das viele Laub, die sanft geschwungenen Waldsenken und diese kitschig süßen Lichtungen mit den gelben Blumen im Gras in den Köpfen der Kameraden eine Art »Reset« bewirken könnten, die nur noch an das gleißend helle Licht der Wüste dachten und in jedem fremden Menschen, jedem Tier, jeder Bewegung, die außerhalb der Norm waren, einen lebensbedrohlichen Angriff wahrnahmen. Hier roch es vollkommen anders als in Afghanistan. Hier gab es keine größeren Gefahren, als sich den Fuß umzuknicken oder von einer Ameise angepieselt zu werden. Lächerlich, zumal ein paar Kameraden trotzdem immer wieder mitten in der Nacht schreiend aus Albträumen aufschreckten.

Dean und Calvin fragten sich immer wieder, was sie hier überhaupt machten. Klettern üben konnten sie auch in einer der Trainingshallen auf der Air Base in Ramstein. Und warum das Ganze auch noch mit den »Krauts« von der Bundeswehr stattfinden musste – es blieb ein Rätsel mit Langeweile. Immerhin konnten sie sich nachts beim Barbecue am offenen Feuer Gruselgeschichten erzählen, was während einem offiziellen Einsatz verboten war, damit niemand seelisch destabilisiert wurde. *Bullshit!*

Abends durften sie sich vom Camp entfernen. Sie hätten sogar ins Dorf gehen können, aber darauf hatte niemand Bock. Was Dean und Calvin anging, so wollten sie sich lieber hier mit dem mitgebrachten Jim Beam betrinken als in einer tristen, deutschen Dorfkneipe. Also saßen sie abends ums Lagerfeuer und tranken Bourbon aus Flaschen. Einer der Deutschen kannte ein paar echt schaurige Geschichten, die alle in deutschen Wäldern spielten. Die Stimmung war okay. Nicht so angespannt und aggressiv wie im Einsatz. Und doch – sie hatten ja gesehen, wohin es führte.

Übermorgen war alles vorbei, und sie würden wieder zurückmarschieren. Davor graute es Calvin schon jetzt. Er hasste marschieren. In zwei Monaten würde er wieder zurück nach Afghanistan fliegen. Der Gedanke erfüllte ihn mit einer sonderbaren Aufregung, und er wusste nicht, ob es Vorfreude war oder Angst.

Jedenfalls hatte Dean vorgeschlagen, dass sie mal ein wenig durch den Wald streunen sollten, nur sie beide und eine Flasche. Calvin mochte Dean. Er würde sogar sagen, dass sie Freunde waren, wobei er genau wusste, dass Freundschaften beim Militär nur eine sehr geringe Halbwertszeit hatten. Mal sehen, wie lange es hielt. Aber für den Moment war es okay, neben Dean zu schlafen und mit ihm zu reden zu können. Dean hatte Angst vor seinem eigenen Schatten, das wusste Calvin. Aber er hätte es niemals zugegeben. Und das verband sie beide.

Sie waren durch den Wald gelaufen. Sie mitsamt der Whiskeyflasche. Und dann waren sie auf einmal in einen völlig abgedrehten Film hineingestolpert. Calvin hatte sich gefragt, ob die anderen ihnen irgendwelche Drogen ins Abendessen gemischt hatten. Was sich auf der kleinen Lichtung abspielte, war ... es war einfach crazy. Wie in dieser Serie *Vikings*. Irgendwie nicht real. Priesterinnen, Fackeln, diese fremde Sprache. Völlig abgefahren.

Dean hatte ihn nach unten gezogen und sein Handy gezückt, um zu filmen. »Was geht da ab, *Dude*?«

Die Ungläubigkeit war irrem Erstaunen gewichen. Da waren Dutzende! Was trieben diese Leute da?

»Meinst du, die treiben es nachher miteinander?«, hatte Dean flüsternd gefragt. Er bebte vor Aufregung und konnte kaum das Handy gerade halten.

»Halt drauf, Mann!«

»Das gibt den neuen Hit bei YouTube.«

»Awesome!«

Besonders viel war letztendlich aber nicht passiert, wie die beiden Nachtschwärmer enttäuscht feststellen mussten. Irgendwann war die merkwürdige Szenerie auf der Lichtung mit dem Weinberg zu einer ganz normalen Party mit Wein und Picknick geworden. Von wegen Orgie. Also waren die beiden vorsichtig zurück in den Wald gekrochen, nur mühsam das Lachen unterdrückend.

Dean knuffte Calvin in die Seite, als sie weit genug weg waren und den Widerschein der Fackeln nicht mehr sehen konnten. »Alter, was war das denn?«

»Komm, spiel das noch mal ab!«

»Lauter geile, nackte Kraut-Bitches.«

Es war schon eine ganze Weile her, dass die beiden eine nackte Frau gesehen hatten, die nicht digital gewesen war. Dean holte sein Handy hervor und spulte den Film erneut ab. Der Winkel war perfekt gewesen, und das Geschehen war erstaunlich gut eingefangen. Das Licht war hell genug, und man sah beinahe jedes Detail.

»Alter, ist die geil!« Calvin tippte auf eine junge Frau, die gerade ihr Gewand abstreifte.

»Eine Million Klicks bei YouTube!«, frohlockte Dean. Wer hätte schon gedacht, dass sie in einem langweiligen deutschen Wald etwas derart Verrücktes erleben würden!

»Aber nur, wenn du die Alte da rausschneidest«, witzelte Calvin und zeigte auf eine ältere Frau mit weißen Haaren, die eine Weinflasche zwischen die Rebzeilen trug.

Sie spulten den Film zurück und betrachteten immer und immer wieder die Szene, in der die Frauen sich allesamt umdrehten und man im Fackelschein ihre Brüste und auch den Rest ihres Körpers sehen konnte.

Plötzlich war da ein sonderbares Geräusch. Ganz in ihrer Nähe.

Calvin sah hoch. Er schaltete eine Taschenlampe ein, die er auf dem Boden abgelegt hatte, und leuchtete damit die nähere Umgebung aus. »Was war das?«, zischte er.

»Keine Ahnung. Irgendwas. Ist doch egal.« Dean war immer noch mit den Frauen auf seinem Handyvideo beschäftigt. Er kicherte ausgelassen und ungläubig. Dann schraubte er die Whiskeyflasche auf, die sie immer noch bei sich trugen.

Aber Calvin war alarmiert. Wo war der Weg zurück zum Camp? Dieser Wald hier war verwirrend. In der Wüste und im Gebirge konnte man sich besser orientieren.

Dean johlte leise und kommentierte nun die Beschaffenheit der Brüste auf dem Filmchen.

Aber Calvin konnte sich nicht mehr darauf konzentrieren. »Hey, hier ist irgendwas«, flüsterte er.

»Ja!«, bestätigte Dean. »Lauter Titten!«

»*Shut up!* Hörst du das nicht?«

»Was denn?« Dean klang gereizt.

»Hör einfach hin!«

Dean schnaubte widerwillig und verstummte dann, um in den Wald hineinzuhorchen.

»Da, das Rascheln«, wisperte Calvin.

Es war ganz in ihrer Nähe. Und es hörte sich an, als würde etwas durch das Unterholz auf sie zu kriechen. Etwas Großes.

Schlagartig wurden alle Instinkte in Calvin wach, die seit Afghanistan so besonders ausgeprägt waren. Adrenalin flutete sein System. Und auch Dean hatte jetzt etwas gemerkt. Etwas Unsichtbares, Namenloses war in ihrer Nähe.

Calvin tastete nach seinem Messer am Gürtel und zückte es. »Fuck!«, zischte er in Richtung des Raschelns. Dann bemerkte er, dass das Rascheln aus mehreren

Richtungen gleichzeitig auf sie zukam. Er wirbelte herum.

Das Letzte, was er sah, waren Augen, die aus der Dunkelheit starrten wie ein paar Leuchtdioden. Die Augen rasten mit einem Satz auf ihn zu. Calvin riss die Hand mit dem Messer nach oben, aber irgendetwas fegte das Messer einfach weg, als wäre es bloß ein Zahnstocher. Ein merkwürdiger Geruch war jetzt überall. Er hörte Dean keuchen. Dann fuhr etwas Scharfes über sein Gesicht, und er spürte, wie Blut in seine Augen sickerte. Ein spitzes Etwas krallte sich in seine Hände. Calvin war zu geschockt, um zu schreien oder sich zu wehren. Dieser Angriff war nichts, was er irgendwie einordnen konnte. Das war nichts Menschliches. Aber welches Tier, das er kannte ...?

Dean stieß ein schrilles Wimmern aus.

Calvin spürte, dass es in seiner Hose warm und nass wurde. Er riss die Augen auf. Über ihm schienen die Schatten einen wilden Tanz aufzuführen. Die Geräusche ... Ein hohles Klappern, wie von riesigen Schnäbeln. Und dann dieses unheimliche Schnattern. Calvin sah noch, wie sich das immer noch leuchtende Handy durch das dunkle Unterholz von ihnen fortbewegte. Das Etwas trug es einfach fort.

Ein Schatten schwang sich auf ihn, und er spürte auf einmal etwas Feuchtes, Weiches überall um sich herum. Es fühlte sich an wie Federn. Etwas Hartes hackte nach seinem Kopf, und Calvin wünschte sich zurück nach Afghanistan.

Dann fiel er zum ersten Mal in seinem Leben als Soldat in eine gnädige Ohnmacht.

Kapitel 9

Warum eine pfälzische Prinzessin in einem Polizeirevier nicht viel wert ist

Vor Charlottes Augen zogen Betonpfeiler, Brücken und das graue Häusermeer von Ludwigshafen vorbei. In der Ferne bildeten die Fabriktürme der BASF eine eigene Stadt. Es war ein deprimierendes Bild, das ihr klarmachte, wie weit sie sich von Elwenfels entfernt hatte. Nur die Anwesenheit ihrer Schwester, die den kleinen Peugeot durch den dichten Verkehr lenkte, half ihr, diese Situation einigermaßen gefasst zu ertragen.

Sofie schaffte es auch ohne zu reden, ihr ein Gefühl der Ruhe und Sicherheit zu geben. Aber sie kam nicht gegen die nervöse Furcht an, die in ihrem Bauch rumorte.

Sie sagte sich, dass es verdammt noch mal in Ordnung war, sich so zu fühlen. Sie hatte ihren Mann verloren und … Nein, korrigierte sich Charlotte innerlich, ein Verlust fühlte sich anders an. Als ihre Katze vor drei Jahren gestorben war, da hatte sie so etwas wie Verlust empfunden. Und jetzt empfand sie eine Art Befreiung, die sich aber nicht gut anfühlte, sondern eher so, als hätte ihr jemand ohne Betäubung ein Geschwür herausoperiert.

Wahrscheinlich war es die innere Stimme der Moral, die ihr vorwarf, was für ein gefühlloser Unmensch sie doch war, dass sie jetzt nicht in völliger Verzweiflung versank, sondern lediglich diese merkwürdige Dumpfheit spürte. Das einzig Schreckliche war nur die Art dieser heimlich herbeigeträumten Trennung von Hartmut. Der Schock über seinen brutalen Tod. Das war das Einzige, dessen sie sich auf eine irrationale Weise schuldig fühlte. Sie wusste nur eins: dass sie Dinge empfand, die sie nicht empfinden sollte, und dass diese Dinge ein Beweis dafür waren, dass sie Hartmut nicht geliebt hatte. Was, wenn ihr daraus irgendjemand einen Strick drehte?

Allerdings hatte sie auf dem Weg hierher noch etwas anderes beunruhigt. Beim Verlassen von Elwenfels hatte sie den vertrauten Anblick von Erwin vermisst. Seine freundliche, ewige Gestalt auf dem Traktor, mit dem er singend durch den Wald schaukelte. Dieser Anblick, der ihr immer so viel Zuversicht und Energie gab. Sie hatte vergebens nach ihm Ausschau gehalten. Und diese Tatsache gab Charlotte die nagende, ungute Gewissheit, dass irgendetwas nicht stimmte, dass etwas aus dem Gleichgewicht geraten war. Auch Sofie hatte mit besorgtem Kopfschütteln auf die Abwesenheit Erwins reagiert. Charlotte kam es so vor, als hätte ihr persönlicher Schutzengel sein Kündigungsschreiben eingereicht.

Als sie vor dem Polizeipräsidium aus dem Wagen stiegen, hätte Charlotte am liebsten losgeheult wie ein Kind, das sich gegen den Gang zum Zahnarzt wehrt.

»Hopp, jetzt!«, sagte Sofie und hakte sich bei ihrer Schwester ein. »Wenn wir nachher heimkommen, dann gibt's e Schlückel von unserm Zauberwein zur Beruhigung, okay?«

»Den werde ich dann auch bitter nötig haben«, antwortete Charlotte.

Sie sollte sich bei einer Kriminalkommissarin namens Nadja Sprengel melden, die Charlotte gestern am Tatort schon gesehen hatte. Da war sie aber viel zu aufgewühlt gewesen, um mit ihr ein Gespräch zu führen. Charlottes Eindruck von Nadja Sprengel war der einer zielstrebigen, etwas verbissenen und irgendwie viel zu jungen Karrierefrau, die besser ins Management eines Industrieunternehmens gepasst hätte. Sie hatte sich weibliche Polizisten immer ganz anders vorgestellt.

Sofie bekam eine Tasse Kaffee und musste auf dem langen Flur auf einem Plastikstuhl warten.

Ein junger Beamter führte Charlotte in ein Büro und nahm ihre Fingerabdrücke ab. Charlottes Hals schnürte sich zu.

»Reine Routine«, erklärte ihr der Mann.

Charlotte wurde ebenfalls ein Kaffee angeboten, den sie jedoch ablehnte. Ein letzter Blick auf Sofie, die ihr aufmunternd zunickte, dann versperrte die athletische Gestalt der Kriminalkommissarin den Blick durch die Tür.

Nadja Sprengel trug eine enge Jeans, die jedem Muskelstrang ihrer durchtrainierten Schenkel den roten Teppich ausrollte; darüber eine violette Bluse mit V-Ausschnitt und eine fadendünne Silberkette mit einem winzigen Kleeblatt-Anhänger. Merkwürdigerweise war es gerade dieser kaum sichtbare Anhänger, der Charlotte irgendwie einschüchterte. Sie hatte sich immer gefragt, warum Frauen so übertrieben dezenten Schmuck trugen. Und warum bitte wählte eine Kriminalkommissarin ein Kleeblatt? Wollte sie sich selbst oder eher den von ihr in die Zange genommenen Verdächtigen Glück wünschen? Charlotte erwiderte den forschen Händedruck und ärgerte sich über ihre feuchten Handflächen.

Die Kriminalkommissarin setzte sich ihr gegenüber leger an einen Tisch und arrangierte ihre Gliedmaßen so, dass die Nähte ihrer knallengen Jeans vernehmlich knarzten. »Wie geht es Ihnen, Frau Walter?«, wollte sie wissen, und der durchaus mitfühlende Tonfall ihrer Stimme brachte Charlotte dazu, ehrlich zu antworten.

»Ich bin verwirrt. Ich habe das Gefühl, das alles nur zu träumen.«

Nadja Sprengel verzog den Mund. Sie war zurückhaltend und perfekt geschminkt. Ihr Gesicht bot nichts, an dem man hätte hängen bleiben können. »Wenn es ein Traum wäre«, fragte sie, »wäre es dann ein guter oder ein schlechter Traum für Sie?«

Charlotte räusperte sich. »Was tut denn das zur Sache?«

»Oh, ich frage das nur, um Sie besser einzuschätzen. Ich konnte mir gestern kein besonders gutes Bild von Ihnen machen, weil die Gesamtsituation ziemlich unübersichtlich war, um nicht zu sagen chaotisch.«

Charlotte senkte den Kopf. Sie wollte sich gar nicht ausmalen, was für Rückschlüsse die Polizei aus der Tatsache zog, dass ein paar der Dorfbewohner Hartmuts Leiche abtransportiert hatten, anstatt sofort den Notruf zu wählen.

»Gut, Frau Walter, ich möchte, dass Sie mir noch einmal genau schildern, was Sie gesehen und gehört haben, alles, was in der vorletzten Nacht passiert ist.«

Charlotte erzählte, was sie erlebt hatte, und fühlte sich dabei völlig teilnahmslos, so, als wäre es wirklich ein Traum, den sie aus der Erinnerung skizzierte.

Nadja Sprengel nickte knapp. Das Telefon auf ihrem Schreibtisch klingelte. Sie nahm den Hörer ab, sagte aber nichts weiter als »Alles klar, danke.«. Dann legte sie auf und setzte sich wieder. Ihr Blick war ruhig und selbstsicher. Ihre Augen hatten eine unbestimmte Farbe, irgendetwas zwischen braun und grün. Charlotte konnte diesem Blick nur schwer standhalten.

»Tja, Frau Walter«, sagte Nadja Sprengel schließlich, »wir haben leider ein kleines Problem.«

»Ein Problem?«

»Ja. Ich habe gerade von unserer kriminaltechnischen Abteilung erfahren, dass auf der Tatwaffe, also dem Stein, mit dem Ihr Mann erschlagen wurde, eindeutig Ihre Fingerabdrücke nachweisbar sind.«

Charlotte blinzelte. »Was?« Ihr wurde schwindelig.

»Sie haben mich schon verstanden, Frau Walter.« Nadja Sprengel fixierte Charlotte und machte dabei die Andeutung eines enttäuschten Gesichtsausdrucks. »Haben Sie was dazu zu sagen?«

»Ich habe Hartmut nicht erschlagen! Das mit den Fingerabdrücken kann ich mir nicht erklären.«

»Wenn Sie wüssten, wie oft ich so etwas zu hören bekomme.«

»Ja, aber in meinem Fall stimmt es!«

»Frau Walter, Sie sollten einen Anwalt anrufen.« Die Kriminalkommissarin schenkte ein Glas Wasser ein und schob es Charlotte hin.

»Ich brauch keinen verdammten Anwalt! Ich hab de Hartmut net erschlagen!«

»Dass Sie das behaupten, heißt nicht, dass Sie nicht trotzdem einen Anwalt brauchen«, versicherte ihr Nadja Sprengel.

Charlotte hasste sie in diesem Moment für ihre unerschütterliche Ruhe. Plötzlich wurde die Welt um sie herum ein bisschen kleiner. Ihr dämmerte, dass sie vielleicht nicht mit Sofie zurück nach Elwenfels fahren würde. Panik ergriff sie. Bleib ruhig, sagte sie sich. Und dann fiel es ihr wieder ein.

»Ich ... Als ich über die Mauer geklettert bin, da bin ich abgerutscht und hab mir die Hand verdreht.« Sie streckte die Hände vor. Ihr linkes Handgelenk war deutlich angeschwollen. »Ich bin auf einem Stein aufgekommen und im Handgelenk eingeknickt. Das hat verdammt wehgetan. Es war dunkel, ich habe nichts gesehen. Wahrscheinlich war das der Stein, mit dem …«

Nadja Sprengel nickte. Aber es war das Nicken eines Psychatriepflegers, der sich die Geschichte vom Mann im Mond anhört.

»Sie glauben mir nicht, oder?«

»Sie werden zugeben, dass das ein bisschen dünn klingt. Machen Sie sich nichts vor, Frau Walter. Es sieht momentan nicht gut aus für Sie.«

Charlotte versuchte, gegen die immer größer werdende Panik anzuatmen. »Wieso hätte ich Hartmut denn umbringen sollen?«, entgegnete sie. »Ich habe doch gar kein Motiv!«

Nadja Sprengel lehnte sich zurück und verschränkte die Hände vor der Brust. »Zu Ihrem Motiv hätte ich eine eigene Theorie«, erklärte sie.

»Wie bitte, was?!« Charlotte hatte das Gefühl, als würde sich ein dünner Draht durch ihren Hals bohren. Sie umklammerte das Wasserglas, aber nicht um zu trinken, sondern weil sie sich einfach an irgendetwas festhalten musste.

»Ich hätte Sie ja gefragt, ob Sie Ihren Mann geliebt haben, Frau Walter«, sagte Nadja Sprengel. »Aber erstens geht mich das ja – laut Ihrer Ansicht – nichts an, und zweitens werde ich sowieso nicht überprüfen können, ob Sie mir diesbezüglich die Wahrheit sagen oder nicht. Ich bin schon so vielen Menschen begegnet, die glaubten, dass sie ihren Partner geliebt haben. Trotzdem hatten sie kein Problem damit, diesen Partner zu quälen oder umzubringen.«

Charlotte klappte den Mund auf. »Was ... soll das denn jetzert heißen?«

»Wissen Sie, Frau Walter, mir ist gestern bei den vereinzelten Gesprächen mit Ihren Mitbürgern eines aufgefallen. Ihr Mann Hartmut war sicher nicht der Beliebteste in Elwenfels. Bei Ihnen scheinen außerdem ziemlich absonderliche Regeln zu herrschen, was auch daran liegt, dass Ihre Gemeinde irgendwie ... ja, wie soll ich sagen ... dass Ihre Gemeinde nicht in ein ordnungsgemäßes Verwaltungsgefüge eingegliedert ist. Ich habe übrigens vor, entsprechende höhere Stellen auf diesen Sachverhalt aufmerksam zu machen, das kann ich Ihnen versprechen.«

Charlotte ganzer Körper versteifte sich. Die Worte dieser Kommissarin drangen wie giftiger Nebel in ihr Denken.

»Jedenfalls habe ich den gestrigen Tag damit verbracht, mir mal ein wenig genauer das Leben Ihres Mannes anzusehen. Dabei sind mir ein paar Dinge aufgefallen. Das alles zusammen sind zwar keine Beweise für ein Motiv. Aber es sind sehr starke Indizien, die mir sagen, dass Sie, Frau Walter, Ihren Mann nur zu gerne losgeworden wären.«

»Was?« Charlottes Stimme war nur noch ein Krächzen.

»Sehen Sie, im Internet stehen ja ein paar Artikel über Hartmut Bitterlingers Werdegang, die ich mir gestern durchgelesen habe, um mal einen ersten Eindruck zu bekommen.«

»Sie holen Ihre Informationen aus dem Internet?«, fragte Charlotte ungläubig. »Weil da ja auch immer die Wahrheit drinsteht, was? Was sind Sie denn für eine Polizistin?«

Nadja Sprengel blieb ruhig. »Wollen Sie mir etwa sagen, dass dieses Desaster auf der letzten Weinmesse in München nicht stattgefunden hat? Und dass dieses Drama nicht von Ihnen und Ihren Elwenfelser Mitbürgern inszeniert wurde, um ihn in aller Öffentlichkeit zu blamieren und zu demütigen?«

Charlotte hätte gerne dagegengehalten, aber die Hintergründe dieser Angelegenheit gingen niemanden außerhalb von Elwenfels etwas an. Was hätte sie der Polizistin auch sagen können? Dass Hartmut bestraft worden war, weil er ihren geheimen, heiligen Wein geklaut und ohne ihr Wissen oder ihre Zustimmung auf einer internationalen Weinmesse präsentiert hatte? Der Wein hatte »Großes Gold« gewonnen, aber es war ein Rätsel geblieben, woher dieser Jahrhundertwein kam. Es gab weder Etiketten noch genaue Angaben zum Weingut. Für Hartmut war das Ganze ein erfolgreiches Experiment gewesen. Er war mit der Gewissheit nach Elwenfels zurückgekehrt, dass man mit diesem Wein aus ihrem Wingert im Wald nichts weniger als Weltruhm erlangen konnte. Er hatte es nicht verstanden, warum niemand aus Elwenfels daran interessiert war, berühmt zu werden und viel Geld damit zu verdienen.

Die Elwenfelser hatten ihn nach seiner Rückkehr zunächst im Glauben gelassen, dass seine Aktion irgendwie in Ordnung war. Sie hatten ihm später sogar das Gefühl gegeben, dass sie ihren Wein nun doch der Welt zugänglich machen wollten.

Hartmut konnte sein Glück kaum fassen, war dann aber enthusiastisch auf das Angebot eingegangen, dass er mit dem Segen des ganzen Dorfes auf die nächste »European Wine Trophy« gehen sollte. Im Vorfeld hatte er groß angekündigt, dass ein neuer Jahrgang des geheimnisvollen Jahrhundertweines verfügbar wäre, doch auf die Blindverkostung durch die Jury folgte großer Spott. Die Elwenfelser hatten Hartmuts eigenen Ortsriesling, ein eher schlichter Wein, in die Sonderflaschen gefüllt, ihn aber im Glauben gelassen, dass er den kritischen Zungen der internationalen Jury den Zauberwein präsentierte.

Die Zeitungen hatten darüber geschrieben, und fast jedem renommierten Weinmagazin war diese Story eine Glosse wert gewesen. Hartmut war erniedrigt nach Elwenfels zurückgekommen. Es war zu lesen, dass ein namenloser Winzer aus der Pfalz im Nachhinein noch verzweifelt versucht hatte klarzustellen, dass er aus Versehen einen falschen Wein mitgenommen habe. Zu allem Hohn war sogar ein Bild von Hartmut Bitterlinger abgedruckt worden, das ihn mit blassem, konsterniertem Gesicht zeigte. Die Kurzbiografie beschrieb ihn als »gescheiterte Winzer-Existenz«, die von Württemberg in die Pfalz geflüchtet sei, aber auch dort mit Tricks und unsauberen Methoden arbeite. Die Elwenfelser hatten Hartmut wohl wissend ins offene Messer laufen lassen. Es war die perfekte Strafe für jemanden, der sie derart hintergangen und ihr heiligstes Geheimnis an die Öffentlichkeit gezerrt hatte. Das Leben war für Hartmut im Dorf nicht gerade rosig gewesen. Man hatte ihn nicht so offen drangsaliert wie damals Alfons Schnur, der irgendwann freiwillig gegangen war. Aber die spöttischen Bemerkungen überall und die Gewissheit der Bloßstellung hatten Hartmut so zugesetzt, dass er sich irgendwann gar nicht mehr unter die Dorfbewohner traute. Er war im Weingut herumgelaufen wie ein Tiger im Käfig und hatte Verwünschungen ausgestoßen, anstatt sich einzugestehen, dass er sich die Situation selbst eingebrockt hatte. Charlotte hatte sich in diesen Monaten noch mehr von ihm entfremdet, und ihr war klar gewesen, dass Hartmut sie insgeheim als Feindin betrachtete. Als eine von *denen*, wie er die Elwenfelser nannte. Sie hatte ja gehofft, dass Hartmut diese Schmach so zusetzen würde, dass er Elwenfels und sie verließ, um irgendwo anders eine neue Existenz aufzubauen. Aber er hatte sich immer weiter in seine Opfer-Identität hineingesteigert und war immer bitterer geworden.

»Darf ich davon ausgehen, dass der Ehrgeiz von Hartmut Bitterlinger Ihnen und Ihren Mitbürgern ein Dorn im Auge war?«, fuhr die Kriminalkommissarin fort. »Er war ein Außenseiter, der in ein Dorf einheiratete, das ihn verachtete.« Nadja Sprengel zog die Augenbrauen hoch. »Keine besonders gesunde Konstellation. Meine Kollegen haben gestern die Nachricht von seinem Tod an seine Familie in Baden-Württemberg überbracht. Und wissen Sie, wie ein Mitglied aus seinem familiären Umfeld die Neuigkeit kommentierte: ›Dann haben die es also geschafft und sind ihn endlich losgeworden. Die haben ihn ja sowieso gehasst.‹ Was sagen Sie dazu, Frau Walter?«

Charlotte hatte den Eindruck, als würde sie unweigerlich auf den Rand einer Klippe zusteuern und in wenigen Sekunden in die Tiefe stürzen. Sie war sprachlos.

Die Kommissarin goss weiter Öl ins Feuer. »Das Bild, was uns vonseiten seiner Familie vom Leben Ihres Mannes gezeichnet wird, besagt, dass er sehr unglücklich war. Gleichzeitig war er wohl aber auch immer darum bemüht, Sie irgendwie zu beeindrucken und zu überzeugen. Wenn man diesen Aussagen und dem, was über seine Bemühungen in der Presse stand, glauben darf, dann war er ein von fast schon krankhaftem Ehrgeiz getriebener Außenseiter. Mit so einem Menschen zusammenzuleben, ist sicherlich nicht leicht. War er Ihnen peinlich? Wollten Sie ihn deswegen loswerden?«

Ohne dass Charlotte darüber Kontrolle hatte, liefen ihr

die Tränen über die Wangen. Sie wollte nicht, dass diese Körperreaktion als eine Art Geständnis gewertet wurde. »Ja, er war unglücklich«, sagte sie daher. »Und er wurde nicht akzeptiert. Ich wollte auch demnächst die Scheidung einreichen, weil ich einfach nicht mehr mit seiner Art klarkam. Aber ich habe ihn nicht umgebracht! Ich bin zu so etwas gar nicht in der Lage!«

»Auch nicht, wenn die Persönlichkeit Ihres Mannes ihn dazu getrieben hätte, Ihre gemeinsame Lebensgrundlage zu vernichten?«

»Was meinen Sie?«

»Sehen Sie, wir haben bei seiner Leiche einen Rucksack gefunden. Und in diesem Rucksack war eine Rebschere, eine große Zweihandschere.« Nadja Sprengel beugte sich vor und musterte Charlotte mit unangenehmer Intensität. »Was, glauben Sie, wollte er damit machen?«

Charlotte schluckte. »Ich weiß es nicht«, flüsterte sie.

»Wollte er vielleicht die Hecke schneiden, mitten in der Nacht?«

Charlotte schwieg. Ihre Zähne erfassten die Innenseite ihrer Unterlippe. Sie biss darauf. Was auch immer diese Polizistin jetzt sagte oder fragte – die Wahrheit würde sie nicht erfahren.

»Was glauben Sie, warum steht ein Mann nachts auf und geht mit solch einem Werkzeug im Rucksack nach draußen? In den Wald? Bitte versuchen Sie wenigstens, es mir zu erklären.«

»Ich weiß es nicht!«, wiederholte Charlotte. »Wenn es Sie wirklich interessiert: Ich hab schon lange aufgehört, Hartmut verstehen zu wollen. Er stand oft nachts einfach auf, ohne zu sagen warum. Manchmal ist er einfach nur draußen rumgelaufen. Ohne Sinn und Ziel.«

»Und diese große Schere hatte er immer mit dabei?«

»Woher soll ich das wissen? Ich habe das gemacht, was man normalerweise in der Nacht macht.«

Nadja Sprengel nickte und beugte sich noch ein wenig weiter vor. »Sie haben sicherlich mitbekommen, was im vorletzten Jahr ganz in Ihrer Nähe an der Weinstraße passiert ist. In einem berühmten Weinberg hat ein unbekannter Täter nachts reihenweise die Reben der großen Gewächse einfach so abgeknipst, und zwar unterirdisch direkt an der Wurzel, damit garantiert nichts nachwachsen kann.«

Charlotte nickte. Sie kannte die Geschichte. Der Starwinzer Deidesheims, Thomas Kruse, war davon betroffen gewesen. Der namenlose Neider hatte einen immensen Schaden angerichtet, der dazu führte, dass der legendäre, historische Wingert gerodet und neu bepflanzt werden musste. War das vielleicht Hartmut gewesen?, schoss es ihr plötzlich durch den Kopf.

»Auf jeden Fall wäre das Werkzeug, das Ihr Mann dabeihatte, ebenfalls für so eine Aktion geeignet gewesen«, fuhr die Kommissarin fort. »Ich frage mich, was ein Winzer nachts mit einer Zweihandschere im Rucksack macht.«

Charlotte konnte es sich denken. Ihr wurde ganz schwindelig bei dem Gedanken. Sie biss sich noch fester auf die Innenseite der Unterlippe. Sollte die Kommissarin doch ihre eigenen Schlüsse daraus ziehen.

»Es hört sich vielleicht verrückt an, aber für jemanden wie Ihren verstorbenen Mann sind die fünf Kilometer Luftlinie zu seinem Weinberg am Haardtrand nicht allzu weit. Er bricht nachts auf, sabotiert seinen eigenen, Pardon, Ihren gemeinsamen Wingert, kommt zurück und tut so, als wäre nichts gewesen. Dadurch wäre Ihre finanzielle Grundlage erst mal ruiniert, trotz Versicherung. Sie hätten neue Reben pflanzen müssen und abwarten, bis sie wieder Früchte tragen. Wenn Hartmut keinen Erfolg hatte mit seinem Wein, dann sollten Sie auch nicht davon leben dürfen. Er ahnte vielleicht, dass Sie seiner überdrüssig sind, und plante, demnächst in seine alte Heimat zurückzugehen. Aber vorher wollte er Ihnen auch mal so richtig eins auswischen und Sie ebenso zerstören, wie Sie und der Rest des Dorfes es mit ihm getan haben. Nicht gerade nett, ich weiß. Und ein erstklassiges Mordmotiv.« Nadja Sprengel lehnte sich wieder zurück, genüsslich in ihren Schlussfolgerungen schwelgend. »Sie sind nachts aufgestanden und haben ihn im Wald gestellt, haben herausgefunden, was er vorhatte. Und dann ist Ihnen die Hand mit dem Stein ausgerutscht. Durchaus verständlich, aber leider Mord, Frau Walter.«

Charlotte schwieg. Es gab keine Möglichkeit, dieser Frau zu sagen, dass es sich vollkommen anders verhielt. Denn ob es sich nun um den schlichten Weinberg des Weinguts Bitterlinger am Haardtrand handelte, der guten, ehrlichen Riesling hervorbrachte, oder den geheimen Wingert im Wald – es machte keinen Unterschied. Charlotte begriff, dass es von außen betrachtet wirklich so aussah, als hätte sie ein Mordmotiv. Sie ließ die Innenseite ihrer Lippe los und wiederholte: »Ich habe geschlafen. Ich habe ihn nicht getötet. Ich habe ihn nicht mal gesehen in dieser Nacht. Und selbst wenn – ich könnte niemals jemanden töten.«

»Jeder ist in der Lage dazu«, beschied ihr Nadja Sprengel mit einem wissenden Nicken.

Zum ersten Mal in ihrem Leben bereute Charlotte, dass sie über das Geheimnis des Dorfes nicht sprechen konnte. Keiner der Elwenfelser war in der Lage, einen anderen Menschen zu töten. Und das lag an dem Wingert im Wald, dessen Endprodukt sie alle zu besonderen Menschen machte, die so etwas wie Polizei und Gerichtsbarkeit nicht brauchten. Der Genuss des Weines, der von dieser versteckten Lichtung kam, schloss die meisten Formen von Gewalt – und Mord erst recht! – einfach aus. Aber erstens durfte sie das niemandem erzählen, und zweitens hätte Nadja Sprengel darüber wohl so laut gelacht, dass ihr kleines Kleeblatt gezittert hätte.

»Sagen Sie, als Sie da stundenlang neben der Leiche Ihres Mannes saßen, ist Ihnen da gar nichts an ihm aufgefallen?«, fragte die Kommissarin schließlich in ihrem neutralen Verhörton, der Charlotte immer weiter verunsicherte.

»Er war tot«, gab sie zurück. »Das ist mir aufgefallen.«

»Demnach hat er seinen Ehering öfters abgelegt?«

»Wie ... was meinen Sie?«

»Hat er, oder hat er nicht? Den Ehering abgelegt.«

»Nein!«

»Auch nicht, wenn er im Weinberg gearbeitet hat?«

»Nein! Warum fragen Sie das?«

»Ihr Mann trug keinen Ehering, dafür aber eine deutliche und tiefe Abdruckstelle vom jahrelangen Tragen eines Rings, der eine Kerbe in die Haut gräbt, sodass man ihn nur noch schwer abbekommt. So, wie sein Ringfinger aussah, hat ihm jemand kurz nach seinem Tod mit aller Gewalt den Ring abgezogen. Oder er hat ihn zuvor selbst abgelegt. Wie auch immer – das ist eine verdächtige Auffälligkeit.«

»Was bitte ist daran denn verdächtig?« Charlotte war fassungslos.

»Es ist ein unterstützender Hinweis, sagen wir es mal so.«

Charlotte erwiderte wortlos und mit klopfendem Herzen Nadja Sprengels Blick. Nein, das mit dem Ring war ihr nicht aufgefallen, aber so genau hatte sie Hartmuts Leiche auch nicht angesehen. Sie hatte es in den letzten Monaten eigentlich ohnehin vermieden, ihn allzu intensiv zu betrachten.

»Oder haben Sie ihm den Ring abgezogen, nachdem Sie ihn umgebracht haben? Ich meine, wo Sie doch gerade die Ehe ... nun, etwas abrupt beendet hatten, da war der Ring vielleicht störend?«

»Was reden Sie denn da?« Charlottes Stimme war nur noch ein Flüstern.

»Ich will Ihrem Gedächtnis auf die Sprünge helfen, Frau Walter. Damit Sie mir sagen, wie es wirklich war. Ich glaube Ihnen nämlich nicht, dass Sie einfach so mir nichts dir nichts auf ein Gefühl hin nachts in den Wald gehen, dort Ihren toten Ehemann finden und dann vier Stunden lang neben ihm sitzen, bis Ihre konspirativen Freunde kommen und versuchen, die Leiche verschwinden zu lassen.«

Natürlich, dachte Charlotte, wieso sollte man so etwas auch glauben. Sie holte tief Luft, und ihre Stimme wurde auf einmal laut: »Ich war's net! Mehr kann ich net sage!«

»Frau Walter, ich kann Ihnen in dieser Situation nur eines raten: Besorgen Sie sich einen Anwalt. Die Sachlage ist einfach zu eindeutig und schwerwiegend.«

Charlotte stand ruckartig auf. »Ja, das mach ich jetzt auch.« Sie würde Evelyn anrufen, eine ehemalige Schulkameradin, die ebenfalls in Elwenfels aufgewachsen, später jedoch nach Landau gezogen war. Wenn jemand ihr helfen konnte, dann sie.

Charlotte ging zur Tür und öffnete sie. Draußen stellten sich ihr zwei Uniformierte in den Weg. Hinter ihnen auf dem Gang war Sofie von der Bank aufgestanden und blickte sie aus ungläubigen Augen besorgt an. »Was soll das?«, zischte Charlotte.

»Sie glauben doch wohl nicht, dass wir Sie einfach so gehen lassen, oder?« Nadja Sprengel kam ebenfalls an die Tür und legte eine Hand auf Charlottes Schulter. »Ich nehme Sie wegen Mordverdachts an Ihrem Mann Hartmut Bitterlinger und wegen bestehender Verdunklungsgefahr fest. Sie kommen in Untersuchungshaft.«

Kapitel 10

In dem ein kampferprobter hanseatischer Ritter seine Tugenden erneut unter Beweis stellen soll

Carlos stand auf dem Dorfplatz von Elwenfels, als Sofie zurückkam. Sie saß allein im Auto, von Charlotte war nichts zu sehen. Das konnte nur eines bedeuten, und ihn fröstelte. Er hatte beim Aufstehen an diesem Morgen schon ein seltsam bedrohliches Gefühl gehabt, ohne den Grund dafür so recht zu wissen, zumal das Rebblütenfest im Wald eigentlich andere Gefühle in ihm hätte wachhalten sollen. Es war ein Gelage der besonderen Art gewesen. Sie hatten gegessen, getrunken und getanzt. Aber das wohlige, geborgene Gefühl, das er beim Einschlafen gehabt hatte, war am Morgen wie weggeblasen gewesen, und das hatte nicht an seinem leichten Kater gelegen.

Da war eine nagende Furcht gewesen, dass es für Charlotte doch nicht so einfach werden würde, wie sie selbst es sich vorgestellt hatte. Er wusste aus langjähriger Erfahrung, wie so etwas ablief. Der Ehepartner war immer der erste Verdächtige. Als nun Sofie alleine aus dem Auto stieg, blass und mit zusammengekniffenen Lippen, da wurde auf einmal noch ein anderes Gefühl wach in ihm: Zweifel. Was, wenn Charlotte doch ... Er verscheuchte den Gedanken schnell wieder.

Ohne ihn anzusehen oder zu grüßen, eilte Sofie in

die Weinstube. Carlos folgte zögerlich, und als er den Gastraum betrat, sah er sie an einem der Tische sitzen, den Kopf in den Händen vergraben. Um sie herum die Wirtin und Willi, der kurz zuvor wohl eine neue Eckbank neben der Tür eingebaut hatte, den herumliegenden Werkzeugen und Holzstücken nach zu urteilen.

Sofie strahlte Verzweiflung und Erschöpfung aus. So hatte er sie noch nie gesehen. Von der stolzen, erhabenen Winzerin, der »Göttin von Elwenfels«, die Carlos heimlich bewunderte, war nicht mehr viel übrig geblieben. Ihre Unterlippe zitterte, die Nasenflügel bebten. Aber die Tränen blieben aus.

Die Wirtin streichelte den Rücken ihrer Enkelin, Willi knetete ratlos seine breiten Finger, und Sofie schüttelte immer wieder den Kopf. So eine Situation hier war keine, die man mit Rieslingschorle und lustigen Sprüchen wieder geradebiegen konnte, das spürte Carlos. Vorsichtig ließ er sich auf einem Stuhl am anderen Ende des Tisches nieder.

Sofie hob den Kopf und sah ihn eigenartig an. Dann schob sie die Hand über den Tisch und ergriff sein Handgelenk. Ihre Finger waren eiskalt. »Als du gestern auf einmal hier aufgetaucht bist«, sagte sie, »da hab ich ein ganz komisches Gefühl gehabt, Carlos.« Ihre Stimme zitterte. »Ich hab gedacht: Wieso kommt de Carlos ausgerechnet jetzt, in so einer Situation, zurück zu uns nach Elwefels?«

»Ich ... ich wollte eigentlich nur ein bisschen ausspannen«, beteuerte er. »Ihr habt doch gesagt, dass ich immer willkommen bin. Ich konnte ja nicht wissen, dass ich jetzt so ungelegen komme.«

Sie drückte sein Handgelenk fester. »Des isses ja grad, Carlos. Du kommscht doch genau zur richtige Zeit. Ich hab mich gestern gefragt, ob dein Auftauche irgendwas bedeutet. Ich hab gedacht: Wenn jetzt was Schlimmes passiert, dann isses vielleicht grad gut, dass de Carlos do is. Aber gleichzeitig hab ich dann auch gewusst, dass wirklich was Schlimmes passiert. Jetzert, wo du do bischt.«

»Das ist mir eigentlich gar nicht so recht, so als leibhaftiges Menetekel durch die Lande zu reisen«, murmelte Carlos.

»Im Gegenteil!«, betonte Sofie. »Du bist da, weil wir dich brauchen. Die Charlotte braucht dich.«

Jetzt sah Carlos doch einen feuchten Glanz in ihren Augen.

»Mei Mädel, jetzt verzähl halt mol, was los is!«, drängte Elsbeth.

»Was soll ich euch verzähle? Ich weiß ja selbst nix. Die Charlotte durft ja nur ganz kurz mit mir sprechen. Anscheinend ham die auf dem Stein, mit dem der Hartmut erschlagen wurde, ihre Fingerabdrück gefunde.«

Carlos zuckte zusammen. Das war schlecht. Sehr schlecht. Wieder musste er den aufkeimenden Zweifel zurückdrängen und sich zwingen, Sofie weiter zuzuhören.

»Sie war außer sich! Hat gezittert am ganzen Körper. Un dann ham die sie einfach mitgenommen wie eine Schwerverbrecherin.«

Carlos stellte sich das Bild vor: Charlotte flankiert von zwei Uniformierten auf dem Weg in eine Zelle. Ihm wurde ganz schlecht bei dem Gedanken.

»Und jetzt hockt se do, ganz allein …« Sofie schluchzte auf. »Des überlebt die net!«

»Jo, jetzt wart doch mol«, beschwichtigte Willi, obwohl er nicht verhindern konnte, dass der Schreck sich auch in seinem Gesicht zeigte. »Dei Schweschter is stärker, wie du denkscht.«

»Ja vielleicht. Aber net, wenn sie eingesperrt is in einer Zell!«, rief Sofie. Ihre Stimme kippte. »Sie is unschuldig. Stellt euch das doch mol vor. Da denkt sie, sie fahrt zume Gespräch nach Ludwigshafen, un danach steigt se wieder ins Auto, un mir fahre wieder heim un trinke ein Schlückel Woi auf den Schreck. Un stattdessen wird sie eingesperrt …«

»Bleib ruhisch, mei Mädel«, redete Elsbeth ihr zu, aber ihre Worte waren völlig kraftlos.

»Kann ich net! Ich ertrag den Gedanke net. Es is, wie wann mir einer des Herz rumdrehe tät!«

Willi versuchte, einen Arm um ihre Schulter zu legen, den sie aber sofort wieder abschüttelte. Die alte Wirtin gab ihm einen Wink, woraufhin er aufstand und auf die Kellertür zueilte.

Carlos ahnte, was gleich kommen würde.

»Hopp! Es wird alles gut, Kind!«, beschwichtigte Bettel. »Vergiss net, mir sin anderscht wie die annere. Uns kann nix passiere.«

»Und wenn doch?!«, widersprach Sofie. »Charlotte is net in Elwefels! Sie is ganz allein in einer feindlichen Umgebung, ausgeliefert. Und außerdem war noch nie einer von uns im Knast eingesperrt! Sowas dürft gar net passiere!«

»Hat sie denn keinen Anwalt angerufen?«, fragte Carlos.

»Doch. Aber sie braucht *uns*!« Sie wischte mit dem Arm durch die Luft. »Sie braucht das hier. Den Ort, den Wald, die Luft. Wenn sie des net hat, dann geht se ein, wie e Blum, wo ke Wasser kriegt. Seid doch mal ehrlich. Wir alle haben doch mit der Welt da draußen gar nix zu schaffe, wir können streng genommen da draußen gar net existieren. Des is, als würd man ein Kleid, wo Hunderte Jahre alt is, in die chemische Reinigung bringen. Wir und die do draußen, des funktioniert äfach net. Und du …« Sie griff wieder nach Carlos' Handgelenk, was sich für ihn anfühlte, als würde sich jemand, der eine Schlucht hinabstürzt, an einer Wurzel festkrallen. »Das Letzte, was die Charlotte gesagt hat, bevor sie weggebracht wurde, war: Sag dem Carlos, ich verlass mich auf ihn.«

»Was? Wie? Was soll denn das heißen?«

Sofie ließ sich nicht bremsen. »Frag net! Du hilfst ihr, do wieder rauszukomme.«

»Äh … ja. Aber wie? Warum denkt ihr, dass ich deiner Schwester helfen kann? Nur durch meine zufällige Anwesenheit hier?«

Sofie ließ sein Handgelenk los und funkelte ihn an. »Verstehst du net? Du bischt net *zufällig* hier. Es gibt hier bei uns in Elwefels Geister, Magie und Fabelwesen, aber wenn's eins *net* gibt, dann Zufälle! Oder is dir des alles egal?«

»Nein. Ganz im Gegenteil.«

»Na alla!«, sagte Elsbeth, der die ganze Dramatik sichtbar zu viel wurde.

»Nichts *alla*!«, wiedersprach Carlos. »Charlotte ist in Untersuchungshaft. Sie hat einen Anwalt. Wenn sie unschuldig ist, dann wird das bewiesen werden. Was soll ich da machen? Nur weil ich selbst mal Leute verhaftet habe, kann ich ihr …«

»Jetzt halt emol die Luft an!«, fuhr Elsbeth ihn in ihrer mütterlich heftigen Art an. »Hosch du nix gelernt bei uns in Elwefels? Es hot alles en Sinn im Lebe. Und du bischt net hier bei uns für zum Urlaub mache, soviel is mol sicher, mein Lieber.«

»Na super!«, gab er zurück. »Soll ich einen Tunnel in Charlottes Zelle graben und sie da rausholen, ja?«

»Des wär ken schlechter Anfang!«, sagte Elsbeth, und es hörte sich an, als wäre das ihr voller Ernst.

»Des hier is auch ken schlechter Anfang!«, war nun von Willi zu hören, der schnaufend und mit einer staubigen Weinflasche bewaffnet aus dem Keller kam.

Nur ein Blick auf diese Flasche genügte, und in Carlos regte sich ein sonderbares Gefühl von Entspanntheit und Ruhe.

»Carlos, was die Bettel dir sage will«, sagte Sofie wieder etwas ruhiger, »du weißt selbst, dass manche Dinge sich in die falsche Richtung entwickle. Selbst wenn die Charlotte irgendwann mol in einem Prozess freigesprochen wird – darauf könne mir net warte. In de Zwischenzeit geht mei Schwester ein. Ken Elwenfelser kann im Gefängnis überlebe, des is mal sicher. Die juristische Mühle, die mahle einfach zu langsam für sie, verstehscht?« Sie nahm wieder seine Hand. »Du musst beweisen, dass sie de Hartmut net erschlage hat. Auch wenn sie ein Motiv gehabt hat. Ich mein, wer von uns wär net froh gewese, wenn der plötzlich nicht mehr ...« Sie unterbrach sich. »Bitte versuch es doch wenigstens.«

Sie sah ihn eindringlich an, und Carlos brach der Schweiß aus. Die Kombination aus moralischem Druck und diesem Blick aus ihren moosgrünen Augen war einfach zu viel.

»Ja, aber wie denn? Wie soll er des beweise?«, fragte Willi.

»Dir fällt bestimmt was ein«, versuchte es Elsbeth in ihrer ganzen Zuversicht, die auf Carlos jedoch fast ein wenig bedrohlich wirkte. Das hier war eine Nummer zu groß für ihn.

Sofie ließ Carlos' Hand noch immer nicht los. »Ja. Un noch was: Die Charlotte hat mir zugeflüstert, dass ich den

Ehering finde soll vom Hartmut. Keine Ahnung, was des heiße soll. Aber des war ihr ganz arg wichtig.«

»Wahrscheinlich werden die noch heute mit einem Durchsuchungsbeschluss hier auftauchen und sich ihr Haus vornehmen«, sagte Carlos.

»Alla, dann müsse mir jetzt ...«, sagte Sofie schnell und erhob sich.

Aber Elsbeth legte ihr die Hand auf den Arm. »Langsam, mei Mädel, jetzt trink erscht mol e Schlückel fer zur Beruhischung.«

Carlos sah schweigend dabei zu, wie Willi die Flasche entkorkte und vier Gläser aus dem Schrank holte. Eine Gänsehaut krabbelte sein Rückgrat hoch. Er sah den alten Steinkeller vor sich, der tief unter der Wirtschaft lag. Der Keller war das Herzstück des Ortes und erstreckte sich unter dem gesamten Dorfplatz. Jedes Haus in Elwenfels verfügte über einen geheimen Zugang zu dem unterirdischen Saal. In den Gewölben lagerte, in gemauerten Fächern und verborgen hinter Spinnweben, das trinkbare Geheimnis von Elwenfels.

Carlos wusste, dass die Elwenfelser diesen kostbaren Tropfen nur in besonderen Ausnahmefällen zu sich nahmen. Sie tranken ihn bei Hochzeiten, bei der Geburt eines Kindes und zum Abschluss der Weinlese, aber auch bei Todesfällen und wenn jemand besonderen Trost brauchte. Im vergangenen Jahr, als Carlos im Wald über das Skelett des seit fünf Jahren vermissten und von den Elwenfelsern geliebten Landstreichers Gustav gestolpert war, hatten ein paar von ihnen den Schock zum Anlass genommen, sich mit Carlos zu verbrüdern, und ihm drei Schlucke des Weines zu trinken gegeben. Die Erinnerung an das Erlebnis und die damit verbundene große Ehre machte Carlos noch immer sprachlos vor Erstaunen und Ungläubigkeit.

Die drei Schlucke vom Zauberwein waren besser gewesen als alle Höhenflüge in seinem ganzen Leben, besser als Marihuana, besser als Tauchen auf den Malediven und besser als toller Sex. Diese drei Schlucke waren nichts weniger gewesen als Erleuchtung, unendlicher Genuss und gleichzeitige Gehirnwäsche. Durch diesen geheimnisvollen Tropfen fanden die Elwenfelser das, was die gesamte Menschheit verzweifelt in Yogakursen, Liebesaffären, Extremsportarten, Religionen und Drogen suchte: ihr wahres Selbst.

Genau darauf sprach Sofie an, wenn sie meinte, Charlotte sei unfähig, einen Mord zu begehen. Allerdings wusste Carlos nicht, was er von dieser Behauptung halten sollte, denn als Polizist hatte er alles erlebt: alte Leute, die ihre Ehepartner niedermetzelten, evangelische Pastoren, die ihre Familie auslöschten, Kinder, die andere Kinder ermordeten. Warum sollte ein bisschen Wein dafür sorgen, dass ein Grundsatz außer Kraft gesetzt wurde – nämlich, dass jeder Mensch zu einem Mord fähig war?

Und Charlotte? Ihm kam die Szene in den Sinn, als er sie damals kennengelernt hatte. Sie hatte mit einer Rebschere im Wingert gestanden und mit hochrotem Kopf und am ganzen Körper zitternd die Tiraden ihres Mannes über sich ergehen lassen. Carlos war mitten in ihren Streit geplatzt und hatte wohl verhindert, dass ein handfestes Drama daraus wurde. Später dann hatte Charlotte etwas zu Carlos über Hartmut gesagt, das ihm jetzt wieder einfiel: *Manchmal träume ich davon, ihn einfach abzustechen, so regt er mich auf!*

Wieder brach Carlos der Schweiß aus. Der Ex-Polizist in ihm wurde immer nervöser. Er starrte nachdenklich auf die Flasche, die jetzt vor ihm stand. »Ehrlich gesagt fällt mir kein besseres Beweismittel dafür ein, dass Charlotte unschuldig ist«, sagte er und malte mit dem Finger eine Spur in das staubige Glas.

»Jo alla. Soweit kummt's noch!«, polterte Willi. »Des mit dem Beweis muss anderschter gehe.«

»Na dann. Wenn du eine Idee hast, sag's mir bitte«, forderte Carlos ihn auf, ohne den sarkastischen Unterton in seiner Stimme zu unterdrücken. »Ich habe nämlich keine Ahnung.« Resigniert legte er die Hand über sein Glas, als Willi einschenken wollte.

Der sah ihn fassungslos an. »Hä? Was'n jetzert los? Willscht du lieber was anneres?«, fragte er spöttisch. »Bier vielleicht? Odder Apfelsaftschorle?«

Carlos seufzte. »Eigentlich reicht es doch, wenn sie den Wein trinkt, oder?« Er sah Sofie an, die zusammengesunken vor ihm saß. »Du hast es am nötigsten von allen. Warum mir diese Ehre zuteilwerden soll, weiß ich sowieso nicht. Es ist lieb gemeint, Willi, aber ich denke, ich möchte erst darauf zurückkommen, wenn Charlotte wieder frei ist. Und wenn ich dann hoffentlich ein bisschen was dazu beigetragen habe. Dann wäre das eine schöne Belohnung. Aber jetzt noch nicht. Das fühlt sich irgendwie falsch an.«

»Ou, ou, ou! Hascht doch was gelernt bei uns«, frohlockte Willi, und Elsbeth nickte beeindruckt. »Ich wollt bloß mol sehe, ob du immer noch derselbe feine Kerl bischt wie letschtes Jahr.«

Auch Sofie und Bettel legten die Hände über ihre Gläser, als Willi einschenken wollte.

»Lieber net«, sagte Sofie. »Des is net richtig. Erst wenn die Charlotte wieder da is.«

Ihre Großmutter Bettel seufzte.

Willi hielt seine Nase an die Flaschenöffnung, zog das Aroma ein und seufzte ebenfalls genüsslich und wehmütig zugleich. Dann drückte er den Korken zurück und schaute in die Runde. »Un jetzert? Wie geht's dann weiter?«

Sofie sah Carlos an und versuchte ein Lächeln. »Lässt du uns mal kurz alleine? Ich muss mich ein bisschen sammeln.«

Carlos erhob sich und ging zur Tür. Er spürte Sofies Blicke im Rücken. Zwischen seinen Schulterblättern kribbelte es. Er hatte noch keine Ahnung, wie er es anstellen sollte, aber er würde Charlotte da rausholen. Wenn er es sich recht überlegte, hatte er die klassische Rolle des tapferen Ritters, der eine bedrängte Maid befreit, in seinem Leben aber noch nie erfolgreich gespielt – auch nicht während des Polizeidienstes. Es wurde Zeit, dass er etwas daran änderte.

Kapitel 11

Die Bedrohung wird konkreter, die Stimmung schlechter, und ein Schutzgeist wird vermisst

Als Carlos auf den Platz trat, der im hellen Schein der prallen Mittagssonne lag, entwickelte sich vor ihm eine Szene wie aus einem Film, in dem ein Dorf sich wütenden Eindringlingen ergeben muss. Sie kamen von zwei Seiten. Fassungslos betrachtete Carlos die beiden Fronten, die sich auf den Dorfplatz zubewegten. Eine kleine Gruppe Elwenfelser hatte sich mit offenen Mündern rings um den Brunnen versammelt, während zwei Streifenwagen aus Ludwigshafen angefahren kamen. Auf der anderen Seite des Brunnens, aus Richtung des Waldes, stießen vier Soldaten mit wütenden Schritten in das Puppenstuben-Zentrum des Dorfes vor. Es war eine irreale Szenerie.

»Was is'n jetzert los?«, murmelte Willi, der neben Carlos aus der Weinstube getreten war.

»Ich würde sagen, das hier rechts ist der Suchtrupp, der das Weingut und das Wohnhaus von Charlotte auseinandernimmt«, sagte Carlos beim Blick auf die Streifenwagen. »Und die vier Gestalten aus dem Wald … die suchen wohl offensichtlich einen Arzt.«

»Ou! Mit wem ham die im Wald wohl gespielt?« Willi unterdrückte ein Lachen, ohne dabei aber seine Verwunderung unterdrücken zu können.

Die beiden jungen Soldaten, die im Schlepptau von Falke und Ellman liefen, sahen aus, als hätten sie Bekanntschaft mit der *Nightmare*-Filmfigur Freddy Krueger und seinem klingenbewehrten Handschuh gemacht.

»Schää sieht des net aus«, sagte Willi angesichts der völlig zerkratzten, übel zugerichteten und in verschiedenen blutigen Rottönen leuchtenden Gesichter. »Määnscht, der hot mit em Brombeergebüsch e heiße Nacht verbracht?«

Carlos musste schmunzeln.

»Odder mit em Rasemäher gekuschelt?«

»Ich will mich ja nicht zu weit aus dem Fenster lehnen, so als auswärtiger Besucher«, flüsterte Carlos. »Aber sieht das nicht ein bisschen nach Elwetritsche-Andenken aus?«

Willi wurde ernst. »Wenn des wirklich unser Elwetritsche ware, dann will isch net wisse, was der Grund do defür war.«

Carlos schaute den langsam vorbeirollenden Streifenwagen hinterher, deren Insassen neugierig die kleine Szene betrachteten, die sich für alle sichtbar am Dorfbrunnen aufbaute. Aber sie fuhren weiter, und Carlos unterdrückte den Impuls, sich ihnen in den Weg zu stellen. Er wollte nicht, dass fremde Polizisten ins Haus von Charlotte eindrangen und in ihren intimen Dingen wühlten. Überhaupt – jeder Gedanke an sie fühlte sich an wie ein kleiner innerer Magenschwinger, der ihn in die Knie zwang. Sie in Untersuchungshaft zu wissen, konnte er ebenso wenig ertragen wie Sofie.

Am Brunnen stand eine Gruppe von zwanzig Elwenfelsern, und allmählich strömten aus den umliegenden Häusern immer mehr herbei. Carlos konnte den Ärger, der sich anbahnte, förmlich riechen. Angesichts von Willi, Otto, Else, Frau Zippel und den anderen Elwenfelser Originalen wusste er, dass es trotz aller realen Dramatik auch lustig werden würde. Auch wenn – oder gerade weil – die Gesichter der Soldaten das Gegenteil von lustig ausstrahlten. War so vielleicht das Wort »Galgenhumor« entstanden?

Falke und Ellman lächelten gezwungen zur Begrüßung. Wie in einer geheimen, vorher abgesprochenen Performance hoben die versammelten Elwenfelser die Hände zum militärischen Gruß an die Stirn und begannen sich dann synchron dort zu kratzen. Aus der zackigen Bewegung wurde eine Geste des Spotts. Carlos hatte militärisches Gebaren schon immer entsetzlich lächerlich gefunden, und hier traf es auf das denkbar größte Gegenteil. Er biss sich auf die Unterlippe, um nicht laut herauszuplatzen. Leutnant Falkes Gesichtsausdruck war einfach nur köstlich.

»Was is'n mit eure Bube passiert?«, fragte Karl, der Pfarrer, mit gespielter Anteilnahme. »Sieht jo schlimm aus. Un passt so überhaupt net zu eure Uniforme.«

»Was soll das?«, zischte Falke scharf. »Diese beiden amerikanischen Kameraden sind heute Nacht Opfer eines feigen, heimtückischen Angriffes geworden. In diesem Wald! Sehen Sie sich das an! Und ich möchte von Ihnen allen wissen: Was haben Sie mit ihnen gemacht?!«

»Gemacht? Wir? Isch glaub's hackt«, empörte sich Jan Schnur. »Ihr seid doch die harte Kampfroboter, wo nix verschrecke kann. Ihr habt doch sonst alles im Griff, odder? Auf de ganze Welt.«

Einer der beiden verletzten Soldaten zuckte sichtlich zusammen. Leutnant Falke trat auf den jungen Mann zu und kniff die Augen zusammen. »Jetzt halten Sie mal die Luft an! Die Bundeswehr verteidigt auch *Ihre* Freiheit.« Er streckte den Arm aus. »Ein bisschen Patriotismus würde Ihnen allen hier guttun.«

»Halt!«, schrie Michael Schaf. »Jetzt krieg ich aber glei en Anfall von Sodbrenne. Das P-Wort is e bissel unpassend, do bei uns.«

»Außer des ›P‹ steht für Palz und Pälzer«, bellte Otto dazwischen.

Falke legte den Kopf schief und starrte den Dorfarzt an. »Ach. Sie wollen keine Patrioten sein? Haben Sie kein Interesse daran, dass Ihr schönes Dorf in einem sicheren, stabilen Land lebt, das kein Ziel terroristischer Angriffe ist? Das würde mich aber doch sehr wundern!«

»Wer do alles terroristische Angriffe macht, un wer net, des wolle mir jetzt net disputiere do«, rief Frau Zippel dazwischen. »Bei uns war alles stabil. Bis ihr kumme seid.«

»What's going on here?«, schaltete sich Lieutenant Ellman stirnrunzelnd ein. »Rumble in the Pfalzjungle, ha?« Er schickte ein albernes Grinsen hinterher.

Leutnant Falke schüttelte verärgert den Kopf. »Also, noch mal zum Mitschreiben. Wir haben Sie gestern um Ihre Zusammenarbeit gebeten, was das Verschwinden von Trudy Gonzales betrifft. Wie ich sehe, verweigern Sie jedwede Kooperation. Das ist das eine. Und jetzt ist noch ein anderer, schwerwiegender Tatbestand hinzugekommen.« Er deutete mit einem starr ausgestreckten Zeigefinger auf die beiden verletzten US-Soldaten. »Was ist hier passiert? Ich kenne mich in deutschen Wäldern ziemlich gut aus. Und ich kenne kein Tier, das so etwas macht. Es sei denn, Sie haben hier irgendein pfälzisches Monstervieh unter Drogen gesetzt und dann auf diese beiden Kameraden losgelassen. Wenn das Ihre Art ist, uns hier zu vertreiben, aus Ihrem Wald …« Er lachte höhnisch. »Dann darf ich Ihnen versichern, dass dieser Schuss nach hinten losgehen wird. Das hier ist ein Angriff auf Soldaten der

U.S. Army. Wissen Sie, was diese Männer im Nahen Osten erlebt haben? Und Sie wollen hier pfälzische Taliban spielen?«

»Jetzt aber mol Luft anhalde!«, rief Willi mit aufgerissenen Augen. »Mit denne Drecksbankerte von Taliban ham mir nix zu tun. Awwer die habt ihr erscht großgezoge un dann zum Feind erklärt. Un jetzt rumpiense, hä? Die Geischter, die isch rief ... Weeschwieschmään?«

»Ich verstehe kein Wort von dem, was Sie da in Ihrer Urwaldsprache vor sich hin brabbeln«, sagte Leutnant Falke kühl.

»Tja, mein Guder«, erwiderte Willi. »Pälzisch is wie Latein. Nur die Gscheide babbelns«, und der ganze Dorfplatz kicherte.

Falke atmete tief ein. »Also noch mal: Was sind das für Tiere? Wer oder was macht so etwas?«

Die Elwenfelser am Brunnen hoben synchron ihre Schultern und ließen sie ebenso synchron wieder fallen. Else streichelte beiläufig über den fein gemeißelten Kopf eines steinernen Elwetritsch, der am Rand des Brunnens zwischen Geranienkästen hockte und Wasser spuckte. Ihre Geste wirkte beinahe wie die einer Mutter, die ein artiges Kind lobt.

»Nun, wir werden es schon herausfinden«, sagte der Leutnant. »Wir werden dieses Viech finden. Darauf können Sie sich verlassen.«

»Uns tät's schon reische, wenn mir uns drauf verlasse könnte, dass ihr irgendwann mol wieder de Abflug macht, dass endlisch wieder Ruh is«, spöttelte die Bäckerin.

»O ja, wir werden gehen«, versicherte Falke im gleichen höhnischen Tonfall. »Sobald wir Gonzales haben.«

»Diese Dame ist aber hier nicht zugegen!«, beharrte Otto in seinem besten pfälzischen Hochdeutsch.

»Na dann werden Sie wohl auch nichts dagegen haben, dass wir kurz einen Blick in Ihre Häuser werfen«, gab Falke zurück.

»Dazu haben Sie kein Recht und keinerlei Befugnis!«, sagte Carlos.

»Ach, was wissen Sie denn schon? Welche Befugnis wir haben, das bestimmen wir selbst.«

Lieutenant Ellman beugte sich zu seinem deutschen Kameraden und flüsterte ihm etwas ins Ohr.

Falkes Gesicht hellte sich auf, als hätte er gerade ein hilfreiches Stichwort bekommen. »Ja genau.« Sein drohender Tonfall war plötzlich triumphal und hämisch geworden. »Offensichtlich haben Sie alle hier ja auch jeden Grund, sich bedeckt zu halten. Sonst könnte jemand Ihrem kleinen, schlüpfrigen Geheimnis auf die Spur kommen, hm?« Genüsslich grinsend fixierte er Cordula mit stechenden Augen. Seine Blicke glitten eindeutig zweideutig an ihr herab. »Dieses ländliche Fruchtbarkeitsritual im Wald. Süß. Wirklich herzallerliebst. Diese beiden jungen Männer hier«, er deutete auf die verletzten Soldaten, »haben uns gestern Nacht noch berichtet, was Sie so treiben.«

Mit einem Schlag änderte sich die Atmosphäre auf dem Platz. Carlos zuckte zusammen, als er die Betroffenheit auf den Gesichtern seiner Freunde sah. Das war der Super-GAU. Der geheime Wingert. Niemand durfte etwas von ihm wissen, erst recht nicht diese Eindringlinge. Schweiß brach ihm aus, und er spürte das massive Unbehagen, das um sich griff.

»Ist doch nicht so schlimm!«, sagte Falke jovial. »Jedem das Seine. Wenn es Ihnen Spaß macht, nackt durch den Wald zu hüpfen – kein Problem. Auch diese kleinen, perversen Freiheiten verteidigen wir als gute, demokratische

Patrioten. In anderen Ländern würde man Sie für derartige Spielchen steinigen, aber lassen wir das.« Er wippte auf seinen Stiefeln vor und zurück und genoss jede Sekunde seines Auftritts. »Also, ich an Ihrer Stelle würde das auch gerne geheim halten wollen. Und genau deswegen glaube ich Ihnen nicht, dass Sie keine Kenntnis von Gonzales' Aufenthaltsort haben. Jemand, der so etwas macht, der hat auch noch andere Geheimnisse. Sagen wir einmal so: Entweder Sie rücken die Soldatin heraus, und wir breiten den Mantel des Schweigens über das, was unsere beiden Freunde hier beobachtet haben.« Er hielt inne und tat so, als hätte er einen plötzlichen Einfall. »Ach ja … und dann noch dieser kleine Weinberg im Wald. Ich habe gesehen, dass zwischen den Reben eine Pflanze wächst, deren Aufzucht und Gebrauch in Deutschland immer noch illegal ist. Wäre doch schade, wenn die Drogenpolizei hier aufkreuzt und mitsamt dem Marihuana auch den ganzen Rest plattmacht.«

»Odder?«, blaffte Willi und rückte Falke bis auf eine Handbreit an dessen stattlich geblähte Brust heran.

»Wie bitte?«

»Ah, du hascht doch gesacht ›entweder‹. Un do danach müsst normalerweis ein ›oder‹ komme, sogar in dere Urwaldsprach, wo wir babbeln. Also? Entweder wir rücke diese Trudy raus, odder was?«

»Is doch klar!«, schaltete sich nun der Dorfarzt ein. »Entweder ihr macht jetzt endlisch de Abgang, oder es könnt passiere, dass die böse, pfälzische Monschter sich noch mehr von euch zur Bruscht nemme.«

»Soll das eine Drohung sein?«, knurrte der Leutnant.

»Habt ihr was an den Ohren?«, zischte Cordula.

Falke streifte sie mit einem anzüglichen Blick. Sein Begleiter hob beschwichtigend die Hände und versuchte sich an einem versöhnlichen Lächeln. »Hey! Easy, easy, guys. Peace!«

»Peace, peace!«, äffte die alte Else nach. »Dass du des wagscht, so e Wort überhaupt in de Mund zu nemme. Wenn du mein Sohn wärscht, würd isch dir jetzert die Gosch mit Kernseif auswesche.«

Carlos schaute ungläubig zwischen den Fronten hin und her und war versucht zu schlichten, um den Druck rauszunehmen. Ihm kam der Verdacht, dass die Dorfbewohner sich gerade mit den Falschen anlegten. Gleichzeitig tat es gut zu sehen, dass das militärische Dominanzgehabe des Bundeswehrleutnants völlig an ihnen abprallte und sie weder Respekt noch Furcht zeigten.

Falke schaffte es jedoch, die Ruhe zu bewahren, gab seinen Begleitern einen Wink und wandte sich zum Gehen. Über die Schulter hinweg sagte er: »Schwerer Fehler, Leute! Aber das werdet ihr noch merken!«

Carlos schaute den Soldaten stirnrunzelnd hinterher. Wie zu erwarten war, hagelte es vonseiten der Elwenfelser die üblichen Kommentare.

»Uuuuund: Abmarsch!«, dröhnte Otto.

»Net so steif rumlaufe. Is schlecht für die Wirbelsäul«, empfahl Michael Schaf.

»Un fürs Rückgrat«, rief Else.

»Forzathlete!«, kam es von Jan Schnur.

Aber kaum waren die Soldaten außer Sichtweite, veränderte sich die Stimmung auf dem Dorfplatz. Den Elwenfelsern stand nun schlagartig der Schock ins Gesicht geschrieben.

»Hopp, e paar Leut von uns müssen zum Wingert jetzert!«, drängte der Pfarrer. »Ich sag euch, die gehen do hie un mache was kaputt. Äfach so, um uns eins auszuwische.«

»Was ist mit eurer tierischen Security?«, meinte Carlos.

»Ihr habt doch gesehen, was sie mit den Gesichtern von diesen Typen gemacht haben.«

»Ja schon. Aber wer weiß, was unser klääne Haustiere mache, wenn die ihr Kriegsmaschinerie auspacke. Des weiß jo keiner.«

Willi knuffte ihn in die Seite. »Hopp, Carlos, kommscht mit?«

»Ja, ja …« Eigentlich hatte er jetzt gar keinen Kopf für diese Geschichte.

»Un de Anthony soll auch mitkumme«, beschloss Otto. »Schließlich wachst sei Lieblingspflanz dort zwischen unsre Lieblingspflanze, odder?«

Im selben Moment löste Frau Zippel sich aus der Gruppe und lief auf ihre kleine Bäckerei am oberen Ende des Platzes zu. Vor der Tür stand Kundschaft. Anthony.

Plötzlich wusste Carlos, was ihn die ganze Zeit unterschwellig gestört hatte. Wieso hielt der dunkelhäutige Friedhofsgärtner sich so konsequent abseits? Im letzten Jahr war Anthony ständig dabei gewesen. Jetzt bewegte er sich wie ein blasser Schatten am Rand des Geschehens. Carlos wollte Anthony zuwinken, aber der ging hinter Frau Zippel in die Bäckerei, um kurz danach mit einem großen Laib Brot wieder in Richtung Friedhof zu verschwinden, ohne jemanden zu grüßen. Er hob nur kurz die Hand, sein Lächeln schien seltsam bemüht.

»Was ist denn mit dem los?«, fragte Carlos.

»Jo. Unsern Anton braucht ab und zu mol sei Ruh«, winkte Willi ab. »Der kummt schon wieder, wenn er fertisch meditiert hot.«

Nachdenklich sah Carlos dem Mann hinterher. Anthony, der ihn im vergangenen Jahr mit seinem tänzerisch entspannten Gang beeindruckt hatte, wirkte irgendwie schwerfällig und bedrückt.

Willi war immer noch dabei, den menschlichen Schutzwall für den Wingert zusammenzustellen, als Sofie aus dem Gasthaus kam. Carlos sah sie an und erinnerte sich an ihre erste Begegnung im letzten Jahr. Diese erhabene, ruhige Gestalt, ihr durchdringender Blick. So war es auch jetzt wieder. Sie war nicht länger das zusammengesunkene Häufchen Elend, das eben noch am Tisch gesessen hatte.

Als Sofie auf den Platz trat, schien es, als würde sich die Energie um sie herum auf einmal neu zusammensetzen. Alle Gesichter wandten sich ihr zu. Sofies Augen schauten klar und entschlossen in die Runde, und ihre Aura vibrierte beinahe. Die Elwenfelser richteten ihre geballte Aufmerksamkeit auf sie, als Sofie mit langsamen, festen Schritten auf sie zukam. Carlos hatte auf einmal das Bedürfnis, das zu tun, wie er es in einem Mantel-und-Degen-Film wohl getan hätte: das Knie beugen und den Kopf neigen, wie es dem Auftritt einer Königin gebührt.

»Wer von euch hat eigentlich de Erwin in letzter Zeit gesehen?«, fragte Sofie ohne Einleitung.

Die Dorfbewohner schüttelten nachdenklich den Kopf.

»Ich net«, kam es von Jan.

»Der is fort. Wie vom Erdbode verschluckt«, sagte Else.

»Is schon bissel komisch. Ich hab ihn auch schon e ganze Weil net gesehen«, meinte Cordula. »Der fahrt doch normal einmal am Tag über de Platz un winkt mir.«

»Stimmt. Wo is der Kerl hie?«, fragte Michael Schaf.

»Jetzt mol langsam!«, beschwichtigte Otto. »Es hot schon öfters Tage gebbe, wo de Erwin einfach net do war. Do is des auch keinem aufgefallen, odder? De Erwin ist jetzt wirklich kein Teenie mehr, wo abends um zehn daheim sein muss.«

»Irgendwo war er aber immer zu sehen. Wenn du ihn

net gesehen hast, dann jemand anderer«, gab Sofie zu bedenken. »Deswegen frag ich jo auch, ob ihn überhaupt irgendjemand gesehen hat.«

Erneutes Kopfschütteln.

»Schlecht. Des is sehr schlecht«, sagte Sofie.

»Moment mal«, schaltete Carlos sich ein. »Ich verstehe das jetzt nicht. Ihr habt doch wirklich größere Probleme als euren Dorfgeist. Sorry, aber warum sorgt ihr euch denn jetzt auf einmal um Erwin? Was ist mit den Soldaten in eurem Wald? Und was ist mit Charlotte?«

»Des isses jo.« Sofie sah ihn eindringlich an. »Des hängt alles zusamme.«

»Versteh ich nicht.«

Oben an der Kirche wurden zwei grüne Bauplanen auseinandergeschoben, und das staubige Gesicht von Hans Strobel erschien. »Was ist denn mit Charlotte?«, rief er auf den Platz hinunter.

»Untersuchungshaft. Die kommt so schnell net wieder«, rief Sofie zurück, als würde jedes weitere ausführende Wort die Sache noch schlimmer machen.

Carlos hatte das Gefühl, dass das ganze Dorf den Atem anhielt und einen Moment erstarrte. Ein paar Leute beugten sich aus den Fenstern, und die Spatzen auf dem Brunnen flogen erschrocken weg.

Hans Strobels Gesicht auf dem Baugerüst sah aus wie das eines menschlichen Wasserspeiers an der Kirchenfassade. Dann glitt es zurück zwischen die Planen, und man hörte ihn polternd die Treppe herunterkommen.

»Stimmt des, Sofie?«, fragte der Dorfarzt mit dünner Stimme.

Carlos nickte an ihrer Stelle. »Ja, und deswegen verstehe ich nicht, warum es jetzt um Erwin geht.«

Sofie seufzte leise. Dann ging sie auf Carlos zu, legte

ihm ihre feingliedrigen und dennoch kräftigen Hände auf die Schultern und sah ihn an. »Carlos, du warst lang fort. Du musst des net verstehn. Aber ihr andere, ihr wisst doch, was ich mein, oder?« Sie sah in die betroffenen Gesichter. »Ihr wisst, was es heißt, wenn de Erwin so lang weg is. Un ihr wisst auch, was los war an dem Tag, wo er net aufgetaucht is, oder?«

»An dem Tag sin die Armee-Rambos in unserm Wald ankumme«, sagte Jan Schnur.

»Genau, Jan. Des war am selbe Tag.« Sofies Stimme klang unheilvoll.

»Und was bedeutet das jetzt?«, fragte Carlos.

»Vielleicht is er jo ...«, Elses Stimme wurde ein wenig weinerlich, »vielleicht is er jo jetzt endgültisch ... na, ihr wisst schon.«

»In die ewige Jagdgründe?« Sofie schüttelte den Kopf. »Nee, niemols. De Erwin lasst uns net allein.«

»Woher willscht du des so genau wisse?«, fragte Willi. »Vielleicht will er endlisch mol sei Ruh.«

»Ja, ähm, wenn ich mal mein bescheidenes Wissen über Untote, also ... Geister mit einbringen dürfte«, tastete Carlos sich vor. »Eigentlich wird doch immer klargemacht, dass es für eine Seele das Schlimmste sei, wenn sie nicht ins Jenseits gehen könne. Und ein richtiges Happy End bedeutet, dass der Geist aufhört, ein Geist zu sein.« Carlos erschrak ein wenig über sich selbst und seine Feststellung.

»Meinst du *Nachricht von Erwin,* wie in *Ghost* oder so was?«, fragte Cordula.

Sofie brachte sie mit einem unwirschen Laut zum Schweigen. »Unser Erwin ist aber kein Untoter! Er is die Seele von uns alle. Wenn er plötzlich weg is, dann bedeutet des nix Gutes.«

»Und was?«

»Dass sich do drauße was zusammebraut. Und die Charlotte is des erste Opfer von alldem. Wenn de Erwin fort is, dann is einfach alles ausm Gleichgewicht«, sagte Sofie tonlos.

»Mei Mädel, wie määnscht du des alles?«, fragte der Pfarrer Karl irritiert.

»Ich hab vom ersten Tag an gespürt, dass des alles merkwürdig is mit dem Verschwinde vom Erwin«, fuhr sie unbeeindruckt fort. »Der würd nie gehn, ohne sich von uns zu verabschiede. Dafür liebt er sein Elwefels zu arg. Des hier, des is sein persönliches Jenseits. Alles, was er geliebt hat, is hier bei uns. Wenn's für die Seel vom Erwin ein himmlisches Paradies gibt, dann isses do, in Elwefels.«

Carlos sah in die besorgten, wehmütigen Gesichter um sich herum. Ob er sich wohl so sehr nach Elwenfels gesehnt hätte, wenn er gewusst hätte, dass hier ein Trauerspiel ablief? Im nächsten Moment schämte er sich für den Gedanken. Er hatte nur ein Bedürfnis: hier zu sein, um nah bei Charlotte zu sein. Und er würde erst nach Hamburg zurückkehren, wenn sie wieder frei war.

»Ich weiß, dass das alles zusammenhängt«, wiederholte sich Sofie. »Wir müsse jetzt was mache, sonst passiert ein Unglück. De Hartmut tot, die Charlotte is verhaft, die Type im Wald, die Frau, wo verschwunde is – des alles is für unsern Ort einfach ein bissel arg viel Action.«

Strobel war inzwischen staubbedeckt zu der Gruppe gestoßen und murmelte: »Hartmut Bitterlinger hätte jetzt gesagt, dass es doch gut ist, wenn mal was bei uns los ist. Der hat den Dornröschenschlaf hier immer gehasst.«

»Das hier ist aber kein Märchen«, widersprach Sofie. »Und der Hartmut hat sowieso nie was verstanden. Nie!«

»Musste er deswegen sterben?«, fragte Carlos in die Runde.

»Pass auf, was du sagst!«, entgegnete Sofie mit einer scharfen Sanftheit, die Carlos jedes einzelne Härchen am Körper aufstellte.

Er hob abwehrend beide Hände. »Ist ja gut, sorry.«

»Un was solle wir jetzt mache?«, fragte Otto und zupfte nervös an seinem Zopf. »De Erwin suche? Im Himmel, odder wo?«

»Wir dürfen einfach net tatenlos zugucke, wie unser Gleichgewicht zusammekracht«, beschloss Sofie. »Wir müssen jetzt unsere Kräfte bündeln, damit die schlechte Energien sich net ungehindert entfalte könne.« Sie sah jeden Einzelnen der Reihe nach an. »Und deswege ruf ich für heut Abend e Versammlung bei uns im Gemeindekeller ein. Jeder kriegt sein Teil vom Zauberwein. Heut Abend um zehn. Dann werden wir besser wisse, was zu tun is.«

In den Gesichtern ringsum löste sich die Spannung. Carlos hatte für einen Wimpernschlag das sichere Gefühl, dass Sofie so eine Art reinkarnierte heidnische Priesterin war. Und er wusste, was in der Zwischenzeit zu tun war.

In diesem Moment tauchten drei Polizisten auf und steuerten langsam in Richtung Platzmitte.

»Was wollen die jetzert schunn widder?«, knurrte Willi.

»Die wollen euch befragen«, sagte Carlos. »Ihr solltet ausnahmsweise mal nett und kooperativ sein, dann habt ihr sie bald wieder vom Hals. Und danach können wir gemeinsam in den Wald gehen und nach dem Wingert sehen.«

Willie brummte etwas Zustimmendes.

Sofie ergriff Carlos' Hände und sah ihn intensiv an. »Und du? Was machst du jetzt?«

»Ich muss kurz mal was überprüfen.« Carlos löste sich von der Gruppe, ging auf die Polizisten zu, kramte sein zerknittertes Bahnticket aus seiner Hosentasche hervor und reichte es einem der Uniformierten. »Hier. Mein Alibi. Wenn Sie nichts dagegen haben, bin ich dann mal weg.« Natürlich war ihm klar, dass seine Zugfahrkarte kein hundertprozentiger Beweis für seine Abwesenheit in Elwenfels in der Todesnacht war. Aber es war mal ein Anfang, und er hatte wirklich Besseres zu tun, als sich lang und breit vor den Polizisten zu erklären. Wenn ihnen das zu wenig war, würden sie ihn bestimmt später noch mal befragen.

Kapitel 12

Wie die Suche nach der Wahrheit (vorerst) in einem emotionalen Krisengebiet endet

Als Anthony mit dem Brot unter dem Arm zurück zum Friedhof kam und seine Tür aufschloss – es war das erste Mal in seinem Leben, dass er sein Haus überhaupt abgeschlossen hatte –, spürte er gleich beim Eintreten, dass die Atmosphäre sich entspannt hatte.

Er lugte vorsichtig um die Ecke und sah die Frau auf seinem Bett liegen, nackt bis auf eine weiße Hotpants, die sich leuchtend von ihrer dunklen Haut abhob. Sie lag mit ausgebreiteten Armen zwischen den Kissen und atmete tief und gleichmäßig. Anthony seufzte erleichtert. Er legte das Brot auf den Küchentisch und näherte sich dem Bett.

Seit sechsunddreißig Stunden war sie jetzt in seinem Haus, und Anthony konnte sich nicht daran erinnern, jemals einen solchen Stress erlebt zu haben. Es wäre so einfach gewesen, sie vor die Tür zu setzen und sie ihrem Schicksal zu überlassen. Aber etwas an ihr löste den unbedingten Wunsch in ihm aus, sie zu beschützen und zumindest eine Weile bei sich zu verstecken. Er hatte durch die Ritzen der Fensterläden die Soldaten gesehen, die – offenbar auf der Suche nach ihr – förmlich ins Dorf einmarschiert waren. Und er hatte aus ihren Wortfetzen den Namen Trudy herausgehört. Als er kurz danach versucht hatte, die Frau mit diesem Namen anzusprechen, war sie vor Schreck zusammengezuckt und hatte ihn mit einer Mischung aus Feindseligkeit und Angst angesehen. Da stand für Anthony fest, dass es einen guten, einen wirklich guten Grund dafür gab, warum sie derart fertig war. Deswegen kam es für ihn überhaupt nicht infrage, sie rauszuschmeißen. Auch wenn ihre Anwesenheit sein friedliches Zuhause in einen emotionalen Krisenherd verwandelt hatte.

Nachdem sie gestern Nachmittag wieder aufgewacht war, hatte sie begonnen, im Haus auf und ab zu laufen wie ein eingesperrtes Tier. Sie hatte ängstlich aus den Fenstern gespäht und sich so an die Wände gedrückt, als würde draußen ein Scharfschütze sitzen und das Haus ins Visier nehmen. Erschrocken hatte Anthony sie dabei beobachtet, wie sie gegen ihre Angst ankämpfte, als befände sie sich im Würgegriff einer Riesenschlange. Und allmählich hatte diese Angst sich im Haus ausgebreitet.

Dann war Trudy zu allerlei Übersprunghandlungen übergegangen. Zuerst hatte sie eine ganze Stunde lang geduscht, danach Anthonys Kühlschrank geplündert, sich eine Stunde später übergeben und letztendlich sein Marihuana entdeckt. Anthony drehte ihr einen Joint, weil er hoffte, sie würde sich dadurch entspannen. Bei ihm hatte das früher auch immer mal wieder geholfen. Doch das Gegenteil passierte. Sie wurde regelrecht psychotisch und erzählte die halbe Nacht in unzusammenhängenden Sätzen Dinge, von denen Anthony sich wünschte, sie nie gehört zu haben.

Obwohl er perfekt Englisch sprach, war es unmöglich, mit der Frau ein Gespräch zu führen. Er hatte versucht herauszufinden, was mit ihr passiert war, aber es schien, als gäbe es eine innere Barriere, die sie nicht durchbrechen konnte oder wollte. Sie schaute ihn nur sprachlos und nervös an und suchte krampfhaft nach einer neuen Ablenkung. Die Adern an ihrem Hals pochten wild, ihre Augen waren gerötet. Ich werde dem Arzt Bescheid geben müssen, dachte er. Diese Frau braucht dringend Hilfe.

Trudy hatte gelacht und angefangen, wahllos Schallplatten aufzulegen, während er sie hilflos dabei beobachtete. Dann wollte sie wissen, ob er Alkohol hätte. Als er verneinte, versuchte sie, ihn zu küssen. Nur mit Mühe konnte er sie auf Abstand halten, woraufhin sie ihn wüst beschimpfte. Er hatte schon befürchtet, sie würde ihn schlagen, aber dann hatte sie für ein paar Stunden ruhig und apathisch dagesessen.

Anthony wusste nicht, was er tun sollte. Sie hatte ihn angefleht, niemandem zu sagen, wo sie war. Aber wie lange konnte das gut gehen? Er musste seinen Freunden erzählen, dass sie sich hier bei ihm versteckt hielt. Er würde diesen Zustand nicht mehr lange ertragen können. Außerdem musste ihre Anwesenheit einen tieferen Sinn haben. So war es bisher immer mit den Menschen gewesen, die in Elwenfels strandeten und auf ungewöhnlichen Wegen hier ankamen, angefangen bei seinem Vater damals in den Sechzigerjahren. Auch er war vor dem Militär davongelaufen. Welch seltsamer Zusammenhang ...

Vorsichtig setzte Anthony sich auf die Bettkante und betrachtete Trudy. Ihm gefiel der Anblick. Er hatte noch nie eine Frau in diesem Häuschen gehabt, bis auf seine Schwester, die ihn einmal im Jahr aus Jamaika besuchen kam. Aber das war natürlich etwas anderes.

Anthony ließ seine Augen über den glatten, muskulösen Körper wandern. Die Frau war durchtrainiert und hatte kein Gramm Fett am Körper, nur ihre Brüste wirkten weich und weiblich. Alles andere, was er sah, jagte ihm trotz aller definierten Makellosigkeit einen leisen Schrecken ein. Ihr Gesicht wirkte im Schlaf entspannt, doch ihre Augäpfel rollten unter den Lidern hin und her. Es sah aus, als würde ein Teil von ihr immer wieder mit etwas kämpfen. Ihr Brustkorb hob sich regelmäßig, aber ein wenig zu schnell für einen wirklich tiefen und entspannten Schlaf. Er versuchte sich vorzustellen, dass sie eine ganz normale Frau wäre und kein unberechenbares Psychowrack. Vielleicht war irgendwo in diesem schönen Körper ja eine normale Frau versteckt.

Plötzlich hörte er draußen auf dem Kies Schritte. Er sprang auf und trat aus dem Haus. Beinahe wäre er mit Carlos Herb zusammengeprallt, der bereits vor der Tür stand. Hastig zog Anthony sie hinter sich zu und schob Carlos beiseite.

»Was überfällscht du mich so?«, fragte er gereizt und bereute seine Worte sofort. Unter anderen Umständen hätte er sich über Carlos' Anwesenheit gefreut. Er hatte den sympathisch unterkühlten Hanseaten im letzten Jahr sehr lieb gewonnen und sich die vergangenen Monate immer mal wieder gefragt, wann er wohl wieder in Elwenfels vorbeischauen würde. Aber jetzt? Mit dieser Verrückten im Haus? Carlos war eben auch ein ehemaliger Polizist, und Anthony hatte bereits erfahren dürfen, über welch scharfen Verstand und sicheres Gespür Carlos verfügte. Seine schroffe Abwehr eben war instinktiv gewesen, wenn ihm auch der verdutzte Ausdruck im Gesicht seines Besuchers richtig wehtat.

»Na, wenn es nicht möglich ist, dass ich dich anständig begrüßen kann«, sagte Carlos und sah prüfend zu den geschlossenen Fensterläden, »dann muss ich dich eben überfallen. Ich bin seit gestern hier und hab dich noch gar nicht richtig zu Gesicht bekommen.«

»Ich hab zu tun«, wich Anthony aus.

Carlos' Blick strich über die perfekt gepflegten Gräber und den gemähten Rasen. »Ja, das sieht man wohl.«

Anthony raffte sich zu einer Umarmung auf und drückte den Gast aus Hamburg an sich. »Was verschlägt dich zu uns, ins gelobte Land?«, fragte er und ärgerte sich darüber, wie falsch und gekünstelt sich jede Silbe anhörte.

»Offensichtlich hat jemand an höherer Stelle beschlossen, dass ich genau dann hier herkomme, wenn es eigentlich am wenigsten passt.«

»Du meinst, wegen dem Mord am Hartmut?«

Carlos nickte abwartend.

»Du wirst uns helfe könne, ganz bestimmt«, sagte Anthony. »So wie damals.«

»Hm, ich fürchte, diesmal ist die Sachlage ein bisschen komplizierter.« Carlos sah den Mann mit den Dreadlocks nachdenklich an, dann lenkte er seinen Blick demonstrativ zu der angelehnten Eingangstür.

»Ach, echt? Un warum?«, fragte Anthony krächzend zurück.

»Naja, die Polizei glaubt, dass Charlotte ihren Mann umgebracht hat. Sie sitzt in Untersuchungshaft.«

Anthony zuckte zusammen. »Was? Aber ... des muss ma doch beweise könne, dass sie unschuldig is?«

»Sicher, wenn sie es ist.«

»*Wenn?*« Anthony runzelte die Stirn.

»Schon gut. Du wirst verstehen, dass bei mir als ehemaligem Bullen Zweifel quasi genetisch bedingt sind. Und das ist eigentlich auch der Grund, warum ich hier bei dir vorbeischaue.«

»Ich versteh ke Wort.« Anthony überkam ein intensives Gefühl des Unbehagens.

»Naja, du weißt es vielleicht noch nicht«, tastete Carlos

sich langsam vor. »Im Ort soll sich eine Soldatin versteckt halten, die zu den Soldaten gehört, die hier gerade im Wald sind. Das Militär sucht nach ihr. Sie verschwand angeblich in der gleichen Nacht, in der der Mord passierte. Und ihre Vorgesetzten sagen, dass sie ein bisschen ... naja, labil und unzurechnungsfähig ist.«

Der Blick, mit dem Carlos immer wieder die geschlossenen Fensterläden ansah, gefiel Anthony gar nicht.

»Also, was ich dir sagen will, Anthony: Denk daran, dass ihretwegen vielleicht Sofies Schwester im Knast sitzt«, fuhr Carlos fort. Seine Stimme war sanft und ruhig.

Anthony wich das Blut aus dem Gesicht. Ihm war ganz schwindelig. »Ja, was, wieso soll ich ...?«

»Es steht natürlich noch nicht fest, ob diese Frau etwas mit dem Tod von Hartmut zu tun hat«, meinte Carlos. »Aber du weißt ja, wie das ist. Es gibt keine Zufälle.« Er berührte Anthony kurz an der Hand und wandte sich zum Gehen. »Na dann, bis später. Ich wollte dir nur Bescheid sagen.«

Anthony nickte schwach.

Carlos ging zum Friedhofstor und drehte sich noch einmal um. »Ach ja, noch was. Diese Army-Typen sind ziemlich wütend. Anscheinend wollen die das Dorf in so eine Art Sippenhaft nehmen. Um euch irgendwie zu zwingen, diese Frau rauszurücken, wo auch immer sie ist. Ich glaube, die drohen sogar damit, euren Weinberg im Wald zu zerstören, wenn ich das richtig verstanden habe.« Er schüttelte besorgt den Kopf, hob kurz seine Hand und ging.

Anthony ließ sich keuchend auf die oberste Treppenstufe sinken. Zum ersten Mal in seinem Leben hatte er richtige Angst.

Kapitel 13

In dem ein zweites Opfer zu beklagen ist

Der Weg durch den Wald half Carlos, einen klaren Kopf zu bekommen. Schon lange hatte er sich nicht mehr so überfordert gefühlt. War das zu fassen? Er war aus dem hektischen Hamburg nach Elwenfels gekommen, um am Ort seiner Sehnsucht in ein solches Chaos zu stolpern. Allmählich sickerte die Erkenntnis durch, dass es vielleicht wirklich einen tieferen Sinn hatte, dass er ausgerechnet jetzt vor Ort war, so wie alle sagten. Bloß welchen?

Und wie war das mit Anthony? Er war den Elwenfelsern eindeutig aus dem Weg gegangen. Ihm selbst war er eben ausgewichen. Sein Haus, aus dessen offenen Fenstern und Türen sonst immer Reggae-Musik drang, war auf einmal eine verbarrikadierte Festung. Carlos wusste nicht, ob er tatsächlich die Frau bei sich versteckt hielt. Aber wenn es so war, dann gab es gewiss gute Gründe dafür. Und er hoffte, dass er Anthony gerade ebenso gute Gründe geliefert hatte, damit herauszurücken.

Es tat ihm gut, hinter Willi, Otto, dem Arzt, dem Pfarrer und noch einem halben Dutzend anderer Männer durch den Wald zu stapfen. Die Luft duftete nach Frühsommer und war gleichzeitig angenehm kühl, und durch die Baumwipfel brachen Lanzen aus Sonnenlicht.

Am Wingert war alles ruhig. Niemand konnte an den uralten Weinreben irgendwelche Schäden entdecken.

Willi schnaufte weithin hörbar. »Do ham wir dann noch emol Glück gehabt. Sonst hätten wir noch die Hausratversischerung anrufe müsse.«

Niemand lachte.

»Leut, was'n los mit euch?«, fragte Willi und schaute die Runde der ernsten Gesichter herausfordernd an. »Man könnt grad meine, es wär jemand gestorbe, so wie ihr aus de Wäsch guckt.«

»Es is jemand gestorbe, falls du des vergesse hast«, zischte Michael Schaf. »Un es is jetzt ke Zeit fer Witze.«

»Jo, is jo gut«, murmelte Willi, aber sein Drang, für bessere Laune zu sorgen, war stärker als die eingeforderte Pietät des Arztes. »Wenn uns bei alldem auch noch de Humor verlore geht, dann könne wir wirklisch einpacke.«

»Do hot er recht«, kam es jetzt von Otto. »Wir sollte des Ganze jetzt auch net dramatischer mache wie nötisch.«

»Genau. Sunscht täte wir wohl de Shakespeare suche un net de Erwin, odder?«

Lachend patschten sich Willi und Otto gegenseitig auf die Schultern.

»Is dir schunn emol uffgefalle, dass de Shakespeare desselbe Vorname hot wie du?«, fragte Otto.

»Hä? Seit wann heißt der Willi?«

Aber Otto kam nicht dazu, seinem Freund diese nebensächliche Beobachtung zu erklären, geschweige denn das erleichternde Gelächter auszulösen, das er damit wohl verursachen wollte.

Plötzlich peitschte ein Schuss durch den Wald, und alle Anwesenden zuckten zusammen.

»Was war'n des jetzert?«, fragte Otto überflüssigerweise.

»Klang das für dich wie Vogelgezwitscher?«, fragte Carlos. Der Schuss hatte sehr nah geklungen. Ein paar Elstern waren erschrocken aus den Bäumen geflattert. Im nächsten Moment hallte ein gellender Schrei durch den Wald. Carlos kannte diese Art von Schrei, ein schriller Klagelaut voller Schmerz. Er hatte bisher nur einen Menschen so schreien gehört.

»Das war die alt Anna!«, rief Willi und starrte alarmiert in die Runde.

Ohne sich groß abzusprechen, teilten sie sich auf. Sechs Dorfbewohner blieben am Wingert zurück, der Rest eilte in Richtung des Schreis. Hinter den Bäumen erkannte Carlos drei uniformierte Gestalten, die in die andere Richtung davonrannten.

Noch einmal erklang der Schrei.

Sie sahen sich an und liefen los. In dieser Richtung lag das Haus der alten Anna, einer naturverbundenen Einsiedlerin. Sie war aus Elwenfels, hatte sich und ihren Haushalt aber gewissermaßen ausgelagert, weil sie am besten in der Stille des Waldes bei den Tieren leben konnte. In früheren Zeiten hätte man die alte Anna als Kräuterhexe bezeichnet, heute und in einem anderen Dorf würde man sie eine Irre nennen und vielleicht in einer Anstalt parken.

Wieder gellte ihr Schrei durch den Wald. Carlos rannte schneller. Seine Lungen brannten. Trotz der Anstrengung war ihm eiskalt. Er wagte kaum sich auszumalen, was für ein Unglück passiert war, dass die alte Anna derart schrie. Als sie die kleine, idyllische Lichtung mit den Birken und dem schmalen Bachlauf erreichten, bot sich ihnen ein Bild des Schreckens.

Carlos stöhnte auf. Von allen Grausamkeiten, die einem Menschen wie der alten Anna zustoßen konnten, bot sich ihm die grausamste dar. Ein kupferrotes Fellbündel lag blutend auf dem Waldboden. Barbarossa. Annas Haustier. Ein Fuchs, dessen beeindruckende Fähigkeiten Carlos schon bei seinem ersten Besuch bewundert hatte.

Keuchend kam der Arzt jetzt an die Unglücksstelle und kniete sich vor das verletzte Tier, um es zu untersuchen.

»Wir hätten ihr sage solle, dass sie den Fuchs net nach drauße lasse darf, solang die Heckebankerte im Wald sin«, sagte Willi schnaufend und völlig außer Atem.

Carlos schüttelte den Kopf. »Ich weiß zwar nicht, was ein Heckebankert ist, aber der Ausdruck klingt mir ein bisschen zu harmlos für das, zu was diese Typen fähig sind.«

»Ziemlich großes Kaliber«, murmelte Michael Schaf und hielt den immer wieder hochzuckenden Kopf des Fuchses fest.

Die alte Anna ließ sich auf das Gesäß fallen und starrte mit verweinten Augen auf ihren Liebling. Carlos trat hinter sie und streichelte hilflos ihre bebenden Schultern.

»Die ham uffn geschosse«, murmelte die Alte tonlos. »Äfach so. Die sin kumme über die Wies, un de Barbarossa wollt se begrüße ... un springt hoch un dann ... Peng!« Sie schluchzte gequält.

»Ich nehm ihn gleich mit und schau mir das genauer an«, sagte Schaf. Vorsichtig hob er den jaulenden Fuchs hoch. Dann deutete er mit schief gelegtem Kopf auf Anna und sagte: »Macht, dass sie sich e bissel beruhigt, und später bringt se in de Ort. Ich beeil mich. Problem is: Die Kugel sitzt nah am Bauch. Kann sei, ich muss ihn einschläfern.«

Beklommenes Nicken; dann machte sich der Arzt mit seinem Patienten auf den Weg zurück ins Dorf.

Willi half Anna auf die Beine. »Warum? Warum schießen die uff mein Barbarossa?«, wisperte sie fassungslos.

»Wahrscheins meine die, dass dein Fuchs zwei von ihre ... äh, Freunde gebisse hot«, versuchte Otto sich an einer Erklärung.

»Wenn de Barbarossa jemand beißt, dann hot der es auch verdient. Deswege muss man net schieße«, beharrte sie.

»Ich fürchte, die Leute, die das getan haben, sehen das ein bisschen anders«, sagte Carlos.

Erst jetzt erkannte ihn die alte Frau. »Ah, du! Du bischt doch der, wo mein Gustav ausgegrabe hot, gell?«, erinnerte sie sich. »Do uff de Lichtung, do hab isch ihn beerdigt, guck!« Sie deutete auf einen flachen Hügel seitlich des kleinen, windschiefen Holzhauses, wo ein paar Blumenkübel und ein krummes Kreuz aus Ästen standen.

»Un jetzt auch noch de Barbarossa ...«

»Jo Anna, jetzt wart emol. De Schafe Michel schafft des schon. Des is de beschte Arzt von alle«, tröstete Willi sie und führte sie auf die Veranda, wo er sie sanft in ihren Schaukelstuhl drückte.

Carlos sah ihm an, wie erschüttert er war. So blass um seine fleischige Nase hatte er Willi noch nie gesehen. Die anderen standen betreten am Fuß der Holztreppe und wussten nicht, was sie sagen sollten. Im letzten Jahr war Carlos schon einmal dabei gewesen, als Anna völlig unkontrolliert losgeschrien hatte und richtig hysterisch geworden war, ohne dass es jemandem gelungen wäre, sie zu beruhigen.

Aber jetzt war die alte Anna ganz ruhig. Sie saß, vermutlich unter Schock, in ihrem Schaukelstuhl, bewegte den Oberkörper langsam vor und zurück und murmelte unverständlich vor sich hin. Das wiederum war Carlos fast noch unheimlicher, als wenn sie ausgeflippt wäre. Er ließ sich auf der untersten Treppenstufe nieder und schaute auf die kleine Lichtung. Der zerstörte Frieden an diesem ansonsten so idyllischen Ort hing wie eine giftige Wolke zwischen den Bäumen. Er fühlte sich matt und erschöpft.

Willi versprach Anna, dass sie gleich mit ihr zusammen ins Dorf gehen würden, aber sie schien nichts um sich herum wahrzunehmen.

Otto und der Pfarrer machten ihrem Zorn lautstark Luft.

»So geht's, wenn man junge Rotzlöffel mit Intelligenz-Allergie Waffe in die Händ gibt.«

»Himmel, Kreizdunnerwedder nochemol, do wünscht ma sich, ma wär magischer Dunkelbeschwörer odder so was«, knurrte Karl.

Otto runzelte die Stirn. »Was'n des? Dunkelbeschwörer?«

»Ha, Magier halt, en Hexer, wo denne en Fluch uff de stiernackische Hals wünsche tät, dass se plötzlisch en dicke, zehn Meder lange Fuchsbandwurm in ihrm Ranze ham.«

»Sag mol, is des wirklich die Bibel, wo du abends im Bett liest?«

»Wie määnscht des?«, fragte der Pfarrer misstrauisch.

»Isch mään bloß, dass in der Gemeindebücherei schunn seit mehrere Monate die Bücher üwwer den kläähne Kerl fehle, der wo im Zauberinternat wohnt, der mim Blitz uff der Stirn.«

Wenn Carlos dem Gespräch gefolgt wäre, hätte er nun gesehen, wie der Pfarrer errötete. Aber er hörte nur mit halbem Ohr zu. Etwas am Fuß der Treppe, zwischen halb im Erdreich versunkenen Kräutertöpfen, erregte seine Aufmerksamkeit. Inmitten der stumpfen Gräser und Erdklumpen war etwas, das sonderbar glänzte und ganz und gar nicht in die Umgebung passte. Er streckte die Hand aus und bog das Gras zurück. Es sah aus wie ... Schnell holte er ein Papiertaschentuch aus seiner Jacke und griff damit nach dem dunkel glänzenden Gehäuse.

Konnte das wahr sein? Es war genau wie im letzten Jahr, als er am Grund eines Taltrichters hinter dem Dorf auf Spurensuche gegangen war. Ein Smartphone. Er hielt es hoch und zeigte den anderen den Fund. Das Display war gesprungen, und in der Fuge zwischen Gehäuse und Vorderseite klebte eine winzige, rostrote Flaumfeder mit kleinen, weißen Punkten.

Willi stieß einen zufriedenen Laut aus. »Sieht so aus, wie wenn unser Elwetritsche ganze Arweit geleistet ham«, sagte er.

»Wie ... du meinst, dass dieses Handy, dass die ... äh ...« Carlos brach ab. Er hatte wirklich Hemmungen, das E-Wort auszusprechen. Er musste sich erst wieder daran gewöhnen, in einer Welt zu sein, in der die Existenz von Fabeltieren ein fester Bestandteil der Realität war.

»Die äh?«, echote Willi schon wieder schmunzelnd.

»Du meinst, es waren eure kleinen Freunde, die letzte Nacht die beiden Typen so zugerichtet und ihnen das Smartphone gemopst haben?«

Otto und Karl kamen näher und betrachteten das zersplitterte Display.

»Hascht du net gewusst, dass Elwetritsche auch e bissel Krähenblut ham?«, sagte Otto. »Die lieben alles, wo glänzt un funkelt. Un so was do, wo auch noch bunte Bilder abspielt ... ah do sin die bestimmt absolut närrisch druff.«

Carlos nickte fahrig und tippte vorsichtig mit dem Finger im Papiertaschentuch auf den Hauptknopf. Er erwartete nicht, dass das Handy noch funktionierte, nachdem es von einem scharfen Vogelschnabel traktiert worden war. Aber als er den Knopf drückte, flimmerte es auf dem Display. Es gab keine Sperre, die er mit einer PIN hätte aufheben müssen.

»Un? Sieht man was?«, drängte der Pfarrer.

Carlos drehte das Handy in alle Richtungen, doch das Bild war nur zur Hälfte zu sehen, die andere Hälfte war schwarz. Ein Foto? Jetzt fielen ihm die süffisanten Bemerkungen des Soldaten wieder ein. Es schien, als wäre auf dem Bildschirm ein Video abgespielt worden, bevor es dem Besitzer entwendet worden war. »Sieht ganz danach aus, als wollten eure gefiederten Bodyguards verhindern, dass das Filmchen, das sie gestern Nacht von uns gedreht haben, diesen Wald verlässt.«

»Ach nää.« Willi blieb der Mund offen stehen.

»Besser spät als nie«, sagte Otto grimmig. »Dass es überhaupt so weit kumme is, dass wir gefilmt wern … aber immerhin.«

Carlos wischte über den Bildschirm und gelangte in ein Menü, das eine ganze Reihe von Videos zeigte. Er versuchte, einen Clip zu öffnen.

»Was willscht damit?«, fragte Willi. »Mit so was tät isch mir net die Händ schmutzisch mache.«

»Ich mache mir aber gerne die Hände schmutzig«, murmelte Carlos. »Das ist mein Job.« Vielleicht hatte dieses Handy ja noch mehr gesehen als nur das nächtliche Ritual der Elwenfelser in der vergangenen Nacht. Etwas, das Charlotte helfen würde.

Carlos beugte sich dicht über das Display, auf dem die Sprünge im Glas verliefen wie ein Spinnennetz. Das Handy vibrierte eigenartig, und grüne Schlieren zogen sich über das Bild. Trotzdem lief das Video, sogar der Ton funktionierte. Er sah dunkle Schemen, undeutlichen

Feuerschein und ein Flackern, das die Silhouetten mehrerer Leute zeigte. Das Ganze vermittelte große Hektik. Irgendeine Szene, bei der man reflexartig das Handy zückt, um etwas vom Geschehen festzuhalten. Derjenige, der filmte, hielt die Linse in Richtung eines Waldrandes. Man konnte das entfernte Plätschern von Wasser hören.

Willi rückte näher, und die beiden anderen steckten die Köpfe neben Carlos zusammen.

»Seht ihr das?«, flüsterte Carlos.

»Also, isch seh mol gar nix!«, protestierte Otto.

»Schau doch mal genau hin!« Carlos deutete aufgeregt auf das Display. Im Film wurde gezoomt, und in der dunklen Umgebung der Bäume wurde etwas Helles sichtbar. Ein Gesicht. Es hob sich gespenstisch von der Finsternis ab und war im nächsten Moment verschwunden. Carlos traf es wie ein Blitz. Er spürte, wie auch die drei Männer neben ihm von einem Schaudern ergriffen wurden.

»De Hartmut«, flüsterte Karl.

»Des war er«, sagte Otto. »Unverkennbar.«

Carlos nickte beklommen, ohne seinen Blick vom Display zu nehmen. Das Bild wackelte wieder, wurde zurückgezoomt. Man sah Bewegung in der Menge der gesichtslosen Statisten.

»Ou, des is mir zu wild. Do wird ma jo seekrank!«, sagte Willi und wich zurück.

Carlos sah genau hin. Einer der Anwesenden bewegte sich auf den Waldrand zu, er machte ein paar schnelle Schritte und begann dann zu rennen. Jemand lachte. Ein kaltes Lachen, das wie ein Bellen klang. Man sah eine Gestalt auf den Waldrand zurennen, und dieselbe Stimme sagte: *Shit, poor bastard!* Irgendetwas wurde gemurmelt, man sah ein verschwommenes Gesicht, schwankende Schatten, grellen Feuerschein. Dann nichts mehr. Das

Display des Smartphones war plötzlich schwarz. Carlos schüttelte es vorsichtig, drückte erneut den Knopf, aber nichts tat sich.

»Des will nimmer«, sagte Otto und setzte sich auf die unterste Treppenstufe.

»Was war des, Leut?«, fragte der Pfarrer alarmiert.

»Ich würde sagen, das ist auf jeden Fall ein ziemlich wichtiges Beweismittel. Etwas, das Charlotte helfen wird«, sagte Carlos, auch wenn der unsichere Klang seiner Stimme diesen Optimismus nicht vorbehaltlos bestärkte. Das Charlotte helfen *könnte*, verbesserte er sich in Gedanken. Er hatte keine Ahnung, was genau er da gesehen hatte, aber er wurde das hartnäckige Gefühl nicht los, dass dieser Film noch sehr wichtig sein würde. »Das hier ist zumindest der Beweis, dass Hartmut Bitterlinger bis an die Lichtung gekommen ist, wo diese Soldaten ihr Zeltlager haben«, sagte er. »Und dass jemand ihm in den Wald gefolgt ist.«

»Du määnscht, dieser jemand hot ihn umgebrocht?«, fragte Willi.

Carlos wurde immer nervöser. »Ich muss dieses Handy der Polizei übergeben«, sagte er. »Jetzt gleich. Die haben eine technische Abteilung, die Daten aus dem Speicher des Smartphones retten und auslesen kann. Wahrscheinlich läuft das Video noch weiter. Wir haben jetzt zumindest einen weiteren Aspekt, den die bei der Mordkommission berücksichtigen müssen.« Er stand auf und umhüllte das Handy mit dem Papiertaschentuch.

Willi, Otto und der Pfarrer sahen ihn mit großen Augen an und nickten, sichtbar beeindruckt.

»Isch krieg immer e Gänsehaut, wenn du so babbelst wie en echter Kriminalkommissardetektiv, Carlos«, gestand Willi.

»Jo, un isch denk, dass dich de Himmel schickt!«, verkündete Pfarrer Karl.

»Un isch bin dankbar, dass unser Elwetritsche dich damals net kaputt gebisse hen, als du do so neugierisch durch den Wald gelaufen bist«, fand Otto. »Sonst wärst du jetzert nämlich net do und könntest uns net helfe.«

Und Otto beschloss kurz und bündig »Isch fahr disch!«.

Willi ging zurück auf die Veranda und zog Anna aus ihrem Schaukelstuhl hoch. »Hopp, mei Liebi. Wir gucke mol, wie's dem Barbarossa geht.«

Bei seinen Worten fühlte Carlos einen schmerzhaften Knoten im Magen. Er hatte nie große Gefühle für Tiere entwickeln können, aber die Vorstellung, dass Annas Fuchs an den Folgen des Schusses sterben könnte, machte ihn unendlich traurig.

Zu fünft gingen sie ins Dorf zurück. Anna erzählte in einem fort Anekdoten aus Barbarossas Fuchsleben, als sei er bereits tot. Willi hielt sie an der Hand wie ein kleines Mädchen.

Sie gingen direkt zu Michael Schaf in die Praxis. Alle fünf zögerten kurz am Eingang des niedrigen Sandsteinhauses. Keiner hatte Lust darauf, sich noch mehr schlechte Nachrichten anhören zu müssen.

Carlos klopfte und öffnete die Tür. Er musste daran denken, welchen Widerwillen er im vergangenen Jahr angesichts des unordentlichen, altmodischen Vorraums mit dem verstaubten Skelett und den durchgewetzten Stühlen empfunden hatte und wie überrascht er dann gewesen war, als er den hochmodernen, perfekt ausgestatteten Behandlungsraum gesehen hatte. Doktor Schaf wäre wahrscheinlich sogar in der Lage, hier einen Kaiserschnitt durchzuführen, so professionell eingerichtet war diese

Arztpraxis, die in einem so kleinen Dorf wie Elwenfels beinahe futuristisch wirkte.

Im Zimmer lag helles Sonnenlicht und brachte das rote Fellbündel zum Leuchten, das auf dem Operationstisch lag. Schaf entsorgte gerade zwei blutige Gummihandschuhe im Mülleimer.

Anna schluckte krampfhaft und blieb reglos im Türrahmen stehen.

»Nur keine Angscht, Anna«, sagte der Dorfarzt. »Dein Fuchs is en zähe Bursch. Aber wenn er en Mensch wär, dann müsst er jetzt Frührente beantrage.«

Anna blinzelte. Dann ging sie mit zögerlichen Schritten auf den Tisch zu und betrachtete das betäubte Tier.

»Ich hab die Kugel rausgeholt«, sagte Schaf. »Aber sein Hinterbein wird er wahrscheins nimmer so richtig gut gebrauche könne. Da war nix zu mache.«

»Mein Barbarossa muss hinke«, flüsterte Anna mit tränenerstickter Stimme und vor Freude leuchtenden Augen. »Dann passt er jo sogar noch ein bissel besser zu mir, odder?« Sie deutete auf ihr rechtes Bein, das sie seit einem Brand in ihrer Hütte vor zehn Jahren ebenfalls nachzog.

Ein glückliches Schmunzeln machte sich im Behandlungszimmer breit. Willi, Otto und der Pfarrer atmeten erleichtert aus und klopften dem Arzt abwechselnd anerkennend auf die Schulter.

»Puh, uff den Schreck brauch ich jetzt erscht emol selbst e kleine Infusion«, verkündete Schaf mit einer angedeuteten Geste des Trinkens. »Des hätt ich mir net verziehe, wenn ich den Kleine net hätt rette könne.«

Anna löste sich mit einem Ruck vom Operationstisch und umarmte den Dorfarzt stürmisch, dass ihr aufgetürmtes graues Haar in Schieflage geriet. Schaf tätschelte ihr lächelnd den Rücken. Willi, den solche Gefühlsausbrüche immer ein bisschen verlegen machten, verschwand in die angrenzende Küche.

»Un, Carlos, für dich auch en Schorle?«, fragte der Arzt, nachdem Anna sich wieder dem tierischen Patienten zugewandt hatte. »Oder lieber Appelsaft?«

»Leider gar nichts«, erwiderte Carlos. »Ich muss dieses Handy der Kripo in Ludwigshafen übergeben.«

»Oh!« rief Willi aus der Küche. »Fer en schääne Schorle muss immer Zeit sein.«

Und Schaf fragte: »Was für ein Handy denn?«

Kapitel 14

Warum man in der Notaufnahme nicht bloß Wunden, sondern auch Geheimnisse genau untersuchen sollte

Carlos wollte Schaf gerade auf den neuesten Stand bringen, aber er kam nicht dazu. Plötzlich wurde draußen die Tür zur Praxis aufgerissen, und schwere, taumelnde Schritte wurden hörbar, die sich über den Flur auf das Behandlungszimmer zubewegten. Eine Sekunde darauf stand Anthony in der Tür. Seine Augen flackerten verstört, und sein blau-weiß gestreiftes Shirt war voller Blut, das aus einer ziemlich hässlichen Wunde in der Schulter stammte. Er schien etwas sagen zu wollen, aber aus seinem Mund kam nur ein schwaches Ächzen. Seine zimtbraune Haut war fahl und glänzte von kaltem Schweiß.

Der Dorfarzt reagierte sofort. Bevor der kräftige Mann in Ohnmacht fallen konnte, hatte Schaf ihn bereits am Arm gepackt und auf den Rand einer Behandlungsliege bugsiert.

»Hear, jetzt reicht's dann aber langsam mol!«, rief Willi, der im Türrahmen zur Küche aufgetaucht war. »Spiele wir do all in em Krimi mit, odder was?!«

Carlos eilte dem Arzt zu Hilfe und legte Anthonys zitternde Beine auf die Liege.

»Schieße die jetzt auch schon auf unsere Friedhofsgärtner?«, fragte Otto fassungslos.

»Jetzt mol all die Gosch halte un mir helfe!«, befahl Michael Schaf und beförderte die Anwesenden kurzerhand zu OP-Assistenten.

Der Pfarrer Karl brachte Anna und den Fuchs in ein Nebenzimmer, Willi half Carlos, Anthonys blutiges Shirt aufzuschneiden, und der Arzt fischte in einem Medikamentenschrank eine Spritze mit einem Lokalanästhetikum heraus.

Michael Schaf streifte sich ein frisches Paar Gummihandschuhe über und begutachtete die Wunde, die genau zwischen Anthonys Halsansatz und seiner Schulter war. »Das war kein Schuss. Hopp, Großer, jetzt sag mol, was passiert is!«

Anthony atmete schwer und sah dabei mit einem flehentlichen Blick zu Carlos.

Dem war auf einmal alles klar. Ein Schauer rieselte ihm über den Rücken. Er nahm einen Stuhl, setzte sich neben die Liege und nahm Anthonys Hand. »Komm, sag schon! Was ist passiert?«, fragte er.

»Der Rechen, die Harke ...«, krächzte Anthony. »Bin gestolpert un dann genau da drauf.«

Jetzt erzähl uns hier keinen Mist, Mann, dachte Carlos, aber er wollte den Verletzten nicht vor den anderen in die Enge treiben. Anthony benötigte, das war klar, außer der medizinischen noch andere tatkräftige Hilfe.

Schaf reinigte die Wunde. »Ja genau, eine wunderschöne, scharfe Harke«, meinte er. »Ein bissel Erde is auch dabei. Wie heißt noch mal die schöne Krankheit mit T, gegen die dich letztes Jahr ein netter Herr Doktor geimpft hat?«

Anthony schloss die Augen und packte Carlos' Hand fester.

Der wäre am liebsten aufgesprungen und zum kleinen

Haus am Friedhof gelaufen. Er war sicher, dass er dort neben einer blutverschmierten Harke noch etwas anderes finden würde. Oder jemand anderen. Ein halb verschütteter Impuls in ihm wünschte sich seine halbautomatische Pistole zurück. Aber Carlos war kein Polizist mehr und eigentlich froh, dass er damals mit der Dienstmarke auch seine Waffe hatte abgeben müssen. Schusswaffen kamen derzeit in und um Elwenfels ohnehin geradezu in inflationärem Ausmaß vor. Und wenn er eines gelernt hatte, dann das: In diesem Ort konnte man bedrohliche Situationen gerade dann lösen, wenn keine Pistolen im Spiel waren. Ob das jedoch bei dem Gegner, mit dem sie es jetzt zu tun hatten, ebenso galt?

Carlos sah zu, wie Schaf Anthony eine Spritze mit dem Lokalanästhetikum gab und die Wunde behutsam desinfizierte. Dann machte er sich daran, die Wundränder zu vernähen. Anthony lag flach atmend und mit geschlossenen Augen da, die Finger fest verkrallt in Carlos' Hand.

Alle blickten besorgt auf ihren exotischen Mitbürger. Niemand traute Anthony zu, derart ungeschickt zu stolpern, dass er sich so schwer verletzte.

Der Pfarrer sprach es schließlich aus. »Sag mal, Anton, wenn des jetzt alles doch ein bissel anders war, als wie du in deim erschte Schreck gesagt huscht, dann könntescht du uns doch jetzt alles verzähle, odder?«

»Was? Wieso?«, stieß Anthony hervor und sah beinahe ängstlich in die Runde.

»Weil heute ein bissel viel Blut in meiner Praxis weggewischt werde muss«, bemerkte Schaf und verknotete fachmännisch den Faden einer perfekten Naht. »Erst der Fuchs, un jetzt noch du. Das treibt meine Notfallstatistik durch die Deck. Das letzte Mal, wo ich so eine Verletzung gesehe hab, des war, wie de Werner seine Hand in die Säge bekommen hat, und der hat damals en Schorle zu viel gehabt.«

»Warn des die Type ausm Wald?«, fragte Otto drängend. »War dene dein Haarschnitt net recht. Oder deine Pigmente?«

Anthony verdrehte die Augen und stöhnte.

»Hopp, lasst ihn in Ruh, sonst kippt er mir noch weg!«, befahl Schaf und verband die Wunde. »Du brauchst jetzt Ruh, mein Guter. Du kommscht ins Krankenzimmer. Oder sollen wir dich lieber heimbringe?«

Bei diesen Worten riss Anthony die Augen auf, und in seinen Pupillen leuchtete ein panisches »Alles, bloß das nicht!« auf.

Carlos räusperte sich. »Ähm, Leute, tut mir einen Gefallen. Könntet ihr kurz mal rausgehen? Ich müsste mal mit Anthony unter vier Augen sprechen.«

Der Gärtner nickte dankbar.

»Un was hättet ihr zu bespresche, was uns net auch was angeht?«, fragte Willi skeptisch.

»Das werdet ihr bald erfahren, versprochen. Es ist sehr wichtig.« Carlos machte eine eindeutige Bewegung in Richtung Tür. »Na los, Männer. Trinkt eure Schorle und entspannt euch ein bisschen. Und du, Otto, übertreib's nicht, du musst mich gleich nach Ludwigshafen fahren.«

»Übertreibe? Isch weiß gar net, was des is«, protestierte Otto.

Widerwillig und kopfschüttelnd bewegten sich die vier Männer zur Tür.

Kaum war sie zugefallen, presste Anthony schmerzhaft Carlos' Hand zusammen. »Du musst mir helfe!«, flehte er. »Ich weiß net, was ich noch mache soll!«

»Dann ist es also wahr?«, fragte Carlos leise. »Sie ist bei dir? Trudy Gonzales?«

Anthony nickte mit zusammengebissenen Lippen. Seine Augen zuckten hin und her. Er war völlig aufgelöst. »Sie is vorgestern Nacht bei mir aufgetaucht, un ich hab se ins Haus gelasse. Sie kam aus dem Wald. Seitdem spinnt sie nur rum.« Er holte tief Luft. »Die is völlig durchgedreht. Ich hab gedacht, sie is vielleicht einfach nur traumatisiert, wie ... wie mein Vater damals, als er vom Militär abgehauen is. Aber ich glaub ... ich glaub, sie is einfach nur verrückt und gefährlich. Sie hat den Bitterlinger umgebracht, glaub ich ... un jetzt hat sie dasselbe mit mir versucht.« Anthony zitterte immer noch.

»Sie is wie ... wie ein Tier im Käfig, rennt im Haus rum un sucht krampfhaft nach irgendwas. Irgendeine Ablenkung. Erst Alkohol. Un dann kifft sie mir mein ganzes Gras weg. Ich glaub, sie braucht en Arzt. Ich wollt ihr sage, dass sie net bei mir bleibe kann un dass sie überall gesucht wird. Da hat se mit der Harke auf mich eingeschlage. Aber ohne richtig bös zu sein. Eher so im Affekt. Irgendwie hat die einfach nur eine Mordsangst.«

Carlos nickte. »Anthony, es kann sein, dass wir falschliegen. Vielleicht wird Trudy gar nicht wegen Mordes gesucht. Vielleicht war sie es gar nicht.«

»Wer soll es denn sonst gewesen sein?«, fragte Anthony. Seine Augenlider flatterten.

Die Tür ging auf, und der Arzt streckte den Kopf hinein. »Falls ich in meiner eigene Praxis noch was zu sage hab – de Anton braucht Ruh. Un zwar dringend.«

»Ja, gleich!«, versprach Carlos. Und an Anthony gewandt: »Wo ist sie jetzt?«

»Keine Ahnung ... im Haus wahrscheins. Die traut sich net nach drauße.«

»Ich kümmere mich darum.«

»Aber sie is gefährlich. Du musst aufpass...« Und damit war Anthony weggedämmert.

Carlos stand auf und zog fürsorglich eine Decke über ihn. Entgegen seiner Vorstellung, die vier Männer würden in der Küche bei Weißweinschorle sitzen und langsam wieder in ihren coolen Normalzustand eintreten, standen sie alle etwas verdruckst im Vorraum der Praxis herum. Sie machten allerdings nicht den Eindruck, als hätten sie etwas von dem Gespräch mitbekommen.

»Otto, in zwanzig Minuten fahren wir los, okay?«, verkündete Carlos. »Ich muss vorher nur noch kurz was nachschauen.«

Willi hielt ihn am Arm zurück. »Großer, jetzt loss mol e bissel Luft ab!«, donnerte er. »Du führscht disch grad so uff wie einer von dene Uniform-Forzathlete im Wald.«

Carlos sah ihn erschrocken an. »Wie bitte?«

»Vergess net: Egal, was de Anton für ein Problem hat, des geht uns all was an. Du bischt net hierhergekomme, dass jetzt de einsame Helde spielscht. Die Roll passt zwar zu dir. Aber jetzt grad net, weil jetzt grad sin wir auch noch do, weeschwieschmään?«

»Äh, nein, nicht so richtig ...«

»Was dir der Willi sage will, is«, der Arzt nahm seine Hornbrille ab und begann sie nervös mit dem Hemdsärmel zu putzen, »dass die One-Man-Show net so gut kommt. Sag uns, was los is, was du erfahren hast. Wir sin eine gute Gemeinschaft un kein armes, hilfloses Dorf, wo verzweifelt auf die Hilf vom große Hamburger Ex-Bulle angewiese is.«

Carlos klappte die Kinnlade runter. »Autsch«, meinte er betroffen, »das hat wehgetan.«

»Jetzt mal langsam.« Der Pfarrer machte eine beschwichtigende Geste. »Wir wollen dir doch nur sage, dass wir zusammehalte müsse. Do bei uns in Elwefels gibt's keine Geheimnisse. Un wenn doch, dann wissen alle davon. Des weißt du doch eigentlisch ganz genau. Un wenn der Anton nur mit dir rede kann, kein Problem. Aber dann sag wenigstens du uns jetzt, was Sache is.«

»Isch fahr disch net nach Ludwigshafe, wenn du weiter de stumme Besserwisser spielscht«, drohte Otto und verschränkte seine Arme vor der massiven Brust, dass die Hemdnähte hörbar protestierten.

»Ich muss aber dorthin!«, wandte Carlos ein. »Denkt an Charlotte!«

»Also hat das, was mit dem Anton los is, gar nix mit de Charlotte zu tun? Oder wie?«, fragte Willi mit drohendem Unterton.

Carlos gab sich geschlagen. Er hatte mal wieder den Fehler gemacht, sie zu unterschätzen. Er hob beide Hände in Abwehrhaltung nach oben und holte einmal tief Luft. »Ist ja schon gut.«

In präzisen Sätzen erzählte Carlos, was er von Anthony erfahren hatte. »Diese Trudy traut sich wahrscheinlich nicht aus dem Haus heraus, solange ihre Kameraden noch ums Dorf herumschleichen. So wie Anthony ihr Verhalten beschreibt, hat sie irrsinnige Angst. Vielleicht, weil sie Bitterlinger auf dem Gewissen hat. Vielleicht aber auch, weil sie etwas gesehen hat oder irgendetwas weiß, was sie nicht wissen darf.« Er sah eindringlich in die verdutzten Gesichter seiner Freunde. »Nach außen hin sieht das vielleicht ziemlich eindeutig aus. Aber ganz so klar ist das nicht. Ihr dürft diese Frau also nicht verurteilen. Noch nicht.«

»Jo alla! Die hot unsern Anton halber massakriert!«, polterte Willi.

»Ja, weil sie in Panik ist«, präzisierte Carlos. »Habt ihr nicht immer gesagt, dass es immer einen tieferen Sinn hat, wenn jemand nach Elwenfels kommt?«

Zögerlich kam zustimmendes Gemurmel.

»Alla!«, sagte Carlos und war stolz, dass er dieses pfälzische Zauberwort, das bei so vielen Gelegenheiten anwendbar war, wohl auch an der richtigen Stelle eingesetzt hatte. »Was, wenn diese Frau unsere Hilfe braucht? Wenn sie vor etwas davonläuft, was sie furchtbar belastet?«

»Also, von uns hot keiner sie gezwunge, Mitglied zu werde in dem Rambo-Lade«, ließ Otto das nächste antimilitaristische Fallbeil heruntersausen.

Carlos seufzte. »Ja, klar. Aber trotzdem. Was, wenn sie wichtig ist für die ganze Situation hier? Und für Charlotte? Ich bitte euch, passt auf, dass sie nicht aus dem Haus herausrennt und irgendeinen Unsinn macht. Lasst euch was einfallen, solange ich weg bin. Vielleicht weiß sie etwas Wichtiges. Wir müssten sie nur zum Reden bringen.«

»Die babbelt ke Pälzisch«, sagte Willi. »Da kann se sage, was se will. Isch tät se trotzdem net verstehn.«

»Also, ich hatte mal Englisch in der Schule«, meinte Carlos spitz. »Und ihr auch, das weiß ich. Strengt euch einfach ein bisschen an. Wenn schon nicht für diese Trudy, dann für Charlotte.«

Da war er wieder, der aufrechte Ritter in ihm, den Carlos gerne öfters spüren würde. Der Gedanke, Charlotte wie eine Prinzessin in Nöten aus den Fängen eines bösen Drachen retten zu müssen, fühlte sich weitaus besser an als sein eigentliches Vorhaben. Aber das archaisch verklärte Bild half ihm dabei, seinen angeknacksten Mut zusammenzuklauben.

Er knuffte Otto in die Seite. »Jetzt müssen wir aber endlich los!«

Otto zückte seine Autoschlüssel, und sie ließen drei betreten grummelnde Männer in der Praxis zurück.

Kapitel 15

Wie Ludwigshafen zum Tatort für kriminalistisches Kompetenzgerangel wird

Carlos wurde zunehmend nervös, wenn er an die Begegnung mit Nadja Sprengel dachte. Er wusste aus einer kurzen Erwähnung Sofies nur, dass ihn eine ebenso unterkühlt wie dominant auftretende Frau erwartete, was sich mit Erfahrungen mit anderen weiblichen Kripobeamten deckte. Carlos gab es nicht gerne zu, aber er hatte die Zusammenarbeit mit Frauen immer als äußerst kompliziert und anstrengend empfunden. Es war nicht so, dass er nur mit Männern zusammenarbeiten wollte. Am liebsten hätte er einfach nur allein ermittelt, aber das lag nun mal außerhalb des Möglichen. Was ihn an Polizistinnen in den höheren Dienstgraden immer abgeschreckt hatte, war deren unangenehm ambitionierte Art und Weise, sich beweisen zu wollen. Woran die männlich geprägte Domäne natürlich die Hauptschuld trug, das war ihm bewusst. Aber es hatte ihm immer leidgetan, zu sehen, wie sich die Kolleginnen bei der Mordkommission abstrampelten, weil sie glaubten, sich als Frauen besonders hervortun zu müssen – und nicht einfach nur als gute Ermittler. Insgeheim erwartete er, dass Nadja Sprengel genauso eine Polizistin war.

Aber er hatte sich geirrt. Die Frau strahlte eine abgeklärte Ruhe aus, an der nichts aufgesetzt oder gespielt wirkte. Carlos' Nervosität war auf dem Höhepunkt angelangt, als er sich ihr gegenüber auf einem Stuhl niederließ. An dieser taffen Frau musste er vorbei, um Charlotte zu retten.

Reiß dich zusammen, schalt er sich in Gedanken. Hier geht es nicht um ein romantisches Märchen. Charlotte war keine Prinzessin, die von einem Drachen gefangen gehalten wurde; und er war kein wackerer Recke, bloß ein Ex-Bulle, der als aktiver Ermittler aus dem Rennen war. Und er kämpfte gegen seine insgeheime Befürchtung an, dass der Schlüssel zu Charlottes Unschuld außerhalb seiner Reichweite lag.

»Was kann ich für Sie tun?«, fragte Nadja Sprengel.

Sie hatte eine angenehm sonore Stimme, in der ein fein dosierter Dialekt mitschwang; er war viel weniger augenscheinlich als bei den Elwenfelsern, aber der pfälzische Singsang war eindeutig herauszuhören. Diese Mischung hätte ihn früher wohl eher belustigt, als er noch dachte, südwestdeutsche Dialekte und professionelle Autorität passten nicht zueinander. Das typisch norddeutsche Vorurteil. Inzwischen kannte er genug Menschen, die gerade deshalb so Respekt einflößend waren, weil sie ihrer Mundart authentisch und unverblümt freien Lauf ließen.

Nadja Sprengel machte einen völlig entspannten Eindruck. Carlos gefiel die Art, wie sie ihn über ihre locker gefalteten Hände ansah. Sie konnte kaum älter als fünfunddreißig sein, und doch wirkte sie um einiges älter und erfahrener.

Anstelle einer Antwort legte er das in das Papiertaschentuch eingeschlagene Handy auf den Schreibtisch. »Mein Name ist Carlos Herb. Ich bin zu Besuch in Elwenfels und ein Freund von Charlotte Walter. Und ich sehe es als meine Pflicht an, dieses Beweismittel hier in Ihre Ermittlung einzubringen.« Herrgott, wie gestelzt er redete!

Nadja Sprengel schob ihre Hand über den Tisch und schlug mit der Spitze eines Bleistifts das Tuch auseinander. »Was ist das, und inwiefern ist das ein Beweismittel?«

Sie verschwendete wirklich keine unnötigen Worte, dachte Carlos. »Wie Sie wissen, befinden sich in unmittelbarer Umgebung von Elwenfels eine Gruppe US-Soldaten und auch Angehörige der Bundeswehr ...«

»Ich habe gestern bereits mit Lieutenant Ellman und Leutnant Falke gesprochen«, unterbrach Nadja Sprengel ihn.

Es lag nichts Respektloses in dieser Unterbrechung, sondern einfach nur der sachliche Drang, auf den Punkt zu kommen. Carlos nickte. »Darf ich fragen, wann das war?«

Ein helles, perlendes Lachen voller Ungläubigkeit. »Nein. Sie dürfen mich höchstens fragen, wer hier die Ermittlungen führt.«

Am liebsten hätte Carlos erwidert, dass er derjenige sei, denn genauso fühlte es sich auch an. Aber irgendetwas sagte ihm, dass er sich bei dieser Frau lieber mit flapsigen Bemerkungen zurückhalten sollte. Er riss sich zusammen und blieb weiter im sachlichen Berichtsmodus, ohne dabei die wahren Umstände preiszugeben, die sie ohnehin nicht verstanden hätte. »Es lag am Fuß eines Baumes, auf halber Strecke zwischen dem Tatort und dem Zeltlager«, log er. »Ich weiß nicht, wer es verloren hat, und auch nicht wann. Aber es hat ein englisches Interface, deswegen nehme ich mal an, dass es einem der US-Soldaten gehört.«

»Und weiter?« Nadja Sprengel betrachtete das zerstörte Display unbeeindruckt.

Carlos erzählte ihr von dem Film, den er darauf gesehen hatte. »Ich wünschte, ich könnte es Ihnen jetzt gleich zeigen, aber da muss erst mal die KTU ran und die Daten isolieren. Auf dem Film ist der Beweis, dass Hartmut Bitterlinger in der Mordnacht zumindest Kontakt zu diesen Soldaten hatte. Sein Gesicht ist deutlich am Rand der Lichtung zu sehen. Und es ist ebenso deutlich zu sehen, dass jemand hinter ihm herrennt. Ich finde, das sollten Sie in Ihren Ermittlungen berücksichtigen.«

»Sollte ich das?«, erwiderte sie ohne jede Süffisanz und schlug das Papiertaschentuch wieder zurück.

Carlos blinzelte. »Halten Sie mich für einen Spinner? Sie sehen mich an, als hätte ich einen abgenagten Hühnerknochen auf den Tisch gelegt.«

»Ein abgenagter Hühnerknochen kann theoretisch durchaus als Beweis dienen«, meinte sie.

»Und dieses Smartphone etwa nicht?«

Nadja Sprengel legte den Kopf schief und sah ihn prüfend an. Ihr Blick war nicht ablehnend, eher neugierig. »Wer sind Sie?«, fragte sie. Ihre Lippen wirkten mit einem Mal voller, entspannter.

»Das habe ich Ihnen bereits gesagt. Mein Name ist Carlos Herb.«

»Und Sie sind Polizist, Herr Herb.«

Das war nicht als Frage gemeint. Carlos hatte das Gefühl, als würde jemand in seinen Kopf greifen und sein Gehirn betrachten. Er beschloss, sich seine Überraschung nicht anmerken zu lassen. »Ich *war* Polizist.«

»Gibt es einen Grund für die Vergangenheitsform?«

Carlos spürte, dass man bei dieser Frau am besten mit Direktheit ankam. »Hab im Dienst einen Menschen erschossen und kam nicht damit klar. Jetzt bin ich Privatermittler.«

»Aus Hamburg«, ergänzte sie.

»Hört man das so sehr?«

Sie lächelte. »Hier in der Pfalz hört man alles, was auch nur fünfzig Kilometer weit entfernt ist. Aber zurück zu diesem Handy. Gibt's einen Grund, warum Sie so … na, sagen wir mal, engagiert sind?«

Die Distanz zwischen ihnen hatte sich verringert, die Tonlage ihrer Stimme hatte sich verändert. Carlos war verwirrt. Er war es nicht gewohnt, derart schnell zur Sache kommen zu müssen. Vielleicht war es aber auch die Tatsache, dass sie die Fragen stellte und nicht er. Dass sie ihm einen Spiegel seines alten Lebens vorhielt. »Ich mag die Leute aus diesem Dorf«, sagte er. »Sie bedeuten mir etwas.«

»Charlotte Walter bedeutet Ihnen etwas«, präzisierte die Kommissarin.

»Ja, sie auch.«

Langsames, wissendes Nicken. Nadja Sprengel strich sich das Haar zurück und spielte mit einer Strähne. Sie sah Carlos nachdenklich an.

Er hatte das Gefühl, in die Enge getrieben zu werden, ohne zu wissen, wie diese Frau das anstellte.

»Sie wissen, wie das mit Beweismitteln ist, das muss ich Ihnen als Ex-Polizist nicht erklären. Wenn Ihnen Charlotte Walter so arg am Herzen liegt und wohl auch dieser ziemlich sonderbare Ort«, sie machte ein gespielt irritiertes Gesicht und schüttelte sachte den Kopf, »dann werden Sie verstehen, dass ich dieses Fundstück mit sehr viel Vorsicht handhaben muss, nicht wahr?«

»Wie meinen Sie das?«, fragte Carlos.

Die Kommissarin beugte sich vor. Durch die Verlagerung ihres Körpers gegen die Tischkante sah er plötzlich mehr, als ihm lieb war. Ihre überaus muskulösen Arme in der engen Bluse beispielsweise. Und noch andere physische Details, von denen er sich jetzt nicht ablenken lassen wollte.

»Herr Herb. Ich weiß nicht, was Sie über weibliche Kripobeamte denken. Ich glaube, ich will es auch lieber nicht wissen. Aber ich sage Ihnen, was ich über Privatdetektive denke, die lange Jahre bei der Polizei gearbeitet haben.«

»Lange Jahre? So alt bin ich nun auch wieder nicht.«

»Alt nicht. Aber Sie machen trotzdem einen sehr ... altgedienten Eindruck.«

Carlos verschränkte die Arme vor der Brust. Ihr Blick glitt über seine Arme. Ein dummer, kleiner Angeber tief in seinem Innern freute sich, dass auch sein Shirt sich über eine gut definierte Muskulatur spannte, so wie bei seinem Gegenüber. Bei seinem letzten Besuch in Elwenfels war ihm seine schlechte Kondition schmerzhaft bewusst geworden, und zurück in Hamburg hatte er wieder mit dem Training angefangen. Seitdem fühlte er sich wieder wesentlich besser. Zumindest körperlich.

Carlos schwieg in Erwartung weiterer höflich verpackter Beleidigungen.

»Diese Art von Privatdetektiven ist verdammt gut«, sagte Nadja Sprengel zu seiner Überraschung. »Zu gut, weil unabhängig und nicht an Dienstvorschriften gebunden. Ich kenne Leute Ihrer Sorte. Das Problem mit ihnen ist, dass sie über Fähigkeiten verfügen und auch über eine Art und Weise zu denken, die sich Privatermittler ohne Polizeihintergrund niemals aneignen können. Und ich weiß, dass sie diese Fähigkeiten auch dazu einsetzen, die Polizei zu täuschen oder zu manipulieren. Alles schon erlebt.«

»Das tut mir leid für Sie.«

»Es müsste Ihnen leid für die betreffenden Detektivkollegen tun. Ein paar von denen haben nämlich keine Lizenz mehr.«

»Ich brauche keine Lizenz für das, was ich tue«, erwiderte Carlos und biss sich sofort auf die Zunge. Keine Ahnung, warum er plötzlich das Bedürfnis hatte, den harten Hund herauszukehren.

Nadja Sprengel kräuselte ihre Mundwinkel. Ihr Gesicht hatte etwas ausgesprochen Zärtliches, und genau das irritierte ihn so. Ein zärtliches Gesicht und ein scharfer Verstand. Es war, als würde man in ein Stück Kuchen beißen und Reißzwecken im Teig finden.

»Meine Kollegen von der Spurensicherung sind in einem weiten Umkreis des Tatorts sehr gründlich unterwegs gewesen«, informierte sie ihn. »Ich denke, wenn dieses Handy da gelegen hätte, dann wäre es gefunden worden.«

Mist, dachte Carlos. Sie durchschaut mich. »Das mag ja sein«, erwiderte er. »Aber was, wenn der Besitzer dieses Handys es erst einen Tag später verloren hat?«

»Warum ist das Display so zersplittert?«

»Keine Ahnung. Vielleicht ist es ihm beim Klettern runtergefallen, und später hat er es verloren. Oder ein Wildschwein ...«

»Oder Sie haben es da hingelegt.«

»Ich? Warum sollte ich das tun?«

Sie hob in einer unendlich langsamen Bewegung gleichzeitig Schultern und Augenbrauen. »Warum sollte jemand seinen Ehemann mit einem Stein erschlagen und dann seine Mitbürger bitten, die Leiche verschwinden zu lassen?«, entgegnete sie. »Sie sind Ex-Polizist und haben vorhin gemeint, dass Ihnen diese Leute am Herzen lägen. Wenn Sie mir sagen, dass ich dieses Handy in unseren

Ermittlungen berücksichtigen soll, dann sage ich Ihnen, dass ich sogar noch etwas anderes berücksichtige. Nämlich die Tatsache, dass Sie womöglich emotional ein bisschen zu sehr involviert sind, um glaubhafter Überbringer eines belastbaren Beweismittels zu sein.«

Carlos wusste, warum Sie das sagte. »Sie denken, dass die Leute aus Elwenfels ein bisschen eigenwillig sind, richtig?«

»Eigenwillig?« Nadja Sprengel stand auf und trat ans Fenster. Die Absätze ihrer halbhohen Stiefeletten machten ein knallendes Geräusch auf dem Linoleum. »Ich würde die Bereitschaft, einen Mord zu vertuschen, nicht gerade eigenwillig nennen. Es sei denn, Sie wollen einen Beitrag zum Wettbewerb der größten Untertreibung des Jahres beisteuern.«

Carlos seufzte. »Hören Sie, ich weiß, wie das für Sie aussehen muss. Aber diese Leute sind nicht in der Lage, ein Verbrechen zu begehen.«

Dass mich mal bei einer Lüge nicht der Blitz trifft, dachte Carlos ein wenig beklommen. Vor seinen Augen flimmerte ein morbides Bild. Er mit einigen Männern aus Elwenfels, wie sie ein Skelett im Wald ausgraben und an eine andere Stelle bringen, damit es die Polizei finden und richtige Schlüsse ziehen kann. Und er, Carlos, hatte die Elwenfelser sogar dazu angestiftet. Natürlich hatte das, was sie im letzten Jahr getan hatten, keinen wirklich kriminellen Hintergrund. Niemand war bei der Aktion mit dem Skelett von dem Landstreicher Gustav zu Schaden gekommen. Im Gegenteil: Sie hatten seinen Mörder überführt, was auf anderem Wege nicht zu machen gewesen wäre. Aber eine Straftat vor dem Gesetz war das trotzdem. Aber hallo! Oder eben auch »Na alla!«, wie seine Freunde dazu sagen würden.

Carlos bemühte sich um einen möglichst neutralen Ton. »Die Elwenfelser sind es nicht gewohnt, dass sie von außen reglementiert werden. Und wissen Sie auch, warum das so ist?« Er sah direkt in ihre ruhigen, unbewegten Haselnussaugen.

Nadja Sprengel musterte ihn wie einen interessanten Gast, der ihrem routinierten Alltag etwas Abwechslung verschaffte.

»Diese Leute haben das gar nicht nötig. Sie brauchen keinen Bürgermeister oder einen Wachtmeister, der auf Einhaltung der Gesetze achtet, weil sie nämlich nichts tun, was diese Kontrolle nötig macht. Sie wissen von alleine, was richtig ist, und brauchen keinerlei Bevormundung.«

»Ach Gott, nää«, ließ Nadja Sprengel ihre pfälzischen Wurzeln rhetorisch kurz aufblitzen. »Das ist ja herzallerliebst. Dann sagen Sie Ihren Freunden mal, dass diese paradiesischen Zeiten bald vorbei sein werden.«

Carlos schluckte. Wahrscheinlich machte er einen gewaltigen Fehler, hier den Anwalt des Ortes und den Verfechter seiner Ideale zu spielen. Nadja Sprengel kam zurück an den Tisch und beugte sich vor. Carlos fing den Hauch eines herben Parfüms auf.

»Sie als Großstadt-Polizist haben so etwas wahrscheinlich nie erlebt, aber eines dürfte Ihnen doch zumindest vom Hörensagen bekannt sein: Gerade diese Dörfer sind doch die idealen Brutstätten für Heimlichkeiten, Geklüngel und nie vermutete Abgründe. Und am Ende steht ein großes Verbrechen, das sich keiner erklären kann, weil es doch so ein beschaulicher, kleiner Ort war.«

Carlos lachte. »Sie haben zu viele Provinzkrimis gelesen!«

»Ich lese keine Krimis.«

Carlos musterte ihre fein geschwungenen Gesichtszüge. »Hören Sie, diese Leute haben den Leichnam von Charlottes Mann nicht aus dem Wald geholt, weil sie etwas vertuschen wollten.«

»Sondern?« Nadja Sprengels Stimme klang belustigt.

Carlos druckste länger herum, als ihm lieb war. »Weil ... weil sie in ihrer, na, ich nenne es mal wohlmeinenden Naivität einfach nicht daran gedacht haben, dass man ein Mordopfer nicht anfassen darf und Polizei und Spurensicherung rufen sollte.«

Sie sah ihn ungläubig an. »Wollen Sie wirklich, dass ich diesen Spruch aufsage, den Sie während Ihrer Zeit als Kommissar sicher schon hundertmal gesagt oder gedacht haben?«

»Was für einen Spruch meinen Sie?«

»Na, vor was schützt Dummheit nicht? Ich bitte Sie!«

»Die Leute aus Elwenfels sind nicht dumm«, betonte Carlos, aber er fühlte, dass er mit seinen Argumenten auf verlorenem Posten stand.

»Dann sind sie eben auf eine geradezu kriminelle Art naiv«, gab die Kommissarin zurück und sah dann auf ihre Armbanduhr. »Also, Herr Herb, ich werde dieses Handy zur kriminaltechnischen Untersuchung geben. So kaputt, wie es aussieht, wird es aber wohl eine Weile dauern, bis wir da etwas Genaues wissen. Ich bedanke mich für Ihre Mitarbeit. Aber bitte glauben Sie nicht, dass irgendetwas daran bedeutend genug ist, Charlotte Walter vorerst aus der U-Haft zu entlassen. Die Beweise gegen sie sind, gelinde gesagt, erdrückend.«

Carlos wurde blass. »Wenn Sie dieses Video sehen, werden Sie anders darüber denken«, sagte er und zwang sich, ihrem ungerührten Blick nicht auszuweichen. »Glauben Sie mir.«

Sie nickte. »Mag sein.«

Er stand auf und ging zur Tür, dann drehte er sich noch einmal um. »Wie geht es ihr?«, fragte er. »Charlotte, meine ich.«

»Den Umständen entsprechend. Sie ist gerade mit ihrer Anwältin beim Haftrichter.«

In Carlos' Hals bildete sich ein Knoten. »Könnten Sie ihr ausrichten, dass wir an sie denken? Dass sie nicht alleine ist. Bitte.«

Nadja Sprengel nickte. »Okay.«

Und Carlos glaubte ihr.

Kapitel 16

Über Wein, Weib und Gefühl

Als Anthony aufwachte und mit der Hilfe von Doktor Schaf auf wackeligen Knien zu seinem Häuschen zurückkehrte, spürte er sofort, dass sich etwas verändert hatte. Er konnte diese Veränderung nicht sofort benennen. Der Friedhof lag friedlich da wie eh und je. Die Amseln und Spatzen flogen zwitschernd über die Mauerkrone in die hohen Bäume, als Michael Schaf die niedrige Pforte aufstieß. Zwei ältere Leute aus dem Dorf werkelten an Gräbern und winkten ihnen freundlich zu. Anthony nickte zurück. Dann sah er, dass jetzt die Läden eines Fensters geöffnet waren, was Trudy niemals zugelassen hätte. Zu gefährlich, »too risky«, wie sie sich ausdrückte.

Anthony hasste sie dafür, dass sie Begriffe wie Gefahr und Risiko in sein Leben getragen hatte. Dass sie selbst die Gefahr war. Ihm graute davor, ins Haus zurückzukehren. Da half es auch nicht, dass Carlos ihm erklären wollte, Trudy habe wohl eine Art Trauma erlebt und sei deswegen so unberechenbar. Anthony wollte auf keinen Fall mit dieser Durchgeknallten zusammen in einem Raum sein. Er hatte keine Kraft mehr, ihre beängstigenden Geschichten anzuhören. Er wollte ihren irren Blick nicht mehr, ihre hektische und gleichsam verstohlene Körpersprache. Das

Allerschlimmste aber war, dass Trudy eigentlich – Anthony wagte kaum, sich das einzugestehen – genau sein Typ war. Da war etwas an ihr, das er absurderweise mochte. Irgendwo hinter ihrer Angst und ihren verstörenden Ablenkungsmanövern war eine junge Frau versteckt, die er gerne zum Vorschein gebracht hätte.

Aber Anthony hatte keine Ahnung, wie er Trudy helfen könnte. Er dachte jetzt erst einmal an seine Schulter, in der sich allmählich die Schmerzen meldeten. Es würde eine Weile dauern, bis er wieder im Wald und auf dem Friedhof arbeiten konnte.

»Weißt du, ob de Carlos hier war?«, fragte Anthony den Arzt.

Schaf zuckte die Schultern. »Der wollt doch nach Ludwigshafen zur Polizei.«

»Un wer ist dann in meinem Haus?«

»Ich hab gedacht, das sagscht du mir«, entgegnete Schaf.

»Ich mein aber gar net die ... die Frau, die Frau mit der Harke«, sagte er betreten und musste dabei fast ein bisschen lachen, weil sich die Beschreibung fast so anhörte wie der Titel eines B-Movies.

Schaf nickte lächelnd. Anthony warf ihm einen vorsichtigen Blick zu, aber der Arzt machte nicht den Eindruck, als würde er ihm die Heimlichkeiten übel nehmen. Das liebte er so an seinen Elwenfelsern. Nachtragend zu sein war ihnen so fern wie Schnapstrinken.

»Sie is gefährlich«, warnte er ihn. »Hast du net vielleicht einen Betäubungspfeil dabei oder so was?«

Michael schüttelte lachend den Kopf. »Sie is kein Tier, Anton. Auch wenn sie sich wie eins verhält.«

Er sah vorsichtig durch das Fenster mit den offenen Läden und gab Entwarnung.

»Alles klar. Mach dich locker. Die Sofie is bei ihr.«

»Sofie?« Anthony sah ihn entgeistert an. »Wieso ... woher weiß die denn ...?«

»Jetzt entspann dich mal, Anton. Die Welt hat sich weitergedreht, als du geschlafen hast. Un du bischt en Dappschädel, wenn du glaubst, dass du des allein schaffst. Genau wie de Carlos einen auf Lonesome Cowboy machen will. Niemand is allein, do bei uns.«

Anthony senkte den Kopf. »Außer die Trudy. Die is, glaub ich, ziemlich arg allein.«

»Alla, un deswege ist jo auch die Sofie bei ihr. Gucke ma mol, was do dabei rauskommt.«

Anthony atmete erleichtert aus, als er die Hand auf die Klinke legte. Es fühlte sich gut an, dieses belastende Geheimnis endlich mit den richtigen Menschen zu teilen.

Im Haus erwartete ihn ein Anblick, der ihn schlagartig verzauberte. Am Küchentisch saßen zwei Frauen. Trudy und Sofie. Ihre Hände waren miteinander verflochten wie die Efeuranken draußen an der Mauer. Es war ein schönes Bild, das er stundenlang hätte betrachten können. Auch wenn es ihn ziemlich verwirrte. Wie hatte Sofie es geschafft, sich Trudy überhaupt zu nähern? Und dann diese beinahe intime Nähe, wie bei besten Freundinnen oder Schwestern. Wahrscheinlich irgendein Geheimnis der Weiblichkeit, dachte Anthony.

Trudys Gesichtszüge waren einigermaßen entspannt, und sie sah zum ersten Mal nicht aus wie jemand, der sich zähneklappernd unter einem Schrank verstecken will.

Während sich Schaf im Hintergrund hielt, näherte Anthony sich vorsichtig dem Tisch. »Was hast du mit ihr gemacht, Sofie?«, fragte er ungläubig.

Sofie lächelte. »Sprech net von ihr, wie wenn se net da

wär«, bat sie. Und dann zu Trudy gewandt: »We had a little conversation among women, right?«

Trudy lächelte zaghaft. Es war das erste Mal, dass Anthony sie lächeln sah. Sein Herz machte einen kleinen, überraschten Sprung. Ja, die Welt hatte sich wirklich weitergedreht, während er geschlafen hatte.

»Are you okay?«, fragte ihn Trudy.

Anthony nickte nur beiläufig. Es ging jetzt nicht um ihn. Er stützte sich auf den Tisch. Seine Beine fühlten sich wieder ganz schwach an, und Schaf schob ihm einen Stuhl hin. »What did she do?«, wiederholte er die Frage, diesmal an Trudy gewandt und mit einem Kopfnicken in Richtung der Heilsbringerin.

Sofie lächelte, löste eine Hand aus Trudys Griff und erfasste mit ihr Anthonys Finger. »Ich dachte mir halt, die Trudy hätt vielleicht gern ein bissel weibliche Gesellschaft, wo sie doch ganz neu is in Elwefels.«

»Was ein wenig weibliche Gesellschaft so ausmacht«, lächelte der Arzt, der sich auf das Fensterbrett gesetzt hatte.

Trudy blinzelte nervös, als hätte sie erst jetzt die Anwesenheit des unbekannten Mannes wahrgenommen.

Anthony stellte ihn vor und fragte sie, ob sie vielleicht ärztliche Hilfe brauche. Trudy schüttelte unwirsch den Kopf und sah Sofie intensiv an. Nur bei ihr schien sie sich wirklich sicher zu fühlen. Aber das war auch kein Wunder. Sofie hatte etwas an sich, das Menschen wortlos verzauberte. In Elwenfels war es klar, dass sie besondere Kräfte besaß. Was schon allein darin begründet lag, dass sie die Winzerin war, die den geheimnisvollen Wein machte. Eine Frau, die ein solches Wunder vollbrachte, hatte auch noch andere Fähigkeiten, die außerhalb der Natur gewöhnlicher Menschen lagen. Jetzt, wie sie so dasaß, im Licht der schon tief stehenden Sonne, die ihr Haar zum Leuchten brachte, sah sie aus wie ein mythisches Wesen aus einer alten Sage.

»Woher hast du gewusst, dass sie do is bei mir, Sofie?«, fragte Anthony und sah Trudy prüfend an. Sie wirkte immer noch müde und angeschlagen, aber viel gelöster als noch vor wenigen Stunden.

»De Carlos hat's uns verzählt«, antwortete Schaf. »Un de Willi hat's dann de Sofie verzählt.«

»Und das war auch genau das Richtige«, meinte Sofie und drückte aufmunternd Trudys Hand.

»Hast du ihr etwas ... etwas Bestimmtes zu trinken gegeben?«, wollte Anthony wissen. Erst in diesem Moment fiel ihm ein, dass es ja tatsächlich etwas gab, das Trudy in ihrer Situation helfen konnte.

»Noch nicht«, sagte Sofie. Dann beugte sie sich zur Seite und holte aus ihrem Korb eine der geheimnisvoll schimmernden, grünen Flaschen, die im Keller unter dem Gasthaus lagerten.

Trudy betrachtete die Flasche mit unverhohlener Gier. Sie hatte Anthony ja auch schon drängend gefragt, ob er Alkohol im Haus habe. Aber er trank im Gegensatz zu seinen Elwenfelser Mitbürgern fast ausschließlich Wasser und Orangensaft.

Sofie lächelte und bedeutete Schaf, Gläser aus dem Schrank zu holen. Anthony lehnte sich zurück und bereitete sich innerlich auf das Wunder vor, das sich gleich ereignen würde. Er war Sofie dankbar für diese grandiose Idee. Dass er nicht selbst darauf gekommen war!

Damit sich Trudy beim Trinken nicht ganz alleine vorkam, holte Sofie noch eine zweite Flasche hervor, und Schaf stellte vier Weingläser auf den Tisch. Die zweite Flasche sah auf den ersten Blick nicht anders aus als die erste, aber Anthonys erfahrenes Auge erfasste sofort, dass in ihr nicht der Zauberwein war, sondern der gewöhnliche Riesling aus dem Ort. Jetzt durfte Trudy nur keine Panik bekommen und glauben, dass man sie vergiften wolle, nur weil ihr Glas aus einer anderen Flasche eingeschenkt werden würde. Doch sie schien gar nicht darüber nachzudenken und starrte geradezu ausgehungert auf die Flüssigkeit.

Sofie verteilte mit eleganten Handbewegungen die Gläser und schenkte zuerst sich, Michael und Anthony ein. Für Anthony war es keine Frage, heute mal eine Ausnahme mit Alkohol zu machen. Trudy sah Sofie mit mühsam gezügelter Ungeduld an. Und während Sofie sich daranmachte, die zweite Flasche mit dem grünen Schimmer zu öffnen, begann die Amerikanerin beinahe atemlos draufloszuplappern. Dass sie schon gehört habe, wie gut und wie berühmt der Wein dieser Gegend sei, und dass man ihn unbedingt probieren müsse. Sie tat alles, um ihre Gier nicht zu offensichtlich werden zu lassen. Anthony war sicher, dass sie sich ohne Aufsicht sofort betrunken hätte. Und so sah Trudy offensichtlich enttäuscht dabei zu, wie ihr gerade die Menge von drei mittelgroßen Schlückchen ins Glas geschüttet wurde. Nicht mehr und nicht weniger. Das war die magische Menge.

Anthony bebte erwartungsvoll. Er hatte die Verwandlung erst bei wenigen Menschen beobachten dürfen, und es war immer ein wundersames, tiefgreifendes Erlebnis.

»Auf dein Hiersein, Trudy«, sagte Sofie und hob ihr Glas. »Welcome to Elwefels.«

Es schien für sie keinerlei Zweifel zu bestehen, dass die junge Soldatin zur rechten Zeit am rechten Ort war. Dass ihre Anwesenheit in Elwenfels keine Verirrung, sondern eine Fügung des Schicksals war. Anthony bewunderte sie für diese tiefe Einsicht in die Dinge, die er allerdings noch nicht verstand.

Die anderen hoben ebenfalls ihre Gläser. Anthony sah, dass Trudys Hand zitterte. Sie schaffte es gerade noch so, mit den anderen anzustoßen, dann führte sie das Glas gierig zum Mund. Ein großer Schluck rann ihre Kehle hinunter. Sofie beobachtete Trudy lächelnd hinter ihrem Glas. Unter dem Tisch spürte Anthony ihr Knie, das gegen seines stieß. In der kleinen Runde konnte man die Spannung fast greifen.

Trudy machte ein anerkennendes Gesicht. »Very good stuff«, sagte sie. Und weg war auch noch der Rest aus dem Glas. Sie hatte sich nicht die Zeit genommen, den Wein wirklich zu kosten. Aber so grandios und köstlich er auch war – darauf kam es bei diesem Elixier ja auch nicht allein an.

Anthony stockte der Atem. Er selbst schmeckte wenig vom Riesling. Er war viel zu gebannt von dem, was in den nächsten Sekunden passieren musste. Auch Schaf saß da wie versteinert. Nur Sofie betrachtete die Amerikanerin liebevoll abwartend.

Trudy ließ ihr Glas sinken und schob es in Richtung der Flasche. In ihren Augen lag der auffordernde Ausdruck von jemandem, der gerne mehr haben will und seine Zügellosigkeit nur mit Mühe dämpft.

Doch im nächsten Augenblick verschob sich das Bild. So wie sich die ganze Realität in Anthonys kleinem Haus zu verschieben schien. Es war, als würde sich Trudy in verschiedene Personen verwandeln. Hinter der jungen Frau erschien plötzlich ein uraltes Gesicht, dann die Züge eines Kindes, dann wieder Trudy. Ihre Miene war zuerst erstarrt, fast erschrocken. Dann ungläubig. Ihr überraschter Gesichtsausdruck fiel immer wieder in sich zusammen, um sich von Neuem aufzubauen. Dazwischen schien es, als würde man in ein ganz anderes Gesicht blicken.

Es war unheimlich und zauberhaft zugleich. Anthony wagte kaum zu atmen. Er wusste nur zu gut, was Trudy jetzt fühlte.

Nach einem gewaltvollen Leben, wie es hinter ihr lag, war die Verwandlung vielleicht nur schwer erträglich. Sofie beobachtete das Ganze mit liebevoller Aufmerksamkeit, und Michael hatte den Mund halb geöffnet und vergessen, ihn wieder zu schließen. Sie sahen dabei zu, wie Trudy hektisch Luft holte und zu lachen begann. Sie sahen, wie sie zu einem anderen Menschen wurde.

Trudys Lachen veränderte sich, und sie begann, haltlos zu weinen. Sofie nahm ihre Hände. Für Anthony fühlte es sich an, als würde etwas Finsteres durch den Raum gleiten und kurz darauf zwischen den Ritzen der Sandsteinmauer verschwinden. Gebannt beobachtete er, wie Trudy sich unter der Wucht der Verwandlung wand wie unter Schüttelfrost. Der Arzt machte ein besorgtes Gesicht, aber Sofie nickte zuversichtlich.

Nach ein paar Minuten erschien auf Trudys Gesicht ein kindlich ungläubiger Ausdruck. Ihre Augen wurden heller und weiter, und sie stieß einen tiefen, wohligen Seufzer aus. Dann sackte sie zusammen und rutschte seitlich vom Stuhl.

Anthony sprang auf und fing ihren Sturz ab, ohne den Schmerz in seiner Schulter zu beachten. Ihr Körper fühlte sich fiebrig an. Michael kam ihm zu Hilfe. Gemeinsam trugen sie Trudy zum Sofa, wo sie sie behutsam hinlegten und zudeckten.

»Des war aber mol ganz schön arg!«, sagte Michael Schaf und fühlte ihr den Puls.

Sofie nickte und atmete tief ein. Dann stand sie auf,

öffnete alle Fensterläden und ließ das weiche Abendlicht und die würzige Waldluft ins Haus.

Anthony betrachtete Trudys gelöstes Gesicht. Sie schlief tief und fest, und er war sich sicher, dass sie keine Dämonen mehr heimsuchten.

»Sie wird jetzt eine ganze Weile schlafen«, sagte Sofie und legte ihm eine Hand auf die Schulter.

Anthony umarmte sie dankbar. »Wieso hast du das gemacht?«, fragte er. »Sie ist doch keine von uns.«

»Das war dein Vater damals auch net«, sagte sie. »Wenn er de Wein net bekomme hätt, dann hätt er sich ein paar Tag später an einen Baum gehängt.«

Anthony nickte betreten. Wer war er, Sofies Gespür für Menschen zu hinterfragen? »Aber warum warst du so schnell bereit, ihr zu helfe? Was, wenn sie den Bitterlinger umgebracht hat?«

»Schätzel, ich sag dir was«, meinte sie und sah ihn eindringlich an. »Ich kann spüre, dass die Frau aus einem bestimmten Grund do bei uns is. Warum, das wird sich bald rausstelle. Wenn sie aufwacht, wird sie uns was sagen. Un dann werden wir wissen, warum ihr Weg sie do hergeführt hat. Denk dran, Anthony, jeder, der etwas sucht, wirklich sucht, der kommt irgendwann nach Elwenfels.«

»Das hat de Erwin auch immer gesagt«, brummte Michael und sah Sofie mit einem unglücklichen Blick an.

Sie lächelte vorsichtig. »Es wird alles gut. Ganz bestimmt. Auch des mim Erwin.«

»Was soll ich jetzt mit ihr mache?«, fragte Anthony etwas beklommen.

»Fang noch mal von vorne an mit ihr. Lern sie noch mal neu kenne«, erwiderte sie. »Vergiss die Frau, die dich mit der Harke verletzt hat. Die is jetzt weg und kommt nimmi wieder.«

»Jo alla, Sofie, so einfach is des awwer net!«, gab Anthony zurück, heftiger als beabsichtigt. »Wenn unsern Zauberwein wirklich so eine gigantische Wirkung hätt, dann isses jo eine richtige Sünde, wenn mir ihn net der ganze Welt ausschenke. Ma könnt damit die Menschen heile, ihre Verletzungen, ihre Schmerzen, die ganzen missbrauchten, ausgebeuteten, unglücklichen Leut, der ganze Horror do drauße. Wenn des alles so einfach wär, dann ...«

Sofie legte ihm einen Zeigefinger auf die Lippen. Ihr Lächeln war wie ein Befehl. »Natürlich ist es net so einfach, Anton, un das weißt du auch. Es is net der Wein, wo der Trudy hilft. *Wir* müssen ihr helfe. Der Wein macht nur ihre innere Kruste auf un legt ihre Seele frei. Aber die Liebe, die müssen wir daraufstreichen.«

»Liebe?«, echote Anthony, und ein ebenso wohliges wie unheimliches Gefühl überschauerte ihn.

»Ja, Anthony. Liebe.« Sofies grüne Augen leuchteten wie Polarlichter. »Denk an dein Vater. Denk dran, wie verrückt das Leben spielt. Ohne die Liebe, von der ich sprech, gäb's dich nämlich gar net.«

Das traf ihn ins Herz. Ja, dachte er, es musste einen Grund haben, warum Trudy hier war. Er hatte da zwar so eine Ahnung, aber die war ihm noch zu weit von der aktuellen Wirklichkeit entfernt.

»Lass sie erst mal schlafen«, riet Sofie. »So um neun weck sie auf. Dann mach ihr was Schönes zu essen, und bring sie zu uns in de Keller. Sie wird uns vertraue. Und sie wird reden.«

Kapitel 17

Beschreibt, wie ein ganzes Dorf in den Untergrund geht

Carlos hatte keine Ahnung, was sich während seiner Abwesenheit in Elwenfels ereignet hatte. Er kam um halb neun mit Otto zurück und hatte Mühe, die eben gewonnenen Eindrücke abzuschütteln. Der dichte Verkehr auf der Rheinbrücke, die Kulisse von Hochstraßen und Fabrikschloten. Eine Betonwüste. Und mittendrin Nadja Sprengel, die sich auch jetzt noch hartnäckig in seinen Hirnwindungen einnistete. Sein Fahrer Otto hatte munter drauflosgeplappert und versichert, dass auch eine Stadt wie Ludwigshafen ihre Vorzüge habe.

»Was für Vorzüge denn, bitteschön?«, hatte Carlos etwas unwirsch gefragt.

»Na, über die Brück zu fahrn un runterzugucke. Des muss man genieße, so lang die Brück noch do is.« Otto lachte.

Carlos verstand seine Bemerkung zwar nicht, hatte aber auch keine Lust nachzufragen. Es war jetzt nicht die Zeit, seine Pfalzkenntnisse zu vertiefen.

Jetzt war er endlich wieder hier in dem kleinen Sandsteindorf mit den rauschenden Bäumen ringsum, der klaren Waldluft und den entspannten Gesichtern, ohne qualmende Blechkarossen und umherhetzende Menschen. Es lag ein unwirklicher Frieden über allem hier. Erst jetzt hatte er das Gefühl einer wirklichen Rückkehr. Und nun, da die Welt überhaupt nicht mehr in Ordnung war und alles aus dem Ruder lief, offenbarte sich die beschauliche Postkartenidylle des Dorfes mit voller Wucht. Obwohl hier das Zentrum des ganzen Chaos lag, obwohl diese kleine Welt so heftig erschüttert wurde, schien hier wundersamerweise eine Glocke von absoluter Ruhe über allem zu liegen. Carlos wusste nicht, ob der Eindruck täuschte, aber ihm schien, als würde ihm jeder Stein, jeder Blumentopf und jedes Fenster in Elwenfels zuflüstern, dass alles gut werden würde. Auf dem Dorfplatz flitzte der Elwenfelser Nachwuchs auf Tretrollern und Bobbycars, Fahrrädern und Rollschuhen umher, um den Tauben nachzujagen. Eine Katze hockte auf dem Rand des Brunnens und starrte geduldig ins Wasser, wahrscheinlich in Erwartung eines schwimmenden Abendessens.

Carlos stieg aus Ottos Wagen und fühlte sich augenblicklich besser, als sei die Luft voll von stresslösenden Substanzen. Das Dorf machte überhaupt nicht den Eindruck, als hätte sich etwas Dramatisches ereignet. Aus einigen Fenstern drang der Duft nach gutem Essen, und Geschirr klapperte, die Vögel zwitscherten um die Wette.

Otto schlug Carlos auf die Schulter. »Alla hopp, isch muss häm. Mei Lilly macht heut Handkäs mit Musik.«

»Äh, wie bitte?« Carlos wusste nicht, ob er sich verhört hatte.

»Ah Handkäs mit Musik. Un der is so lecker, do muss ich mich jetzert ganz arg beeile, damit ich möglichst viel esse kann, bevor wir uns nachher alle zusamme treffe. Weeschwieschmäään?«

»Lilly macht Käse für dich und musiziert, während du ihn isst?«, fragte Carlos.

Otto brach in solch schallendes Gelächter aus, dass die Katze vor Schreck den Goldfisch fallen ließ, den sie gerade aus dem Brunnen gezogen hatte.

»Jo genau!«, lachte er. »So uugfähr!«

Während Otto mit vorfreudig federnden Schritten davoneilte, widerstand Carlos dem Drang, das Haus am Friedhof aufzusuchen und zu überprüfen, was dort in der Zwischenzeit geschehen war. Stattdessen genoss er es, seine Schritte durch die abendliche Beschaulichkeit zum Haus von Sofie und Hans zu lenken.

Dort war es um abendliche Köstlichkeiten auch nicht gerade schlecht bestellt. Hans Strobel hatte Forellen gebraten, zu denen er Kartoffelsalat und Rote Beete servierte. Carlos kam es vor, als hätte er tagelang nichts mehr gegessen. Er stürzte sich auf seinen Teller und kam gar nicht dazu, seinen norddeutschen Landsmann für das vorzügliche Mahl zu loben. Zwischen den genüsslichen Bissen und der nervenden Grätenklauberei berichtete er von seinem Gespräch mit Nadja Sprengel. Dann drängte er Sofie, ihn auf den aktuellen Stand zu bringen.

Aber Charlottes Schwester erging sich nur in vagen Andeutungen und Ausflüchten. »Wart lieber, bis alle in einer halben Stunde unten im Keller sind«, sagte sie mit einem verschwörerischen Augenzwinkern.

Carlos ahnte, dass ihre andeutungsvolle Verschwiegenheit wohl etwas mit Anthony und Trudy zu tun hatte. Sofies Verhalten machte eindeutig klar, dass irgendetwas Unerwartetes geschehen würde.

Kurz vor zehn Uhr zogen Sofie und Hans sich warme Strickjacken über und gingen mit Carlos nach draußen.

»Benutzt ihr heute nicht den Weg durch den Besenschrank?«, fragte er. Carlos hatte im letzten Jahr erfahren, dass aus jedem Haus im Dorf ein Geheimgang in den großen Keller unter dem Dorfplatz mündete.

»Der ist doch nur für Notfälle«, erinnerte ihn Strobel.

Vor dem Gasthaus hatte sich bereits eine laut schnatternde Menschenmenge versammelt. Es dauerte eine ganze Weile, bis sie über die Kellertreppe im Gasthaus nach unten gelangt waren. Carlos überkam ein Gefühl von tiefer Geborgenheit, als er im dichten Gedränge mit den Dorfbewohnern die Treppe hinabstieg.

Im vergangenen September hatte er zu seinem Erstaunen das Dorf eines Abends vollkommen ausgestorben vorgefunden, weil in diesem Keller eine wichtige Versammlung stattfand. Er erinnerte sich noch gut an die gespenstische Stille an der Oberfläche. Nun war er selbst Teil der wogenden Masse, die ihn in den Untergrund trug, wo die Geheimnisse von Elwenfels aufgedeckt und mit Leben erfüllt wurden. Der Keller war von schmiedeeisernen Lampen an den Sandsteinwänden hell erleuchtet. Auf der großen, freien Fläche standen Stühle aufgereiht. Außerhalb der Kellermitte wurde das helle Licht schnell von einer unheimlichen Finsternis verschluckt. Dort, so wusste Carlos, verzweigte der Keller sich in verschiedene Gänge und Gewölbe, Nischen und Treppen, wie in einer unterirdischen Burganlage. Ihn schauderte bei der Vorstellung, wie alt Elwenfels in seinen Ursprüngen wohl war. Und wie ahnungslos der Rest der Welt war. Anderswo wären dieses Dorf und sein Untergrund Sensation und Touristenmagnet.

Sofie ergriff seine Hand und bugsierte ihn zu einem Stuhl nah an einem der dunklen Außenbereiche, wo es einen kaum merklichen Luftzug gab. Willi, Otto, der Pfarrer Karl und der Arzt saßen ganz in der Nähe. Die Männer nickten und zwinkerten ihm zu.

Die Elwenfelser waren aufgeregt wie Kinder bei der Einschulung, das Scharren Hunderter Füße hallte durch den Keller, bis alle ihren Platz gefunden hatten. Die meisten Blicke gingen in eine Richtung. Zu den gemauerten Nischen an der Südseite des Kellers. Dort lagerten die Flaschen mit dem Inhalt, der im Rest von Deutschland entweder unter das Betäubungsmittelgesetz fallen oder bei Versteigerungen von Weinraritäten sechsstellige Summen erzielen würde. Auf einem Tisch standen Weingläser bereit, und einige Frauen holten gerade mit ehrfürchtiger Vorsicht einige Flaschen aus ihren staubigen, mit Spinnweben verhangenen Kammern.

Als alle saßen, trat Sofie nach vorn und sagte: »Ihr Lieben, heut gibt's en außergewöhnliche Grund für unsere Zusammenkunft.«

»Jo! Außergewöhnlische Durscht!«, krähte ein vorlauter Elwenfelser.

»Wann gibt's endlisch was zu trinke?«, rief ein anderer in das Gelächter.

Sofie lächelte. »Jo alla«, sagte sie. »Alles zu seiner Zeit. Wie ihr wisst, ist unsern Ort ganz schön durcheinander im Moment. Un wir müssen uns überlegen, was wir dagegen tun können.«

»Isch hätt da schunn e Idee«, brummte Otto.

»Ja, ihr habt sicher all e Idee!«, wehrte Sofie ab, denn sie konnte sich denken, wie hemdsärmelig Otto am liebsten mit dem Problem der Eindringlinge umgehen würde. »Es wird aber nur alles wieder gut, wenn wir nach unseren Idealen handeln. Un deswegen sind wir heut auch hier. Dass wir zusamme unser Ideale un unser Werte mal wieder ein bissel auffrische.«

Lautes, zustimmendes Rufen und Applaus folgten.

Sofie hob die Hand. »Bevor mir uns aber zusamme

dem Genuss zuwenden, möcht ich euch jemand vorstellen.«

Schlagartig wurde es still in den Reihen.

»Wie ihr wisst, suchen gewisse, uns net grad wohlgesonnene Menschen eine Frau, die desertiert, also weggelaufe is. Diese Soldate haben auf de Fuchs von de Anna geschosse, die ham uns bei unserer Rebblütefeier heimlich beobachtet. Un jetzt drohen sie uns mit Anzeige und physischer Gewalt. All das heißt nix anderes, als dass diese Leute sich vor Angst in die Hos mache.«

Verwirrtes Gemurmel stieg in die alten Gewölbe auf. Die Dorfbewohner sahen sich fragend an.

»Ja, die Soldaten, die unseren Wald als Trainingscamp benutzen, sind in Wirklichkeit Angsthasen«, fuhr Sofie fort. Carlos schmunzelte über diesen harmlosen, recht altmodischen Begriff, der in diesem Zusammenhang fast wie eine Liebkosung klang. Aber so war Sofie eben. Über ihre Lippen war noch nie ein böses Wort gekommen.

»Un warum des?«, entgegnete Willi.

»Wenn die do bei uns einlaufe mit ihre Camouflage-Kittel un ihre Knarre, dann hat des doch eigentlich nix mit Angst zu tun, odder?«, rief Jan Schnur. »Des is nix wie aufgeblasene Überheblichkeit.«

Sofie schüttelte sanft den Kopf. »Wisst ihr, was der Erwin immer gesagt hat? Macht is bloß die anner Seit von Angscht.«

Stille. Dann sah Carlos die meisten Elwenfelser nicken.

»Also, meine Lieben. Wenn diese Leute so verzweifelt nach der verschwundene Frau suchen, dann is vielleicht grad sie der Grund, warum sie sich so verhalten.«

Fragende Gesichter ringsum.

»Es ist so, wie einige wohl schon vermutet haben«,

sagte Sofie nun. »Wir haben seit zwei Tag unsern ganz spezielle Flüchtling in Elwenfels.«

Jetzt wurde es wieder unruhig im Keller.

Carlos starrte Sofie an. Sie wirkte wie die Moderatorin einer Preisverleihung, die die Spannung beim Publikum ins Unermessliche steigert.

Sie drehte sich halb zur Seite und deutete auf eine dunkle Nische neben der Treppe. »Herzlich willkomme, Trudy! Sei unser Gast!«

Zwei Gestalten, Anthony und Trudy, traten aus dem Schatten. Carlos klappte die Kinnlade nach unten. Er hatte so etwas wie eine Vision. So, wie sie da gemeinsam ins Licht traten, sah es aus, als würden sie schon immer zusammengehören. Und er dachte das nicht, weil Trudy genauso dunkle Haut hatte wie Anthony und eine wirklich beeindruckend schöne Frau war. Die beiden wirkten wie eine Einheit.

Ein Raunen ging durch die Menge. Die Elwenfelser starrten die Fremde zwar mit unverhohlener Neugier, doch keineswegs feindselig an. Für Trudy war das Ganze eine Nummer zu groß. Sie sah sich furchtsam um. Anthony schob ihr einen Stuhl hin und bedeutete ihr, sich zu setzen.

Sofie strich ihm aufmunternd über den Arm und sagte lächelnd: »Jetzt bist du an de Reih, Anton.«

Trudy setzte sich, und Anthony nahm neben ihr Aufstellung.

Gespannte Stille.

Anthony trug einen Pullover, sodass man seine Verletzung nicht sah. Aber er wirkte dennoch ziemlich angeschlagen und hielt sich ein bisschen schief. »Leute, ich muss euch ein Geständnis machen«, fing er an. Seine Stimme klang ziemlich brüchig. »Ich weiß, ich hätt euch gleich Bescheid sage solle, aber ... also, es ging einfach net.«

Die Elwenfelser sahen ihren Friedhofsgärtner nun schon deutlich vorwurfsvoller an, ganz im Gegensatz zu Trudy.

»Trudy is vorletzte Nacht ausm Wald komme un mir praktisch direkt in die Arme gelaufe.«

»Vorletschte Nacht also, soso ...«, knurrte Willi.

»Is jo ziemlisch viel passiert in dere Nacht«, ergänzte Else.

Anthony hob die Hände. »Ja, ich weiß! Ich weiß, dass in der Nacht de Bitterlinger ermordet worde is.«

»Komischer Zufall, gell?«, stichelte Else.

»Un außerdem wärn die Type vielleicht schon längscht verschwunden, wenn ...« Willi deutete auf Trudy.

Einstimmiges Nicken in der Runde. Niemand verstand so recht, warum man Trudy nicht einfach ihren Kameraden übergeben hatte.

»Trudy hat den Bitterlinger net umgebracht!«, fuhr Anthony dazwischen.

»Woher weißt du das so genau?«, fragte der Pfarrer Karl ruhig. Er trug an diesem Abend einen schwarzen Hoodie mit einem *The-Cure*-Logo, was im Ambiente des Gewölbekellers ziemlich gruftig wirkte.

»Weil ... weil ... weil ich spür das halt einfach!«, sagte der Friedhofsgärtner und verknotete etwas hilflos seine Hände.

Carlos entging nicht, dass Sofie, die in der ersten Reihe saß, wissend nickte. Er fühlte sich hin und her gerissen. Es wäre alles so schön einfach gewesen, wenn Trudy ihre Hauptverdächtige geblieben wäre und man ihr ein Geständnis hätte entlocken können. Aber wenn er sie so ansah, konnte er kaum glauben, dass sie außerhalb ihrer

Soldatinnenlaufbahn dazu in der Lage wäre, kaltblütig jemanden zu töten.

Unruhe breitete sich in Carlos aus. Er dachte an Charlotte. Es war die erste Nacht, die ihr in der Untersuchungshaft bevorstand. Sie würde sich auf einer schmalen Pritsche zusammenrollen müssen. Und sie waren hier, um ihren kollektiven Durst nach dem Zauberwein zu zelebrieren. Bei diesem Gedanken musste er sich dazu zwingen, Anthony weiter zuzuhören. Der warf Trudy einen unsicheren Blick zu, und so wie es aussah, hatte auch er noch ein paar Zweifel. »Also, auf jeden Fall, sie is jetzt seit zwei Tagen bei mir.«

»Un wann hätte mir des erfahre solle?«, wollte einer aus der Runde wissen.

Anthony senkte den Blick. »Sie hat halt total Panik, dass man sie findet.«

»Ja, aber warum is sie denn überhaupt fort?«

»Genau das wird sie euch jetzt verzähle, wenn ihr mich und sie mal lasse tätet«, sagte Anthony unwirsch.

Sofie machte ihm ein Zeichen.

»Ach ja, wir habe ihr vorhin eine kleine Dosis verabreicht gege die Angst.« Er machte eine Trinkbewegung.

»Auf meine Verantwortung«, fügte Sofie an. Sie wusste, dass man ihr weniger widersprechen würde als Anthony. »Ich bin sicher, dass das auch bitter nötig war. Vor ein paar Stund war Trudy starr vor Angst un überhaupt nimmer zurechnungsfähig. So, un jetzt wollen wir wissen, warum sie weggelaufe is.«

Trudy schien sich in der Zwischenzeit an die vielen Menschen gewöhnt zu haben. Sie hielt zwar den Blick gesenkt, aber ihre Hände lagen ruhig in ihrem Schoß.

»Ich übersetz des für euch«, sagte Anthony und sah Trudy an. Die Spannung, die sich jetzt im Keller ausbreitete, war fast mit Händen zu greifen. Anthony sagte einige leise Worte zu Trudy, woraufhin sie aufstand. Sie atmete ein paarmal tief durch und schien zu überlegen. Dann begann sie, zuerst stockend, dann immer flüssiger zu erzählen.

Kapitel 18

erzählt eine schreckliche Geschichte

That night, something happened ... you know ... something terrible, horrifying. And I could not longer live with that ...« Anthony wartete, bis sie geendet hatte, und übersetzte dann. »In dieser Nacht ist etwas Schreckliches passiert. Trudy sagt, dass sie es einfach net länger ausgehalte hat. Weil sie selbst schon schlimme Sache erlebt hat. Im Irak und in Afghanistan. Sie meint, dass manche aus ihrer Truppe«, Anthony machte eine Handbewegung vor seiner Stirn, »vollkommen verrückt sin.«

Trudy wurde heftiger in ihren Ausführungen. »I mean really insane, you know?«

»Richtig durchgeknallt«, übersetzte Anthony. »Psychologe nennen das Posttraumatische Belastungsstörung. Total viele US-Soldate sin schon aus Vietnam damals so zurückkomme. Un jetzt wieder. Das heißt, die drehn durch. Un manche denken sich total perverse Sache aus, um irgendwie mit dem Ganze klarzukomme. Manche sin einfach nur labil un weinen nachts oder machen wieder ins Bett wie kleine Buwe. Sie wolle einfach nur nach Hause. Oder rufe nachts im Schlaf nach ihrer Mutter. Und die werden dann von den anderen gedemütigt un müsse erniedrigende Dinge mache.«

Es war eigenartig, das Duett aus Trudys Stimme mit dem Black-American-English und Anthonys pfälzisch eingefärbtem Deutsch zu hören. Jetzt brach sie ab und schaute eine Weile ins Leere. Im Keller machte sich die Stille fast schmerzhaft bemerkbar.

»I don't know why, but some of them always wanted to cause extra pain ...«, fuhr sie mit leiser Stimme fort.

»Sie sagt, dass ihr Kamerade irgendwie immer noch mehr Schmerze verursachen wollten, mehr als die, die sie im Einsatz selbst erlebt haben. Andere zu schikanieren war so eine Art Ventil. Es war dieses typische Schütze-Arsch-Spiel. Nur noch härter. Keiner durfte Schwäche zeigen. Deswegen haben sie Spiele erfunde, wo sich einzelne Soldaten beweisen mussten. Angst war net erlaubt. Trudy meint, dass diese Spiele manchmal noch schlimmer waren als die reale Gefahr im Kampf.«

Wieder atmete Trudy tief ein und sah dann Sofie an. Die stand auf und reichte ihr und Anthony ein Glas Wasser.

Die Amerikanerin sprach weiter. »One particular game was like hell ...«

»Ein bestimmtes Spiel war wie die Hölle«, übersetzte Anthony. »Dazu ham die willkürlich einen von ihre Kameraden ausgewählt, gefesselt un en schwarze Sack über de Kopf gestülpt. Dann is der irgendwohin verschleppt worden un dann verhört. Sie hätten rausgefunde, dass er mit den Terroristen kooperiert un sie alle ans Messer liefern un verraten würd – so in dem Stil. Die waren sowieso schon all paranoid, hinter jeder Eck könnt eine Bombe hochgehe. Jederzeit musste man damit rechne zu sterbe. Un genau deswege war dieses verdammte Spiel auch so schlimm. De Betroffene musste annehmen, dass die Paranoia von den anderen echt war un ihn das alles jetzt sein

Leben kostet. Nach dem Verhör ham sie ihm dann eröffnet, dass er jetzt erschossen wird. Die ham ihm all ihr Gewehrläufe an den Kopf gehalten und ihn gefragt, ob er noch etwas sage will. Ne Scheinhinrichtung. Aber die Betroffenen haben sich fast all in die Hose gemacht und sind vor Angst fast gestorben.«

Trudy brach ab und wischte sich übers Gesicht. Obwohl ihr Äußeres ruhig wirkte, erkannte Carlos in ihrem Gesicht, wie die schreckliche Erinnerung vorüberzog. Die Elwenfelser sahen aus, als hätte ihnen jemand innerhalb von nur fünf Minuten ein ganzes Stück Lebensfreude gestohlen. Dieser brutale Erlebnisbericht aus der Welt da draußen, dem Wahnsinn des Krieges, klang hier in Elwenfels wie die verbale Vertreibung aus dem Paradies.

»Not everybody took part in these games ...«, fuhr Trudy mit angestrengter Stimme fort.

»Nicht jeder aus ihrer Einheit hat bei diesen Spielen mitgemacht«, nahm Anthony den Faden wieder auf. »Es waren zwei oder drei von den Erfahreneren. Die ham sich dann hauptsächlich die Neulinge rausgesucht, die Labilen, wo besonders traumatisiert waren. Sie weiß nicht, warum jemand so was machen kann, Kameraden quälen. Nicht mal, als sie letztes Jahr im August selbst dran war, hat sie das herausgefunden.«

Anthony hatte ganz sachlich übersetzt, aber bei dieser Information zuckte er sichtbar zusammen und tauschte einen ungläubigen Blick mit Trudy.

Diese zog die Schultern hoch und sprach schnell weiter. »This was ... horrible. I can't really talk about it. They had forced me to watch ...« Trudys Stimme wurde immer dünner.

»Es war furchtbar für sie. Vorher schon ham die andere sie immer mal wieder gezwungen, dabei zu sein, wenn sie jemanden ausgesucht haben. Sie musste zusehen. Und obwohl sie gewusst hat, dass bei diesen Scheinhinrichtungen niemand wirklich abgeknallt wird, war es jedes Mal aufs Neue grausam. Irgendwann hat sie's dann nimmer ausgehalte. Sie wollt einfach nur noch weg. In vier Wochen soll's wieder in den Nahen Osten gehen, wahrscheinlich sogar auf irgendeine geheime Mission nach Syrien. Dafür wird hier diese Übung gemacht. Teambuilding. Bei diesem Team ist auch einer ihrer alten Truppe mit dabei. Un der hat wieder angefange mit den Spielchen. Vorletzte Nacht war's dann so weit, da isses dann wieder passiert ...«

Trudy stockte und biss sich auf die Unterlippe. Carlos ahnte, wie es weiterging. Er konnte geradezu hören, wie die Elwenfelser kollektiv die Luft anhielten.

»But ... he had nothing to do with the murder of your ... your friend.«

Das hatten ein paar der Dorfbewohner verstanden, die nicht anders konnten, als dieses Wort mit einem kurzen Stirnrunzeln zu kommentieren. Bitterlinger war alles gewesen, aber nicht ihr Freund.

»Der Typ, glaubt sie, hat nix mit dem Mord am Bitterlinger zu tun. Es war so ... die Amerikaner ham irgendwann rausgefunde, dass die Bundeswehrler, mit denen sie da im Wald unterwegs sin, dieses berühmte Gewehr dabeihatten, wegen dem es so viel Ärger gab, weil es wohl net ordentlich schießen kann.«

»Ah jo, des dappische Sturmgewehr do, dieses G36«, rief Jan Schnur dazwischen. »Die Bunderswehr is jo bekannt dafür, dass sie ihren Schrottladen kaum noch zusammenhalten können.«

Anthony nickte beiläufig. »Der Typ fand die Vorstellung irgendwie lustig, mit einem dieser Sturmgewehre so eine Scheinhinrichtung durchzuführe. Zum Spaß un um den deutschen Milchschnitten mol zu zeige, was alles so abgeht, wenn wirklich Krieg is.«

Wieder brach Trudy ab und sah sich beklommen um. Es fiel ihr sichtlich schwer, die Geschichte weiterzuerzählen. Als sie es schließlich tat, war ihre Stimme kaum noch zu hören.

Anthony beugte sich zu ihr herunter, um zu verstehen, was sie sagte. »Sie weiß nicht, warum die Bundeswehrler eins von den Gewehren dabeihatten. Bei manche Kletterübungen trainieren die wohl, wie es is, so ein Ding in de Hand zu halte. Jedenfalls hat dieser Typ aus ihrer Gruppe beschlosse, dass man das doch mal ausprobieren müsst. Erst haben sie eine Stunde darüber diskutiert, was für technische Mängel des Sturmgewehr hat – die Amis wusste darüber nämlich net besonders viel. Manche von den Bundeswehrsoldaten haben dann erzählt, dass das Gewehr bei Hitze nicht mehr so eine genaue Treffsicherheit hat, wenn es zu oft abgefeuert wurde oder auch bloß in der Sonne liegt. Das hat Trudys Kameraden wohl total amüsiert, un manche wollte das dann unbedingt ausprobiere. Sie haben das Gewehr in die Nähe eines der Lagerfeuer gelegt und erwärmt. Die Deutschen dachten, sie würden eine kleine Schießübung machen, mit unbewegten Zielen. Aber der Mann aus Trudys Einheit hat eine ganz andere Idee gehabt.«

Trudy biss sich wieder auf die Lippe. »He and two other guys picked one of the younger soldiers and tied him up ...«

»Er und noch zwei andere Typen haben sich dann einen von den jüngeren Soldaten rausgesucht un ihn gefesselt. Dann ham sie ihm die Augen verbunde und ihn gezwunge, sich hinzuknien. Sie haben ihm gesagt, er sollt froh sein, dass er in der Army mit zuverlässige, gute Waffe versorgt würd. Jetzt hätt er Gelegenheit, seine Dankbarkeit für so einen Luxus unter Beweis zu stelle. Dazu gehöre der Mut, mit den minderwertigen Waffen der Alliierten konfrontiert zu werden.«

Trudy machte eine unwillige Handbewegung, um zu zeigen, wie unverständlich ihr das Ganze war.

»Sie haben ihn festgehalten«, fuhr Anthony fort. »Dann hat der Wortführer gesagt, er würd mit dem erhitzte Gewehr vier Meter vor dem Gefangenen ein Ziel knapp neben seim Kopf anvisiere un abdrücke. Un entweder er hätt Pech und die Kugel würd ihn treffe, oder des Geschoss würd neben seim Kopf vorbeisause.«

Carlos hielt es nicht weiter aus. »Wait!«, unterbrach er mit seinem eingerosteten Englisch. »Why did nobody stop them? The other soldiers? Your supervisors?«

»Carlos fragt«, übersetzte Anthony, »warum ihre Vorgesetzten das zugelassen haben.«

Trudy nickte mit einem völlig leeren Gesichtsausdruck. »This was ... I don't know ... it was just ... a big joke.«

»Für die meisten war das alles ein großer Witz. Der US-Offizier und auch der deutsche Leutnant haben nicht mit der Wimper gezuckt. Es war ihnen mehr oder weniger egal. Das Ganze fiel unter die Kategorie Freizeitspaß, den man den Soldaten net verderbe wollt, wege Stressabbau un so. Niemand hat was gesagt. Manche haben sich im Hintergrund gehalte un weggeguckt. Aber der Rest der Truppe hat ihren Spaß gehabt, hat angefeuert, gelacht un applaudiert. Die waren richtig begeistert von dem Schauspiel. Un in dem Moment is was mit Trudy passiert.«

Die Frau stockte und sah an die von flackernden Schatten überzogene Gewölbedecke. Ein rätselhaftes Lächeln überzog ihr Gesicht. Carlos konnte sich vorstellen, dass sie sich trotz den flackernden Schatten und den dunklen

Rändern des Saals sicher und irgendwie geborgen fühlte hier unten.

»Right there, I knew, I couldn't stand this anymore. I had to get out ...« Ihre Stimme war nur noch ein Flüstern, das sich unheimlich zwischen den alten Mauern ausbreitete. Zwei feuchte Spuren erschienen auf ihren Wangen.

»In diesem Moment wusste sie, dass sie das Ganze nicht mehr ertragen kann. Sie musste da raus«, übersetzte Anthony. Seine Stimme bebte. »Sie sagt, dass sie schon seit Monaten mit sich gerungen hat, die Army zu verlasse. Die permanenten Schikanen mancher Kameraden, sexuelle Übergriffe gegen weibliche Soldaten. So gut wie keiner wird bestraft dafür. Un wegen der Sinnlosigkeit der Einsätze in Ländern, die Zehntausende Kilometer entfernt sin von do, wo sie dehääm is.«

Trudy sprach jetzt immer stockender.

»In der vorletzte Nacht, da is ihr bewusst geworden, dass es keinen Ausweg aus dem ganze Wahnsinn gibt. Da is sie einfach abgehauen. Un dann hat sie was gesehe.«

Jetzt kam Bewegung in die Dorfbewohner. Sie schienen alle um einen halben Kopf zu wachsen, Hälse reckten sich, um nur ja kein Wort zu verpassen.

»Als die anderen Typen noch dabei waren, den jungen Soldaten zu quälen, war Trudy abseits am Rand gestanden. Un dann is da plötzlich dieser Mann aus dem Wald gekommen. Er stand am Rand von der Lichtung zwische de Bäum un hat zu ihnen rübergestarrt. Von einer Sekunde auf die nächste war das Spiel dann vorbei. Plötzlich ging alles nur noch um den fremden Beobachter. Ein Riesentumult. In der ganzen Aufregung hat Trudy gedacht – jetzt oder nie. Und dann is sie einfach losgerannt un kam an der Stelle raus, da wo die kleine Flussaue ist. Von dort is sie dann direkt in Richtung Friedhof un auf die Straße gerannt.«

Trudy brach ab, und Anthony fügte noch etwas an. »Un genau dort hab ich sie auch gefunde. Sie war völlig aufgelöst vor Angst.«

Schweigen.

Trudy wischte sich die Tränen ab und sah zu Boden.

Nur allmählich löste sich die Erstarrung, die alle gefangen hielt. Die Elwenfelser atmeten hörbar aus und sahen sich ratlos an.

Carlos spürte das geballte Mitgefühl, das Trudy entgegenfloss, und er hätte es gern gesehen, wenn jemand sie in den Arm genommen hätte. Aber niemand rührte sich. Also stand er noch einmal auf. »Ich weiß nicht, wie ihr das seht«, sagte er. »Aber ich sehe hier ein Mordmotiv. Und es passt zu dem Film, den wir auf diesem Handy gefunden haben.«

»Was denn für ein Handy?«, fragte jemand aus der Menge, und Carlos erklärte es ihnen.

Dann richtete er das Wort an Trudy, und Anthony übersetzte, damit alle dem Dialog folgen konnten. »Hast du gesehen, wer losgelaufen ist, um den Beobachter zu stellen?«

Trudy schüttelte den Kopf.

»War das vielleicht der Typ, der die Idee mit der Scheinhinrichtung hatte?«

Sie überlegte kurz. Wieder Kopfschütteln. Doch plötzlich hielt sie inne, und etwas Düsteres legte sich über ihren Blick. Sie dachte wohl an etwas Bestimmtes, sagte aber nichts.

Carlos beschloss, sie so schnell wie möglich allein zu befragen. Für ihn war die Sache klar. Die Frage war bloß, wie er Nadja Sprengel das alles begreiflich machen konnte.

Nach diesem langen Schreckensbericht schien aus Trudy alle Körperspannung zu weichen. Sie sackte auf dem Stuhl zusammen und warf Anthony einen fragenden Blick zu. Sofie ging vor Trudys Stuhl in die Hocke und begann leise auf sie einzureden.

Dann stand sie auf, machte ein Zeichen, den Wein in die bereitgestellten Gläser zu gießen, und erhob ihre Stimme: »Ihr Lieben, ihr habt gehört, was geschehen is. Egal, wie die Sach weitergeht, wir sind uns sicher alle einig, dass die Trudy unseren Schutz braucht. Diese Leute haben Angst, dass jemand wie sie auspackt und über diese ... diese Zustände spricht. Und ihr wisst, was mit ihr passiert, wenn sie einkassiert wird. In Amerika wird ihr der Prozess wegen Desertation gemacht, und dann kommt sie in den Knast.«

»Nää, dann schon liewer Elwefels, gell Mädel?«, krähte Elsbeth in einer Mischung aus Empörung und Fröhlichkeit.

»Wenn ich denk, dass so was bei uns passiert!«, rief jemand aus der Menge. »Bei uns in Elwenfels. Do könnt ma grad ... do könnt ma naus, wo ke Loch is!«

Zustimmendes Gemurmel.

Willi stand auf und ging zwei Schritte auf Trudy zu, die ihn beinahe erschrocken ansah. »Also, Traudel, jetzt pass mol uff, was isch dir sag!«

Anthony rückte etwas dichter an Trudy heran und begann leise zu übersetzen.

»Des is alles nix Neues fer uns. De Vadder von dem junge Mann, der wo neben dir steht, der is auch abgehaue von de Amis. 1964 war des. Die waren damals auch irgendwo do im Wald unterwegs, un de Ajani, so hieß de Vadder vom Anton, also der is auch eines Tages bei uns uffgetaucht un wollt sich versteckeln. Un genau des ham wir auch gemacht.« Willi blickte in die Runde, um die ausfindig zu machen, die sich noch an diesen Tag erinnern konnten.

Carlos sah einige der etwas älteren Semester nicken.

»Schon allein deswege, weil wir des total spannend fande, en Schwarze, also en eschte Afrikaner bei uns in Elwenfels zu habe. Dabei war dem Anton sein Vadder gar ken Afrikaner, sondern en Jamaikaner. Un weil er in Ami-Land gelebt hat, da hat er ke Wahl gehabt un musst zum Militär, ob er wollt odder net. Dann hat er nach Vietnam gesollt. Zuerst nach Ramstein zu einer Übung, un dann Vietnam.« Willi nickte Trudy zu, die ihn immer noch fragend anschaute.

Anthony übersetzte mit stoischer Ruhe, obwohl es teilweise seine eigene Geschichte war, die hier erzählt wurde. Am Rand der Versammlung wurden die ersten Gläser verteilt.

»So, Traudel, un jetzt sag isch dir was. Wir ham uns damals gefragt, was des für e Welt is, wo man en junge Mann ins Gefängnis steckt, bloß weil er net beim Krieg mitmache will. Un deswegen ham wir de Ajani versteckelt, do bei uns. Es gibt auch e paar Fernseher in Elwefels, un da hat man gesehe, was die Amis mit de vietnamesische Wälder gemacht ham mit dem Entlaubungszeugs. Do is dann beschlossen worden, dass unsern schwarze Gast do bleibt bei uns, wo die Bäum noch Blätter ham. Weeschwieschmään?«

»Was dir de Willi sagen will, Traudel«, mischte sich nun auch Otto ein und stand auf. »Bleib do, wenn du do bleibe willscht. Mir sorge dafür, dass disch keiner find, der disch net finde soll. Un wenn ich dich im Kofferraum von meim Peugot 203 versteckeln muss.«

Anerkennendes Gemurmel unter den Elwenfelsern.

Otto war für seine stattliche Oldtimer-Sammlung bekannt, und darin nahm der uralte Peugeot wohl eine besondere Stellung ein.

Willi knuffte Otto in die fleischigen Rippen. »Hear, wer hot'n disch gestumpt, dass wackelscht, hä? Vergiss die alte Klapperkischd un lass mich doch noch die romondische Gschicht verzähle, wo noch kummt. Also, Traudel, pass uff! De Vadder vom Anthony hot sich nämlich in die Lina verliebt, des war die jüngere Schweschder von de Bettel. Un sie hot sich auch in ihn verliebt. Und guck, was draus worre is.« Willi deutete mit einer triumphierenden Geste auf Anthony. »Unsern Anton, de beschte Förster un de dollschde Friedhofsgärtner, wo Elwefels je gesehe hot.«

Auf Anthonys Gesicht tauchte ein verlegenes Lächeln auf.

»De Ajani hot e gutes, friedliches Lebe gehabt bei uns. Bloß e bissel kurz war's halt, aber des is e andere Gschicht.« Anthony schluckte. Sein alter Herr war wirklich viel zu früh gestorben. Und seine Mutter auch.

»Was dir de Willi sage will, Traudel«, versuchte Otto es von Neuem. »Für uns gebbt's ke Fremde. Fer uns gebbt's nur Mensche, die wo eigentlich nach Elwefels gehöre, egal wie die aussehen un wo ihre Wurzeln liegen. Un des Schicksal sucht die fer uns aus, weeschwieschmään? Deswege gilt immer die alt Regel: Jemand, der ebbes richtisch sucht, der kummt irgendwann nach Elwenfels. De Vadder vom Anton, der hot auch was gesucht. Die Freiheit. Un de Friede. Bei uns hot er des gefunde. So hot alles sein Sinn. Un deswege ...«

Willi unterbrach den Automechaniker mit seiner Donnerstimme. »Un deswege: Herzlisch willkomme in Elwenfels, Traudel.«

Die Elwenfelser standen auf und begannen, laut zu klatschen.

Trudy sah sich verlegen und ungläubig im Keller um. Am längsten aber verharrte ihr Blick auf Anthony. Er lächelte, erschöpft und auch irgendwie ergriffen.

Die letzten Gläser wurden verteilt, und auch Carlos bekam ein Glas gereicht.

Sofie ergriff noch einmal das Wort. »Alla, ihr Lieben, mir müsse uns der Bedrohung da drauße stelle. Weil die Trudy so offe mit uns geredet hat, sin mir der Wahrheit ein Stück nähergekommen. Wie wir damit jetzt umgehen müssen, wissen wir bald. Lassen wir uns hiermit inspiriere.« Sie erhob ihr Glas. »Auf's Leben.«

Was nun folgte, war ein kollektives Trinken, Schmatzen, Lachen und Seufzen. Der Zauberwein verwandelte das Kellergewölbe mit den darin versammelten Menschen in einen Ort, der in der Antike als so heilig gegolten hätte, dass darauf ein Tempel errichtet worden wäre.

Kapitel 19

Wie das Imperium zurückschlägt

Zurück an der Oberfläche des nächtlichen Dorfplatzes musste Carlos sich erst einmal neu orientieren. Sein Kopf fühlte sich an, als wäre er auf einmal anders geformt, der kühle Luftwiderstand auf seinen Händen, das Gefühl seiner Schritte – als wäre alles irgendwie neu eingerastet und zurechtgerückt worden.

Er war neben Sofie und Strobel aus der Wirtschaft getreten und atmete tief die frische Luft ein. Rings um ihn machten sich die übrigen Dorfbewohner auf den Nachhauseweg, ausgelassen schwatzend und ganz aufgedreht vor guter Laune.

Doch das gute Gefühl währte nicht lange.

Es endete in dem Moment, als zwei uniformierte Männer aus Cordulas Laden auf die Straße traten. Dann kamen auch aus zwei weiteren Häusern, die an den Platz grenzten, Soldaten.

Carlos erschrak. Bislang hatte es nie einen Grund für die Elwenfelser gegeben, ihre Häuser abzuschließen, was sich die Amerikaner zunutze gemacht hatten.

Während aus der Nähe wütende Proteste einiger Leute laut wurden, sah Carlos, wie Cordula ohne Zögern auf die beiden G.I. zuging, die breitbeinig vor ihrem Laden standen und miteinander flüsterten. Carlos erwartete eine wütende Schimpftirade, aber die Besitzerin des Dessousgeschäfts breitete lächelnd die Arme aus.

»Awwer Gentlemen!«, sagte sie charmant, um dann in einer Sprache fortzufahren, die pfälzische, hochdeutsche und englische Brocken zu einem seltsamen, aber doch irgendwie verständlichen Kauderwelsch vermischte. »You want Unnerwäsch? I can help you mit de Dessous, you know.« Sie taxierte die Männer prüfend, als würde sie deren Körpermaße abschätzen. »Auch in Ihrer Größ hab ich einiges vorrätig, bras, panties, stockings and straps un so weider.« Sie unterstrich die Aufzählung mit einigen eindeutigen Gesten, wie sie eine sehr berühmte Burlesque-Tänzerin im Pariser *Moulin Rouge* auch nicht hätte besser ausführen können. »No, no, you must not be so verlege. Mir sin hier all sehr tolerant, gell?! Very much tolerant!« Sie stieß ein perlendes, amüsiertes Lachen aus. »Ich can help you, sehr gern. You can come tomorrow again, morge bei Tageslicht, you know. And then probieren wir des mal zusamme an, okay?«

Mit Genugtuung verfolgte Carlos, wie sich die Gesichtsfarbe der beiden Soldaten änderte, und er konnte nicht anders, als Cordula innerlich Beifall zu klatschen.

Wie aus dem Nichts tauchte plötzlich Willi vor dem Laden auf. »Was'n do los? Was wollen die Uniformkittel-Rotzlöffel do?«, rief er und rückte den beiden Soldaten buchstäblich auf den Leib. Die wichen bis ans Schaufenster zurück und griffen reflexartig nach ihren Waffen, merkten dann aber, dass sie gar keine dabeihatten.

In diesem Moment der Verwirrung tauchte plötzlich Lieutenant Ellman auf und machte eine beschwichtigende Geste. »Easy, easy, boys! No weapons! *Frieden schaffen ohne Waffen*, okay?«, sagte er laut und grinste breit.

Carlos kam näher, um alles verstehen zu können, was nicht besonders leicht war. Er hatte schon immer seine Schwierigkeiten mit breitem American English gehabt.

»We left our weapons at the base. This is no assault. Just a little check-up, you see«, sagte der Lieutenant, ohne mit dem Grinsen aufzuhören.

»Was määnt der?«, fragte Willi.

»Die haben ihre Waffen im Lager gelassen, weil das hier nicht aussehen soll wie ein Überfall«, übersetzte Carlos mechanisch. »Nur eine Überprüfung.«

Willi schappte nach Luft. »Wie bidde? Ah, wenn des ken Überfall is, dann lauf isch bald in Unnerwäsch durchs Dorf!«

»Oh, das will ich sehen«, lachte Leutnant Falke und trat auf die kleine Gruppe zu.

»Everything okay now?«, fragte der Lieutenant, wobei er Willi freundschaftlich auf die Schulter schlug.

Willi drehte die Hand und packte Ellmans Finger. »Nix do, okay. Un behalt die Griffel bei dir!«, fauchte er.

Falke gab wieder den Beschwichtiger. »Ich verstehe, dass Sie aufgebracht sind. Aber wenn wir hier jemanden angetroffen hätten, dann wäre das alles offizieller abgelaufen. Sie waren ja wie vom Erdboden verschluckt. Wo waren Sie denn?«

»Geht Sie en feuchte Kehricht an«, zischte Cordula. Ihre bittersüße Liebenswürdigkeit war verschwunden. Stattdessen spießte sie Falke mit ihren Blicken geradezu auf. Dass Cordula ein rotes Bleistift-Kleid und Nylons mit Pumps trug, machte auf Ellman sicherlich noch mehr Eindruck.

Der hob verlegen lachend die Hände und stieß das, in Hollywoodfilmen schon so oft gehörte, abwehrende »Wouw, wouw!« aus.

»Wenn de bellst, macht des die Sach auch net besser!«, fuhr Willi ihn an.

Das Grinsen auf dem Gesicht des Lieutenant war verschwunden.

Carlos sah sich auf dem Platz um. Überall gab es Wortgefechte zwischen Dorfbewohnern und Soldaten.

»Hatten wir nicht klipp und klar gesagt, dass Ihre desertierte Soldatin nicht hier ist?«, wandte Carlos sich nun an den US-Offizier.

Wie gut, dass Anton und Traudel, wie sie von den Elwenfelsern getauft worden waren, durch den unterirdischen Gang verschwunden waren. Hand in Hand übrigens, wie Carlos beobachtet hatte.

»Und was machen Sie? Einfach in die Häuser fremder Leute eindringen. Auch wenn die Türen nicht abgeschlossen waren, haben Sie kein Recht dazu. Aber wahrscheinlich können Sie gar nicht anders, als überall Ihren Stiefelabdruck hinzusetzen, richtig?«

Während Falke dem Lieutenant übersetzte, sah dieser Carlos unbewegt an, um dann in gespieltem Bedauern ein Schulterzucken anzudeuten. Das Grinsen war wieder zurückgekehrt.

»Für euch ist das nur ein Spiel, was?«, fuhr Carlos fort. »Es ist illegal, diese Häuser zu durchsuchen, und ihr macht es dennoch. Die Geschichte hat euch gelehrt, dass ihr für eure Willküraktionen nie irgendwelche Konsequenzen zu befürchten habt. Und das ist euch in Fleisch und Blut übergegangen.« Es war wohl der Zauberwein, der Carlos diese Worte sagen ließ. Normalerweise hätte er sich schon aus taktischen Gründen nicht getraut, mit einem Offizier der US-Armee so zu sprechen.

Falke winkte ab, als wollte er Carlos jegliche sachliche

Kompetenz zu diesem Thema absprechen. »Nun ist dann aber mal gut, ja?«

»He's drunk!«, sagte der Lieutenant.

»Deswegen ist es aber nicht weniger die Wahrheit«, entgegnete nun Jan Schnur, der sich bis jetzt erstaunlich ruhig verhalten hatte. Carlos beschloss, jetzt den Mund zu halten, weil er instinktiv fühlte, dass er diesen Leuten nichts entgegenzusetzen hatte, dass es nichts gab, was sie beeindrucken konnte. So gewitzt die Elwenfelser sein mochten – gegen diese Eindringlinge waren sie so machtlos wie ein Papierflieger gegen einen Eurofighter.

Aber Carlos irrte sich. Wie sehr, sollte er zwar erst später erfahren, aber in jenem Moment, als er sich über ihre Ohnmacht Gedanken machte, ging Willi einen weiteren Schritt auf den Lieutenant zu und senkte ausnahmsweise mal seine Stimme. Längst hatte sich eine Menschentraube um sie gebildet.

»Hello you! Jetzt pass mol uff!«, stieß er zwischen zusammengebissenen Zähnen hervor. »Sis is not Afghanistan, not Irak, not Libyen, Guantanamo oder Ramstein! Sis is Elwenfels, underschtänd?!«

»So what?«, gab der Lieutenant zurück und unterdrückte ein Gähnen.

»Mir wollen hier unser Ruh! Peace, underschtänd?«, fuhr Willi fort. »Aber ihr schert euch net drum. Ihr verletzt unser Privatsphär, un was noch schlimmer is: Wege euch hockt eine von uns im Gefängnis! Aber wir wisse genau, dass einer von euch unsern Winzer uffm Gewisse hot. Un sei Frau muss jetzt büße dafür. Ihr ... ihr Drecksbagage!«

Nachdem Leutnant Falke diesen Wortschwall fertig übersetzt hatte, huschte ein Lächeln über das Gesicht des Lieutenant.

Carlos begriff in diesem Augenblick, dass Willi einen sehr großen Fehler gemacht hatte. Zauberwein hin oder her. Er wollte Willi bremsen, aber jemanden wie Willi zu bremsen war unmöglich. Ebenso gut hätte man den Eisberg bitten können, den Weg für die Titanic frei zu machen.

»Wege euch hockt die Charlotte im Knast!«, schrie Willi jetzt. »Un ihr sucht diese Trudy. Warum eigentlich? Weil se vielleicht weiß, wer unserm Winzer de Schädel eingeschlage hot? Sucht ihr sie deswegen? Und wenn ihr sie gefunde habt, schlagt ihr sie dann auch dot?«

Carlos griff ein. Er nahm Willi am Arm und zerrte ihn vom Lieutenant weg. Der schlenderte betont locker von dannen, mit Leutnant Falke im Schlepptau.

»Was ist denn in dich gefahren, Mensch?«, zischte Carlos in Richtung Willi. »Das sind ermittlungsrelevante Informationen. Die wissen jetzt, dass sie in Sicherheit sind, weil schon jemand anderes für diese Tat einsitzt. Das macht alles nur noch schwieriger. Herrgott, Willi! Kann es so schwer sein, mal den Mund zu halten?«

»Die Wahrheit muss raus, Carlos. So oder so.« Willi wischte sich schnaufend übers Gesicht, als wäre er aus einem Traum aufgewacht.

»Scheiße, Mann!«, fluchte Carlos. »Wollten wir heute Abend nicht eine Strategie finden, wie wir das Ganze lösen wollen? Ich habe das Gefühl, dass alles nur schlimmer kommt.«

»Beruhige dich, Carlos«, bat Sofie.

»Jo genau«, meinte Otto. »Alles wird gut. Es kummt, wie's kummt.«

»Ja, und wenn nicht, was ist dann?«, fragte Carlos resigniert.

»Wenn's net kummt, dann kummt's halt anderschter.«

»Ach, ihr spinnt doch alle!«, entfuhr es Carlos. »Mit diesen Sprüchen holen wir Charlotte jedenfalls nicht aus dem Gefängnis! Gerade hab ich noch geglaubt, dass wirklich alles gut werden könnte. Aber seid doch mal ehrlich: Euer Zauberwein und dieses ganze philosophische Geschwätz ist ja eine ganz nette Motivation, aber das bringt uns hier und jetzt nicht weiter.«

Er empfand mit einem Mal eine intensive Verzweiflung, die ihm nur deswegen so krass vorkam, weil sich noch vor wenigen Minuten unten im Keller alles so perfekt angefühlt hatte. Heile Welt. Von wegen! Und vor allem: Hieß es nicht, dass der magische Traubentrunk einen dazu brachte, die richtigen Entscheidungen zu treffen, instinktiv zu wissen, was gut und wahrhaftig ist? Carlos hatte diese Wirkung und deren Nachwirkungen bereits einmal gefühlt und war eigentlich überzeugt von der geheimnisvollen Kraft des Weines. Aber jetzt? Sie hätten genauso gut Kinderpunsch trinken und dann dem bösen Wolf alles erzählen können, was er hören wollte.

Ein Verdacht beschlich ihn. Wirkte der Wein vielleicht nur im Zusammenhang mit einigermaßen harmlosen Bedrohungen und Problemen? Waren die Elwenfelser deswegen so darauf bedacht, die Welt und damit größere Schwierigkeiten von ihrem kleinen Paradies fernzuhalten? Weil alles andere sie in die Knie zwingen würde?

Carlos wurde übel bei dem Gedanken. Er war so wütend, dass plötzlich eine verschüttet geglaubte Gewaltbereitschaft wie ein giftiger Nebel in seinen Kopf stieg. O ja, er wäre auf jeden Fall bereit, zu sehr harten Maßnahmen zu greifen, um die Elwenfelser zu schützen. Er würde ... er wollte ... In seinen Gedanken brodelte es. Er ballte die Fäuste so fest, dass das Weiße an den Knöcheln hervortrat.

Plötzlich schmiegte sich eine warme, weiche Hand an seine Faust, und Sofie flüsterte: »Ganz ruhig, Carlos.«

Willi stand auf einmal ganz nah vor ihm und sah ihn stirnrunzelnd an. »Hear, Langer, du sieht so aus, wie wann die spontane Selbschtentzündung nimmer lang uff sich warte losst. Solle ma disch kurz in de Brunne tunke?«

Carlos atmete tief die kühle Nachtluft ein. »Sorry. Es geht gleich wieder«, stieß er hervor. »Mein Gerechtigkeitsempfinden hat nur gerade einen Krampfanfall.«

Sofie legte ihm die Hand auf den Rücken. »So hab ich dich ja noch nie erlebt«, meinte sie erschrocken.

»Ist auch schon eine Weile her, dass ich mich so gefühlt habe«, gab er zu. »Und ich dachte immer, euer Elixier bewirkt das Gegenteil.«

Sofie schüttelte sanft den Kopf und lotste die kleine Versammlung zurück zum Gasthaus. »Carlos, unser Wein is kein Allheilmittel, wo uns des Denke abnimmt. Wir könne ihn nicht trinken un dann erwarte, dass Wunder vom Himmel falle.«

»Wirklich net?«, fragte der Pfarrer mit ironischem Unterton.

«Nee«, sagte Sofie lächelnd, »un des weißt du genau.« Und an Carlos gewandt: »Unsern Zauberwein funktioniert wie ein Dampfstrahler in der Seele. Er fegt alles weg, was do Dreck macht un net hingehört. Er wirft dich uff dich selbst zurück, auf deine Essenz. Un das, was du dann fühlst, is die Wahrheit. Wenn du dich in dem Moment fühlst wie en Kampfstier uff Crystal Meth, dann is des in dem Augenblick halt die Wahrheit.«

Willi brummte ein lang gezogenes »Ommm« aus dem Hintergrund.

»Aber warum?«, fragte Carlos. Er fühlte sich wie ein quengelndes Kind, das unbedingt eine Antwort auf eine drängende Frage wollte. »Das ist doch nicht der Sinn von eurem Zauberwein, oder?«

»Es wäre jo auch kein Zauberwein, wenn man seine Wirkung voll un ganz verstehe könnt«, warf Cordula ein.

»Kann ich euch jetzt alleine lassen, besonders dich, Carlos?«, fragte Hans Strobel auf einmal. »Ich muss mich hinlegen, sonst schlaf ich im Stehen ein.«

Carlos versuchte ein Lächeln. »Ja, ja, kein Problem. Freut mich, dass du so entspannt sein kannst.«

Strobel gab Sofie einen Abschiedskuss und machte sich alleine auf den Heimweg. Die anderen betraten wieder die Gastwirtschaft, und Sofie schloss von innen die Tür ab. Hinter dem Tresen stand Elsbeth, die alte Wirtin, und polierte summend ein Dubbeglas. Im hinteren Teil der Wirtschaft saß Anthony und strich Trudy übers Haar. Sie lag auf einer der Eckbänke und schlief tief und fest. Wieder so ein Anblick fürs Romantikalbum.

»Was machen ihr denn do?«, fragte Willi erstaunt. »Ich hab gedenkt, ihr seid schon wieder im Friedhofshäusel.«

»Ich wollt ihr unbedingt unsern Elwetritsch zeige un bin zurück noch mol in die Weinstub«, sagte Anthony leise. »Aber die war so müd, dass sie uff de Stell eingeschlafen is. Das Ganze hat sie arg mitgenomme.«

»Is auch besser so«, sagte Cordula und schob Trudy fürsorglich ein paar zusammengelegte Geschirrtücher als Kissen unter den Kopf. »Do drauße isses auch grad net sicher für sie. Mir ham Besuch von denne uniformierte Type. Besser ihr bleibt erst mol do.«

Anthony nickte. Aus der dunklen Nische neben der Theke funkelten die bernsteinfarbenen Glasaugen des Elwetritschs, als würde er das ebenfalls für eine gute Idee halten.

Kapitel 20

Von pfälzischem Riesling, karibischen Wurzeln und einem durstigen Geist

Sie setzten sich an einen runden Tisch und rückten eng zusammen. Bettel goss ungefragt eine ganze Batterie frisch polierter Schoppengläser Rieslingschorle ein und verteilte sie nacheinander an die kleine Versammlung. Währenddessen präzisierte Sofie noch einmal die Wirkung des Zauberweines und gab sich alle Mühe, die unzufriedene Grundstimmung wieder auf ein positives Level zu heben. Dabei richtete sich ihre Ansprache jedoch nur an Carlos, wohl wissend, dass ihr die restlichen Anwesenden trotzdem an den Lippen hängen würden.

»Du musst verstehe, Carlos. Es kann auch passiere, dass man de Wein trinkt un dann aber nix Schönes dabei fühlt. Des kommt zwar nur äußerst selte vor. Aber wenn's dann passiert, dann isses umso wichtiger. Der Charlotte isses vor ein paar Monate auch so gange. Des war der Abend, wo sie beschlosse hat, de Hartmut zu verlasse. In dem Moment hat sie sich miserabel gefühlt, aber letztendlich war's die Geburt von einer Idee, die ihr Leben wieder leichter gemacht hat.«

Carlos senkte betroffen den Kopf. »Aber wieso hat sie sich dann nicht getrennt?«, fragte er.

»Sie war so kurz davor!«, meinte Cordula und hielt

Carlos ihren Daumen und Zeigefinger vor die Nase. Kein Haar hätte dazwischen gepasst.

Wieder ein wehmütiges Seufzen in der Runde.

»Schluss jetzt mit dere Pienserei!«, rief Sofie. »Wenn de Woi des in uns allen auslöst, dass wir all wütend werden, dann isses eben des, was in uns is.«

Willi räusperte sich und sah Sofie stirnrunzelnd an. »Du hoscht auch schon emol aufbauendere Dinge rausgelasse, Mädel.«

»Jo, kann sein«, gab Sofie ungerührt zurück. »Trotzdem. Wir könne net drauf warte, dass uns einfach e Lösung zufällt. Wir müsse des anders probiere. Es muss en Weg gebe, diese Leute in die Schranke zu weise un die Wahrheit über den Mord rauszufinde. Un so wie's aussieht, liegt die Lösung diesmol ausnahmsweis net im Wein.«

»Ah super, des sin jo ganz tolle Aussichte«, brummte Doktor Schaf unzufrieden.

»Na donn ... trink isch ab jetzt Appelsaftschorle«, tönte Willi.

»Jetzt is ke Zeit für Uzereie!«, sagte Sofie ernst.

»Du willst uns sagen, dass wir unsere Wut in etwas Positives ummünzen sollen?«, fragte Carlos und gab seiner Stimme mit Absicht einen spöttischen Unterton, als würde er einen esoterisch angehauchten Lifecoach imitieren.

»Ja«, sagte Sofie schlicht. »Wut is nix anneres wie Energie. Un die kann man auch für ebbes Sinnvolles einsetzen.«

Anthony setzte sich nun ebenfalls in die dicht gedrängte Runde, und Bettel stellte ein Glas Orangensaft vor ihm ab, ehe auch sie sich bei der kleinen Gruppe niederließ. Nur wenige Meter entfernt murmelte Trudy leise im Schlaf.

Eine Sekunde herrschte Stille.

Willi streckte kopfschüttelnd seine Pranke nach dem Schorleglas aus. »Wär jo noch schöner!«, flüsterte er trotzig.

Sofie hielt den Blick gesenkt und sagte dann mit ernster Stimme: »Meine Wut sagt mir etwas ganz Bestimmtes.«

»Ach ja, un was?«, wollte Karl wissen.

»Fragt euch selbst: Wer is niemals wütend? Un genau dem Beispiel sollten wir folgen.«

Der Pfarrer schaute sie mit großen, leicht ungläubigen Augen an und nickte anerkennend. Dann machte er aber sofort wieder ein fragendes Gesicht. »Hm, also isch weiß net, ob de Jesus so e gudes Beispiel war für uns. Weil der hot sich jo dene römische Soldate ... also quasi freiwillisch ...«

»Ich mein net de Jesus«, sagte Sofie.

»Ach nää? Schad eigentlich.«

»Un wen määnscht denn dann, Herzel?«, fragte Elsbeth.

»De Erwin.«

Am Tisch erstarrten sie. Carlos biss sich auf die Unterlippe. Er hatte ganz vergessen, dass Erwin schon seit Tagen nicht mehr aufgetaucht war und von den Elwenfelsern schmerzlich vermisst wurde, eine Tatsache, die ihn mit jäher Traurigkeit erfüllte. So schnell ging es also, dass man etwas vergaß, was einem eigentlich lieb und teuer war. Aber vielleicht lag das ja auch in der Natur von Geistern.

Sofie hob ihr Glas. Die anderen taten es ihr gleich. Das allgemeine Anstoßen erfolgte allerdings ohne die üblichen Sprüche.

Nach dem ersten Schluck beugte Sofie sich vor und fixierte alle der Reihe nach. »Jetzt denkt mal all ganz scharf nach. Seit wann läuft hier alles ausm Ruder?«

»Seit die uniformierte Forzathlete mit ihre dreckische Stiefel durch unsern Wald dappe!«, tönte Otto.

»Seit Erwin nicht mehr da ist«, kombinierte Carlos.

Sofie nickte ihm lächelnd zu. »Du sagst es, Carlos. Ich denk schon seit gestern drüber nach un weiß, dass es da einen Zusammenhang gibt. Ihr wisst, wie de Erwin is. Ihr wisst, wer er war.«

Alle Blicke wandten sich der Wirtin Elsbeth zu, der Enkeltochter von Erwin. Sie war, soweit Carlos es mitbekommen hatte, eine der ganz wenigen älteren Mitbürger von Elwenfels, die Erwin gekannt hatten, als er noch leibhaftig unter ihnen geweilt hatte. Carlos bekam eine Gänsehaut bei diesem Gedanken.

Elsbeth nickte langsam. »Jo, de Erwin ... der hot de Krieg gehasst. Un wenn uns jemand gefragt hätt damals, dann hätten alle Elwefelser verweigert. Aber des ging halt net, gell.«

»Bettel, was glaubst du?«, fragte Sofie ihre Großmutter. »Kannst du dir des vorstelle, dass de Erwin sich einfach deswegen nicht mehr blicken lässt, weil diese Leute hier sin? Weil er's net aushält, dass do Militär is bei uns? Erinnert ihn des vielleicht an die Vierzigerjahre?«

»Jo, wer weiß des schunn, was enner wie de Erwin denkt un fühlt«, kam ihre trockene Antwort.

Willi nahm einen langen Schluck, der den Pegel seines Glases beträchtlich senkte. »Hopp, Sofie, was määnscht du jetzt do damit? Isch tät de Erwin jo gern persönlich um Rat frage. Aber der Kerl is halt net do.«

»Eben«, sagte Schaf nüchtern und begann hingebungsvoll seine Hornbrille zu putzen, als könnte das den rettenden Durchblick zurückbringen.

»Aber versteht ihr denn net?«, fragte Sofie. »Des isses doch grad. Wir müssen uns überlege, was de Erwin uns in so einem Fall geraten hätt, wenn er do wär.«

»Des is aber ganz schää viel täte, wäre, wolle un hätte!«, kam es von Willi.

»Also, ich kann mir net helfe, aber mir kommen dauernd die Filme in de Sinn, wo die Leut so spiritistische Sitzungen abhalte, dass ma Nachrichte kriege kann von de Tote«, sinnierte Cordula.

»Ha! Wenn ma de Geist vom Erwin beschwöre könnt, meinen Segen habt ihr!«, kam es ganz unchristlich vom Dorfpfarrer Karl.

»De Geischt von em Geischt beschwöre?«, fragte Doktor Schaf. »Wie soll denn das gehen, hä?«

»Äh, wenn ich do mol meine bescheidene Meinung einbringe darf als Mensch mit karibischen Wurzeln«, tastete Anthony sich vor. »In dem Kulturkreis is des ja gang und gäbe.«

»Was fer'n Kulturkreis?«, fragte Willi. »Du bischt doch Pälzer! Un seit wann beschwören wir Geischter? Uffm Betzeberg, wenn's regnet, dann den vom Fritz Walter vielleicht. Aber sonst?«

Anthony nahm einen Schluck von seinem Orangensaft. »Nix für ungut, Willi. Aber ich mein den Kulturkreis von meine Vorfahre, meine Ahne. Meine Oma hat das regelmäßig gemacht mit de Fraue aus de Nachbarschaft, des hat mir mein Vater verzählt. Un immer, wenn ich auf Jamaika zu Besuch war, hab ich des miterlebt.«

»Un?«, fragte Otto neugierig. »Hot's was genützt?«

»Ähm ... ja, schon«, sagte Anthony gedehnt und ein wenig unheilvoll.

»Interessant. Un wie geht des so?«, wollte der Pfarrer

wissen. Er zeigte sich der okkultistischen Wendung des Gespräches gegenüber keineswegs abgeneigt.

Anthony zierte sich ein bisschen, weil er nicht wusste, ob die Runde ihn wirklich ernst nahm.

»Also, wisst ihr, bei den Beschwörungsritualen geht's net drum, die Geister einfach bloß zu rufe«, sagte Anthony. »Sondern: Man bittet die Ahnen um Rat.«

»Schää wär's, wenn wir des auch könnte«, stellte Otto fest.

»In der Karibik is des nix Verrufenes, Verstecktes, Dunkles, so wie de Rest von de Welt sich das vorstellt.« Er riss die Augen auf und rollte übertrieben mit den Pupillen. »Hu! Hu! Voodoo! Wisst ihr, wie ich mään? So is des net. Die Beschwörunge sin en ganz normale Teil der Kultur. Auch heut noch. Für viele Afrikaner un auch für viele Mensche in de Karibik sin die Grenze zwischen Diesseits un Jenseits durchlässig. Die verstorbenen Ahnen sin immer Teil von allem, was im Diesseits abläuft. Un die Leut nutze des, um sich Rat zu hole von dene, die des Ganze schon erlebt un en bessere Überblick ham.«

Willi beugte sich über den Tisch und fixierte Anthony. »Des heißt ja dann wohl, dass wir in Elwefels auch so en afrikanische Einfluss hätte, odder? Bei uns sin die Grenzen zwische hiwwe un driwwe auch oft flüssig ... also durchlässig.«

»Naja, ich bin mir net sicher, ob es irgendwo in Deutschland so was gibt wie bei uns«, schränkte Anthony ein. »Aber de Erwin is eigentlich der beste Beweis dafür, dass do bei uns noch viel in seiner Ursprünglichkeit erhalte is. Die *Roots*, wie ma auf Jamaika sagt, die Wurzle.«

»Ja, un wie funktioniert des dann genau?«, drängte der Pfarrer. Er hing Anthony förmlich an den Lippen und hatte sein Schorleglas kaum angerührt.

»Des Ganze is wie e große spirituelle Feier. Auf Jamaika heißt des ›Kumina‹, auf Kuba ›Santeria‹ un auf Trinidad ›Shango‹.« Anthony hatte auf einmal eine Art Fortbildungs-Tonfall angenommen, und seine Augen leuchteten. »Solche Rituale gibt's überall, wo die Nachfahren von afrikanische Sklave leben. Die Leut versammle sich un rufe ihre Ahnen an. Un das Ziel is, dass der Geist des Verstorbenen in einer von de Anwesende fährt un dann durch ihn spricht. Das kann man vorher net bestimme. Nur einer, wo wirklich bereit is, seinen Körper als Kanal diene zu lasse, kommt infrage.«

»Ein Medium also«, präzisierte Carlos und dachte an die Horrorfilme, mit denen er sich schon etliche einsame Abende vertrieben hatte: Teenager entdeckten auf dem Dachboden das längst vergessene Ouija-Brett und hielten damit eine spiritistische Sitzung ab, um danach mit verdrehten Augen und fremden Stimmen zu sprechen, während Glühbirnen flackerten und Bilderrahmen von den Wänden fielen. Und am Schluss starb irgendjemand.

»Genau. Es muss jemand sein, wo in dem Moment ganz und gar bereit is, sich auf den Geist einzulassen. Jemand ohne inneren Widerstand, ohne eigene Agenda.«

Gebanntes Nicken am Tisch.

»Un wie ... wie geht des, dass man en Geist anlocken kann?«, fragte Cordula.

»In der Karibik macht ma des natürlich mit Trommle un Tanz«, sagte Anthony. Er genoss es sichtlich, seinen Freunden auch mal etwas aus der Welt erzählen zu können, in der ein Teil von ihm zu Hause war.

»Also, uff de Putz haue, des könne wir auch!«, entschied Willi und hob sein Glas. »Bloß bei uns sin des net Trommle, sondern ...«

»Schoppegewitter!«, fielen die anderen am Tisch ein.

Die Gläser wurden erhoben und – in einem Aufblitzen guter Laune an diesem recht trübseligen Abend – mit Inbrunst aneinandergestoßen.

»Uff de Erwin!«, kam es laut aus mehreren Mündern.

»Un noch emol!«, forderte Willi.

»Schoppegewitter!«

»Proscht, Erwin!«

Carlos lachte. Es hörte sich wirklich wie eine Art Percussion an.

»Also, wenn ich Geist war, dann tät ich jetzt erscheine«, lachte der Pfarrer.

Lautes Lachen ließ den Tisch vibrieren, dass die Gläser klirrten.

»Un was is mit de Hinkel?«, wollte Cordula wissen. »Do wird doch auch geopfert un so was?«

Anthony nickte. »Ja, das stimmt, ab und zu kommt es auch vor, dass ein Huhn geopfert wird, weil das Blut der Tiere wichtig sein kann.«

»Wie määnscht des jetzert?«, fragte Willi grinsend. »Du willscht doch wohl keiner von unsere Elwetritsche hiemache, odder?!«

Anthony winkte lachend ab.

»Davon tät sich de Erwin sowieso net beeindrucke lasse«, sagte Sofie. »Eher im Gegenteil. De Erwin hat doch sogar so was wie e Allergie gehabt gege Federn. Stimmt's, Bettel?«

Die alte Wirtin antwortete nicht. Sie saß zusammengesunken und mit blassem Gesicht auf ihrem Stuhl und starrte ins Leere.

Sofie streckte die Hand aus und berührte ihre Großmutter am Arm. »Bettel, geht's dir net gut?«

Elsbeth hob kraftlos die Hand und winkte ab. Ihre altmodische Gouvernantenfrisur wirkte irgendwie erschlafft über dem blassen Gesicht. Carlos runzelte die Stirn.

»Un was is mit Singen?«, wandte sich der Pfarrer mit ungebremster Neugier an Anthony.

»Klar, gesungen wird natürlich auch. Die Leut tanze sich in Trance, die hyperventiliere, also, die atme ganz wild und ...«

Willi ließ ihn nicht ausreden. Er hatte eine auf dem Tisch zurückgelassene Gabel ergriffen und schwang sie wie ein Dirigent. »Also, isch kenn bloß ein Lied, wo uff de Erwin passt. Obwohl er des gar net gekannt hot. Wie de Erwin am Lewe war, do is de Kurt Dehn nämlich noch im Ententeich geschwomme.« Dann schmetterte er los: »Im Himmel is ken Worschdmarkt mehr, beim Petrus gibt's ken Woi! ...«

Über Elsbeths blasses Gesicht huschte ein Lächeln, und die ganze Runde fiel mit ein. »... Drum lass nur schnell des Glas rumgeh, un schenk noch äner oi! ...«

Carlos kannte das Lied nicht und bemühte sich, wenigstens die einfache Melodie ein bisschen mitzusummen. Seine Freunde sangen mit so großer Inbrunst, als machten sie das alles hier für einen höheren Sinn.

»Es Lewe is so wunderschön, un gstorbe is ma glei.«

Als das Lied mit dieser letzten Zeile verklungen war, nahmen alle wie auf Kommando einen Schluck aus ihren Gläsern, nicht ohne vorher noch einmal damit zu *trommeln*.

Elsbeth streckte langsam ihre Hand nach dem Schorleglas aus, doch statt es zu ergreifen, stieß sie es um, und der gesamte Inhalt ergoss sich über den Tisch.

»Hoppla, Bettel«, sagte Cordula.

»Hear, Mädel, was is'n los mit dir?«, fragte Otto. »Zu viel Schoppegläser poliert heut, hä?«

Elsbeth antwortete nicht. Sie saß, aschfahl im Gesicht, zusammengesunken auf ihrem Stuhl.

Carlos war alarmiert. So sah es aus, wenn alte Leute kurz vor einem Kollaps standen. Kein Wunder. Die ganze Aufregung war für Elsbeth wahrscheinlich ein paar Nummern zu groß. Er wechselte einen erschrockenen Blick mit dem Arzt.

Doktor Schaf griff nach Elsbeths Hand und fühlte mit den Fingern ihren Puls. »Sie is ganz kalt«, stieß er hervor.

»Bettel, jetzt sag doch was!«, rief der Pfarrer.

Schaf sprang auf und eilte hinter Bettels Stuhl. Sofie betrachtete die alte Wirtin mit aufgerissenen Augen und zitternder Unterlippe, als würde sie denken: Du nicht auch noch, bitte!

»O nää, des is bestimmt en Schlaganfall«, flüsterte Otto unheilvoll.

Willi saß wie gelähmt da. Es war Anthony, der plötzlich etwas anderes bemerkte. »Seid still!«, zischte er und hob die Hand. »Schaut doch nur!«

In diesem Moment fing Bettel an, mit dem Kopf zu wackeln. Es sah aus, als würde sie ein inneres Lachen schütteln.

»Seht ihr das denn nicht?«, flüsterte Anthony und beugte sich über den Tisch.

»Was meinst du denn?« Sofies Stimme hatte einen schrillen Unterton bekommen.

Die Stille im Raum war mit Händen zu greifen. In einem Gruselstreifen hätten sich jetzt die Fensterscheiben mit Raureif überzogen, und das Licht wäre ausgegangen.

Ganz langsam hob Elsbeth den Kopf. Am Tisch schnappten alle nach Luft.

»Ach Gott! Seht ihr das?«, wisperte der Pfarrer atemlos.

»Ihre Augen …«, hauchte Anthony fassungslos.

Bettels Augen hatten normalerweise die Farbe von einem etwas wässrigen Blau. Jetzt aber sahen sie aus, als würde man blaue Hustenbonbons von innen ausleuchten. Ihre Augen strahlten wie der Himmel nach einem Gewitter im August. Ein unwirkliches, fast schon überirdisches Blau, das für menschliche Augen eigentlich zu unnatürlich war.

Carlos kannte nur einen, der solche Augen hatte: Erwin.

Die alte Wirtin saß auf einmal mit einer ganz ungewohnten Körperhaltung am Tisch. Normalerweise hielt sie sich immer sehr gerade und machte einen gelenkigen, stabilen Eindruck. Jetzt saß sie ein wenig gebeugt, mit vorgezogenen Schultern und eingezogenem Hals. So, als würde sie nicht an einem Tisch, sondern auf einem Traktor sitzen.

»Ich glaub's net«, stieß Anthony hervor. Er war unter seiner zimtbraunen Haut ziemlich blass geworden. »Dabei ham mir doch eigentlich nur e bissel ... gespielt ... also net wirklich ...« Er stockte und legte ungläubig die Hand vor den Mund. Er hatte wohl nicht erwartet, dass ihre kleine Voodoo-Session derart wirksam war.

Die Runde war in einer Art Schockstarre. Noch nie waren an diesem Tisch die Schorlegläser so lange unberührt geblieben.

»Erwin?«, fragte Sofie vorsichtig. »Bist du das?«

Jetzt hob Elsbeth den Kopf und grinste. »Ha, do brauchscht ke Brill!«, kam es aus ihrem Mund, aber nicht mit ihrer Stimme.

Willi entfuhr ein ungläubiges Geräusch, und die anderen zuckten sichtbar zusammen.

»Des ... des is doch net möglich«, flüsterte der Pfarrer. Jeder andere seines Berufsstandes, sofern katholisch, hätte sich jetzt bekreuzigt und hätte einen Exorzisten angerufen.

Karl tat es nicht. In seinem Blick lag eine Wissensgier, wie man sie sonst nur einem Archäologen zutraute, der eine ägyptische Grabkammer öffnet.

»Ah, ihr habt mich doch gerufe, odder net!«, sagte Erwin-Elsbeth in einem etwas vorwurfsvollen Tonfall. »Isch bin zwar dot, aber net schwerhörisch!«

Am Tisch brach nach diesen flapsigen Worten ein Bann. Alle atmeten erleichtert aus, die Runde lachte kurz auf. Das Ganze hatte sie sehr mitgenommen, doch nicht so sehr, als dass ihr trockener Humor nicht als Erster zurückkehrte und seinen angestammten Platz in der Runde einforderte.

»Hear, Erwin, so en grauer Dutt steht dir aber auch ganz gut!«, sagte Willi mit einem Blick auf Elsbeths aus der Form geratene Frisur.

»Un die Kittelschürz erscht«, schob Otto glucksend hinterher.

Carlos war sprachlos. Ebenso wie Anthony, der die Wirtin ungläubig anstarrte, obwohl er derjenige war, der eigentlich hätte ahnen können, was passierte. Carlos fragte sich, woher seine Freunde die humorvolle Selbstverständlichkeit nahmen, mit der sie Erwin begegneten. Nach den ersten Schrecksekunden waren sie wieder ganz die Alten und behandelten ihren Vorfahren so, als würde er jeden Tag hier an diesem Tisch sitzen. Aber so war es eben mit Elwenfels: Hinter jeder Ecke lauerte irgendetwas Unglaubliches, ein kleines Wunder. Und die Dorfbewohner machten keine große Sache daraus.

Es war Anthony, der die anderen schließlich ermahnte, bei der Sache zu bleiben. »Jetzt reißt euch mal zusamme. Man weiß nie, wie lang ein Geist dableibt. Mir dürfen unsere Zeit net vergeude. Wir müssen ihn frage, was mir frage müsse!«

Erwin-Elsbeth winkte ab. »Jo alla. Nur die Ruhe.«

»Alla, Erwin!«, sagte Willi und beugte sich vor. Man sah ihm an, dass er die alte Wirtin gerne berührt hätte, sich aber nicht traute. »Jetzt, wo du do bischt, sag uns doch bitte mol, warum du überhaupt fort warscht ... also fort bischt.«

»Solang die do sin, bin isch fort!«, kam die knappe Antwort.

»Wer die?«, fragte Karl verwirrt.

»Die do drauße im Wald, wo euch so arg zu schaffe mache. Isch bin erscht widder do, wenn die fort sin.«

»Das dachte ich mir schon«, flüsterte Sofie.

»Aber wir brauchen dich, Erwin«, sagte Otto. »Was sollen wir machen, dass die fortgehn? Un wie sollen wir des hiekriege, dass de Mörder vom Hartmut gesteht? Des is nämlich des Wichtigschte überhaupt.«

»Die Soldaten gehn schon von allää«, mischte der Arzt sich ein. »Die Frag is aber, wie wir die davon abhalte, net noch mehr Schaden anzurichten.«

»Jo, genau!«, schnappte Willi dazwischen. »Un wir wolle die Charlotte zurück.«

Beim Nennen dieses Namens richteten sich die eisblauen Augen plötzlich auf Carlos, der unter dem überirdischen Blick zusammenzuckte.

»Die Charlotte kriegt ihr schunn wieder zurück«, versicherte Erwin durch Elsbeths Mund. »Die Frog is bloß, wie. Ihr müsst euch schunn e bissel anstrenge.«

»Na toll!«, entfuhr es dem Pfarrer. »Was sollen wir denn machen? Wir strengen uns doch schun an.«

»Net genug«, kam es aus Elsbeths Mund. »Ihr piensen zu viel un machen zu wenig.«

Fragende Blicke huschten über den Tisch.

»Okay, Erwin. Aber jetzt brauchen wir wirklich deine Hilfe! Bitte!« Carlos biss sich auf die Unterlippe. Er hätte nicht gedacht, dass er es wagen würde, so direkt mit einem ... einem Geist zu sprechen. Seit er im letzten Jahr kurz vor seiner Abreise das Geheimnis um Erwin erfahren hatte, war er ihm nicht mehr begegnet. Davor hatte er immer ganz unbefangen mit dem alten, gemütlichen Traktorfahrer kommuniziert. Aber jetzt? Er hatte das Gefühl, als hätte sich ein Eiswürfel um seine Zunge gebildet.

Erwin-Elsbeth stieß ein leises Seufzen aus und blinzelte.

»Er geht!«, stieß Anthony warnend hervor. »Seht ihr's net, er verflüchtigt sich wieder!«

»Erwin, hopp! Bitte bleib bei uns!«, flehte Sofie und packte ihre Großmutter am Arm.

Elsbeth streckte eine ihrer schwieligen Hände aus und tätschelte Sofies zitternde Finger. »Jo, mei Mädel, nur ke Angscht, isch bin doch trotzdem do.«

»Was soll des heiße?«, fragte Willi.

»Wann! Wann kommscht du wieder?«, drängte der Pfarrer. »Wir ... wir vermisse disch wie die Sau! Ohne dich is alles net so schää, wie's sei könnt. Ohne den Krach von deim Bulldog is Elwefels bloß noch en kleiner Dubbe im Wald, nix weiter.«

Irrte Carlos sich, oder schimmerte es feucht in Karls Augenwinkeln? Ganz allmählich schlug die Stimmung wieder um. Die Fröhlichkeit versiegte, und etwas unsagbar Trauriges schlich sich in die Runde.

Plötzlich wandte Elsbeth langsam den Kopf und schaute auf Trudy, die immer noch nichts ahnend schlafend auf der Bank lag. Wie nach einem Weckruf riss Trudy die Augen auf, fuhr wie von einer Tarantel gestochen von der Bank hoch, verlor das Gleichgewicht und landete auf dem Boden. Benommen und gleichzeitig zu Tode erschrocken starrte sie zu Elsbeth hoch.

Die Wirtin schob ihre kraftvolle Hand über den Tisch und umschloss Anthonys Unterarm. Immer noch den Blick auf Trudy gerichtet, sagte sie schließlich mit eindringlichen, leisen Worten: »Wenn ma ebbes wirklich von Herze will, muss ma's aach richtisch wolle müsse. Wie ma's dann kriegt, des kann ma net wolle müsse. Un wie ma's kriegt, kann aach kenner wisse. Hauptsach is: Ma muss es richtisch wolle müsse!« Und an Anthony gewandt: »Weeschwieschmään?«

Am Tisch hörte man geradezu das Rattern der Gehirnwindungen. Was für ein labyrinthisches Satzungetüm hatte da gerade Erwin-Elsbeths Mund verlassen? Und wie sollte man daraus irgendeine konkrete Anweisung herauslesen?

»Also Erwin, des war jetzt e bissel … schwierig«, tastete Willi sich vor.

»Jo alla«, winkte Erwin-Elsbeth ab, als wollte sie sagen: Ihr schafft das schon. Dann ließ Elsbeth Anthonys Arm los.

Anthony warf einen besorgten Blick auf Trudy, die ungläubig blinzelte und die alte Frau mit der Männerstimme anstarrte. Carlos wurde den Eindruck nicht los, dass das soeben Gehörte in irgendeinem geheimnisvollen Zusammenhang mit Trudys Anwesenheit im Dorf stand.

»Owacht!«, sagte Erwin-Elsbeth auf einmal mit lauterer Stimme, und alle am Tisch schnappten nach Luft. »Ich hab noch ebbes Wichtisches vergesse. Es gibt nämlisch ebbes, wo im Jenseits ziemlich Mangelware is.«

Die Runde beugte sich vor, begierig darauf, doch noch

ein Wort Erwins von den Lippen der alten Wirtin zu hören. Die Spannung war zum Zerreißen. Aber statt etwas zu sagen, griff Elsbeth nach Carlos' Schorleglas, in dem der Pegel noch am höchsten stand, hob es an den Mund und leerte es in wenigen, gierigen Zügen. Gebannt beobachteten die Elwenfelser, wie die Rieslingschorle verschwand.

Mit einem lauten Knall stellte Erwin-Elsbeth das Glas wieder ab und wischte sich genüsslich seufzend über den Mund. »So. Is des aach erledischt«, sagte er noch.

Dann veränderte sich die ganze Erscheinung der alten Wirtin. Eine Sekunde später war das blaue Leuchten aus ihren Augen verschwunden, der Körper kehrte wieder in seine ursprüngliche Haltung zurück, und Bettels Gesichtsausdruck war wieder so, wie sie ihn kannten. Etwas verwirrt schaute sie in die Gesichter ringsum und runzelte die Stirn. »Was gucken ihr so?« Dann fiel ihr Blick auf das leere Schorleglas vor ihr. »Ach Gott, hab isch e trockene Gosch!«, stieß sie hervor und schickte ein kurzes Lachen hinterher.

»Des ganze Gedees macht halt arg durschtisch.«

Jetzt fand auch Carlos seine Sprache wieder. »Bettel, weißt du denn gar nicht, was gerade los war?«

Die alte Wirtin hob die Augenbrauen und sah die Runde ein wenig unwirsch an. »Also wenn du mich so frogscht: Ihr gucken all wie die Kuh, wenn's blitzt.« Sie stand auf. »Ich geh jetzt Grumbeere schäle«, verkündete sie und rauschte energisch in die Küche ab, nicht ohne Trudy im Vorbeigehen zärtlich die Schulter zu tätscheln.

»Aber Bettel, was fangscht jetzt mit deine Grumbeere an?«, rief der Pfarrer. »Es is mitte in de Nacht?«

»Ja glauben ihr, die schälen sich von alläā?«, rief sie über die Schulter zurück, als wäre es das Normalste der

Welt, in einem Moment Medium zu sein – und im nächsten Wirtin.

Für Anthony kam diese Wandlung weniger überraschend. »Lasst sie gehn«, bat er. »Die Menschen, durch die ein Ahn spricht, erinnern sich net an ihr Besessenheit. Die mache einfach do weiter, wo se vorher aufgehört ham. Un des is auch gut so.«

Aus der Küche erklang Geklapper. »Morge gibt's viel zu schaffe«, rief Bettel. »Ich glaub kaum, dass do Geischter kummen un über Nacht die ganz Arbeit mache.« Sie kicherte.

Anthony erhob sich und half Trudy, die sichtlich verwirrt aussah, vom Boden aufzustehen und sich auf die Bank zu setzen. Er redete leise auf sie ein.

Am Tisch griffen sie jetzt nach den Schorlegläsern, die sich nun zwar langsamer, aber ebenso vollständig wie Elsbeths leerten.

»Was meint ihr?«, fragte Carlos. »Hat sie nun diese Rieslingschorle getrunken oder … äh, Erwin?«

»Is doch egal«, sagte Willi. »Wichtig is bloß, dass de Erwin die Grundregel net vergesse hot: Warum hot en Pälzer nie Durscht?«

»Ja, warum denn?«, fragte Carlos.

»Weil er vorher trinkt!«, schallte es aus allen Mündern gleichzeitig.

Kapitel 21

In dem klar wird, warum man nicht im Knast sitzen muss, um gefangen zu sein

Charlotte fror. Es war keine äußere, temperaturbedingte Kälte, denn in ihrer kleinen Zelle war es eigentlich ziemlich warm. Außerdem hatte sie auf dem schmalen Bett eine passable Matratze und eine anständige Decke. Es war alles ein wenig anders als in den Krimis im Fernsehen. Die Vollzugsbeamten hatten sie respektvoll und höflich behandelt, und auf dem Tablett, das man ihr am Abend gebracht hatte, hatte ein Teller mit leckerer Spaghetti Bolognese gestanden. Aber Charlotte hatte nichts davon gegessen, sie würde erst wieder essen, wenn sie freikäme. Wahrscheinlich fror sie deswegen so erbärmlich. Es war eine innere Kälte der Erschöpfung und der Traurigkeit. Sie kannte das Gefühl aus ihrer Ehe. Immer, wenn sie mit Hartmut gestritten hatte und sie ohne Aussprache zu Bett gegangen war, war diese Kälte gekommen. Wie ein dritter Körper hatte sie sich dazugesellt, als wollte sie die Distanz zwischen ihr und Hartmut ausfüllen, der wie ein Fremder schweigend in der Dunkelheit vor sich hin schmollte.

Die Kälte jetzt war allerdings um ein Vielfaches stärker. Charlottes Zähne klapperten. Ihr ganzer Körper stand unter Hochspannung. Sie schaffte es nicht, sich auch nur ein bisschen zu entspannen, und verlor sich in der furchtbaren Vorstellung, dass dieser Zustand für immer anhalten würde. Wenn man sie nicht wieder freiließ, wäre sie nur noch ein zähneklapperndes, frierendes Etwas auf einem schmalen Gefängnisbett.

Sie drehte sich auf den Rücken, legte die Hände auf das Zwerchfell und versuchte, sich auf ihren Atem zu konzentrieren. Zu irgendetwas mussten die jahrelangen Yogastunden doch gut gewesen sein! Charlotte schaffte es für ein paar wohltuende Sekunden, sich auf nichts anderes als auf ihren Atem zu konzentrieren. Dann schob sich ein Bild in ihr Bewusstsein: Carlos Herb.

Schlagartig befiel sie wieder diese Unruhe. Die Traurigkeit, die sie schon seit dem gestrigen Tag in Beschlag genommen hatte, war wie ein Sumoringer, der in diesem Moment sein Gewicht verlagerte; Charlotte glaubte, ihr Herz würde unter diesem Gewicht zerquetscht werden.

Carlos.

Sie dachte eigentlich schon seit vergangenem September immer wieder an ihn. Nicht im Alltag, und auch nicht in den Momenten kurz vor dem Einschlafen. Nur manchmal erschien er in ihren Träumen, so wie an dem Tag, als sie ihn zum ersten Mal gesehen hatte, im Wingert oberhalb der Weinstraße. Er war aus dem Nichts aufgetaucht und mitten in einen Streit mit ihrem Mann hineingeplatzt. Wie so oft hatte sie sich auch damals mit Hartmut ausgerechnet im Weinberg gestritten, auf dem Terrain, das sie am meisten liebte.

An diesem Tag hatte Carlos Charlotte verzaubert, auf eine leichte, unbekümmerte, aber auch männlich souveräne Art, die sie daran erinnerte, was sie alles vermisste in ihrem Leben. Es erinnerte sie auch daran, dass sie Hartmut eigentlich keinen Vorwurf machen durfte, denn seine unerträglichen Eigenschaften hatte er – im Kleinen –

schon damals an sich gezeigt, als sie sich in ihn verliebte. Wieso hatte sie nie die Kraft aufgebracht, sich von ihm zu trennen?

Jedenfalls war Carlos seit diesem Tag bei ihr. In einer etwas dämmrigen Etage ihres Bewusstseins, in die sie sich nie wagte – aus Angst vor den Konsequenzen.

Sie war nur einen Millimeter davon entfernt gewesen, sich heillos in den Mann aus Hamburg zu verlieben. Die Tage nach seiner Abreise erlebte sie wie unter Betäubung. Sie hatte die Sehnsucht vehement auf Abstand gehalten, weil sie wusste, dass die Folgen sie und ihr ganzes Leben ins Chaos gestürzt hätten. Außerdem: ein Privatdetektiv! Noch dazu aus Norddeutschland. Der sowieso nie wieder in Elwenfels auftauchen würde, auch wenn sie Herb vor seiner Abreise aus dem Dorf herzlich dazu eingeladen hatten. Sie würde ihn höchstwahrscheinlich nie wieder sehen. Und selbst wenn ... Es erfüllte Charlotte mit einer erbärmlichen Erleichterung, dass sich nichts änderte. Denn sie fühlte sich durch die jahrelangen Kämpfe mit Hartmut erschöpft und benommen. Wenn sie doch mehr vom Wesen ihrer Schwester gehabt hätte. Seit vergangenem September war Carlos Herb in ihrer Nähe gewesen wie eine beiläufige Melodie, die aus einem Fenster plätschert und einen verfolgt. Eine schöne, leichte und gleichzeitig rätselhafte Melodie, die sehr gut nach Elwenfels gepasst hätte. Und ausgerechnet an dem Tag, an dem sie auf so furchtbare Weise endlich frei geworden war, war er wieder aufgetaucht.

Charlotte schauderte. Wenn man sie hier im Knast verrotten ließe, konnte Carlos sein Detektivbüro in Elwenfels eröffnen – es würde keinen Unterschied machen. Und die Melodie würde so verzerrt klingen wie eine kaputte Spieluhr.

Sie atmete tief durch. Und dann weinte sie. Elwenfels war so verdammt weit weg in dieser Nacht.

Auf dem Weg durch den unterirdischen Gang zurück zum Friedhofswärterhäuschen klammerte Trudy sich an Anthonys Hand fest und hielt sich dicht an ihn gedrückt, als wären sie Kinder, die nachts allein durch den Wald liefen. Der Lichtkegel der Taschenlampe legte die uralten Steine des niedrigen Gewölbes frei und fing sich in tief hängenden Spinnweben.

»I'm sorry, if this encounter frightened you«, sagte er und drückte aufmunternd ihre Hand. »Tut mir leid, wenn dir das eben Angst eingejagt hat. Ich hätt selbst nicht gedacht, dass so was passiert.«

Trudy stieß ungläubig ein Geräusch aus und schauderte. »That ain't the problem«, sagte sie. »Das war es nicht.«

»Was dann?«

»Ich habe ja nicht mal verstanden, was diese Frau ... dieses Medium genau gesagt hat.«

Anthony hatte sich schon gefragt, wie er die kryptischen Andeutungen Erwins erstens ins Englische und zweitens in einen halbwegs verständlichen Zusammenhang übersetzen konnte. Er holte tief Luft. »Also, die Botschaft lautete ungefähr sinngemäß: Wenn du etwas wirklich willst, dann muss es dir egal sein, wie du es bekommst, weil man die Umstände, wie man etwas bekommt, nicht kennen kann. Die Hauptsache ist: Man muss es nur wirklich richtig wollen.« In Gedanken fügte er noch ein »Weeschwieschmään« an, denn die Phrase, die er da gerade auf Englisch rezitiert hatte, verlangte geradezu nach dem klassischen pfälzischen Nachsatz, der immer dann fiel, wenn das Gesagte Spielraum für alle möglichen Interpretationen ließ.

Er warf Trudy einen Seitenblick zu. Sie sah ihn fragend an, als hätte er Altgriechisch gesprochen. Anthony konnte mit dem orakelhaften Ausspruch ja eigentlich auch nichts anfangen. Wie sollte es ihr da erst gehen? »Wenn du es nicht verstanden hast, warum macht es dir dann Angst?«, fragte er.

Trudy antwortete nicht.

Als sie kurz darauf in der winzigen Friedhofskapelle an die Oberfläche kamen, sah sie aus, als wäre sie tief in ihren Erinnerungen versunken. Das Geschehen schien sie schwer beeindruckt zu haben. Anthony öffnete die Tür zu seinem Häuschen und knipste das helle Deckenlicht an. Über Trudys Gesicht huschte ein fragender, nachdenklicher Ausdruck.

Anthony wusste mittlerweile von ihr, dass Trudys Eltern mit ihrer achtjährigen Tochter nach Miami ausgewandert waren. Sie wuchs in einer kontrastreichen, zerrissenen Kultur auf, die trotz amerikanischer Oberflächlichkeit mit uraltem rituellen Brauchtum in Verbindung stand. Diese Verbindung nach Kuba war nie abgerissen, und ihre Mutter und Tante hatten diese alten Riten selbstverständlich weiter praktiziert.

Die Ahnen wurden als wichtige Mitglieder der Gemeinschaft betrachtet, die durch ein Medium zu den Lebenden sprechen konnten. *Santería* nannte man das auf Kuba und in den exilkubanischen Gemeinden Floridas. Die meisten Nachfahren der afrikanischen Sklaven, auch solche christlichen Glaubens, hatten immer noch eine erstaunliche Sensibilität für die okkulten, afrokaribischen Traditionen ihrer Vorfahren. In Anthonys Bücherregal, das neben seinem Bett stand und mit Büchern vollgestopft war, befanden sich einige Bücher und Bildbände zu diesem faszinierenden Thema.

Plötzlich wurde ihm klar, was es war: Die afrokaribischen Wurzeln waren auch in Trudy noch immer lebendig. Das Geschehen in der Weinstube hatte sie wieder freigelegt. Trudy strahlte jetzt eine wissende Ruhe aus, als würde etwas sehr Altes in ihrem Unterbewusstsein nach oben steigen und sich zu einem großen Ganzen fügen.

Anthony trug seine Wolldecke zum Sofa und überließ Trudy das Bett. Doch kaum hatte er es sich in der Dunkelheit gemütlich gemacht, da hörte er leise ihre Stimme.

»Can you come to me, please?«

Es klang wie eine Bitte und ein Lockruf zugleich. Mit klopfendem Herzen tapste er zurück zu seinem Bett und legte sich mit einem ganz unbekannten Gefühl der Befangenheit neben sie, wobei er darauf achtete, einen Abstand von wenigstens ein paar Zentimetern einzuhalten. Mit einer schnellen Bewegung überwand Trudy diese Distanz und kuschelte sich an ihn wie ein kleines Mädchen. Anthony war zunehmend verwirrt von den Gefühlen, die ihre Nähe in ihm auslöste. Sie war warm und duftete seltsam vertraut, als hätte das Zusammensein mit den Elwenfelsern sie zu einer der ihren gemacht.

»Weißt du, diese Szene gerade in der Weinstube ...«, flüsterte sie im Dunkeln, »ich habe mich plötzlich an etwas erinnert, das ich völlig vergessen hatte. Ich muss etwa sieben oder acht gewesen sein, kurz bevor meine Eltern mit mir nach Miami ausgewandert sind. Mein Großvater lag im Sterben. Wir waren in einem kleinen Dorf in der Nähe von Havanna. Nach der Beerdigung gab es im Haus meiner Großmutter so eine Zeremonie, ein Orakel, ›Ifá‹ nennt man das. Ich hatte so etwas noch nie gesehen, und es hat mich total eingeschüchtert. Aber irgendwie war es auch faszinierend – die Gesänge, die Trommeln, die vielen Menschen. Der Babalawo, der Priester, ließ diese Samenkerne immer wieder durch seine Hände gleiten. Ich verstand nicht, was passierte, aber ich habe gespürt, dass es irgendwie wichtig war. Dann hat sich der Priester an mich gewandt. Seine Augen haben mich durchbohrt, so wie vorhin diese alte Frau mit den krassen, blauen Augen, und ich war wie hypnotisiert. Dann kam das Orakel aus seinem Mund. Und weißt du, was er gesagt hat?«

Trudy's Hand lag auf Anthonys Bauchdecke. Er mochte den Klang ihrer flüsternden Stimme in seinem kleinen Haus. Sie hörte sich an wie ein zarter Wind, der durch Buchseiten raschelt.

»Er hat gesagt: ›*Tu futura es un pueblo pequeno*‹. Dann war der Moment vorbei, und die Zeremonie nahm weiter ihren Lauf. Aber meine Mutter war völlig aufgelöst und wollte die Botschaft dieser Worte gar nicht wahrhaben.«

»Was bedeuten sie?«, fragte Anthony.

»Es kann auf zwei verschiedene Arten übersetzt werden«, antwortete Trudy. »Das Wort ›pueblo‹ kann ›Dorf‹ bedeuten oder auch ›Volk‹. Der Priester hat gesagt: Deine Zukunft ist ein kleines Volk. Meine Mutter glaubte, dass er damit Kuba meinte. Die Kubaner sind ein kleines Volk. Und sie befürchtete wohl, dass es mein Schicksal sein würde, auf der Insel zurückzubleiben, nachdem meine Eltern doch so versessen darauf waren, in die USA zu emigrieren.«

Sie schwieg eine Weile, und Anthony stellte sich die Szene vor. Eine Gänsehaut überlief ihn.

»Vielleicht habe ich das Erlebnis deswegen auch vergessen«, fuhr Trudy flüsternd fort, »weil meine Mutter das alles so schlimm fand und nicht wahrhaben wollte. Wir sind dann nach Miami gereist, und ich habe bald nicht mehr daran gedacht, weil wir danach echt andere Sorgen hatten.« Sie holte wieder tief Luft. »Aber jetzt, als dieser alte Mann durch eure Wirtin gesprochen hat, da ist mir alles wieder eingefallen. Und mir ist klargeworden, dass man die Worte auch ganz anders hätte deuten können. Verstehst du, was ich meine?«

Anthony nickte. »Deine Zukunft wird ein kleines Dorf sein!« Unter seinen Fingerkuppen spürte er, dass auch Trudy eine Gänsehaut bekommen hatte.

Sie hob den Kopf und sah ihn fragend an. Ihre Augen leuchteten wie Sterne durch die Dunkelheit des Zimmers. Anthony nahm ihren Kopf in beide Hände und zog ihr Gesicht zu sich.

»Also, wenn das deine Zukunft sein soll«, wisperte er, »dann ist es auch meine.«

Kapitel 22

In dem wir Zeuge alltäglicher Polizeiarbeit werden: viele Fragen, keine Antworten

Als Carlos am nächsten Morgen zum Frühstück in die Küche kam, erlebte er eine Überraschung. Am Tisch saß Hauptkommissarin Nadja Sprengel und ließ sich von Hans Strobel gerade eine Tasse Kaffee reichen. Sofie war nirgends zu sehen. Carlos spürte immer noch die Nachwirkungen des sonderbaren Erlebnisses der letzten Nacht und konnte die Eindrücke nur schwer abschütteln. War das wirklich passiert? Oder hatten sie alle unter dem Einfluss des Zauberweines nur eine besonders abgefahrene Vision erlebt?

Nachdem Bettel in der Küche verschwunden war, hatten die Elwenfelser noch eine Weile versucht zu analysieren, was Erwin ihnen hatte sagen wollen. Aber es war niemandem gelungen, die kryptischen Andeutungen zu übersetzen. Was hatte er damit gemeint, dass sie sich ein bisschen mehr anstrengen sollten? Allerdings waren sich alle einig gewesen, dass sie etwas Bedeutsames mitgeteilt bekommen hatten, was sich zwar nicht in Worte kleiden ließ, die Realität jedoch verändern würde.

Etwas war mit ihnen geschehen, das ihre nächsten Handlungen beeinflussen würde, da war Carlos sich sicher. Er fühlte sich immer noch verzaubert und entrückt, und der Anblick der Kommissarin aus Ludwigshafen holte ihn sehr unsanft auf den Boden der Tatsachen zurück.

»Beeilen Sie sich mit dem Frühstück«, sagte sie etwas flapsig. »Ich habe einen Anschlag auf Sie vor.«

Eine Viertelstunde später stapfte Carlos neben der Polizistin durch den üppigen Wald, der gerade zum Leben erwachte. Sie wollte sich selbst ein Bild von dem Zeltlager der amerikanischen Soldaten machen und hatte ihn gebeten, sie dort hinzuführen. Die Kommissarin hatte gestern noch verhalten reagiert, was seinen Ansatz betraf. Jetzt war scheinbar ihr Interesse geweckt.

Carlos konnte sein Glück nicht fassen. »Welchem Umstand verdanken wir dieses Umdenken in der Ermittlungsrichtung? Haben Sie das Handy auslesen lassen?«

Er brannte vor Ungeduld, war voll in seinem Element und konnte es kaum erwarten, dass Nadja Sprengel ihn auf den neuesten Stand brachte. Sie so zu sehen, wie sie genüsslich über den weichen Waldboden schritt und immer wieder innehielt, um das Gesicht in die Morgensonne zu halten, machte ihm bewusst, dass sie nicht wie die Partner und Kollegen aus dem alten Leben war. Diese Frau würde ihm gar nichts sagen.

Trotzdem schienen in Nadja Sprengel einige Veränderungen vorgegangen zu sein. Die erste war die offensichtlichste: Sie duftete. Nicht einfach nur frisch geduscht. Sie umwehte ein Geruch, den man nur mit sehr viel gutem Willen als unaufdringlich bezeichnen konnte. Ein intensiver, kostbarer Geruch, der direkt auf Carlos' Unterbewusstsein einwirkte. Weiblichkeit. Jede Menge Weiblichkeit. Noch dazu verpackt in eine weiße, weich fallende Bluse und einen hübschen Pullover mit U-Boot-Ausschnitt. Dazu trug sie wieder ihre enge Jeans und dunkelrote Lederstiefel. Und ihre Haare erst! Sie verrieten, wie viel Zeit die Frau am Morgen vor dem Spiegel zugebracht hatte.

Am liebsten hätte ihr Carlos unverblümt gesagt, was ihm jetzt durch den Kopf ging. Dass es nämlich verdammt lange her war, dass eine Frau sich für ihn hübsch gemacht hatte.

Nadja Sprengel gab sich jedoch unzugänglich. »Ich hätte nicht gedacht, dass mich die Arbeit mal an einen so bezaubernden Ort führen würde«, erklärte sie und wandte sich mit geschlossenen Augen der Sonne zu. »Normalerweise beschert mein Alltag mir keine Spaziergänge durch so einen schönen Wald.«

»Dann verstehen Sie ja, was den Elwenfelsern das alles hier bedeutet«, versuchte er es erneut.

»Ja, ja«, wich sie aus. »Das ist mir schon bewusst.«

Irrte er sich, oder huschte ein Schatten über ihre Augen? »Also, was hat Ihren Sinneswandel bewirkt?«, bohrte Carlos weiter.

Zwei junge Rehe sprangen plötzlich aus dem Dickicht und verschwanden zwei Meter vor ihnen im Unterholz. Die Hauptkommissarin stieß ein leises Jauchzen aus und griff nach seiner Hand.

Carlos zog die Augenbrauen hoch. Die taffe Ermittlerin aus dem Ludwigshafener Präsidium erschien ihm wie ausgetauscht. Ihr Händedruck war fest, und gegen seinen Willen empfand Carlos ihn als angenehm. Trotzdem entzog er ihr die Hand wieder.

»Bevor Sie sich die nächste Frage ausdenken, Herr Herb, stelle ich Ihnen mal eine«, meinte sie, als der Moment der Naturergriffenheit wieder vorbei war. »Wie kommt es, dass Sie sich hier so gut auskennen, wo Sie doch, wie Sie behaupten, erst einmal hier waren?«

»Naja, mein erster Aufenthalt hier war ... äh, ziemlich

intensiv. Es hat sich nicht vermeiden lassen, dass ich mich sehr eingehend mit diesem Wald beschäftigt habe.«

Nadja Sprengel warf ihm einen versonnenen Blick zu, in dem aber immer noch eine Spur Misstrauen lag. »So, so. Und bei diesem intensiven Besuch hier, da haben Sie sich auch mit Charlotte Walter eingehend beschäftigt?«

»Nicht so, wie Ihr Tonfall es andeutet«, erwiderte Carlos kühl. »Aber ich habe sie auf diese Weise gut genug kennengelernt, um Ihnen sagen zu können, dass ...«

»Ist ja gut. Man möchte kaum glauben, dass Sie mal in Mordfällen ermittelt haben, Carlos Herb. Sie müssen doch aus eigener Erfahrung wissen, dass sogar Heidi zu einem Mord in der Lage wäre.«

Eine große Wurzel lag in ihrem Weg, und Nadja Sprengel tat etwas Seltsames. Sie reichte ihm in einer etwas gezierten Geste die Hand und forderte ihn so auf, ihr darüberzuhelfen. Carlos spielte den Gentleman. Ihm wurde bewusst, dass er noch so einiges anderes getan hätte, um einen Zugang zu diesem Chamäleon-Weibchen zu bekommen. Gleichzeitig höhnte seine innere Stimme, dass sich eine ausgebuffte Kriminalkommissarin vielleicht auf ein Spiel einlassen, aber niemals ihren kühlen Kopf und ihre Beurteilung eines Falles opfern würde. Dann kannst du es ja auch bleiben lassen, dachte Carlos. Aber es fühlte sich verdammt gut an, neben dieser attraktiven Frau, die wie eine ganze Maiglöckchenwiese duftete, durch den Wald zu laufen. Wie sich diese geballte, geschmeidige Weiblichkeit auf einen Haufen Soldaten auswirken würde, stand selbstverständlich auf einem anderen Blatt.

Nadja Sprengel blieb stehen und deutete zwischen die Bäume. »Läuft da vorne etwa eine alte Frau mit einem Fuchs auf dem Arm herum?«, fragte sie erstaunt. »Oder bilde ich mir das ein?«

Carlos blinzelte. Er hätte die alte Anna beinahe nicht erkannt, die seelenruhig zwischen den Baumstämmen umherspazierte und dabei Barbarossa auf dem Arm trug. Sein Fell leuchtete unwirklich rot in all dem Grün ringsum, und sein verbundener Hinterlauf baumelte herab. Man hörte sogar den liebevoll schrägen Gesang der alten Frau.

»Ich sage doch, das hier ist ein besonderer Ort«, murmelte er. Der Anblick von Anna, deren Welt wieder im Lot war, löste eine tiefe Zufriedenheit und Zuversicht in ihm aus. Er wollte daran glauben, dass im Rest von Elwenfels auch bald alles wieder zur Ruhe kam.

Nadja Sprengel erinnerte ihn an ein Mädchen, das ungläubig durch eine Märchenlandschaft streift. Aber als sie sich der Lichtung näherten, von der vereinzeltes Rufen und leises Klopfen herübertönte, verwandelte sich die Lieblichkeit wieder in Härte.

»So, dann wollen wir mal«, verkündete sie entschlossen.

»Da gibt es einen deutschen Bundeswehrleutnant, der wird für Sie übersetzen«, sagte Carlos.

»Ich brauche keinen Übersetzer. Ich habe selbst zwei Jahre in den Staaten verbracht. FBI-Akademie.«

Carlos schluckte. Wie kam er nur auf den Gedanken, Kommissarin Sprengel irgendwie manipulieren zu können?

Sie betraten die Lichtung, und Carlos bekam jetzt einen Eindruck vom Sinn der ominösen Kletterübung, wegen der die Soldaten hier waren. In der Steilwand am Ostrand, aus deren Fuß der Bach entsprang, hingen unzählige Menschen. Carlos erinnerte sich noch an sein Gespräch mit Sofie im vergangenen September. Er wollte beim Anblick der Haken in der Wand wissen, warum hier keine Kletterer waren, und Sofie hatte mit einem geheimnisvollen Lächeln gesagt, dass Elwenfels keinen Wert auf derartige Gäste lege. Wie es den Elwenfelsern gelungen war, die Hobbykraxler fernzuhalten, hatte sie aber nicht verraten.

Jetzt verliefen über die Steilwand kreuz und quer Seile, die durch Haken und Ösen gespannt waren. Offenbar fand dort oben gerade eine komplizierte Rettungsübung statt. Carlos war zuerst erschrocken, als er drei oder vier leblose Körper sah, die schlaff in den Seilen hingen oder von anderen auf den Schultern getragen wurden. Zwei Soldaten hatten einen Kameraden in ihrer Mitte und versuchten sich an Wiederbelebungsmaßnahmen, angeleitet von einem am Fuß der Felswand stehenden Mann, der ihnen Anweisungen zurief. Zwei andere Kletterer knoteten aus Stoff eine große Schlinge, in der sie einen schlaff herunterhängenden Körper nach unten abseilten. Das Ganze wurde von unten gefilmt und von zwei Trainern kommentiert. Über der Lichtung lag eine angespannte Atmosphäre.

Für eine Weile war Carlos ganz gefangen von diesem Schauspiel. Er dachte daran, was für eine grandiose Verschwendung es doch war, solche Fähigkeiten nicht in Nepal bei der Bergrettung einzusetzen, sondern am Hindukusch bei der unmöglichen Befriedung eines zerrissenen Landes.

In diesem Moment trat ein Soldat auf sie zu und fragte, was sie wollten.

Nadja Sprengel zückte ihren Dienstausweis. Ein Anflug von Neid und irgendetwas Bitterem durchzuckte Carlos. Dann rief er sich all die Annehmlichkeiten in seinem Leben in Erinnerung, die er seit seiner Entlassung aus dem Polizeidienst genoss. Viele waren es zwar nicht, aber immerhin. Nein, er wollte nicht mit ihr tauschen.

Der junge Bundeswehrsoldat schaute mit zusammengekniffenen Lippen auf den Dienstausweis und versprach, einen Verantwortlichen zu ihnen zu schicken. »Sie müssen aber warten, bis die Übung zu Ende ist«, sagte er. »Der Einsatz kann nicht unterbrochen werden.«

»Kein Problem, wir warten«, meinte Nadja Sprengel und setzte sich demonstrativ entspannt auf einen umgestürzten Baumstamm. Carlos ließ sich neben ihr nieder.

Es dauerte fast eine Stunde, bis die Übung beendet war. Eine Stunde, in der immer wieder der gestrige Abend im Dorfkeller vor Carlos' geistigem Auge vorüberzog. Er glaubte jedes Wort von dem, was Trudy erzählt hatte. Aber wenn er die durchtrainierten Körper an der Kletterwand sah und die kühlen Blicke, die ihnen Lieutenant Ellman zuwarf, kamen auch immer wieder Zweifel hoch. Er hatte beschlossen, noch zu warten, ehe er der Kommissarin von Trudy erzählte. Es wäre unverzeihlich, wenn die junge Frau in Gefahr geraten würde. Er wollte diese Information für sich behalten, bis es wirklich gar nicht mehr anders ging und er gezwungen wäre, Trudy als Zeugin anzuführen. Vorerst musste das Handyvideo reichen.

Irgendwann lösten sich die Kletterer von der Wand und seilten sich nacheinander ab. Lieutenant Ellman und sein deutscher Kollege kamen auf sie zu. Die Kommissarin ging ihnen entgegen. Carlos hielt sich ein Stück hinter ihr.

Nadja Sprengel stellte sich knapp vor. Dann holte sie aus ihrer Handtasche eine Klarsichtfolie mit einem Foto, auf dem das Handy mit dem zersplitterten Display zu sehen war. »Hat einer von Ihnen oder von Ihren Soldaten das hier verloren?«, fragte sie.

Carlos fiel auf, dass sie den Männern gegenüber genauso kühl war wie bei ihrer gestrigen Begegnung. Zu seiner Überraschung nickte der Amerikaner und erklärte, dass einer seiner Männer seit zwei Tagen sein Handy vermisse.

Er rief einem in der Gruppe seiner Untergebenen etwas zu, woraufhin einer der Soldaten sich näherte. Es war der Typ mit dem ramponierten Gesicht.

Nadja Sprengel fragte nicht nach dem Grund für diese Verletzungen. Sie hielt dem jungen Mann das Foto hin, und der Soldat erkannte das Handy als sein eigenes, seltsamerweise ohne jedes Zeichen von Nervosität. Müsste er sich nicht schuldig fühlen?, fragte sich Carlos. Aber ein Blick in die Augen der Umstehenden zeigte ihm, dass sie keineswegs unruhig wirkten. Er hörte, wie Nadja Sprengel in perfektem Englisch erklärte, dass die Handydaten analysiert worden seien.

»Ich weiß nicht, ob es Ihnen bewusst ist«, sagte sie und musterte die beiden Vorgesetzten. »Aber auf diesem Smartphone befindet sich ein äußerst wichtiger Hinweis zu dem Mord, der vorgestern Nacht hier verübt wurde.«

Lieutenant Ellman nickte ernst. »Well done. Wie gut, dass die Polizei dieser Sache nachgeht. Wir sind natürlich behilflich, wo wir nur können.« Ein süffisantes Lächeln umspielte seine Lippen.

»Dann fangen Sie doch damit an, mir zu verraten, wer der junge Mann auf dem Video ist, der in den Wald rennt, bevor der Film endet«, forderte die Kommissarin den Lieutenant auf.

Schweigen. Es war keine betretene Wortlosigkeit, sondern eine Wand der Ablehnung, garniert mit einem beinahe naiven Grinsen im Gesicht des Lieutenants. Sein deutscher Kollege, Leutnant Falke, glich einem Wachhund im Wellnessurlaub. Er betrachtete Nadja Sprengel lediglich wie eine lästige, aber harmlose Reporterin, die überflüssige Fragen stellt.

Carlos gab sich einen Ruck. »Dann endet Ihre Hilfsbereitschaft also schon hier? Das ist natürlich auch eine Antwort.«

»Wir können daraus auch einen Fall für die Militärpolizei machen«, fügte Nadja Sprengel an, »wenn Sie das unbedingt wollen. Wenn Sie uns nicht weiterhelfen, werden das eben die nächsthöheren Stellen herausfinden. Soll ich Ihr Schweigen wirklich als Versuch deuten, irgendeine Geschichte zu vertuschen? Eigentlich bin ich hergekommen, damit Sie mir diese Geschichte erzählen.«

Der Lieutenant seufzte in gespielter Ergebenheit, deutete auf einen seiner Männer und schickte den Typen mit dem zerkratzten Gesicht weg. Ein nicht mehr ganz so junger Soldat trat vor, ein Typ, für den der Name Durchschnitt erfunden worden war. Einer, der dadurch auffiel, dass er zu perfekt die Rolle des Unauffälligen ausfüllte. Sein Kopf war ein wenig zu klein für den gestählten Körper, das Haar für militärische Begriffe einen Tick zu lang, und in seinem glatt rasierten Gesicht lag ein merkwürdig kindlicher Ausdruck. Trotzdem strahlte seine ganze Haltung – von den sauberen Hosenaufschlägen bis in die großen, braunen Augen – eine Korrektheit aus, die in der eher lockeren Umgebung eines Übungslagers herausstach. Ein schlichtes Gesicht, das auf eine gewisse Genügsamkeit schließen ließ, die sich aber von Anerkennung nährte und stahlharter Selbstkontrolle. Doch da war etwas Unbestimmtes, das seine Kameraden zu überstrahlen schien.

Also doch nicht so unauffällig, dachte Carlos.

Der Mann trat vor und reichte Nadja Sprengel die Hand, was die Kommissarin leicht irritiert erwiderte.

»Darf ich Ihnen Sergeant Rick Malone vorstellen«, erklärte der Lieutenant. »Er ist der Mann, den Sie auf diesem Handyvideo gesehen haben.«

Carlos beobachtete Nadja Sprengel, wie sie den Mann taxierte, und kam zu dem Schluss, dass sie das Gleiche empfand wie er. Der Soldat strahlte eine Sauberkeit aus, die irgendwie unheimlich war.

»Ma'am, bitte verzeihen Sie, dass ich erst jetzt etwas dazu sage«, begann er in einem seltsamen Akzent, der wohl aus den Südstaaten stammte. Er sah die Kommissarin mit einem Blick an, den auch ein Cockerspaniel hinbekommen hätte. »Bitte glauben Sie mir, wenn ich Ihnen sage, dass ich meine Gründe hatte, bisher zu schweigen.«

Ganz schön lange Wimpern hatte dieser Malone, dachte Carlos. Und er wusste sie einzusetzen wie ein Barpianist, der absichtslos, aber doch effektvoll an einem Flügel klimperte.

»Sie brauchen nicht so diensteifrig zu tun«, entgegnete Nadja Sprengel ungerührt. »Das mag Ihren Vorgesetzten beeindrucken, aber ich will einfach nur Informationen. Ohne ›Madam‹, ohne ›Bitte‹ und ohne ›Verzeihen Sie‹. Geht das?«

Sein Adamsapfel schien sich einmal um sich selbst zu drehen. Wie bekam er nur das mit dem Erröten hin?, fragte sich Carlos. Das war ja geradezu filmreif. In seinem Kopf versammelte sich ein unsichtbares Publikum, das begann, Nadja Sprengel zu applaudieren.

»Yes, Ma'am, sicher doch«, sagte Rick Malone. »Wo soll ich anfangen?«

»Bei der Wahrheit.«

»Ja, schon, aber … aber wo soll ich anfangen, damit Sie es auch verstehen.«

Nadja Sprengel sah demonstrativ auf ihre Uhr. »Wenn Sie sich so schwertun, dann will ich Ihnen mal eine Frage stellen, die mir schon die ganze Zeit auf der Zunge brennt«, kündigte sie an.

»Yes«, sagte Malone mit einem kleinen Senken des Kopfes, der einem viktorianischen Dienstmädchen zur Zierde gereicht hätte. Was war das denn für ein komischer Vogel?, fragte sich Carlos. Seine leicht gezierten Gesten ließen auf eine Empfindsamkeit schließen, die man sich in seiner Zunft doch eigentlich nicht leisten konnte. Wo war denn das Testosteron des Typen abgeblieben?

»Auf dem Handy dieses Mannes hier«, Nadja deutete auf den gesichtslädierten Soldaten, »befinden sich allerlei Videos, die Sie und Ihre Kameraden bei Ihren Aktionen zeigen. Sehr lehrreich das Ganze, wirklich.« Ihre Stimme verriet, dass sie Zeuge von ziemlich eindeutigem Bildmaterial geworden war.

»Aber das interessiert mich nicht. Mich interessiert, warum Sie wie aus dem Nichts heraus gefilmt haben. Und warum Sie losgelaufen sind, um diesen Mann zu verfolgen. Was ist davor passiert? Es muss ja etwas ziemlich Spezielles gewesen sein, dass Sie auf einen Beobachter derart heftig reagieren. Oder war es etwas, das nicht wert war, gefilmt zu werden? Bitte klären Sie mich auf.«

Malone tauschte einen Blick mit dem Lieutenant und Falke, die fast unmerklich nickten. »Tja, schwierig zu erklären. Also, das, was wir getan haben, war sehr privat. Ging niemanden etwas an. Zu persönlich.«

Der Telegrammstil seiner Worte stand in einem eigenartigen Kontrast zu seiner sanften Stimme.

»Hat einer von Ihnen ein Kind auf die Welt gebracht, oder was?«, fragte Nadja Sprengel. »Oder feierten Sie eine Orgie? Was war es, was niemand mit ansehen durfte?«

Malone kniff die Lippen zusammen.

Lieutenant Ellman griff ein. »Sehen Sie, das ist das Problem, warum niemand von uns mit Ihnen sprechen wollte. Wir sind nicht verpflichtet, Ihnen das zu erzählen.

Wir sind Soldaten der U.S. Army, und wir haben unsere eigenen Rituale. Ein Außenstehender kann das nicht beurteilen.«

Carlos' Zunge fühlte sich an, als müsste sie dringend an die frische Luft. Am liebsten wäre er damit herausgeplatzt, was Trudy den Elwenfelsern über diese »Rituale« anvertraut hatte. Aber er hielt sich zurück. Wenn er jetzt preisgegeben hätte, was er wusste, lieferte er ihnen einen Hinweis auf Trudys Anwesenheit im Dorf. Und bei der Kommissarin wäre diese Information auch nicht sonderlich gut angekommen. Also biss er sich auf die Zunge und verlegte sich darauf, fasziniert zu beobachten, wie die Soldaten ihre Show abzogen.

»Überlassen Sie es doch bitte mir, ob ich es verstehe oder nicht«, bat Nadja Sprengel.

»Nun, bis auf die Tatsache, dass wir Ihnen eigentlich überhaupt nichts sagen müssen«, meinte der Lieutenant mit einem angedeuteten Lächeln, »möchte ich Sie bitten, Sergeant Malone einfach zuzuhören. Was wir hier getan haben, hat nichts mit dem Mord an diesem Mann zu tun.«

Er gab Malone einen Wink, der der Kommissarin wie auf Knopfdruck wieder sein diensteifriges Lächeln zeigte. »Wir haben uns hier unbeobachtet gefühlt. Ich bin erschrocken, als da plötzlich jemand stand und zu uns herübergeschaut hat. Und da war ich nicht der Einzige. Wie würden Sie sich fühlen, wenn Sie sich unbeobachtet glauben, und plötzlich taucht jemand auf und erschreckt Sie?«

»Ich würde mir die Bettdecke über den Kopf ziehen und nach der Mama rufen«, sagte sie und winkte gleichzeitig ab. »Muss ja wirklich etwas sehr Schlimmes gewesen sein, was Hartmut Bitterlinger da gesehen hat.«

»Nein, war es nicht. Das verspreche ich Ihnen«, beteuerte Malone mit seiner ganzen wohlerzogenen Ernsthaftigkeit.

Carlos schnaubte leise, sagte aber nichts.

»Also, warum sind Sie dann hinter ihm hergerannt?«, fragte sie erneut.

»Antrainierter Reflex. Diese Reflexe sind überlebenswichtig.«

»Hier?«, stieß Carlos ungläubig hervor. »In einem Wald in der deutschen Provinz? Was hattet ihr denn erwartet, wer da am Rand der Lichtung steht? Der Geist von Osama bin Laden?«

Mit einer eleganten Bewegung drehte Nadja Sprengel sich zu ihm um und brachte ihn mit einem eisigen Blick zum Schweigen.

»Jetzt verstehen Sie das doch«, bat der Lieutenant, nun schon deutlich unwirscher. »Dieser Mann tauchte aus dem Nichts auf, und wir waren alarmiert.«

»Ich bin losgerannt, um den Mann einzuholen. Um ihn davon zu überzeugen, dass er sich bei dem, was er gesehen hat, nichts denken soll«, fuhr Malone fort. Simultan mit dem nun aufgesetzten Hundeblick hob er die Hände. »Der Mann hätte das niemals einordnen können. Kein Außenstehender kann das. Und ich hatte die Befürchtung, dass er herumrennt und irgendwelche Dinge über uns erzählt. Ich bin ihm hinterher, um ihm zu sagen, dass das alles ganz unverfänglich und harmlos ist.«

»Wenn Sie so weitermachen, dann platze ich gleich vor Neugier«, sagte die Kommissarin in einem sachlichen Tonfall, der in einem auffälligen Kontrast zu Malones weinerlich drängender Stimme stand. »Also, Sie sind ihm hinterhergerannt, um mit ihm zu sprechen«, fasste sie zusammen. »Nur, warum haben Sie dafür einen Stein benutzt? War das Ihre einzige Möglichkeit, ihn … zu überzeugen? Vermutlich hat das Mordopfer etwas gesehen, das unter keinen Umständen nach außen dringen durfte.«

Carlos schloss vor Erleichterung kurz die Augen. Die Kommissarin gefiel ihm immer besser.

»Den Stein habe nicht ich benutzt«, entgegnete Malone mit einem vielsagenden Blick in die Runde.

»Was soll das heißen?«

»Die Frau«, sagte Malone.

»Was für eine Frau?«

»Ich kann sie nicht beschreiben, es war dunkel. Aber dass es eine Frau war, das habe ich genau gesehen. Vielleicht die Ehefrau von dem Toten.«

Nadja Sprengel nickte und bedeutete ihm weiterzusprechen.

Malone holte tief Luft. »Bitte verstehen Sie mich nicht falsch. Ich habe viele schlimme Dinge im Krieg gesehen, aber das war ... das war etwas ganz anderes. Dieser Mann lief auf seine Frau zu und rief etwas auf Deutsch, was ich nicht verstehen konnte. Ich glaube, er nannte sie Charlotte. Wahrscheinlich wollte er ihr erzählen, was er gerade gesehen hatte, aber sie ließ ihn gar nicht zu Wort kommen. Sie war total wütend und hat ihm Vorwürfe ge...«

»Moment!«, unterbrach die Kommissarin seinen Redefluss. »Wenn Sie kein Deutsch verstehen, wie können Sie dann wissen, dass das die Ehefrau des Mannes war? Und dass sie ihm Vorwürfe gemacht hat?«

Zur Abwechslung gab es jetzt einen Schuljungenblick. »Es war mehr so ein Gefühl. Sie klang ziemlich aufgebracht. Die Art und Weise, wie sie miteinander kommunizierten, sagte mir, dass sie sich nahestanden.«

»Was geschah dann?«

»Ich hielt mich abseits. Ich wollte abwarten. Dann ging alles ganz schnell. Der Mann wandte sich ab und wollte über die Mauer klettern. Plötzlich hob sie einen Stein auf und hat ihm damit von hinten eins übergezogen. Zweimal.« Malone senkte den Kopf und sah betroffen zu Boden.

»Erzählen Sie weiter«, forderte Nadja Sprengel ihn auf.

»Er war wahrscheinlich sofort tot, so wie sich das Geräusch angehört hat.«

»Natürlich. Deswegen haben Sie es auch unterlassen hinzugehen, um seine Lebensfunktionen zu überprüfen oder Hilfe zu holen.«

»Ich weiß, dass das ein Fehler war«, gab Malone zu. Kleinlauter ging es nun wirklich nicht mehr.

»Was passierte dann?« Die Stimme der Kommissarin klang jetzt gepresst, als wäre ihr die Luft ausgegangen.

»Die Frau kletterte über die Mauer, und ich habe mich umgedreht und bin zurückgegangen. Ich war schockiert und verunsichert. Deswegen habe ich meinem Vorgesetzten auch erst heute Morgen von diesem Vorfall erzählt.«

Lieutenant Ellman und Leutnant Falke nickten zustimmend.

»Na klar!«, mischte Carlos sich ein. »Nun, da ihr wisst, dass eine Unschuldige im Gefängnis sitzt, ist es schön leicht, so eine Geschichte aufzutischen.«

Unwirsches Gemurmel und verständnislose Gesichter.

»Moment!« Nadja Sprengel sah Carlos an. »Woher wissen diese Leute, dass jemand im Gefängnis sitzt?«

»Weil die Untersuchungshaft überall im Dorf Gesprächsthema ist«, sagte Carlos. In Gedanken verfluchte er Willi, dass der diese sensible Information mitsamt Charlottes Namen herausposaunt hatte. Das war genau der Rettungsanker, der dem Mörder nutzte. Wahrscheinlich hatten diese Männer sich beraten und sich auf diese Geschichte geeinigt, die man der Kommissarin nun brühwarm servierte, garniert mit unschuldigen Blicken und maximaler Betroffenheit.

»Noch mal langsam, zum Mitschreiben«, verlangte Nadja Sprengel und wandte sich wieder Malone zu. »Sie beobachten einen kaltblütigen Mord und trollen sich einfach wieder zurück zu Ihren Kameraden ans Lagerfeuer? Sie sprechen mit niemandem darüber, obwohl Sie mitbekommen haben, dass die Polizei in diesem Dorf ermittelt? Sind Sie noch ganz bei Trost? Oder haben Sie Bitterlinger am Ende gar selbst erschlagen und fühlen sich jetzt sicher durch die Tatsache, dass jemand statt Ihnen im Gefängnis sitzt?«

Carlos ballte vor Aufregung die Fäuste. Diese Frau hätte er in Hamburg als Partnerin im Dienst haben müssen.

Rick Malone tauschte einen schnellen Blick mit dem Lieutenant, der sich wieder in das Gespräch einschaltete. »Hören Sie, Malone hat nichts gesagt, weil er …«

»Das will ich von ihm selbst hören!«, blaffte Nadja Sprengel.

»Verstehen Sie denn nicht?«, sagte Malone flehentlich. »Ich weiß doch, dass es ein Fehler war. Aber ich bin fremd hier. Ich bin amerikanischer Staatsbürger, Soldat. Ich kenne mich mit den Gepflogenheiten in Deutschland doch gar nicht aus.«

Aus Carlos brach ein lautes Lachen heraus. »Ja, klar, Sie wissen nicht, wie das hier läuft«, rief er. »Hier in Deutschland lassen wir Mörder gerne einfach laufen, das ist schon okay so. Sagen Sie das, weil Sie hoffen, damit ungeschoren davonzukommen?«

»Bitte, Herb!«, zischte die Kommissarin. Und dann an den Lieutenant gewandt: »Das wird ein Fall für die Militärgerichtsbarkeit. Zumindest muss Ihr Mann dort eine Aussage machen.«

Lieutenant Ellman nickte ernst. »Das wird er. Ich habe Ihnen doch gesagt, dass wir kooperieren.«

Wer's glaubt, wird selig, dachte Carlos. Er wusste, wie das lief. Straffällige US-Soldaten verschwanden in Deutschland gern mal von der Bildfläche, und niemand konnte nachvollziehen, ob sie in ihrem Land tatsächlich zur Rechenschaft gezogen wurden.

Malone war aber noch nicht fertig. Er knetete seine Hände und schluckte mühsam. »Ich wollte mich nicht in das Business dieses Dorfes einmischen. Deswegen habe ich geschwiegen.«

»Sie können bestätigen, dass er es Ihnen erst heute Morgen gebeichtet hat?«, hakte Nadja Sprengel nach.

Ellman und Falke nickten synchron wie zwei Roboter.

»Nachdem ich erfahren hatte, dass es eine Festnahme gegeben hat, sah ich keine Notwendigkeit mehr dafür. Ich fliege nächste Woche wieder nach Afghanistan. Wie hätte ich ...«

»Schon gut«, winkte die Kommissarin ab. Und an den Lieutenant gewandt: »Ich verlasse mich darauf, dass Sie die zuständigen Stellen kontaktieren. Ich werde meinerseits die Feldjäger auf die Sache ansetzen.«

»Warten Sie!«, bat Falke und trat auf Nadja Sprengel zu. »Ist das denn wirklich nötig?«

Sie nickte. »Aber so was von.«

»Aber warum? Malone ist ein Zeuge. Er hat Ihnen alles gesagt, was er gesehen hat.«

»Und was ist, wenn seine Aussage nicht der Wahrheit entspricht?«

»Wie können Sie an unserer Aussage zweifeln?«, fauchte Falke.

»Berufskrankheit. So wie bei Ihnen nichts ohne blinden Gehorsam geht, läuft bei mir nichts ohne gesunden

Zweifel. Meine Meldung an die Feldjäger erfolgt umgehend.« Damit drehte Nadja Sprengel sich um und berührte Carlos am Arm, um ihn zum Mitkommen zu bewegen.

Dem kam es vor, als wären alle seine Hoffnungen in einen Müllschlucker geworfen worden, der sie auf Nimmerwiedersehen heruntergewürgt hatte. Und da war auf einmal auch wieder dieser hässliche, kleine Zweifel. Dieses Bild vor seinem inneren Auge. Charlotte nachts im Wald. Mit dem Wissen, dass ihr ungeliebter Ehemann wahrscheinlich vorhatte, den geheimen Weinberg zu zerstören. Sein Gesicht im Dunkeln. Nachts wiegen alle Gefühle doppelt so schwer, kommen die finsteren Gedanken wie ein Gift, das einem die Sinne vernebelt. Carlos kannte das aus eigener Erfahrung. Nächte ohne Schlaf, aber voller Selbstzweifel und Angst. In manchen Nächten war er vor diesen überwältigenden Gefühlen davongerannt. Entweder im wahrsten Sinne des Wortes, oder indem er sich mit Alkohol oder Serienmarathons auf Netflix abgelenkt hatte. Und am nächsten Morgen, mit den ersten Strahlen des neuen Tages, war gleichzeitig die Gewissheit heraufgedämmert, dass zwar alles ziemlich schlimm war, aber nicht ganz so schlimm wie unter dem schweren Schleier der nächtlichen Dunkelheit.

Hatte Charlotte ihre Probleme mit Hartmut Bitterlinger in dieser Nacht wie unter einem gnadenlosen Mikroskop gesehen? In einer düster beleuchteten Großaufnahme? Der Stein, die Stille des Waldes, keine Zeugen – eine klassische Affekttat. Und Charlotte war auf einmal zur Mörderin geworden.

Carlos fühlte eine bittere Welle der Enttäuschung über sich zusammenschlagen. Es stand Aussage gegen Aussage. Und das Schlimmste an der ganzen Sache war, dass sich die Aussage von diesem Malone einerseits plausibel und andererseits ziemlich abenteuerlich anhörte. Was hatte es mit diesem mysteriösen Militärgeplänkel auf sich, das angeblich niemand verstehen würde? Es war nicht bloß der Gedanke daran, dass Charlotte im Gefängnis bleiben müsste, der Carlos den Hals zuschnürte. Sondern die Gewissheit, dass das Paradies von Elwenfels auf diese Weise dann für immer zerstört war. Kontaminiert mit etwas so Ordinärem, das nur in der normalen Welt passieren konnte, wie Carlos geglaubt hatte.

Er atmete tief ein und biss die Zähne zusammen, während er mit Nadja Sprengel vom Zeltlager auf den Waldrand zusteuerte. Sie musste wohl denken, dass er schon nach wenigen Schritten außer Atem war, so laut entließ er den Atem der Enttäuschung in die Waldluft.

Kapitel 23

Eine mit Puderzucker bestäubte Einladung gibt der Geschichte eine überraschende Wendung

In diesem Augenblick sah er sie. Und hörte sie auch. Hundert Meter von ihnen entfernt kam ein buntes, Fähnchen schwingendes Etwas durch den Wald auf sie zu. Carlos blieb abrupt stehen.

»Hey! Was ist das denn?«, fragte Nadja Sprengel und schaute entgeistert auf den Pulk von Frauen, die wie die personifizierte Ausgelassenheit auf sie zukamen.

Carlos riskierte einen schnellen Blick über seine Schulter, wo dreißig Soldaten vor Verblüffung die Münder offen standen. Er kniff die Augen zusammen und sah den Frauen entgegen, die aus Elwenfels gekommen waren, um … ja was eigentlich? Und wo waren die Männer?

An der Spitze lief die Wirtin Elsbeth und hatte Cordula, Else, eine junge, tätowierte Frau, die Bäckerin Frau Zippel und noch drei andere aus dem Ort im Schlepptau. Sie trugen Körbe mit süßen Teigwaren und noch etwas, das Carlos auf den ersten Blick wie ein Witz vorkam, eine Verhöhnung, die er den Elwenfelsern gar nicht zugetraut hätte: Flaggen. Schwarz-Rot-Gold und Stars and Stripes, die Nationalfahnen Deutschlands und der USA, befestigt an kleinen Stöcken wie kleine Wimpel, manche herz- und sternförmig ausgeschnitten. Die Frauen trugen diese Nationalfarben außerdem als Anstecknadeln und als Girlanden um den Hals. So wie sie aussahen, wirkten sie wie versprengte Teilnehmer der Steuben-Parade in New York. Völlig entgeistert verfolgte Carlos, wie sie ohne Scheu direkt auf die Soldaten zusteuerten, von denen manche irritiert einen Schritt zurückwichen. Frau Zippel und die anderen begannen, das süße Gebäck aus ihren Körben zu verteilen und den überrumpelten Soldaten in die Hand zu drücken.

»Ähm ... was soll denn das hier werden?«, flüsterte Nadja Sprengel, die ebenso überrascht wie er das Schauspiel neben Carlos beobachtete.

Die Frauen wedelten mit den Fähnchen, als wären sie ein enthusiastisches Willkommenskomitee.

»Ich habe keinen blassen Schimmer«, murmelte Carlos.

Elsbeth hob den Arm und rief: »Owacht! Ättenschen!« Sie breitete ihre Arme aus und lächelte wohlwollend, ganz so, als wären die Soldaten, die ganz Elwenfels als ungebetene Eindringlinge empfand, plötzlich willkommene Gäste, die man verwöhnen musste. Sie trug ein geblümtes Kleid und hatte sich die grauen Haare in hübsche Wellen gelegt.

»Darf man fragen, was dieser Überfall soll?«, fragte Horst Falke skeptisch und betrachtete die klebrige Schneckennudel in seinen Fingern, als hätte Bettel ihm eine Handgranate hineingedrückt.

»Na, wenn des fer euch schon en Überfall is, donn werd mir einiges klar«, erwiderte die Wirtin mit einem vielsagenden Blick. »Alla, jetzt mol uffgepasst! Un du do vorne«, sie deutete auf einen Bundeswehrsoldaten, der sofort zusammenzuckte, »du kannst mal des, was isch sag, übersetze für deine amerikanische Kumpane, hopp!«

Ein mechanisches Nicken folgte statt einer Antwort.

Elsbeths Stimme nahm nun mit einem angedeuteten Hochdeutsch einen offiziellen Ton an: »Mir sind gekommen, um euch zu sagen, dass es uns ganz arg leidtut, dass wir so abweisend und kratzbürschtig waren. Eigentlich seid ihr zwar diejenigen, wo sich entschuldige müsste, aber des is jetzt erschtermol egal.«

»Äh, wie bitte?«, fragte Falke und legte seine freie Hand hinters Ohr. »Wieso müssen *wir* uns bei Ihnen entschuldigen?«

»Jaja, so isses dann«, sinnierte Cordula. »Hinnerher weiß niemand mehr, wer wann ebbes Böses gemacht hat, gell?«

Elsbeth machte eine beschwichtigende Geste. »Jo alla, jetzert mol. Vergessen wir des alles doch einfach. Auf jeden Fall: Wir waren ein bissel bös un abweisend, kann man sage. Wir ham uns aufgeführt wie e Rudel schwäbischer Schäferhunde.«

»Hä?«, machte Falke.

»Wir wollte euch nicht in unserm schöne Wald haben«, fuhr Elsbeth unbeeindruckt fort. »Aber die Welt is fer alle do. Grad für so Leut wie euch, gell?! Ihr seid doch sowieso überall auf der Welt unterwegs, wo andere Leut daheim sin. Und weil es halt sauschwer is, euch wieder loszuwerde«, sie schmunzelte zweideutig, »und zwar überall auf de Welt, da haben wir gedenkt, dass wir euch hiermit ein Friedensangebot mache wolle täte.«

»Ein Friedensangebot?«, echote Falke. »Wüsste nicht, dass wir oder unsere amerikanischen Kameraden Krieg gegen Sie führen.«

Cordula entfuhr ein Lachen: »Haha! Der war gut!«

Elsbeth breitete die Arme aus und fixierte die Soldaten reihum wie eine Mutter, die ihre Jungs auf dem Abenteuerspielplatz einfangen und zum Essen rufen will. »Also, ihr fahrt ja morgen wieder ab. Manche von euch müssen dann noch weiter an Orte, wo ich net mal im Albtraum hin möcht. Dabei habt ihr ein paar Tag am schönste Ort der Welt verbracht. Elwenfels. Bloß habt ihr des gar net gemerkt, weil wir so abweisend waren. Und des wolle wir jetzt wieder gutmache.«

Die Frauen nickten enthusiastisch und lächelten die Soldaten mit ihrem ganzen weiblichen Charme an.

»Alla, und deswegen haben wir uns gedenkt, dass wir euch ein Abschiedsgeschenk machen wollen, damit ihr uns gut in Erinnerung behalte könnt. Wir wollen net dafür verantwortlich sei, dass einer von euch in Afghanistan oder sonstwo verzählt, dass es in Elwefels net schää war, gell.«

Falke sagte nichts mehr, sondern biss in seine Schneckennudel.

Carlos hatte für einen kurzen Moment den Verdacht, dass die Frauen irgendetwas in das Gebäck gemischt hatten, aber so unkreativ waren sie nicht. Obwohl die Vorstellung von massenhaft Abführmittel im Teig durchaus erheiternd war.

Erst als die meisten Uniformierten genüsslich an ihren süßen Teilchen nagten, rückte Elsbeth mit ihrer wahren Absicht heraus. »Heut Abend gibt's bei uns im Ort ein Abschiedsfest für euch. Man könnt auch sage, ein Versöhnungsfest. Ein pälzisch-amerikanisches Freundschaftsfest. Mei Urgroßtante is sellemols ja auch nach Amerika ausgewandert, wie viele annere Pälzer auch. Es gibt heut noch Leut in de USA, wo pälzisch babbeln, odder Pensylvania-Dutch, wie's auch genannt werdd. So mancher Nachfahre vun dene pälzische Auswanderer hot's weit gebracht. Manch einer sogar e bissel *zu* weit. Wissen'er, wen ich mein? Was en Affezibbel, odder?«, lachte Elsbeth und schaute gespielt angriffslustig in die Runde, aber keiner schien zu verstehen, auf wen sie anspielte. »Dem Trump sein Opa war aus Kallstadt. Uff jeden Fall: Do gebbt's e Verbindung. Un jetz seid ihr do bei uns. Und wenn die Pälzer in Ramstein mit euch klarkomme, dann wär des doch geloge, also gelacht mein ich, wenn wir des net auch schaffe täten, gell?« Sie lächelte in die Runde und wartete, bis der Bundeswehrsoldat mit seiner Übersetzung fertig war.

Carlos verfolgte gespannt die rhetorische Strategie Elsbeths. In seinem Nacken begann es zu kribbeln. Sie hatten eindeutig einen Plan. Es würde einen mehr als denkwürdigen Abend geben, das wusste er jetzt schon.

»Alla, alle sin herzlich eingeladen!«, verkündete die Wirtin. »Um sieben Uhr aufm Dorfplatz. Es gibt Musik un Wein un ganz feine Sache zum Essen. Alla hopp! Auf geht's. Pünktlich seven uff de clock, alles klar?«

Hätte Carlos im letzten Jahr nicht schon einmal erlebt, zu was die Elwenfelser in der Lage waren, hätte er jetzt wirklich geglaubt, dass auf den letzten Drücker ein harmloses Verbrüderungsfest anstand. Es wäre zwar schon ein bisschen verdächtig gewesen, dass die Dorfbewohner so plötzlich eine sehr plakative Art von Patriotismus für sich entdeckt hatten. Aber es gab ja ohnehin zahlreiche Landsleute in der Westpfalz, die gezwungen waren, auf ihre Art mit den Soldaten aus Übersee zu kooperieren – so lange die U.S. Army einen großen Teil des Pfälzerwaldes als Schaltzentrale ihrer weltweiten Militäraktionen nutzte.

Klar, dass die Elwenfelser nicht Teil dieses Spiels sein wollten. Bislang hatten sie sich wohl auch sehr sicher gefühlt, weil sie im Windschatten, sozusagen im »lebendigsten toten Winkel« des Pfälzerwaldes, still und feuchtfröhlich vor sich hin lebten. Doch nun hatte sich das Blatt gewendet. Was steckte hinter dieser skurrilen Einladung zu einem deutsch-pfälzisch-amerikanischen Freundschaftsfest?

Carlos erinnerte sich an die besondere Fähigkeit der Dorfbewohner, ihren Willen zu bekommen, ohne dass irgendjemand es merkte. Und dass hinter der ländlich-unbedarften Fassade Dinge passierten, die kein Außenstehender jemals erahnen konnte. Plötzlich war ihm klar, dass der Genuss des Zauberweines in der letzten Nacht diesen Plan hervorgerufen haben musste.

In diesem Moment wandte sich Elsbeth um und fixierte die Kommissarin. »Un Sie sin natürlich auch herzlich eingeladen, Frau Polizischt«, sagte sie mit einem Zwinkern.

Nadja Sprengel verzog keine Miene. Carlos hätte zu gerne gewusst, was sie dachte.

Als wären sie ein Schwarm seltsamer Vögel, flatterten die Frauen an ihnen vorbei und verschwanden im Wald. Eine Weile noch hörte man Lachen und aufgeregte Stimmen, dann war wieder alles still.

Lieutenant Ellman wischte sich Puderzucker aus den Mundwinkeln und schüttelte den Kopf. Er konnte sich ein angedeutetes Lächeln nicht verkneifen. Irrte Carlos sich, oder wirkte der Amerikaner sichtlich gerührt von dieser Geste? Du wirst dein blaues Wunder erleben, dachte Carlos und hoffte, dass er damit recht behielt.

»Na dann …«, verabschiedete sich Nadja Sprengel, weil es nichts mehr zu sagen gab.

Sie wurden noch Zeuge, wie Malone einen kleinen, devoten Bückling machte und ihr mit besorgt gerunzelten Brauen zunickte.

Carlos wusste nicht, warum er sich noch einmal umdrehte. Es war der Drang, doch einmal zu sehen, wie die Szenerie in seinem Rücken sich veränderte. Die Männer zerstreuten sich langsam, auch die beiden Vorgesetzten. Nur Rick Malone stand halb abgewandt und mit Blick zum Waldrand immer noch da. Carlos hatte plötzlich das Gefühl, als würde sich eine kalte Hand zwischen seine Schulterblätter legen. Er bereute fast, noch einmal zurückgeschaut zu haben. Malone starrte ihm mit reglosen Augen hinterher, darin eine Eiseskälte, die all die wohlerzogene, freundliche Diensteifrigkeit vertrieben hatte. Als stünde dort ein anderer Mensch. Schnell schaute Carlos wieder nach vorn. Er würde diesen Blick niemals vergessen – es war ein Blick aus toten Augen.

Carlos war für kurze Zeit so verstört, dass er Nadja Sprengel diesen Eindruck nicht schildern konnte. Sie lief mit großen Schritten voraus und betrachtete nachdenklich den Waldboden. Schnell holte er sie ein.

»Tja, es sieht nicht wirklich gut aus für Charlotte«, sagte sie.

»Sie glauben diesem Schleimer?«, brach es aus Carlos hervor. Es fehlte nicht mehr viel, und er hätte Nadja Sprengel am Arm gepackt und sie gezwungen, innezuhalten und ihn anzusehen.

Die Kommissarin blieb von sich aus stehen und lehnte sich erschöpft gegen einen Baum. Bevor sie ihm einen Vortrag über das Prinzip »Aussage gegen Aussage« halten konnte, hatte Carlos bereits angefangen, ihr alles zu erzählen, was er wusste.

Es sprudelte geradezu aus ihm heraus. Trudys Geschichte. Die Geschichte einer Deserteurin, die von den Elwenfelsern versteckt wurde. Charlotte stand ihm einfach näher als Trudy. Er beendete seinen Bericht mit der Bitte, die Soldatin dennoch zu verschonen und niemandem zu verraten, wo sie sich aufhielt. »Verstehen Sie, diese Frau hat Angst. Ich sage Ihnen das nur, weil Trudys Aussage Charlottes Unschuld beweisen kann. Aber die Leute aus dem Dorf haben ihr versprochen, dass sie Trudy beschützen werden.«

Verdammt, dachte Carlos. Zum ersten Mal in seinem Leben wusste er, wie es sich anfühlte, wenn man zwischen zwei verschiedenen Interessen zerdrückt wurde.

Nadja Sprengel hatte ihm konzentriert zugehört. Auf ihrem Gesicht erschien kein Anzeichen dafür, was sie von der Sache hielt. »Denken Sie, diese Frau kann uns sagen, wer Bitterlinger umgebracht haben könnte?«, fragte sie schließlich. »Ich meine, immerhin wird sie ihre ehemaligen Kameraden doch einschätzen können.«

»Sicher, klar. Kann schon sein. Ich werde sie fragen. Allerdings ... das wäre nur ein Indiz, nichts Objektives. Und wir suchen Beweise.«

Nadja Sprengel schüttelte sanft den Kopf. »Wir haben aber doch bereits einen Beweis. Der deckt sich mit dem, was dieser Malone gesagt hat.«

»Der Stein ...«, murmelte Carlos.

»Mit Charlottes Fingerabdrücken, genau. An diesem Beweis müssen wir vorbei. Und ich habe keine Ahnung, wie wir das anstellen wollen.«

Carlos sah auf. »Wir?! Haben Sie gerade ›wir‹ gesagt, Frau Hauptkommissarin?«

Nadja Sprengel schenkte ihm einen tiefen Blick. »Ja, ich habe das Personalpronomen erste Person Plural verwendet.« Dann stieß sie sich von dem Baum ab und drückte Carlos einen Kuss auf die Wange. Ein Kuss, der es schaffte, ebenso flüchtig wie intensiv zu sein. Carlos blinzelte überrascht. Schließlich ging sie weiter.

»Wissen Sie was, Herb? Ich vertraue Ihnen«, rief sie

ihm über die Schulter zu. »Fragen Sie mich nicht warum, aber ich vertraue Ihnen. Unter anderen Umständen würde ich diese Soldatin jetzt zum Verhör bitten.«

»Sie wird nicht mit Ihnen reden«, sagte Carlos, der immer noch an Ort und Stelle stand und hartnäckig gegen seine Verwirrung ankämpfte. »Dazu ist sie viel zu verängstigt.«

»Schon klar. Deswegen werden Sie mit ihr sprechen. Und ich vertraue darauf, dass Sie mir wahrheitsgemäß davon berichten. Dann sehen wir weiter.«

»Das hatte ich sowieso vor«, rief er, lief ihr nach und erst einmal einige Schritte schweigend neben ihr her. Dann sagte er: »Darf ich fragen: Was meinten Sie mit ›unter anderen Umständen‹?«

Sie sah ihn mit einem rätselhaften Blick an und ging langsam weiter. »Sie sind die anderen Umstände, Herb. Dann natürlich noch die nicht ganz unerhebliche Tatsache, dass das hier Elwenfels ist.«

»Sie ... Sie wissen über diesen Ort Bescheid?«, fragte er alarmiert.

Nadja seufzte und nickte. »Das ist eine lange Geschichte.«

Kapitel 24

Während Carlos sich in digitale Abgründe stürzt, schwingt ein pfälzisches Dorf den exotischen Kochlöffel

Selbst als der Wagen von Nadja Sprengel schon längst hinter den letzten Häusern des Dorfes verschwunden war, sah Carlos ihm noch hinterher. Er konnte sich nicht daran erinnern, wann er jemals so verwirrt gewesen war, als stünde er unter dem Eindruck eines beunruhigenden Traumes. Es war einfach nur verrückt, was innerhalb weniger Stunden alles passieren konnte. Er war müde, aber gleichzeitig auch aufgekratzt und hätte sich gerne zu seinen Freunden in die Weinstube gesetzt, um seine Gefühlswelt mit einer kalten Rieslingschorle ein wenig abzukühlen.

Aber dafür hatte Carlos keine Zeit. In Elwenfels herrschte hektische Betriebsamkeit. Die Vorbereitungen für das spontane Freundschaftsfest waren bereits in vollem Gange. Aus dem Rathaus, das in Elwenfels eher dekorative Zwecke erfüllte und außerdem als Lagerhaus für Festmobiliar genutzt wurde, trugen ein paar Männer Bierbänke, Tische und Zeltstangen. Alfred schmückte den Brunnen mit Lichterketten, und Else zupfte vertrocknete Blüten aus den Blumenkübeln.

Aus der offenen Kirchentür schallten die Anstrengungen des Elwenfelser Kinderchors, der sich alle Mühe gab, noch rasch die amerikanische Nationalhymne einzustudieren. Das Ergebnis klang zu diesem Zeitpunkt noch denkbar schräg. Es war genau diese hilflose, schief gesungene Version der Hymne, die in Carlos einen Schwall von Heiterkeit auslöste. Seinetwegen hätten die Kinder des Dorfes nicht weiter zu üben brauchen.

In der Bäckerei Zippel holte er sich ein frisch belegtes Käsebrot und schlenderte zurück zu Sofies Haus, das nur wenige Meter entfernt lag. Von seinen Gastgebern war nichts zu sehen. Carlos öffnete die Fenster in der kleinen zum Gästezimmer umfunktionierten Bibliothek und holte sein iPad aus der Tasche. Mal sehen, was Facebook zu einem gewissen Rick Malone sagte.

Carlos loggte sich in sein Profil ein, das in etwa so realistisch war wie die Anwesenheit eines Dinosauriers bei einem Teekränzchen. Er hatte sich im Laufe der Jahre ein Profil erarbeitet, das einen Menschen vorspiegelte, der er nicht war (was ihn mit etlichen Teilnehmern verband, die sich in diesem Netzwerk tummelten). Der echte Carlos Herb hätte sich niemals bei Facebook angemeldet. Wozu auch? Die wenigen Leute, die er seine Freunde nannte, wohnten entweder in Hamburg eine Ecke weiter – oder eben in Elwenfels. Und ein virtuelles Netzwerk konnte diese Beziehungen weder intensivieren noch aufrechterhalten.

Nein, der Sinn seiner Mitgliedschaft war rein beruflicher Natur. Carlos nannte sich »Freddy der Friese«, was unverfänglich und augenzwinkernd genug war, um keinen Verdacht zu wecken. Er konnte Freundschaftsanfragen an Leute schicken, die er observierte. Zu diesem Zweck hatte er sich ein Profil zugelegt, das ihn als HSV-Fan ausgab und seine Vorlieben fürs Grillen, seine Begeisterung für Deutsche Schäferhunde, seine Liebe zu *Iron Maiden* und nicht zuletzt seine Reiselust dokumentierte. Diese

Neigungen waren derart beliebig, dass es fast schon verdächtig war, aber es fiel niemandem auf. Abgesehen davon war alles gelogen, bis auf die Reiselust.

Freddy der Friese hatte ein umfangreiches Fotoalbum vorzuweisen, das ihn nach außen hin lebendig und echt wirken ließ: Bilder von langen Nordseestränden zu jeder Jahreszeit, unendlich viele Fotos von leckerem Essen, Hundebilder, Cartoons, Sprüche, weichgespülte politische Statements und ein bisschen Männerhumor. Das Übliche eben. Unverfänglich und nichts, woran man als naiver Facebook-Nutzer hängen blieb. Um ab und an auch als echter Mensch in Erscheinung zu treten, hatte er sich aus einer russischen Stockfoto-Datenbank die Bilder eines männlichen Models heruntergeladen, das nicht zu hübsch und nicht zu gefährlich maskulin rüberkam. Ein netter Durchschnittstyp. Carlos war ziemlich fit in Bildbearbeitung, und so war sein russisches Stockfoto-Model zu »Freddy der Friese« geworden, der mal in einem Strandkorb posierte, mal mit blau-weißem Fußballschal jubelte, auch mal unter Palmen saß und mit dem Strohhalm aus einer Kokosnuss trank. Als Beziehungsstatus hatte er angegeben: »Es ist kompliziert.«

Bei Freddy ging es darum, für möglichst viele Menschen als sogenannter Freund infrage zu kommen, nach vielen Seiten offen zu sein, ohne beliebig zu wirken, und doch so beliebig zu sein, wie es in diesem Netzwerk eben nötig war. Carlos schickte Freddy auf Observation. Er war durch seine Treue zum absoluten Mainstream dermaßen vernetzt, dass es niemanden wunderte, eine Freundschaftsanfrage von ihm zu bekommen, weil immer ersichtlich war, dass er die gleichen Interessen und über ein paar Ecken die gleichen Bekannten hatte. So spähte er Freunde und Freunde von Freunden aus.

Auf dem größten Netzwerk der Welt gebärdeten sich die Leute meist wie nackte Schlafwandler, die eine Party stürmten. Seine letzten vier großen Fälle hatte Carlos auch mithilfe seines Alias Freddy gelöst. Freddy der Friese war allerdings nutzlos, wenn jemand nicht bei Facebook war.

Er tippte den Namen »Rick Malone« in die Suchzeile und landete sofort einen Treffer. Von den zweitausendsiebenhundertachtundachtzig Rick Malones, die es weltweit gab, entdeckte er den amerikanischen Soldaten unter den ersten fünf, weil er in voller Kampfmontur posierte. Er klickte auf das Profil und stieß einen leisen Pfiff aus. Das Profil war größtenteils öffentlich. Man musste dem jungen Soldaten keine Freundschaftsanfrage schicken, um viele Fotos anzuschauen, seine Chronik zu durchforsten und Zeuge seiner Gedanken und Einstellungen zu werden.

Carlos biss ein großes Stück von seinem Käsebrot ab und scrollte nach unten. Es sah so aus, als wäre Malone ein Vertreter der nicht gerade seltenen Menschen, die einfach alles von sich zeigten. Perfekt.

In der nächsten Stunde vertiefte er sich in das Profil des Mannes und vergaß die Welt um sich herum. Das jüngste Foto zeigte Malone und seine Kameraden auf der Lichtung im Wald. Keine Ahnung, wie er das hatte posten können. Das Handynetz in Elwenfels war nicht gerade das stabilste, und im Wald dürfte es noch schwieriger sein. Aber vielleicht hatte er ja Zugriff auf irgendeinen Satelliten. Carlos klickte sich durch fünf Fotos, die Malone von den Kletterübungen gemacht hatte. Die Überschrift der Serie lautete »Training for Hindukusch« und war von seinen daheimgebliebenen Freunden mit allerlei lobenden Kommentaren bedacht worden, in denen auffällig oft das

Wort »hero« vorkam. Ein anderes Bild zeigte die ungebetenen Gäste von Elwenfels in gemütlicher Runde um das Lagerfeuer. Carlos klickte weiter und befand sich auf einmal zusammen mit Malone an einem Kriegsschauplatz. Der Soldat hatte staubige Dörfer fotografiert, verschleierte Frauen, Männer, die in dunklen Häusereingängen saßen, Teestuben, Marktstände, Stiefelabdrücke im Sand. Carlos sah Ruinen und Mauern, die von Einschusslöchern übersät waren, Panoramaaufnahmen der Wüste und sehr, sehr viele Sonnenuntergänge. Die Fotos muteten fast wie Urlaubsbilder an. In den Kommentarspalten überwogen jetzt kleine Emoijs mit US-Flagge.

Malone war offenbar ein Freund von Bildbearbeitungsprogrammen, denn seine Fotos waren alle auf jene typische Hipster-Manier verschönert: eingearbeitete Lichtreflexe, verdunkelte Bildränder, intensivere Farben, Körnung, Unschärfe. Das ganze Programm, das den Inhalt der Fotos idealisierte. Zwar wusste man beim Betrachten dieser Aufnahmen, dass sie einen Kriegsschauplatz zeigten. Aber durch Malones Manipulation wirkten sie ästhetisch entrückt, harmlos und vollkommen beliebig.

Dann entdeckte Carlos noch ein Album, das den Namen »Me« trug. Er klickte es an und fand zwölf Bilder, die Malone vor ebenjenen Motiven zeigte, die er bereits kannte: Marktplätze, Hauseingänge, Zelte, Sonnenuntergänge. Mal war er allein, mal zusammen mit anderen G.I. zu sehen. Einige Fotos zeigten ihn mit anderen Soldaten beim Essen an langen Tischen. Carlos klickte schnell weiter. Das war alles nichts Neues. Was hatte er zu finden gehofft? Irgendeinen Anhaltspunkt, der Malone als Mörder entlarven könnte? Wie lächerlich. Nichts an diesem Profil war verdächtig. Und wenn Freddy der Friese sich verstellen konnte, dann konnte es so jemand wie Rick Malone erst recht.

Doch etwas kam Carlos ein wenig seltsam vor an dem Album. Er aß sein Käsebrot auf und sah aus den Fenstern zwischen den Bücherregalen. Der Ex-Polizist in ihm spürte instinktiv, dass er gerade etwas Wichtiges gesehen hatte. Etwas hinter der Oberfläche der Fotos. Etwas im Subtext der Bildsprache. Malone inszenierte sich auf diesen Aufnahmen. Als wollte er seinen Facebook-Freunden sagen: Schaut her, ich bin zwar als Soldat in einem gefährlichen Land, aber hey, ich habe trotzdem ein Auge für die allgegenwärtige Schönheit des Lebens!

War Malone wirklich so einfach gestrickt? Hatte der Soldat sich in seinem Gespräch mit Nadja Sprengel nicht genauso inszeniert? Hatte er sich nicht in ein gewisses Licht gerückt, das ihn manierlich, zugänglich und wohlerzogen wirken ließ? Einer, der pflichtbewusst und gewissenhaft handelte? Kein stumpfer Militärroboter, sondern ein lebendiger Mensch, der noch dazu einen Sinn für Ästhetik hatte. Das Gegenteil von einem Mörder.

Carlos öffnete das letzte Fotoalbum erneut und klickte sich durch die Aufnahmen. Irgendetwas war da. Aber was? Er spürte, dass er ein wichtiges Detail übersehen hatte. In seinem Unterbewusstsein war es schon gespeichert, aber sein Verstand konnte es nicht dechiffrieren. Carlos zog die Fotos größer und betrachtete sie ganz genau. Aber er sah nichts als Malones glattes, immer auf die gleiche Weise jungenhaft lachendes Gesicht.

Dann fielen ihm die Bildüberschriften auf, die er bisher noch gar nicht beachtet hatte. Über jedem der Fotos stand »scalp«, dann eine Raute und eine Zahl. »scalp#3« vom 23. März 2016 zeigte ihn vor einem Teller, auf dem ein stattliches T-Bone-Steak lag. Das Foto war so scharf, dass Carlos glaubte, noch das Fett auf dem Fleisch zischen zu hören. Malones Hände lagen locker neben dem Teller, in der linken Hand hielt er eine Gabel. In der rechten Handfläche sah Carlos einen dunklen Fleck. Er zoomte das Foto größer und entdeckte, dass es ein schwarzer Knopf von der Größe einer Zwei-Euro-Münze war. Er runzelte die Stirn. Das ergab überhaupt keinen Sinn.

Carlos nahm sich das nächste Foto vor, »scalp#4« vom 4. Juni 2016. Es zeigte Malone ausgestreckt auf einem Feldbett liegend. Es sah aus, als würde er von süßen Träumen begleitet schlafen. Die linke Hand war halb unter das weiße Kissen geschoben, die rechte lag halb zur Faust geschlossen neben ihm. Zwischen den Fingern lugte ein dunkles Stück Stoff hervor, kleiner als ein Taschentuch.

Für die nächste Aufnahme hatte Malone sich vor einem Marktstand fotografieren lassen. Seine rechte Hand lag in einer anerkennenden Geste auf einem Berg leuchtend roter Granatäpfel. An seinem Mittelfinger prangte ein silberner Siegelring mit Edelstein, der erstens überhaupt nicht zu Malones sonstigem Stil passte und zweitens viel zu unpraktisch und groß für einen Soldaten war. Eine rasche Durchsicht der anderen Bilder zeigte Carlos, dass der Ring auf keinem anderen Foto noch einmal auftauchte. Dafür entdeckte er einen anderen Siegelring und diverse schmalere, unspektakuläre Ringe, die ebenfalls immer nur einmal auf den Fotos vorkamen.

Dann gab es da noch »scalp#7«. Malone vor knallrotem Postkartensonnenuntergang in einem malerischen Halblicht, das die eine Hälfte seines Gesichts in den Schatten tauchte, während die andere golden zu glühen schien. Er hatte die Augen genießerisch geschlossen, und um seinen Hals hing eine dicke, silberne Kette über dem Kragen seines Shirts.

Carlos fror plötzlich. Der Verdacht, der in seinem Kopf Form annahm, war grässlich. *Scalp*? Das war nichts anderes als ein Synonym für Trophäe. Der Knopf, die Ringe, die Kette ... alles Trophäen? Hatte Malone sie denjenigen abgenommen, die er getötet hatte? Und was war mit dem Stofffetzen? War das vielleicht von einem Turban oder einem anderen Kleidungsstück?

Die Kommentarspalten unter den Bildern offenbarten, dass niemand zu ahnen schien, was Malone dort abgesehen von seiner Selbstinszenierung wirklich zeigte. Keiner der Kommentierenden schien zu begreifen, welche Botschaft die Aufnahmen unter der Oberfläche vermittelten. Da war nichts als patriotische Zustimmung und das übliche oberflächliche (und grammatikalisch recht frei gehaltene) Facebook-Gequatsche von Leuten, die alles, einfach alles kommentieren mussten: *U doin a great job, man! ... Your country loves u. Enjoy the steak! ... Fuck! The pomegranates look like blood! ... Take care, baby! ... I want this necklace!*

Carlos lehnte sich in seinem Stuhl zurück. Ihm war flau im Magen, was nicht an Frau Zippels Käsebrot lag. Auf einmal erschien alles in einem neuen Licht. Er dachte an die leblosen, kalten Augen, die ihm vorhin im Wald hinterhergestarrt hatten. Und dann durchfuhr Carlos der entscheidende Gedanke: Könnte es sein, dass Hartmut Bitterlingers verschwundener Ehering »scalpX« war?

Aus den geöffneten Fenstern drangen eifrige Küchengeräusche, und die verschiedensten Essensgerüche wehten von der schmalen Gasse herüber. Aber etwas war merkwürdig. Bei seinem ersten kurzen Aufenthalt in Elwenfels war Carlos die Pfälzer Küche zwar einigermaßen vertraut geworden, aber jetzt roch seine feine Nase nicht nur die bekannten Aromen von fleischlastiger, traditioneller Eingeborenen-Cuisine. Aus ein paar Fenstern strömten Gerüche, die ihn eindeutig an den kosmopolitisch aufgestellten Duftparcours einer Weltstadt erinnerten. Er kannte diese Gerüche. Gerade in Hamburg gab es so gut wie alle internationalen Spezialitäten. Und das, was er da gerade roch, war das ... war das etwa vietnamesisch? Stirnrunzelnd stellte er sich auf die Zehenspitzen und versuchte, durch das gegenüberliegende Fenster zu spähen, aus dem die auffällig duftenden Dampfschwaden herüberwehten.

Im nächsten Moment beugte sich Gabrielle Schnur aus dem Fenster und schenkte ihm ihr breitestes Lächeln. »Ah, mol do, unsern Retter spioniert in unserer Küch.«

Es war Carlos zu verdanken, dass sie mit ihrem Sohn Jan, der jetzt neben seiner Mutter am Fenster erschien, im letzten Jahr aus der Verbannung nach Elwenfels hatte zurückkehren dürfen.

Jan Schnur streckte den Oberkörper in einer halsbrecherischen Verrenkung aus dem Fenster und reichte Carlos über die Gasse hinweg mit einer Nudelzange eine dampfende, goldgelbe Frühlingsrolle. »Hopp, probier mol un sag mir, ob des authentisch schmeckt«, forderte er ihn auf.

Carlos griff verdutzt nach dem exotischen Röllchen und sah die beiden fragend an. »Was wird das? Frühlingsrollen? Sehe und rieche ich hier irgendwelche Hintergedanken?«

Jan lachte. »Kann sei. Wir machen aber auch noch Sommerrolle, un die Cordula kummt später un dann koche wir zusamme *Pho*.«

»Vietnamesische Nudelsuppe?«, fragte Carlos überrascht. »Woher könnt ihr denn so etwas?«

»Ah, de Jan war doch vor drei Jahr in Vietnam gewese«,

sagte Gabrielle Schnur. »Urlaub mit Kochkurse. Un was määnscht, was der Bub seitdem macht? Ich hab im letschte Jahr mehr Reisnudeln gesse wie Grumbeere un mehr süßsauerscharfe Ente wie Saumage. Unser Speisekammer riecht wie en asiatische Supermarkt.«

»Kann ich gut verstehen«, sagte Carlos und biss vorsichtig in die Frühlingsrolle. Erinnerungen an seinen Lieblings-Vietnamesen in Hamburg wurden in ihm wach, gepaart mit einem heftigen Schub von Fernweh. »Hmm. Ich würde sagen, die schmeckt sehr authentisch«, sagte er. »Aber warum? Ich dachte, es sollte ein deutsch-amerikanisches Freundschaftsfest werden.«

Jan und seine Mutter grinsten. »De Berthold un die Brigitte ham sich im Internet irakische Rezepte rausgesucht un mache grad *Kubba*. Des wird auch lecker!«, sagte Jan mit Unschuldsmine. »Un drüben, die Lena macht *Mubattan Kusha*. Des is en Grumbeere-Hackfleisch-Auflauf aus Libyen. Für Afghanistan ham wir leider nix gefunde.« Er grinste.

»Ich verstehe«, sagte Carlos. »Ihr kocht nach Kriegsschauplätzen.«

»Was heißt Krieg? Des sin Spezialitäten aus der Heimat. Oder zumindest aus den Ländern, wo sich die Amis so uffführe, wie wenn se daheim wäre.« Wieder schickte Jan ein breites Grinsen hinterher.

»Aber keine Sorge, de Rest vom Ort is net so in de kulinarische Unnergrund gange«, wiegelte seine Mutter ab. »Du kennscht jo die Bettel. Brotkartoffle, Dampnudle un Saumage un Lewerknödel. Alles zusamme e schöne Mischung, odder?«

»Ja, und was ist mit amerikanischen Gerichten?«, fragte Carlos.

»Hotdogs gebbt's. Des muss reiche.« Gabrielle und

Jan Schnur lachten so unschuldig wie kleine Kinder, die im Sandkasten Erde, Nacktschnecken und Brombeeren zu einem unsäglichen Sud zusammenpanschten und ihren Eltern als köstliche Suppe anboten.

Carlos ließ sich von ihrer Heiterkeit anstecken.

»Okay, da bin ich ja mal gespannt. Ich denke, diesen Teil der Strategie habe ich verstanden.«

»Un was machst du jetzt?«, wollte Jan wissen.

»Ich muss noch mal mit Trudy reden.« Carlos wollte gerade gehen, als ihm noch etwas Wichtiges einfiel. »Ähm, könnte ich vielleicht noch eine von diesen köstlichen …«

Jan schien seine Gedanken gelesen zu haben und reichte Carlos eine kleine Schale voller frischer Frühlingsrollen aus dem Fenster. »En Gude!«, sagte er. »Un geb dem Anthony un seiner Freundin auch was ab, gell?«

»Wieso Freundin?«

Jan zwinkerte ihm zu. »Jo, guck halt mol selber.«

Kapitel 25

In dem schon wieder eine schreckliche Geschichte erzählt wird

Es fiel Carlos schwer, auf dem Weg zu Anthony nicht schon alle Frühlingsrollen aufzuessen, so sehr hatte der würzige Duft seinen Hunger von Neuem angestachelt. Das mulmige Gefühl in seinem Bauch war nun entschlossenem Tatendrang gewichen.

Als er das quietschende Tor zum Friedhof aufstieß, erwartete ihn eine Überraschung. Die letzte Ruhestätte vergangener Generationen von Elwenfelsern war nie ein düsterer oder trauriger Ort gewesen, dafür blühten hier zu viele Blumen, hüpften zu viele Vögel über die Grabsteine und drang zu oft jamaikanische Musik aus dem Friedhofswärterhäuschen. Über dem Ort lag eine – mal mehr, mal weniger – stille Heiterkeit, die überhaupt nicht mit seiner eigentlichen Bestimmung übereinstimmte.

Heute war allerdings von der doch recht besinnlichen Atmosphäre nichts mehr zu spüren. Auf dem Friedhof herrschte Hochbetrieb. Vor dem Eingang zu Anthonys Haus standen Stühle und ein Tisch, der vor Kaffeetassen, Dubbegläsern, einem angeschnittenen Kirschkuchen und Frühstücksgeschirr überquoll. Und irgendwie sah es danach aus, als wäre hier außerdem auch noch eine Kleiderkammer aufgemacht worden. Zwischen den Grabsteinen am Rand des Friedhofs standen Wäschekörbe und Schuhkartons.

Erst auf den zweiten Blick sah Carlos, was los war. Einige Damen aus Elwenfels hatten wohl beschlossen, den gestrandeten Gast neu einzukleiden. Sprachlos beobachtete Carlos, wie die Frauen die Amerikanerin mit neuen Kleidern ausstaffierten, die Trudy mit einem schüchternen Lächeln hinter dem Haus vor einem großen Spiegel anprobierte.

In Sichtweite der Straße saßen zwei junge Mädchen und überwachten wohl die Besucher für den Fall, dass einer der Soldaten Lust auf einen Friedhofsspaziergang verspürte.

Cordula hatte bereits ein halbes Dutzend zart rosafarbener Tüten mit der schwarzen Schleife auf die Treppe gestellt, und Carlos konnte sich vorstellen, was für hübsche Unterwäsche sich darin verbarg.

Eine wild durcheinandersprechende, fröhliche Traube von Frauen hatte Trudy vor dem Spiegel eingekreist, um ihr in allen eventuell auftauchenden Stilfragen zur Seite zu stehen. Auf den Gesichtern war unverstellte Freude, Hilfsbereitschaft und Unterstützung zu sehen. Carlos ging wieder einmal das Herz auf.

Als er sich umsah, entdeckte er Anthony, der in der hintersten Ecke des Friedhofs in einem kleinen Bagger saß und damit ein frisches Grab aushob. Die letzte Ruhestätte für ein Mordopfer. Was für ein Kontrast!

Er näherte sich Anthony und warf einen vorsichtigen Blick in die Grube. Anthony stellte den Motor ab und kletterte vom Fahrersitz. Sein Gesicht verzog sich schmerzhaft, und er tastete nach seiner verletzten Schulter.

»Wer ist gestorben?«, fragte Carlos.

»Gräber braucht man immer«, entgegnete Anthony.

»Un wir brauchen ein Grab für de Hartmut, wenn er aus der Gerichtsmedizin zurückkommt. Ich denk mal, dass er hier bestattet wird. Außer es kommt einer von seine schwäbische Verwandte un will ihn heimhole.« Er betrachtete nachdenklich den niedrigen Hügel mit Erdaushub auf dem Rasen. »Ich pflanz ihm en kleine Weinstock aufs Grab.«

Carlos setzte sich ins niedrige Gras, sah in das halb fertige Grab hinab und dann hoch zu Anthony, der ein wenig schief dastand und sich auf einem Spaten abstützte. »Wie geht's dir?«, fragte er und hielt ihm die Schüssel mit den Frühlingsrollen hin. »Das muss doch alles ziemlich aufwühlend für dich sein.«

Anthony nahm eine und nickte. »Jo, so kann man sagen. Es zeigt dir mal wieder, dass man im Lebe äfach auf alles gefasst sein muss. Do, guck sie dir an.« Er deutete kauend auf Trudy, die noch immer in einer Traube enthusiastischer Stilberaterinnen stand und sich gerade lächelnd eine hübsche, geblümte Bluse vor die Brust hielt. »Sie kann gar net glaube, wie all so lieb sin. Ich mein, für unsereins is des ja nix Ungewöhnliches. Aber für sie ...« Er sah mit einem stolzen Lächeln zu der Frauengruppe hinüber. »Verdammt, sind die Teile lecker. Warum hast du bloß so wenige mitgebracht.«

»Heute Abend gibt's mehr«, versprach Carlos.

In dieser Sekunde hob Trudy den Kopf, und ihre Blicke trafen sich. Ein vorsichtiges Strahlen breitete sich über ihrem Gesicht aus, und sie öffnete die Hand zu einem flüchtigen Winken. Die Elwenfelserinnen grinsten dabei um die Wette und sahen allesamt aus, als würden sie sich eine herzallerliebste Liebeskomödie anschauen.

»Sie hat mir gestern Nacht ein bissel was aus ihrem Leben verzählt«, sagte Anthony, schaufelte eine weitere

Frühlingsrolle in seinen Mund und eine große Erdscholle aus dem Grab. »Sie is bei de Army gelandet, weil sie keine andere Möglichkeit gehabt hat. Ihre Eltern sin arme Exilkubaner aus Miami. Sogar ihre Großmutter geht mit siebzig noch putze, weil sonst das Geld net reicht. Da hauen die Eltern ab, weil se mehr Wohlstand wolle, un dann haben sie plötzlich richtige Probleme un könne sich dann noch net emol en Arzt leiste. Trudy hat zwar en Schulabschluss, hat aber trotzdem keinen Job gefunden. Eigentlich net zu fasse, dass ma als Schwarzer in de USA immer noch Probleme hat, im 21. Jahrhundert un nach Obama un ›Yes We Can‹ un dem ganze Mist.« Er schüttelte den Kopf mit den langen Dreadlocks. »Ihr Bruder sitzt im Knast, weil er sich bei einer Straßenkontrolle gege die Schikane von zwei Streifenpolizisten gewehrt hat. Und sie is sexuell belästigt worden. Aber da, wo Trudy herkommt, kannst du als schwarze Frau net einfach zur Polizei gehe un de Sheriff anzeige. Alla is sie zur Army, weil des für sie die einzige Perspektive war. Jo, auf jeden Fall hat sie es echt schwer gehabt.« Anthony stieß den Spaten halbherzig in den Erdhaufen und verzog das Gesicht.

»Glaubst du, dass sie sich hier wohlfühlt?«, fragte Carlos. »Elwenfels ist ja ein ziemliches Kontrastprogramm zur U.S. Army und Miami, meinst du nicht?«

»Genau des isses doch! Grad deswegen wird sie sich hier wohlfühlen. Un wenn ich ein bissel was dazu beitragen kann, dann is mir des ... ein Bedürfnis.« Anthony schien die Doppeldeutigkeit des Wortes sofort zu bemerken. »Also, eine Ehre, mein ich.«

Irrte Carlos sich, oder überzog sich der zimtbraune Teint Anthonys mit einem zarten Rosa? »Sag mal, bist du etwa verliebt in sie?«, raunte er ungläubig.

»Voll des Klischee. Wie im Film, gell?«, entgegnete Anthony verlegen. »Aber die Trudy is doch das perfekte Beispiel dafür, also für den tiefere Sinn, warum manche Leut in Elwefels lande. Un wer weiß, vielleicht hat der Sinn e bissel was mit mir zu tun.«

Carlos lächelte. »Freut mich für dich. Aber sag mal, glaubst du, ich kann deinen Gast kurz belästigen?«

Anthony sah ihn fragend an.

»Ich war gerade bei ihren ehemaligen Kameraden. Und ... also, da gibt es jemanden, der mir ziemlich unheimlich ist. Ich würde Trudy gerne ein bisschen über den Typen ausfragen. Oder glaubst du, dass es momentan unpassend ist? Sie scheint gerade total happy zu sein.«

Anthony schüttelte den Kopf. »Nee, is schon okay. Frag sie ruhig. Sie is sowieso wie verwandelt seit gestern. Wenn die andere Mädels weg sin, dann kannst du sie fragen.« Er setzte sich neben Carlos ins Gras, und die beiden Männer beobachteten schweigend die schöne Szene mit Trudy und den Elwenfelserinnen.

Nach einer Weile verabschiedeten sich die Frauen und marschierten mit den leichter gewordenen Wäschekörben zurück ins Dorf. Trudy sah ihnen hinterher. Sie konnte ihr Glück offensichtlich gar nicht fassen und schüttelte ungläubig lächelnd den Kopf, während sie ihre neu erworbenen Schätze ordentlich zusammenlegte.

Anthony nickte. »Alla hopp!«

Carlos ging vorsichtig auf Trudy zu und begrüßte sie. Sie schien zu ahnen, was er von ihr wollte, und folgte ihm ins Innere des kleinen Friedhofswärterhäuschens.

Carlos biss sich auf die Zunge und suchte nach einem Anfang. Er wollte nicht derjenige sein, der Trudy aus ihrer neu gewonnenen inneren Ruhe und dem bisschen Frieden herausriss. Aber er hatte sich geirrt.

Die junge Frau machte eine leicht ungeduldige Geste und sagte auf Englisch: »Sag schon, was du wissen willst. Du brauchst mich nicht zu schonen. Ich will ja helfen.«

Carlos setzte sich mit ihr unter einem riesigen Schwarz-Weiß-Bild von Bob Marley auf ein Sofa.

Dann berichtete er ihr von seinem Erlebnis im Trainingscamp und gab Trudy so ausführlich wie möglich das Gespräch zwischen der Kriminalkommissarin und Rick Malone wieder; dass er Malones Facebook-Profil gecheckt hatte, ließ er erst einmal aus. Im Laufe seiner Erzählung merkte er, dass Trudy zwar äußerlich ruhig blieb, aber ihre Augen merkwürdig flackerten.

Als er geendet hatte, sagte er: »Also, dieser Typ kommt mir schon ein bisschen merkwürdig vor. Irgendwas stimmt mit dem nicht. Kannst du dir vorstellen, dass er es war, der Hartmut Bitterlinger hinterhergelaufen ist? Also, was ich meine ... kannst du dir vorstellen, dass er zu einem kaltblütigen Mord fähig ist?«

Trudy antwortete nicht sofort. Carlos sah, wie aufgewühlt sie nun war. Sie faltete ihre Hände und sah eine Weile aus dem Fenster. Dann seufzte sie unwillig, als wollte sie die Antwort auf Carlos' Fragen nur schnell hinter sich bringen.

»Malone ist einer der Typen bei der Truppe, die dafür verantwortlich sind, dass ich da wegwollte. Wenn du es genau wissen willst, er ist der Schlimmste von allen. Bloß merkt das keiner. Aber ich sage dir, er ist ein Psychopath. Ein menschgewordener Albtraum.«

»Und warum?«, hakte Carlos nach. »Auf den ersten Blick wirkt er ja recht wohlerzogen. Machte er denn mit bei diesen Scheinhinrichtungen?«

»Wenn das das Übelste und Bösartigste ist, was du diesem Typen zutraust, dann irrst du dich gewaltig«, brach es plötzlich heftig aus Trudy heraus.

»Na dann, klär mich bitte auf!«

»Malone ist anders als die anderen«, sagte sie. »Er hat eine andere Vorgeschichte.«

»Inwiefern?«

»Er macht bei diesen Spielen nie mit. Das interessiert ihn nicht. Er guckt nicht mal zu.«

»Aber das ist doch eigentlich nicht so unsympathisch, oder?«, tastete Carlos sich vor. »So wie du ihn beschreibst, würde es passen, dass er sich an der Angst seiner Kameraden aufgeilt.«

Sie lachte verächtlich. »Mag sein. Dafür macht er andere Sachen, die tausendmal gruseliger sind.«

Anthony trat in den Raum und füllte drei Gläser mit Traubensaftschorle. Dann setzte er sich an den Tisch vor dem Sofa und hörte zu.

»Malone war früher in einer Spezialeinheit bei der Polizei und kam dann erst zur Army«, begann Trudy zu erzählen. »Als Scharfschütze bei den Special Forces. Bei der Polizei hatte er bei Geiselbefreiungen mitgemacht, Amokläufer ausgeschaltet und solche Sachen. Ein absoluter Vollprofi. Aber er war irgendwie nie stolz darauf. Jeder andere hätte damit geprahlt. Er nicht. Dabei ist er erst einunddreißig. Irgendwann ist er zum Militär gegangen und hat in Afghanistan und Pakistan Terroristen gezielt erschossen – manchmal aus einer Meile Entfernung. Dafür hat er ein paar Medaillen bekommen. Tapferkeit und so ...« Sie stockte und runzelte die Stirn, als müsste sie über den Zusammenhang zwischen der Tätigkeit eines Scharfschützen und einer Tapferkeitsauszeichnung nachdenken. »Aber auch damit hat er sich nie gebrüstet. Vor zwei Jahren kam er dann in unsere Einheit, als ganz normaler Soldat«, fuhr sie fort. »Er hat sich freiwillig herabstufen lassen. Manche sagen, dass er Scheiße gebaut hat. Dass er aus Versehen ein Kind getroffen hat, obwohl er auf einen von den Terroristen angelegt hatte. Ich weiß nicht, ob das stimmt, vielleicht ist es bloß ein Gerücht. Malone spricht nicht über diese Zeit. Aber … also, ich glaube, dass da was dran ist.«

»Warum?«, wollte Carlos wissen.

»Ganz einfach. Wenn deine Hauptaufgabe darin besteht, aus dem Hinterhalt zu töten und nicht aus einer Notwehrsituation heraus, dann macht das etwas mit dir. Mit deiner Psyche.«

Carlos nickte beklommen. Darüber hatte er noch nie nachgedacht.

»Andererseits ist es ein unvergleichlicher Stress, mitten in einer Einheit zu kämpfen und keinen Überblick zu haben.«

»Und was hat das mit Malones Vorgeschichte zu tun?«, fragte Anthony.

»Die Gefahr, getötet zu werden, ist als Sniper geringer. Und deswegen fanden es manche auch ziemlich unsinnig, dass Malone diese Position aufgegeben hat und dann anfing, mit einer Einheit zu kämpfen.«

»Das hört sich tatsächlich ziemlich unsinnig an«, fand Carlos.«

»*Exactly*. Malone selbst hat nur ein einziges Mal darüber gesprochen. Er meinte, dass es ihm feige vorkomme, Menschen aus der Distanz zu erschießen. Dass er das nun jahrelang gemacht habe und es ihm jetzt nicht mehr richtig vorkomme.«

Carlos runzelte die Stirn. »Dann ist vielleicht wirklich mal was schiefgegangen, und er brauchte eine Erklärung dafür, warum er den Job nicht mehr macht.«

Trudy nickte. »Das glaube ich auch. Aber Malone wurde

irgendwie … Ich weiß nicht, fanatisch. Weißt du, was er sagt?« Sie holte tief Luft. »Dass man den Menschen, die man ausschalten muss, in die Augen sehen soll. Sonst ist es feige.«

»Wow«, entfuhr es Anthony. »Ein Killer mit mittelalterlichem Ritterethos?«

Trudy zog die Schultern hoch. »Niemand hat das verstanden. Ich kenne keinen, der seinem Ziel in die Augen schaut, wenn er abdrückt. Außerdem geht das in den allermeisten Fällen gar nicht. Man will bloß so schnell wie möglich alles erledigen, wieder weg und nicht draufgehen.« Sie atmete angewidert aus und schüttelte den Kopf. »Wenn ich daran denke, wie oft ich …«

Anthony streichelte beruhigend ihren Unterarm. »It's over, Baby, you're done with this shit. Des ist jetzt alles vorbei.«

Trudy schüttelte den Kopf. »Ich habe Angst, dass es nie ganz vorbei sein wird. Aber es wird vielleicht eines Tages erträglicher. Wo war ich?«

»Dass man jemandem in die Augen schaut, wenn man ihn umbringt«, half Carlos nach und unterdrückte ein Schaudern.

»Genau. Also, Malone machte Sachen, die allen extrem unheimlich waren. Wenn er mal aus der Army weggehen sollte, wird der bestimmt als Profikiller angeheuert. Er fürchtet sich vor absolut gar nichts. Ist immer in die Vollen gegangen. Immer ganz vorne. Die anderen bewundern ihn unendlich. Er hat ein paarmal seine Kameraden aus schlimmen Situationen gerettet.« Sie senkte den Kopf und schaute auf ihre Hände. »Mich auch.«

»Trudy«, beschwor Carlos sie. »Er hat dich vielleicht gerettet, aber jetzt gehörst du nicht mehr dazu. Du wirst nicht zur gemeinen Verräterin, wenn du …«

»Schon klar!«, unterbrach Trudy ihn und machte eine unwirsche Geste. »Ich bin Malone absolut nichts schuldig. Wenn ich daran denke, wie er mich angesehen hat, als er mich damals aus diesem brennenden Jeep gezogen hat ... irgendwie triumphierend und ... kalt. So als würde er ab diesem Moment über mein Leben verfügen, ich weiß auch nicht ... Ich habe mich vor ihm gefürchtet, *obwohl* er mein Leben gerettet hat. Versteht ihr, wie pervers das ist?« Trudy schüttelte sich leicht. »Manche sagen, er ist süchtig nach der Gefahr. Und zwar genau aus dem Grund, weil er immer aus einer sicheren Entfernung heraus operiert hat. Als müsste er, ich weiß nicht, als müsste er was nachholen. Dann ist da noch die Sache mit den Trophäen ...«

Bei diesem Wort richtete Carlos sich kerzengerade auf und starrte Trudy an. »Was sagst du da?«

»Ja, ich weiß, es passt ins Bild«, murmelte sie. »Malone reicht es nicht, seine Ziele bloß auszuschalten. Er braucht unbedingt immer einen Beweis, dass er dabei nah genug dran war. Wie um sich selbst zu versichern, dass er kein Scharfschütze mehr ist, sondern eine perfekte Nahkampfmaschine.«

»Des is jo echt gruselig«, stieß Anthony aus.

»Was meinst du, wie gruselig es ist, ihm dabei zuzusehen, wie er abends auf seinem Bett hockt und seine kleinen Andenken sortiert und betrachtet.«

»Was für Andenken?«, fragte Carlos, obwohl er es bereits wusste.

»Kleine Sachen, die er denen abnimmt, die er tötet«, sagte Trudy leise. »Knöpfe, Schmuckstücke, manchmal schneidet er auch bloß ein Stück Stoff ab und nimmt es mit.«

Carlos hatte das Gefühl, als würde ein Eiswürfel an

seinem Rückgrat langsam nach unten rutschen. »Auch Ringe?«, fragte er. »Nimmt er den Leuten auch Ringe ab?«

»Er nimmt alles, was man irgendwie mitnehmen kann«, sagte Trudy. »Keine großen Sachen und auch keine Haare. Oft sind es Ringe, ja. Die werden ja oft auch von Männern getragen.«

»Jetzt wird mir alles klar«, flüsterte Carlos und starrte in die hellgelb sprudelnde Flüssigkeit in seinem Glas. Er hatte einige Aufnahmen in der Scalp-Serie gesehen, auf denen Malone dünnere Ringe trug, mal goldene, mal silberne, die allerdings auf anderen Bildern wieder verschwunden waren.

»Was wird dir klar?«, drängte Anthony.

»Warte!«, bat Carlos. »Trudy, kannst du dir vorstellen, dass es Malone war, der vorgestern diesen Mann getötet hat?«

»Euren Mann, meinst du?«

»Hartmut Bitterlinger, ja.«

»Also, ich habe es nicht gesehen«, sagte sie ausweichend. »Es war ja auch keine Kampfsituation.«

»Sein Ehering ist verschwunden«, betonte Carlos und hielt Trudys flackernden Blick fest. »Seine Frau behauptet, dass er ihn niemals abgenommen hat. Und auf seinem Ringfinger war ein deutlicher Abdruck.«

Trudys Mund öffnete sich wortlos. Sie starrte Carlos ungläubig an.

»Da man Charlotte ohnehin des Mordes an ihrem Mann verdächtigt, liegt die Annahme nahe, dass sie ihm den Ring abgenommen hat, quasi um ihre unglückliche Ehe auch auf diese symbolische Art zu beenden. Zumindest glauben das die zuständigen Ermittler. Verstehst du, was ich meine, Trudy?«

Sie nickte schwerfällig und tauschte einen Blick mit

Anthony. »Hell yeah. Das würde zu Malone passen«, antwortete sie. »Nur, warum hätte er diesen Hartmut überhaupt umbringen sollen?«

»Naja, das ist doch klar«, mischte Anthony sich ein. »Diese Scheinerschießung. Hartmut hat wohl alles mit angesehen. Man wollte keinen Außenstehenden als Zeugen.«

Carlos nickte. »Kann sein. Aber deswegen gleich ein Mord? Wie wichtig war es deinen ehemaligen Kameraden, dass dieses Spielchen nicht an die Öffentlichkeit kommt?«

Trudy zog die Schultern hoch. Sie wirkte jetzt müde und angewidert. »Ach, weißt du, es war ja nicht das erste Mal. In Afghanistan ist das auch schon mal vorgekommen, dass ein Außenstehender Zeuge von diesem Wahnsinn wurde. Ein Journalist. Er wollte daraus eine Riesenstory machen, aber im Endeffekt hat ihm keiner geglaubt. Wenn du so etwas enthüllen willst, dann brauchst du schon Fotos oder Filme und nicht einfach bloß Worte. Außerdem wird die Army immer argumentieren, ein Außenstehender sei gar nicht in der Lage, richtig einzuschätzen, was er da eigentlich gesehen hat. Hätte ja auch eine Übung sein können oder irgendein Ritual, um den inneren Zusammenhalt der Truppe zu stärken.« Sie rollte abfällig mit den Augen.

Carlos verstand langsam. »Das heißt, selbst wenn Bitterlinger davon berichtet hätte, hätte er damit gar keinen großen Schaden anrichten können?«

»Genau.«

»Aber warum sollte dann Malone hinter ihm hergerannt sein, um ihn zu stellen?«

Trudy nagte nachdenklich an ihrer Unterlippe. »Keine Ahnung. Vielleicht aus einem Reflex heraus, um die Kameraden zu schützen. Ihr könnt euch ja denken, dass diese Typen eigentlich immer im Krieg sind. Wenn da nachts jemand ans Lager schleicht, dann werden eben gewisse antrainierte Muster ausgelebt.«

»Aber warum dann ein Mord?«

Trudy wurde langsam ungehalten, als hätte sie nicht länger die Kraft, über diese Situation nachzudenken. »Keine Ahnung, Mann. Ich weiß es nicht. Verlang bitte nicht von mir, dass ich mich in einen wie Malone hineinversetze. Was weiß ich, wie der Typ tickt? Kann sein, dass er einfach ausgerastet ist. Reflex, verstehst du? Hat sich eingebildet, dieser Hartmut wäre ein Terrorist oder sonst was.«

Carlos nickte und tauschte einen Blick mit Anthony.

»Gut, dass du da weg bist«, murmelte der Friedhofsgärtner. Trudy streckte die Hand aus und drückte kurz seine Finger.

»Okay, Trudy, eine letzte Frage«, wagte Carlos sich noch ein Stück weiter vor. »Wenn er es war, wie könnten wir es schaffen, an diese ... diese Trophäen heranzukommen? Wo bewahrt er sie auf? Wenn nämlich darunter der Ehering von Bitterlinger ist, dann haben wir einen perfekten Beweis, der Charlotte entlastet.«

»Wir?!«, echote Trudy statt einer Antwort und riss die Augen auf.

Carlos sah sie wortlos an.

»Ich glaub, des langt dann mal«, sagte Anthony leise und warf Carlos einen warnenden Blick zu.

»Er hat diese Kiste. Und die steht natürlich in seinem Zelt«, sagte Trudy rasch. »Aber wie du da rankommen willst, keine Ahnung.«

Carlos nickte und erhob sich von seinem Stuhl. Er konnte nichts weiter tun. Entweder würde Trudy sich entscheiden, ihnen zu helfen, oder sie zog sich weiter in sich selbst zurück und wollte nichts mehr von der Sache hören. Carlos tauschte noch einen kurzen Blick mit Anthony und hoffte, dass er vielleicht ein wenig auf seinen Gast einwirken würde. Denn wer außer Trudy würde Carlos dabei helfen können, an diese ominöse Trophäensammlung heranzukommen?

Er verabschiedete sich knapp und lief über den Friedhof zurück zur Straße. Klar, du kannst es auch alleine probieren, schlug eine leise Stimme in seinem Kopf vor. Du könntest die Anwesenheit der Soldaten auf dem Fest heute Abend dazu nutzen, dich ins Lager zu schleichen und die Zelte zu durchsuchen. Und dann?

Allein die Vorstellung verursachte Carlos Übelkeit. Früher hätte er so einen Alleingang einfach durchgezogen, ohne groß über die Gefahren und Konsequenzen nachzudenken. Erst recht, wenn es dabei um die Unschuld einer Frau ging, die er ... Ja, was denn eigentlich?, fragte er sich. Schnell wollte er den Gedanken wieder zur Seite schieben. Aber wenn er sich Charlotte vorstellte, wie sie jetzt in einer Zelle saß und darauf wartete, dass er und ihre Leute aus Elwenfels irgendeine rettende Idee hatten, dann durchrieselte es ihn eiskalt.

Reiß dich zusammen, hämmerte er sich ein, während er langsam die enge Straße in Richtung Dorf zurücklief. Immer wieder versuchte er sich auszumalen, wie es wohl wäre, sich in das Zeltlager zu schleichen. Er wollte es ja tun, aber ... Dieses ängstliche Zaudern gehörte doch nicht zu seiner Verhaltensmatrix. Es hatte Zeiten gegeben, da war sein Kampf für die Gerechtigkeit ein Reflex, dem er ohne weitere Bedenken nachgegeben hatte, weil er sich moralisch immer auf der richtigen Seite wähnte. Und nun?

Seit Carlos Herb den Polizeidienst verlassen hatte, war er nicht länger ein Leitstern in Sachen Mut und Unerschrockenheit. Vielleicht ein bisschen noch. Und eigentlich hätte dieses bisschen für einen Ort wie Elwenfels reichen müssen. Konnte es wirklich wahr sein, dass hier Kräfte am Werk waren, die ihn derart überforderten und ängstlich werden ließen wie einen satten Bürger, der abends beim *Tatort* vor dem Fernseher einschlief, noch bevor der Mörder gefasst war?

Carlos straffte sich. Scheiß auf den Leitstern, dachte er.

Kapitel 26

Wie die mit Puderzucker bestäubte Einladung wirklich gemeint war ...

Es war genau halb sieben, als die Laternen und Windlichter auf dem Dorfplatz angezündet wurden. Die Dämmerung würde zwar noch eine Weile auf sich warten lassen, aber die ersten Gäste konnten schon bald eintreffen, und der Dorfplatz sah mit all den vielen Lichtern noch viel einladender aus als ohnehin schon.

Carlos beobachtete die Szenerie vom Hoftor der Wirtschaft aus. Soweit er es beurteilen konnte, hatte sich das Zentrum des Dorfes niemals schöner herausgeputzt, auch wenn die etwas aufdringlich im Abendwind flatternden Wimpel mit Stars and Stripes wirkten wie kleine Fremdkörper. Eine Gruppe von Schulkindern hatte den ganzen Tag über eifrig an ihnen gebastelt. Überall waren die langen Biertische liebevoll eingedeckt, und aus allen Richtungen strömten verlockende Essensgerüche. Es würde ein lustiger Abend werden, da war sich Carlos ziemlich sicher. Großes, pfälzisches Kino, Satire auf Elwenfelser Art. Und dennoch, das beklommene Gefühl, das er schon den ganzen Tag in sich trug, wollte ihn einfach nicht loslassen.

Der flackernde Kerzenschein zwischen den Fähnchen und den noch leeren Gläsern ringsum vermittelte noch etwas anderes. Der Platz lag sonderbar still da. Die Ruhe vor dem Sturm. Da war eine Ahnung in der Luft, dass diese bunte, einladende Kulisse nur eine Tarnung war für etwas Unheilvolles.

Vielleicht kam man mit der ganzen Aktion auch einer Lösung der Probleme näher – wenn man den kryptischen Einlassungen des Traktor fahrenden Dorfgeistes Erwin folgen wollte.

In diesem Augenblick wurde Carlos heftig von hinten angerempelt. Eine Mischung aus robuster Wucht und spielerischer Feinfühligkeit. Willi.

»Du ziehscht e Schnut, wie wann die Welt unnergeht. Was'n los, Großer?«

Carlos hatte ihn den ganzen Tag noch nicht gesehen. Der Sägewerksbesitzer machte einen so aufgeräumten und zuversichtlichen Eindruck, als wäre er sich über den positiven Ausgang der Situation völlig im Klaren. Er hatte seine blaue Latzhose gegen einen hellgrauen Anzug und ein korallenrotes Hemd ausgetauscht, das verdächtig nach Siebzigerjahre-Mode aussah und Willi sehr stattlich erscheinen ließ, wenn auch ein kleines bisschen eingezwängt.

»Ist das hier nicht eine ziemliche Zeitverschwendung?«, fragte Carlos mit Blick auf das ganze Brimborium.

»Seit wann könnt Feiern jemals Zeitverschwendung sein, hä? Was tät denn der feine Herr Privatdetektiv von der Hamburger Hautevolee vorschlage?«, fragte Willi grinsend.

»Weiß nicht. Irgendwas Produktives jedenfalls. Wie soll uns dieses Fest Charlotte zurückbringen?«

»Gucke ma mol. Dann seh ma's schunn«, erwiderte Willi mit hochgezogenen Augenbrauen.

Carlos erzählte Willi, was er von Trudy erfahren hatte.

Und er hoffte, dass er einen Vorschlag machen würde, in etwa wie: Geschlossen in das Zeltlager einfallen, alle fesseln und so lange suchen, bis man Bitterlingers Ring in Malones Besitz gefunden hatte. Oder: Malone so sehr mit Rieslingschorle abfüllen, bis er die Tat bereitwillig zugab. Oder, noch abwegiger: Zauberwein an die Soldaten ausschenken, damit sie endlich das Richtige taten, wie zum Beispiel Blumen pflücken, mit ihren Helmen Topfschlagen spielen oder gemeinsam *We Shall Overcome* anstimmen.

Gesteh dir endlich ein, dass du ein Feigling bist, warf Carlos sich vor. Du könntest ja auch Nadja Sprengel anrufen und ihr von Trudys Bericht erzählen. Aber da er vor Gericht nicht verwertet werden konnte, nahm er Abstand davon. Um Malones Habseligkeiten offiziell durchsuchen zu können, brauchte man die Militärpolizei *und* einen richterlichen Beschluss. Das alles dauerte viel zu lange, und jeder Tag, den Charlotte noch länger in U-Haft sitzen musste, war ein Tag zu viel.

Doch statt gemeinsam abenteuerlustige Pläne zu schmieden, legte Willi ihm wie so oft seine breite Pranke auf die Schulter und sagte mit erstaunlich geringer Lautstärke: »Horsch emol, Carlos, des gestern mit dem Erwin, des hat mich eins gelehrt. Manchmal isses besser, wenn man ken Plan hat.«

»Wie bitte? Was soll das denn heißen?«

»Wenn man en genaue Plan hot, dann will man auch, dass der aufgeht. Alla macht man immer bloß Sache, wo mit dem Plan zusammenhänge. Un dabei wird man dann blind do defür, dass es vielleicht auch noch en annere Weg gibt als wie den, wo man ursprünglich als Plan gehabt hot, weeschwieschmään?«

»Machst du jetzt hier einen auf Erwin, oder was? Nein,

ich weiß nicht, wie du es meinst. Und auch nicht was«, entgegnete Carlos müde.

»Jo alla. Du kennscht doch die ganze schlaue Sprüch von de Buddhischde.« Willi warf sich in die Brust und fuchtelte mit den Händen vor Carlos' Gesicht herum. »Sei es Schilfrohr un net de Baum. Odder ... odder sei des Wasser un net de Fels.«

»Ihr seid aber keine Buddhisten.«

»Ou, wer weiß des schon so genau?«, mischte sich der Pfarrer ein, der von hinten an die beiden herantrat. »Ich sag dir: Viel von dem, wo de Jesus gesagt hot, hätt auch vom Buddha stamme könne. Aber was dir der Willi sage will ... Guck mal: lauter Tisch mit Schorlegläser! Des wird uns schon helfe, nix Dummes zu mache un geschmeidig zu bleibe ...«

»... aber erscht, wenn se voll sin!«, präzisierte Willi.

Carlos verdrehte die Augen. Fast fühlte er sich wieder wie bei seiner ersten Begegnung mit der Pfälzer Lebensart. Diese plakative Heiligsprechung des Nationalgetränks war manchmal einfach nur nervig. Was bitte war konstruktiv daran, zu saufen und zu feiern und sich mit dem Feind zu verbrüdern? Was sollte philosophisch daran sein, die ewig sprudelnde Rieslingschorle immer wieder als Allheilmittel zu glorifizieren?

Doch ehe ihm wirklich noch etwas Böses über die Lippen kommen konnte, fiel ihm der englische Spruch ein: *Keep your friends close, keep your enemies closer.* Egal, wie die pfälzische Übersetzung davon wohl lauten mochte, aber womöglich hatten die Elwenfelser genau das vor.

»Langer«, meinte Willi, »du denkscht vielleicht, dass des bloß ein Fescht der Sinne is oder so was. Aber vielleicht isses auch was ganz anneres.« Er hob mit einem rätselhaften Gesichtsausdruck die Schultern.

»Ach ja, und was bitte?«, fragte Carlos.

»Du kennscht uns schlecht, wenn du glaubscht, dass wir ausgelassen feiern, wenn unser Charlotte im Knast hockt. Richtig gefeiert wird nämlich erscht dann, wenn de ganze Zores rum is.«

»Wie am Ende bei Asterix, hm?«, murmelte Carlos, und ihm fiel der leicht abgedroschene Spruch ein, dass am Ende alles gut werden würde. Und wenn nicht, dann wäre es noch nicht das Ende. Wahrscheinlich hatten seine Freunde ja doch einen Plan. Manchmal half ja blindes Vertrauen. Mit diesem Gedanken fühlte er eine sanfte Entspannung.

Kurze Zeit später füllte sich der Platz. Die Dorfbewohner besetzten allmählich die aufgestellten Bierbänke, die ersten Platten mit Essen wurden herangetragen, und schließlich erschienen auf der Straße auch die erhofften Gäste, alle in Uniform. Sie wurden mit lauten Freudenrufen und Applaus begrüßt. Als es so aussah, als wären alle Army-Soldaten anwesend, hob Michael Schafs Freundin Cecilie, die in Elwenfels und den Dörfern der Umgebung als Haus-Hebamme fungierte, die Hände und gab dem Elwenfelser Kinderchor den Einsatz, mit der Nationalhymne loszulegen.

Carlos biss sich auf die Unterlippe. Er hatte recht behalten. An der misstönenden Unstimmigkeit hatte sich seit dem Mittag nichts geändert. Die Kleinen krähten Liedtext und Melodie, als hätten sie sich beides gerade selbst ausgedacht und wären sich nicht sicher, ob es nicht in letzter Sekunde noch abgeändert werden müsste.

Aber dennoch geschah etwas ganz Erstaunliches. Die Amerikaner wurden von einer automatisierten Ergriffenheit gepackt, standen still und andächtig lauschend vor der kleinen Tribüne am Brunnen und legten sich in antrainierter Rührung die rechte Hand aufs Herz. In dieser Haltung bemerkten sie auch nicht die Gesichter der Elwenfelser ringsum, die zwischen Fassungslosigkeit, Belustigung und Staunen wechselten. Carlos beobachtete die aufrichtige Freude der Besucher und das anerkennende Nicken von Horst Falke, der in diesem Moment wohl beschloss, dass diese obstinaten Dorfbewohner doch noch die Kurve gekriegt hatten und sich als anständige Gastgeber, wenn auch nicht als aufrechte Patrioten herausstellten.

Denn als die Kinder sich anschickten, von der Tribüne zu huschen, sah sich Lieutenant Ellman fragend um. Leutnant Falke las seine Gedanken und fragte die Chorleiterin: »Müsste jetzt nicht auch noch die deutsche Nationalhymne gespielt werden?«

Es war Willi, der die Frage mit seinem durchdringenden Bass zur allgemeinen Befriedigung beantwortete. »Also, bevor mir Deutsche sin, sin mir erschtermol Pälzer!«

»Jo genau!«, rief Otto. »Un es gebbt halt net bloß eine Pälzer-Hymne, sondern ganz viele. Un des tät halt bissel de Rahme sprenge, wenn ma die jetzt all singe täte müsste!«

Mit tadelndem Stirnrunzeln ließ der Bundeswehrleutnant es dabei bewenden und gab seiner kleinen Truppe einen Wink, sich an den Tischen niederzulassen.

In diesem Augenblick tastete eine Hand nach Carlos' Ellbogen. Er drehte sich um und sah in das entschlossene Gesicht von Anthony.

»Was ist?«, fragte Carlos alarmiert.

»Lass es dir net anmerke«, mahnte Anthony leise. »Ich hab mit de Trudy gesproche. Sie meint, sie wär uns des schuldig, dass sie uns hilft. Sie tät dir nachher, wenn's dunkel is, des Zelt vom Malone zeige. Sie geht mit dir ins Lager, um den Ring vom Bitterlinger zu suche.«

»Ist das dein Ernst?«

»In erster Linie isses der Trudy ihrn Ernst. Wir treffe uns nachher gegen halb elf bei uns am Friedhof un gehen dann zusamme los.«

»Wie sieht es aus mit Wachen im Lager?«, gab Carlos zu bedenken. »Weiß Trudy was davon?«

»Keine Ahnung. Hast du gesehen, ob die Typen all vollständig hier erschiene sin?«

Carlos ließ seinen Blick unauffällig über die Gäste schweifen, die gerade ihre Gläser gefüllt bekamen. »Hm, ich weiß ja gar nicht, wie viele das insgesamt waren. Hab sie nicht durchgezählt.«

»Jo, is egal erst mal. Die Trudy meint, sie kann dir zeige, wie du unbemerkt zu dem Zelt vom Malone kommst. Musst eben ein bissel krieche un robbe – wie die Soldate halt.«

Carlos wusste nicht, was er darauf erwidern sollte, also nickte er mechanisch. Wie hätte es denn ausgesehen, wenn er jetzt eingeknickt wäre, während eine traumatisierte Frau sich dazu durchrang, noch einmal an diesen Ort zurückzukehren? »Okay, jetzt ist es kurz vor acht«, sagte Carlos und betrachtete wieder die beschwingte, aber noch relativ ruhige Menge auf dem Dorfplatz. »Wir bleiben hier und machen uns später unauffällig davon.«

Anthony nickte. »Der Ring vom Bitterlinger?«, fragte er. »Is der wirklich gerichtlich verwertbar?«

Carlos schüttelte den Kopf. »Nein, nicht wirklich. Ich hätte den Ring ja ebenso selbst unter Malones Sachen schmuggeln können.«

»Un was soll dann das Ganze?«

»Es ist die einzige Chance, überhaupt Gewissheit zu bekommen, dass Malone der Mörder ist, und dann ...«

Anthony unterbrach ihn mit einer halb besänftigenden, halb spöttischen Geste. »Schon klar. Ganz nach dem Motto: Es kommt, wie's kommt.«

Carlos nickte. Auf einmal verspürte er große Lust auf ein leckeres Abendessen. Eine geheimnisvolle Energie hatte ihn ergriffen und die Gehirnwindungen in Richtung Vernunft und Vorsicht nahezu blockiert. Zum ersten Mal in seinem Leben entdeckte er die innere Bereitschaft, nur das zu tun, was wirklich in seiner Macht stand, und den Rest einfach auf sich zukommen zu lassen. Und diese Gelassenheit fühlte sich verdammt gut an. Elwenfels stand unter der kreativen Leitung einer kollektiven Intuition. Und wozu die fähig war, hatte er ja letztes Jahr hinreichend erlebt.

Er ließ sich an einem der Tische nieder und beschloss, die zweieinhalb Stunden bis zu seiner Mission einfach zu genießen.

Und Carlos wusste nicht, was besser war. Die mit exotischen Speisen kontrastierenden Pfälzer Spezialitäten oder die unbezahlbaren Blicke der Amerikaner, als die eifrigen Köche des Dorfes ihnen vietnamesische, libysche und irakische Nationalgerichte auf den Teller luden und kaum Platz ließen für Dampfnudeln und Saumagen, geschweige denn für den ein oder anderen kläglich untergehenden Hotdog. Hätte jemand von oben die Tische fotografiert, es wäre das perfekte kulinarische Stillleben für Völkerverständigung geworden. Carlos beobachtete hingerissen die Elwenfelser, die sich gegenseitig knufften und heimlich auf die Gäste deuteten. Denen sah man an, dass sie die gustatorisch fassbaren Hintergedanken zwar begriffen, aber nicht in Worte fassen konnten.

Carlos saß an einem Tisch zwischen Otto und Michael. Ihnen gegenüber hatten sich Lieutenant Ellman und einer seiner Männer niedergelassen, die mit Begeisterung eine Scheibe Saumagen aßen.

Auf einmal tauchte Elsbeth auf und begann die gerade geleerten Teller wegzuräumen. »Gut, gell?«, sagte sie und nickte, als wüsste sie die Antwort bereits. Sie nutzte den Moment dann auch gleich noch dazu, ihren kleinen Vortrag über pfälzische Auswanderer um einen zweiten Teil zu erweitern. »Habt ihr eigentlich gewusst, dass es auch Nachfahre von pälzische Auswanderer gab, die sinnvolle Sache gemacht haben? Do gebbt's jo noch den, wo die Tomatesoß aus de Flasch erfunde hat. Wissen'er wen ich mein? De Heintz, genau. Der is nämlisch sellemols aus Kallstadt niwwer ins Badische nooch Ketsch ab … un de Rest is bekannt.« Elsbeth sah lächelnd und mit hochgezogenen Brauen in die Runde, aber von den Soldaten verzog keiner eine Miene.

»Verstehn 'er net? Heintz? Ketchup?« Keine Reaktion.

»Jo alla, donn halt net. Zum Saumage passt Senf sowieso besser, gell?«

Damit zog sie mit den aufgetürmten Tellern von dannen.

Carlos lachte in sich hinein und ließ seinen Blick wieder über die Menge schweifen. Wo war Rick Malone? Dem Typen wäre zuzutrauen, dass ihm ein solches Fest gegen den Strich ging und er lieber alleine im Lager zurückgeblieben war. Dann konnten sie sich ihre kleine, nächtliche Invasion in das Zeltlager abschminken. Doch Carlos entdeckte den Soldaten an einem Tisch direkt am Brunnen. In seiner unmittelbaren Nachbarschaft saßen Willi und der Pfarrer sowie Sofie und Cordula. Schade, dachte Carlos, da wäre ich jetzt gerne dabei, denn diese Konstellation war vielversprechend. Gewiss hatten Willi und die Damen ihre ganz eigene Art, dem G.I. verbal zu Leibe zu rücken, ohne dass der es merkte. Vielleicht vertrug er ja keinen Alkohol und wurde gesprächig. Vielleicht ...

Ellman räusperte sich und winkte seinen Freund Falke näher, der am Nebentisch saß. Offensichtlich bat der Lieutenant den Deutschen, etwas zu übersetzen. Schließlich wandte Falke sich an die Elwenfelser und deutete auf die herzförmig ausgeschnittenen Flaggen und die Telleruntersetzer aus Pappe, die ebenfalls die US-amerikanische Flagge zierte. »Ähm, unser amerikanischer Freund hier möchte wissen, warum Sie die Flagge falsch abgebildet haben.«

»Hä?«, fragte Otto. »Was määnt er?«

»Na, sehen Sie das denn nicht?« Falke deutete auf das blaue Rechteck mit den Sternen, das da rechts unten anstatt in der linken, oberen Ecke prangte. »Das ist völlig falsch.«

Otto, Michael und ein paar der anderen betrachteten scheinbar verständnislos die Pappuntersetzer. Ein alter Elwenfelser hob einen gar in die Luft und begann, ihn demonstrativ hin und her zu drehen. Lieutenant Ellmans Mund zuckte.

»Also, net dass uns des aufgefalle wär ...«, meinte Otto. »Aber so schlimm kann des doch net sei, odder?«

»Nun, eigentlich ist es das schon«, präzisierte Falke. »In den USA ist es eine Straftat, die Nationalflagge zu verunglimpfen.«

»Ach Gott, schon wieder e Straftat!«, entfuhr es dem Arzt. »Bei euch Jungs muss man jo ganz schön uffpasse, dass man net dauernd zum Verbrecher wird, ohne dass man's merkt, gell?«

»Also, isch versteh des net«, sagte Otto mit ernster

Miene und tippte auf das wellige Tischset. »Des ham unser Vorschulkinder gebaschtelt, de ganze Tag. Dass ihr euch wohlfühlt bei uns, weil ihr doch so Sache braucht.«

»Tja, dann sagen Sie Ihren Vorschulkindern, dass der gute Wille eben nicht alles ist«, verkündete Falke gnadenlos.

»Guter Wille ...«, kicherte der Dorfarzt.

»Ou, ou, ou, jetzt sin mir vielleicht glei alles Terrorischte, hä?«, platzte es lachend aus Otto heraus.

Falke murmelte seine Übersetzung der kleinen Auseinandersetzung in Ellmans Ohr. Der nickte ein wenig grimmig und verzog den Mund. »It's an act of disrespect«, sagte er.

»Jetzt loss emol die Luft ab, hear«, donnerte Otto. »Des war e Versehe, un fertisch.«

Falke hob beschwichtigend die Hand und übersetzte es dem Amerikaner.

»Sie haben nicht besonders großes Vertrauen in die Symbolkraft Ihrer Flagge, was?«, wandte sich Carlos auf Englisch an Lieutenant Ellman.

Der wollte wissen, wie zum Teufel denn das schon wieder gemeint war.

»Sonst gäbe es wohl kaum diese weltweite Verbreitung von Klamotten und Modeaccessoires mit der Abbildung der Stars and Stripes, oder nicht?«

»Worauf wollen Sie hinaus?«, fragte Falke abfällig.

»Na, ist Ihnen noch nicht aufgefallen, dass bald jeder zehnte Mensch, den man auf der Straße trifft, irgendetwas trägt, das die amerikanische Flagge zeigt? Bikinis, Pullover, Handtaschen. Sogar Babystrampler. Und noch dazu meistens von Leuten, die nur ein ganz vages Gefühl dafür haben, was sie da überhaupt mit sich rumtragen. Besonders würdevoll ist das Ganze erst recht nicht. Letztens habe ich in Hamburg eine Frau beim Italiener gesehen, die die US-Flagge auf ihrem Sweatshirt großflächig mit Tomatensoße bekleckert hatte und danach auf die Straße ging. Ist das etwa keine Verunglimpfung Ihrer Flagge?«

Lieutenant Ellman starrte Carlos mit offenem Mund an.

»Ach bitte!«, zischte Falke. »Das ist doch etwas ganz anderes.«

»Wenn Sie meinen«, sagte Carlos achselzuckend und biss in seine gefühlt fünfzigste Frühlingsrolle. »Wenn man an Verschwörungstheorien glauben würde, könnte man meinen, das Ganze sei eine groß angelegte Aktion des US-Propagandaministeriums. Wenn die Außenpolitik schon nicht darauf ausgelegt ist, sich Freunde zu machen, dann soll die Welt wenigstens die Symbole des amerikanischen Traums mit sich rumtragen.«

»Come on!«, platzte Lieutenant Ellman heraus.

»Ich versteh es halt nicht«, beharrte Carlos. »Ihr habt doch auch ein paar schöne Sachen, die ihr gut exportieren könnt: geile Serien, großartige Musik, Wissenschaft, Bruce Willis. Warum lasst ihr es zu, dass eure Flagge überall verramscht wird, obwohl sie euch doch angeblich so heilig ist?«

Als Ellman und Falke darauf nichts erwiderten, besann sich Carlos und erhob sein Glas. »Egal. Cheers to Peace and Love weltweit, okay?«

Alle am Tisch erhoben nun wie auf Kommando ihre Schoppen und stießen mit den Soldaten an.

Leutnant Falke beugte sich vor und fixierte Carlos eindringlich. »Glauben Sie, wir merken nicht, was hier läuft?«, sagte er mit drohendem Unterton.

Otto und der Doktor bekamen nichts davon mit, weil

sie Bettel, die gerade eine Schüssel frischer Dampfnudeln brachte, lauthals begrüßten.

»Was läuft denn?«, fragte Carlos unschuldig.

»Ach, tun Sie doch nicht so ahnungslos. Das hier ist kein Freundschaftsfest, sondern eine Frechheit.«

Carlos ließ seine Blicke über die allmählich lauter werdende Menge schweifen. »Also, für mich sieht es aus wie ein ausgelassenes, schönes Fest, wie Sie es nirgendwo sonst auf der Welt finden werden.«

»Mag sein. Aber denken Sie bloß nicht, dass die Amerikaner dumm sind. Sie haben sehr wohl gemerkt, was Sie hier abziehen. Das Essen aus ehemaligen Kriegsländern, diese Kakofonie von einer Hymne und diese dilettantischen Versuche, ihre Nationalflagge zu verunglimpfen. Sie tun so, als wären wir hier willkommen, aber das Ganze ist eine Unverschämtheit, die wirklich ihresgleichen sucht!«

Naja, dachte Carlos zufrieden, wäre ja auch irgendwie schade gewesen, wenn niemand was gemerkt hätte. Er machte eine besänftigende Geste. »Diese Menschen hier sind vielleicht schlechte Liedgutsänger und Flaggenbastler. Aber sie sind sehr kreativ, und zweifellos hat niemand etwas gegen das Essen hier einzuwenden. Schauen Sie nur!«

Es stimmte. Offensichtlich hatten die Army-Leute die kleinen Sticheleien schon wieder vergessen oder ignorierten sie zugunsten von Rieslingschorle und exotischen Köstlichkeiten.

Als Carlos einen Blick zu jenem Tisch warf, an dem er selbst gerne gesessen hätte, bemerkte er etwas Erstaunliches. Willi, Sofie, Cordula und Rick Malone waren sich scheinbar innerhalb kürzester Zeit nähergekommen. Es war schon etwas befremdlich, wie angeregt sie miteinander sprachen, und ihr lautes Lachen übertönte das Gelächter an den anderen Tischen. Malones Wangen waren gerötet, und er hörte gar nicht mehr auf zu lächeln. Vermutlich hatte er schon ein Foto von diesem Fest gemacht und bei Facebook gepostet. Erneut ergriff Carlos das unheimliche Gefühl vom Mittag. Wenn man Malone so ansah, würde man eher an fliegende Frösche glauben als daran, dass dieser nette junge Mann Menschen umbrachte, auch ohne dafür einen Befehl erhalten zu haben.

Mit einem Mal schmeckte Carlos das Essen nicht mehr. Er legte die angebissene Dampfnudel zurück auf den Teller. Kurz darauf verschwand sie in Ottos Pranke. »Wer so was verschmäht, is uff Diät oder bleed«, meinte er und biss ein großes Stück ab.

Carlos hörte nur mit halbem Ohr zu. Er nahm einen großen Schluck aus seinem Schorleglas und sah auf die Uhr. Es war kurz vor zehn. Vielleicht sollte er mit dem Wein ein bisschen kürzertreten. Sonst würde er wohl über den Waldboden eher rollen statt robben.

Das Fest war in vollem Gange. Einige Elwenfelser hatten angefangen zu singen und zu schunkeln, und immer noch wurden Speisen aufgetragen.

Carlos wurde langsam unruhig. Er beugte sich zu Otto und flüsterte ihm ins Ohr: »Ich verschwinde mal für ein Stündchen. Wenn die anderen sich wundern, dann sag einfach, dass ich Migräne habe und mich ein bisschen ausruhe. Ganz unauffällig, okay?«

»Was? Migräne?« Ottos Stimme war das Gegenteil eines Flüsterns.

»Oh, gege Migräne hab ich was Gudes!«, mischte sich der Arzt ein. Seine Stimme übertönte die Lautstärke der anderen Gespräche.

Ein paar mitleidige Blicke trafen Carlos. Das war die perfekte Tarnung. So würde es niemanden wundern, wenn er mit Schaf in Richtung Dorfrand verschwinden würde, wo auch die Arztpraxis lag, und dann auch nicht mehr zurückkommen würde.

Nach nur wenigen Schritten fragte der Arzt trocken: »Du hast net wirklich Migräne, oder?«

»Nein. Aber ich habe einen Plan«, erwiderte Carlos.

Kapitel 27

Jetzt wird's gefährlich: Carlos wagt alles und verliert fast ebenso viel

Konnte es noch woanders auf der Welt eine Dunkelheit geben, die auch nur annähernd so dicht und lastend, so undurchdringlich und absolut war wie im Wald rund um Elwenfels bei Neumond?

Carlos sah die Hand vor Augen nicht. Vielleicht lag es aber auch nur am Kontrast zwischen dem lauschig illuminierten Dorfplatz mit seinen Windlichtern und Laternen sowie der Finsternis, die ihn jetzt umgab. Anthony hatte darauf bestanden, dass sie auf ihrem Weg durch den Wald die Taschenlampen ausgeschaltet ließen.

»Wie soll das denn gehen?«, hatte Carlos protestiert.

Aber von Anthony war nur ein nachsichtiges Lächeln gekommen. »Vertrau mir! Ich seh nachts mindestens genauso gut wie am Tag.«

Carlos hätte ihn gerne gefragt, ob in dem Marihuana, das er rauchte, irgendein Restlichtverstärker-Molekül eingebaut war, das ihm die Augen eines Luchses verlieh. Aber dann war ihm wieder eingefallen, dass Anthony ja nicht nur Friedhofsgärtner war, sondern auch so etwas wie ein Förster. Er kümmerte sich einen Großteil seiner Zeit um die Bäume und das Unterholz des Waldes, womit er dafür sorgte, dass der Wildwuchs die Zauberreben nicht in ihrem Wachstum störte. Er suchte die Bäume aus, die abgeholzt werden durften, und er beseitigte Sturmschäden. Carlos hatte mal jemanden aus dem Dorf sagen hören, dass Anthony über jeden Baum Bescheid wisse, in dem gerade ein Vogel brütete. Er ließ Igel, die es nicht in den Winterschlaf geschafft hatten, bei sich überwintern und arbeitete immer wieder an der großen, für Außenstehende undurchdringlichen Hecke, die dafür sorgte, dass niemand den Weg zum geheimen Wingert fand. Carlos war an dieser Hecke im vergangenen Jahr fast verzweifelt, ehe er mehr durch Zufall einen Weg hindurch gefunden hatte.

Anthony schritt voran, ohne zu stolpern oder sich zu stoßen. Als würde man einem Tier mit Echolot folgen. Dicht hinter Carlos ging Trudy, die beim Laufen die wenigsten Geräusche verursachte. Er musste sich sogar einige Male umdrehen, um sicherzugehen, dass sie überhaupt noch da war, so leise schlich sie.

Es dauerte nicht lange, und Carlos verfiel in eine geradezu meditative Stimmung. Er war in diesem Wald schon dreimal der Dunkelheit ausgeliefert gewesen, und jedes Mal war es unangenehm und unheimlich gewesen. Er hatte sich geschworen, den Wald von Elwenfels bei Dunkelheit nie wieder allein zu betreten. Aber nun überkam ihn ein Gefühl, als würde er eins werden mit der Finsternis. Der Soundtrack der Nacht – das leise Wispern der Blätter, die Rufe der Käuzchen, das Knacken und Rascheln unsichtbarer Tiere ringsum – war nicht länger Hintergrundgeräusch eines imaginären Gruselfilms. Im Gegenteil, er flößte ihm jetzt ein Gefühl der Geborgenheit ein. Als wäre er selbst ein nachtaktives Waldtier, das nun zum Leben erwachte und dessen Sinne sich erst jetzt voll entfalteten. Vielleicht war es wirklich nicht gerade die schlechteste Voraussetzung für sein Vorhaben.

Die nächtliche Wanderung dauerte länger, als er gedacht hatte. Einige Male blieben sie stehen und lauschten. Es war nichts Ungewöhnliches zu hören. Am Anfang waren noch einige Geräuschfetzen des Festes aus der Ferne wahrnehmbar, dann wurde alles still. So, als bestünde die ganze Welt nur noch aus diesem schweigsamen Wald. Carlos spitzte die Ohren und achtete auf das charakteristische Schnarren, das glucksende Gackern und das eigenartige Lachen, das er von den Elwetritschen kannte. Aber von den Fabelwesen war nichts zu hören.

Plötzlich verkündete Anthony flüsternd, dass sie nach wenigen Metern am Ziel seien. Es war kurz nach dreiundzwanzig Uhr. Kein Lichtschein drang durch den dunklen Wald, und Carlos sah das Zeltlager erst, als sie direkt am Rand der Lichtung standen. Die Zelte erhoben sich wie scharfkantige Felsen in die Finsternis. Hier war es zumindest ein klein wenig heller, denn über der freien Fläche leuchteten wenigstens vereinzelt Sterne.

Das Lager sah vollkommen unbelebt aus. Kein Laut war zu hören.

»Sieht verlassen aus«, wisperte Carlos.

Trudy trat neben ihn und ließ ihren Blick über die Zelte schweifen. Dann nickte sie langsam.

»Where is Malone's tent? Kannst du von hier aus sehen, wo sein Zelt steht?«

Trudy schwieg und presste die Lippen aufeinander.

»Hey, du musst es mir nicht persönlich zeigen. Aber dann beschreib es mir wenigstens, okay?«

Trudy schüttelte den Kopf. »You wouldn't find it«, flüsterte sie. »Die Zelte sehen alle gleich aus. Ich zeige es dir. Aber danach werde ich sofort wieder zurückgehen.« Sie wich seinem Blick aus, als wollte sie sagen: Und das ist schon mehr, als ich eigentlich tun will.

Carlos' Furcht ließ ihn beinahe verzagen, aber dank Trudys Mut sah er sich herausgefordert. »Okay«, flüsterte er. »Let's go. Anthony, du bleibst hier und hältst Wache.«

Anthony machte einen schrillen Vogelschrei nach. »Wenn du das hörst, dann sin se im Anmarsch.«

»Es dauert bestimmt nicht lange«, verlieh Carlos seiner Hoffnung Ausdruck, das düstere Zeltlabyrinth bald wieder zu verlassen.

Trudy warf Anthony einen Blick zu, den Carlos nur schwer deuten konnte. Dann versteinerte sich ihr Gesicht, sie riss sich vom Waldrand los und hastete mit schnellen, schleichenden Schritten auf das Lager zu.

Carlos hielt sich dicht hinter ihr und lief so leise wie möglich auf die dunklen, kantigen Umrisse zu. Als sie die ersten Zelte erreicht hatten, blieb Trudy kurz stehen, um sich zu orientieren, dann wandte sie sich nach rechts und lotste Carlos in eine schmale Gasse aus eintönigen, akkurat gespannten Planen. Ihm wurde klar, dass er hier sofort die Orientierung verloren hätte. Es sah wirklich alles gleich aus.

Aber Trudy ging zielsicher vor ihm her. Dann hielt sie vor einem der kleineren Zelte und legte ihre Hand auf die mit einem Reißverschluss zugezogene Plane. »Malones Bett, hintere rechte Ecke.« Noch ehe sie das letzte Wort richtig beendet hatte, drehte sie sich um und verschwand augenblicklich in der Dunkelheit.

Carlos' Herz klopfte in einem beschleunigten, härteren Rhythmus gegen seine Rippen. Er tastete nach dem Schieber des Reißverschlusses und zog ihn vorsichtig auf. Das Geräusch zerriss die tiefe Stille über der Lichtung. Carlos biss sich auf die Unterlippe. Er war sich plötzlich sicher, dass man das Ratschen bis nach Elwenfels hören konnte und jetzt dreißig Paar Ohren auf Habtachtstellung gespitzt waren. Ein paar Sekunden verharrte er in der Hocke, aber nichts regte sich. Dann öffnete er den Zelteingang so weit, dass er gerade so hindurchschlüpfen konnte.

Drinnen war es stockdunkel. Der Geruch erinnerte ihn an die Zeltlager seiner Jugend. Eine abgestandene Mischung aus Kunststoff, Schweiß und ein bisschen nach Leder, und auf eine leicht unangenehme Weise menschlich.

Jetzt war es Zeit für die Taschenlampe. Carlos knipste sie an und verdrängte den Gedanken, dass ihr heller Schein bis ins Dorf dringen würde. Das Licht hob das Innere des Zeltes deutlich hervor. Drei Feldbetten standen darin. Die an die Planen gelehnten Armeerucksäcke sahen aus wie ein kleines Gebirge. Aufgeschnürte Stiefel, Gaskocher, ein paar Zeitschriften. Das Licht brach sich in einem kleinen Rasierspiegel, der auf einem schmalen Aluminiumtischchen stand. Aus dem Zwielicht am Rand des Lichtkegels zwinkerte ihm ein barbusiges Pin-up-Girl aus einem aufgeschlagenen Magazin zu.

Bed, right corner in the back, so hatte Trudy gesagt. Wie erwartet war dieses Bett das ordentlichste im ganzen Zelt. Eine sauber gefaltete Wolldecke, das Kissen wie ein Stein mit Stoffbezug. Keine Zeitschriften, keine Bücher. Keine persönlichen Sachen. Und wo war die Kiste? Carlos ging in die Hocke und leuchtete unter das Feldbett. Nichts. Vielleicht in Malones Rucksack? Wie wahrscheinlich war es, dass der Soldat diesen so intimen Schatz auspackte und einfach liegen ließ? Carlos fühlte an seinem Haaransatz die ersten feinen Schweißtropfen. Er hatte keinerlei Gedanken daran verschwendet, dass er die Kiste würde suchen müssen. Sein Herzschlag ging in ein schnelles Galoppieren über. Reiß dich zusammen, Mann, sagte er sich. Wie oft war er in ähnlichen Situationen gewesen und hatte nie derartige Nervosität empfunden. Aber bis jetzt war es auch nie etwas so Persönliches gewesen.

Er ging zu den Rucksäcken und öffnete eine der Laschen. Wie groß sollte denn diese verdammte Kiste überhaupt sein? Eher halbherzig wühlte er sich durch schmutzige Wäsche, Toilettenartikel und anderes Zeug, ehe er dazu überging, die Rucksäcke nach Namensschildern abzusuchen. Er fand Malones Namen auf eine seitliche Tasche genäht, dann ließ er seinen ganzen Unterarm in den Rucksack hineingleiten und tastete suchend umher, ehe ihn ein so intensives Unbehagen ergriff, dass er ihn ruckartig wieder zurückzog. Wenn Malone seine Schatzkiste nun gar nicht dabeihatte? Wenn er sie in einer der Kasernen in Ramstein gelassen hatte? Carlos' Blick folgte dem irrlichternden Kegel der Taschenlampe durch das Zelt. Er war kurz davor, die gesamte Aktion zu beenden, da entdeckte er etwas, das ihm sonderbar vorkam.

Es war der Blick des geschulten Detektivs, der Dinge wahrnahm, die für andere Menschen außerhalb des Radars lagen: die Form des Kissens auf Malones Feldbett. Es war größer als die auf den anderen Betten. Wenn es einen Ort auf der Welt gab, an dem die Dinge genormt waren, dann waren es Soldatenunterkünfte und -ausstattung. Die niedrigen, weißen Kissen auf den beiden anderen Lagern wirkten gegen das von Malone geradezu einladend. Carlos trat auf das Bett zu und betastete das Kissen. War der Kissenbezug bloß ein Versteck für die Kiste oder ... oder schlief Malone etwa darauf? Carlos schauderte, und sein Herz erhöhte noch einmal die Frequenz, als er die Taschenlampe beiseitelegte und in den weißen Baumwollbezug griff.

Unterhalb der Füllung stießen seine Finger auf kaltes Metall. Er zog eine zerbeulte, zerkratzte, einstmals hellblau lackierte Blechschachtel heraus, die aussah, als hätte sie einmal als Keksdose gedient. Eine dieser Schachteln, in denen Kinder ihre aus Murmeln, Knöpfen, Fotos und Spielfiguren bestehenden Schätze aufbewahrten. Carlos hatte selbst so eine besessen. Er kannte dieses Bedürfnis, unbedeutende Kleinigkeiten aufzubewahren, die aber für prägende Lebensphasen standen und deswegen so wertvoll waren. In seiner Kiste hatten sich ein paar geklaute Zigaretten befunden, ein Polaroid seiner Großeltern, eine vertrocknete Vogelkralle und ein Regenbogen-Schnürsenkel. Was diese Dinge wohl über ihn aussagten, über seine Persönlichkeit als Kind? Carlos verscheuchte die sentimentalen Gedanken und betastete den scharfkantigen Deckel der Schachtel. Alles in ihm sträubte sich dagegen, sie zu öffnen – weil er wusste, was darin war. Doch er tat es.

Das, was das kalte Licht der Taschenlampe vor Carlos' Augen ausleuchtete, versetzte ihm einen Stich ins Herz. Vor ihm lag das unspektakuläre, unansehnliche Sinnbild dessen, wofür Malone lebte. Allerdings nur, wenn man wusste, welche Bedeutung der Metallknopf und die Anstecknadel, die zusammengewickelten Stofffetzen, die beiden breiten und schmalen Silberketten und die beiden schweren, edelsteinbesetzten und orientalisch anmutenden Ringe für den Soldaten hatten. Sieben Gegenstände lagen in der Blechschachtel. Sieben Skalps. In dem Facebook-Fotoalbum waren es zwölf Bilder gewesen. Von den fünf schmalen Ringen war nichts zu sehen.

Die Menschen, denen diese Dinge gehört hatten, waren alle tot. Ihr Leben war gewaltsam beendet worden: *Killed by Rick Malone*. Carlos machte sich keine Gedanken darüber, wer sie gewesen waren und ob oder warum sie den Tod angeblich verdient hatten. Allein die Tatsache, dass ihre kleinen Habseligkeiten hier als perverse Sammlung von Trophäen zusammengefasst waren, genügte, dass diese namenlosen, fernen Toten ihn seltsam anrührten. Er wusste nicht, wie lange er dastand und in den Abgrund der Kiste schaute. Dann wurde ihm wieder bewusst, warum er hier war, doch ein dünner, goldener Ehering westlicher Machart war nicht zu finden.

Die Schweißtropfen rannen nun an Carlos' Schläfen entlang, er suchte jetzt verzweifelt nach einem neuen Lösungsansatz. Das hier war vollkommen umsonst gewesen, und er hatte jetzt auch noch das diffuse Gefühl, sich beim Herumwühlen in dieser morbiden Beute vergiftet zu haben. Rasch klappte er die Kiste zu und schob sie wieder in den Kissenbezug.

Dann kam ihm die Idee, die Trophäen einfach herauszunehmen und sie irgendwo im Wald zu vergraben. Wie war das in diesen antiken Sagen, die er früher so gern gelesen hatte? Da war es die ultimative Demütigung, dem Besiegten auch noch einen Teil seiner Rüstung abzunehmen, und sei es bloß ein Armreif. Carlos verwarf den Einfall und drapierte das Kissen wieder so ordentlich, wie er es vorgefunden hatte.

Plötzlich ertönte hinter ihm ein Geräusch, das seinen Herzschlag für ein paar Sekunden aussetzen ließ. Der Reißverschluss am Zelteingang.

Carlos wirbelte herum – und begriff sofort, dass es zu spät war. Vor ihm stand ein Typ in Uniform, ob deutsch oder amerikanisch, das konnte er auf die Schnelle nicht erkennen. Er sah nur die angelegte Maschinenpistole und ein blasses, unbewegtes Gesicht unter kurz geschorenen Haaren. An Flucht war nicht mehr zu denken. Auch nicht an irgendeine blöde Ausrede. Er hob die Hände. Seine Gedanken rasten. Wo war der Typ hergekommen? Wollte Anthony ihn nicht warnen? Oder hatte er den Warnruf überhört?

Wären die Soldaten aus dem Dorf zurückgekehrt, hätte er rings um das Zelt Geräusche wahrnehmen müssen, Lichter, Schritte. Aber die Stille war beinahe noch lastender, noch dichter als zuvor. Der Soldat musste bereits im Lager gewesen sein. Er funkelte Carlos aus wütenden, kleinen Augen an und machte zwei Schritte auf ihn zu. Carlos starrte den dunklen Lauf der Waffe an.

Nein, dachte er. Das ist nicht sein Ernst. Er kann mich nicht einfach so abknallen. Vielleicht würde er ja mit sich reden lassen. Jetzt sah er, dass der Mann ein Army-Abzeichen trug. Carlos setzte ein Lächeln auf und versuchte es auf Englisch: »Hey buddy! Easy, okay …?«

Statt einer Antwort raste eine Faust auf Carlos' Kopf zu. Alles klar, das war wohl die falsche Ansprache, dachte er noch, während das Zelt sich einmal um ihn herumzuwickeln schien. Dann kam ein schneller Sturz ins Bodenlose. War das ein ferner Vogelschrei, den er da hörte, bevor alles sehr, sehr dunkel wurde?

Kapitel 28

Das zeigt, wie schnell man harten Jungs das Gruseln beibringen kann

Die Turmuhr der alten Kirche in Elwenfels zeigte gerade halb zwölf, als einer der Gäste die Frage stellte, ob es in dieser Gegend nicht ein paar spezielle Legenden gäbe. Deutschland wäre doch wohl die Geburtsstätte von vielen Sagen, Märchen und schaurigen Geschichten à la *Brothers Grimm*.

»Yeah, fuck you too, Rumpelstilskin!«, rief ein vom Wein schon sichtlich angeschlagener G.I. in die aufgeheiterte Runde.

Sofie beobachtete amüsiert, mit welcher Euphorie die Soldaten nun darauf bestanden, dass jetzt zu fortgeschrittener Stunde ein paar lokale Gruselgeschichten erzählt werden sollten. Einer aus der Bundeswehr-Gruppe fand, dass der Abend erst dann wirklich perfekt wäre, wenn nach all den kulinarischen Eigenheiten und dem guten Wein nun auch eine typisch pfälzische Legende zum Besten gegeben werde.

Plötzlich wirkten die Uniformierten wie kleine Jungen, die enger zusammenrückten und fragend in die Runde schauten auf der Suche nach demjenigen, der wohl eine solche Geschichte auf Lager haben konnte.

Auf dem Platz war es ruhiger geworden. Das laute Singen war verstummt, und die Rieslingschorle floss schon ein wenig langsamer. Die Laternen und Windlichter warfen ihr flackerndes Licht auf die Gesichter. An den Häusern rings um den Platz wiegten sich die Schatten in einem behäbigen Tanz. Tatsächlich war es in Elwenfels üblich, nach Festen und Feiern noch beisammenzusitzen und die alten Geschichten herauszukramen. Meistens waren es lustige Anekdoten, aber manchmal packte einer der Alten auch eine der beinahe vergessenen Legenden aus, die nur noch wenige im Dorf kannten und die sich immer irrealer und unglaublicher ausnahmen, je öfter man sie erzählte.

In Elwenfels gab es viele solcher Geschichten, das wusste Sofie von ihren Großvätern. Begebenheiten, die sich in der Tiefe der Wälder ereignet hatten oder nachts an der alten Keltenschanze passierten. Die unheimlich säuselnden Stimmen, die manchmal durch die unterirdischen Gewölbe wehten. Sicher würde auch das Ereignis der vergangenen Nacht bald Eingang finden in die Erzähltradition des Dorfes. Es hatte sich mittlerweile überall herumgesprochen, dass Erwin erschienen war und Elsbeth ihm als Medium gedient hatte.

»Was für eine Geschichte wollt ihr denn hören?«, fragte Sofie schließlich.

»Make it spooky, lady!«, rief einer.

»Irgendwas mit Geistern halt«, sagte einer der Deutschen.

An den Tischen ringsum wurde geschmunzelt. Es war klar, worauf die Sache hinauslief. Das Problem war nur, dass die Anekdoten über Erwin nicht wirklich gruselig waren. Völlig egal, ob die Zuhörer nun glaubten, dass sie echt waren oder nicht. Gegen die modernen *Urban Legends,* bei denen es ausnahmslos um blutrünstige Geister, abgehackte Gliedmaßen und Leichenfledderei ging, wie Sofie von den jüngeren Bewohnern des Dorfes wusste, waren die Geschichten, die sich um Erwin rankten, ungefähr so gruselig wie ein Kinderlied über einen sprechenden Kürbis.

Andererseits ... Sofies Blicke wanderten zu Willi. Er tuschelte gerade mit zwei der älteren Dorfbewohner, als würde er sich absprechen, wer welche Geschichte erzählen sollte. Aber keiner der Alten kam zu Wort, und auch Willi nicht, dem Sofie durchaus zugetraut hätte, dass er spontan eine Schauermär aus dem Ärmel zauberte.

Es war Cordula, die sich am Nachbartisch erhob und sich dramaturgisch perfekt auf die Tischplatte setzte, sodass jeder sie sehen konnte. Einer der Soldaten stieß einen leisen Pfiff aus. Cordula reagierte nicht darauf.

In jedem anderen Dorf wäre sie so etwas wie eine Attraktion gewesen, der verwirrende Traum schlafloser Nächte unter den männlichen Bewohnern. In jedem anderen Dorf wäre Cordula von den Frauen zur Schlampe abgestempelt und entweder neidisch oder abfällig gemustert worden. In Elwenfels dagegen gehörte ihre farbenfroh gekleidete Silhouette mit dem tiefen Dekolleté und der schmalen Taille, den Nylonstrümpfen und den altmodischen Pumps längst zum alltäglichen Bild. Jedes Auge hatte das respektvolle Recht, sich an diesem sinnlichen Anblick zu erfreuen, der seine fest installierte Entsprechung im erotisch dekorierten Schaufenster von Cordulas kleinem Miederwarengeschäft fand. Sie fungierte für den weiblichen Teil des Ortes als eine Art heimliche Komplizin und sorgte mit ihrem Angebot an sehr ausgefallener Damenwäsche dafür, dass es in manchem Elwenfelser Schlafzimmer auch nach Jahren noch heftiger knisterte als anderswo. Dementsprechend würdig und dankbar begegneten die männlichen Elwenfelser dem Anblick Cordulas.

Die Blicke der Besucher jedoch waren eindeutig anderer Natur. Sie sahen Cordula an, als würde sie nicht ihr blaues Fünfzigerjahre-Kleid mit den roten Knöpfen tragen, sondern einen transparenten Bikini.

Sofie schüttelte amüsiert den Kopf. Plötzlich fiel ihr auf, dass sie Carlos nirgendwo entdecken konnte. Und auch Anthony war nicht da. Stirnrunzelnd suchte sie die Reihen weiter ab, aber von den beiden war nichts zu sehen. Ein leises Unbehagen nistete sich in ihrer Brust ein. So wie Sofie Carlos einschätzte, war er niemand, der sich diesen Abend entgehen ließ. Er war viel zu sehr prüfender Beobachter, als dass er das Beisammensein der versammelten Verdächtigen einfach ignoriert hätte. Aber wo steckte er?

Dann erhob Cordula ihre Stimme: »Okay, everybody. Ihr wollt eine Gruselgeschichte hier aus dem Dorf hören?«, fragte sie auf Englisch.

Aufforderndes Nicken in der Runde.

Cordula wiegte nachdenklich den Kopf und sah die Soldaten der Reihe nach an. Die Besucher waren alle in unterschiedlichen Stadien des Betrunkenseins, aber die beiden Vorgesetzten hatten bisher erfolgreich dafür gesorgt, dass niemand über die Stränge schlug. Ellman und Falke saßen mitten unter ihren Männern und wirkten von Cordula nicht weniger hingerissen. Die Miederwarenhändlerin galt auch unter den jüngeren Dorfbewohnern als begnadete Erzählerin, der längst nicht nur die Kinder beim wöchentlichen Vorleseabend in der Gemeindebibliothek an den Lippen hingen.

»There is one story«, sagte Cordula mit ungewohntem Ernst. »Und wir erzählen sie euch nur, weil ihr … nun ja, weil ihr direkt davon betroffen sein könntet.« Ihr Englisch hörte sich an wie aus einem Vierzigerjahre-Hollywoodfilm.

»Oh my God!«, rief einer der Uniformierten auf gespielt hysterische Teenagerart.

»What do you mean?«, fragte ein anderer in ernsthaftem Ton.

Cordula senkte den Blick, und geschwungene Wimpern warfen lange Schatten auf ihre Wangen. »Weil diese Geschichte wahr ist. Sie ist kein Märchen. Und sie hat sich auf genau der Lichtung ereignet, auf der ihr eure Zelte aufgeschlagen habt. Wenn wir gewusst hätten, dass ihr kommt, hätten wir euch gewarnt. Aber so ...« Sie unterbrach sich kurz und schaute nachdenklich vor sich hin. Dann schien sie sich einen Ruck zu geben, als wäre das alles hier eine lastende, notwendige Pflicht. »Da ihr morgen abreist und dies eure letzte Nacht hier ist, könnte es sein, dass es genau in dieser letzten Nacht passiert«, sagte sie. »Und vielleicht ist es besser, wenn ihr vorbereitet seid.«

Leises Raunen breitete sich aus. Die Elwenfelser lehnten sich zurück, ergriffen ihre Schorlegläser und warteten mit entspanntem Lächeln ab. Einige, die des Englischen mächtiger waren, übernahmen für die Dorfbewohner mehr oder weniger Simultanübersetzerdienste.

Sofie spürte ein leises, elektrisierendes Kribbeln in ihrem Körper. Sie hatte auf einmal das Gefühl, als würde sich das, was Erwin angedeutet hatte, jetzt auf unvorhersehbare Weise entfalten. Als würde irgendwo im unsichtbaren Teil der Welt ein Faden gezogen, der das weitere Schicksal der nächsten Stunde entrollen würde.

Cordula schlug die Beine übereinander und beugte sich ein wenig vor. Ihr Gesichtsausdruck stand zu ihrer sinnlichen Erscheinung in einem krassen Gegensatz. In der erwartungsvollen Stille waren alle Augen auf sie gerichtet. »Listen, boys, ihr werdet es nicht glauben, aber hier in diesem Dorf passieren schon seit langer Zeit unerklärliche Dinge«, begann sie mit sonor gesenkter Stimme. »Es gibt einige, die sagen, dass der Wald rings um Elwenfels die Ursache dafür ist.«

»Yeah, that forest is like *Sleepy Hollow*!«, rief einer der Soldaten dazwischen.

»Fucking *Blair Witch Project*!«, schrie ein anderer.

Cordula wandte ihm ihr ernstes Gesicht zu. »Wollt ihr die Geschichte nun hören oder nicht?«, fragte sie. »Ihr solltet wenigstens gewarnt sein, wenn heute Nacht das passiert, was immer passiert, wenn Fremde in den Wald kommen.«

Dem Soldaten verrutschte sein Grinsen in Sekundenbruchteilen, und er sah seine Kameraden irritiert an.

Willi hielt seinen Mund hinter der Hand versteckt und blinzelte, als hätte er bereits einen Lachanfall, den es dringend zu unterdrücken galt.

Cordula fuhr unbeirrt fort. »Ihr fragt euch sicher, warum wir in den letzten Tagen so feindselig und ablehnend euch gegenüber waren. Nun, das hat einen Grund, aber einen anderen, als ihr denkt. Ja, es stimmt. Wir wollen in unserem Dorf keine Fremden haben. Wir wollen keine Touristen und keine Wanderer und auch keine Kletterfreunde, die die Steilwand an der Lichtung als Trainingsfels nutzen. Wir bleiben am liebsten unter uns. Aber nicht, weil wir verbohrte und verschlossene Hinterwäldler sind«, Cordula schüttelte den Kopf, und das Licht der vielen kleinen Flammen zauberte rötlich goldene Reflexe in ihr Haar, »sondern weil auf diesem Dorf ein schrecklicher Fluch liegt. Und dieser Fluch trifft all diejenigen, die sich

Elwenfels unerlaubt nähern.« Sofie war entzückt von Cordulas Taktik. Zuerst war sie nicht ganz sicher gewesen, ob ihre Freundin vielleicht bloß versuchte, Erwin im wahrsten Sinne des Wortes heraufzubeschwören. Der geisterhafte Winzer wäre von so viel Kreativität sicherlich mehr als geschmeichelt. Aber Sofie ahnte, dass diese Gruselgeschichte einen anderen Zweck hatte. Wenn Cordula eines verstand, dann die Kunst der Verführung. Was auch nichts anderes war als Manipulation, wenn man mal ehrlich war. Und jetzt gerade saß das Objekt ihrer Manipulation mucksmäuschenstill und aufmerksam lauschend vor ihr.

»Er trifft die, die nicht hierhergehören«, fuhr Cordula fort. »Aber versteht ihr, das ist nicht unsere Schuld. Wir können nichts anderes tun, als uns gegenüber Fremden so ablehnend wie möglich zu verhalten, damit sie schnell wieder weggehen. Wir müssen damit leben, dass die Leute über uns denken, wir seien schlechte Menschen, unsympathische, gemeine Eigenbrötler. Dabei sind wir gezwungen, uns so zu verhalten. Um alle Fremden zu schützen, damit sie nicht dieser schreckliche Fluch trifft!« Cordula sah die Besucher eindringlich an.

Ihr Blick wurde großäugig erwidert. Auf den Gesichtern der meisten Soldaten lag ein beklommener Ausdruck.

»Was ist das denn für ein Fluch?«, wollte einer der Bundeswehrsoldaten wissen. Und obwohl er sich cool gab, klang er so, als hätte ihm jemand die Stimmbänder verkürzt.

Cordula presste die Lippen zusammen und atmete tief ein. »Ich will es euch erzählen. Aber es macht mich unendlich traurig. Denn, wisst ihr, dieses Fest, das wir euch zu Ehren abhalten, soll euch zeigen, dass ihr uns durchaus willkommen seid. Und wir wollen, dass ihr noch einmal etwas Schönes erlebt. Für den Fall, dass ihr heute Nacht ... diesem Fluch zum Opfer fallt.«

»Come on, Lady, you must be joking«, rief Lieutenant Ellman ungläubig.

Aber Cordula schüttelte nur bedauernd den Kopf. »Ich wünschte, es wäre ein Witz«, entgegnete sie.

»She's right!«, rief plötzlich Jan Schnur dazwischen. »Warum sollten wir tapfere Soldaten, die unser Land beschützen, so mies behandeln? Es gibt dafür doch gar keinen vernünftigen Grund! Habt ihr wirklich geglaubt, wir alle wären antiamerikanische Pazifisten, die nicht erkennen, wie wichtig die militärische Präsenz der USA in Deutschland ist?« Er breitete mit einem Lächeln die Arme aus, in dem nur diejenigen, die ihn gut kannten, das hintersinnige Kräuseln wahrnahmen. »Come on! Das ist doch absurd. Das müsst ihr doch gemerkt haben! Elwenfels ist ein kleines, pupskonservatives Dorf ohne jegliche moderne und aufgeklärte Impulse. Hier leben keine Gutmenschen und keine linksextremen Aufrührer. Und auch keine Hippies.«

»Jo, genau!«, krähte Willi. »Alles ganz normal do. Wir mache uns nur Sorge, dass uns de Saumage ausgeht un dass es uns net in de Riesling regnet!«

»Un dass der FCK net schunn widder verliert!«, ergänzte Otto.

Lautes, zustimmendes Gemurmel breitete sich aus. Jetzt waren die amerikanischen Soldaten vollkommen verwirrt und schauten fragend zwischen Cordula und den anderen Dorfbewohnern hin und her.

»Aber warum dann dieser Wink mit dem Zaunpfahl?«, fragte Leutnant Falke und zeigte auf eine Schüssel mit den Resten des irakischen *Kubba*. »Was ist daran denn bitte nicht antiamerikanisch?«

Cordula winkte ab. »Naja, erst mal ist es nur ein irakisches Gericht und weiter nichts. Aber ja, der Hintergedanke, der war eben auch Teil unserer Strategie.«

»Wir haben gehofft, dass ihr euch so über diese versteckten Angriffe auf euren militärischen Stolz ärgert, dass ihr einfach von ganz alleine abhaut«, erklärte Jan und setzte einen um Nachsicht bittenden Gesichtsausdruck auf.

»Ja, und die Hauptsache ist doch, dass es geschmeckt hat, oder?« Cordula schickte ein breites Lächeln in die Runde.

Verwirrtes Nicken ringsum.

»Seht ihr. Und so hattet ihr wenigstens einen schönen Abend. Einen schönen ... letzten Abend.«

»Was soll der Unsinn jetzt?«, brauste Leutnant Falke auf.

Cordula beugte sich noch ein wenig weiter vor. Ihre Nylons schimmerten wie rote Seide im Schein der Laternen. »Hört mir zu. Ich werde euch jetzt die Geschichte über den Fluch erzählen, der dieses Dorf seit fast siebzig Jahren überschattet.« Sie griff nach einem Glas mit Rieslingschorle und trank einen Schluck.

Die Blicke der Soldaten hefteten sich auf ihren schön geschwungenen Hals.

Als Cordula das Glas wieder absetzte, glänzten ihre Lippen feucht. »In diesem Dorf lebte früher ein Mann, der im Zweiten Weltkrieg ums Leben kam. Aber er war kein Soldat. Als er starb, war er schon sehr alt, fast neunzig. Er arbeitete für das hiesige Weingut und musste jeden Tag mit seinem Traktor vom Dorf durch den Wald fahren, immer bis zu seinem Weinberg, der vorne am Rand der Ebene lag. Das waren etwa sechs Kilometer.« Cordulas Stimme verfiel in einen weichen Erzählton. Nichts daran deutete darauf hin, dass sie den Zuhörern etwas Schauriges berichten würde. »Er war ein harmloser, alter Mann, der nichts mehr liebte als seine Familie und sein Weingut. Ihr müsst wissen, dass viele Winzer während des Krieges den Weinbau aufgegeben hatten. Aber er nicht. Selbst in den letzten Tagen vor der Kapitulation fuhr er mit seinem alten Traktor unablässig durch den Wald. Er wollte seine Reben nicht alleine lassen und hatte vor nichts und niemandem Angst. Weder vor einem Bombenangriff noch vor den alliierten Truppen. Manche sagen, er sei ein sturer Kerl gewesen, andere sagen, dass das seine Art gewesen sei, Widerstand zu leisten. Er wollte sich weder von den Nazis einschüchtern lassen noch von den Amerikanern oder den Franzosen. Er machte einfach das, was er immer gemacht hatte, und war nicht davon abzubringen. Seine Familie hat sich natürlich furchtbar um ihn gesorgt, wenn er mit seinem lahmen Traktor an die Weinstraße fuhr. Und dann, eines Tages ... Eines Tages kam er nicht mehr zurück.«

Cordula unterbrach ihren Redefluss und sah nachdenklich vor sich hin. »Seine Leiche wurde nie gefunden.« Ihre Stimme war leiser geworden, tief und durchdringend, womit sie ihre Zuhörer unweigerlich in ihren Bann zog. »Er kam einfach nicht zurück. Seine Familie war krank vor Sorge. Ein paar Tage nach Kriegsende haben sich ein paar aus dem Dorf vor an die Weinstraße gewagt und seinen Traktor gefunden. Er stand verlassen am Rand des Weinbergs. Von Erwin, so hieß der alte Mann, fehlte jede Spur. Auch niemand aus den umliegenden Dörfern hatte ihn gesehen. Die Leute brachten den Traktor zurück ins Dorf, und er steht noch heute im Schuppen des Weinguts. Eine Weile passierte gar nichts. Die Menschen gingen wieder zur Normalität über. Aber dann …« Cordula trank einen weiteren Schluck Rieslingschorle. Sie war voll in ihrem Element.

Die Soldaten beobachteten sie konzentriert. Selbst auf dem unerschütterlichen Pokerface von Leutnant Falke hatte sich mittlerweile ein interessierter, gespannter Ausdruck breitgemacht.

»Dann ging es plötzlich los«, fuhr sie mit unheilvoller Betonung fort. »Eines Tages behauptete jemand, er habe Erwin auf seinem Traktor im Wald gesehen, mit einem Anhänger voll frischer Trauben. Das konnte natürlich nicht sein, denn Ende Mai gibt es ja keine frischen Trauben. Niemand glaubte ihm. Aber dann kamen immer mehr Dorfbewohner, die das Gleiche berichteten. Und seitdem ist er da. Erwin, ein Geist, der aus irgendeinem Grund nicht ins Jenseits eingehen kann und stattdessen seit über siebzig Jahren tagaus und tagein mit seinem Trauben-Traktor durch den Wald rumpelt. So viel zum netten Teil dieser Geschichte …«

Cordula sah die Soldaten mit einem besorgten Ausdruck an. »Denn Erwin, der untote Traktorfahrer, hat zwei Seiten. Für uns Elwenfelser ist er Teil unseres alltäglichen Lebens. Jeder kennt ihn, niemand hat Grund, sich vor ihm zu fürchten, noch nicht einmal die kleinen Kinder. Er ist wie eine Art unheimliches Maskottchen, ein Teil von uns allen. Aber die andere Seite dieses Wesens ist … sie ist düster und gefährlich.«

Cordula machte eine weitere Kunstpause und tauschte einen Blick mit Sofie, die ihr begeistert zunickte. »Eines Tages, es muss im Jahr 1947 gewesen sein, kam eine Gruppe Abgesandter der Besatzungsmacht ins Dorf, um zu überprüfen, ob an diesem abgelegenen Ort nicht irgendwelche Nazis überlebt hatten oder sich gar versteckt hielten. Sie stellten den Dorfbewohnern allerlei unangenehme Fragen. Sie glaubten ihnen nicht, als sie sagten, dass sie während der NS-Zeit nicht mitgemischt hätten, weil sie hier, sozusagen im Windschatten der Geschichte, relativ unbehelligt geblieben waren von Gleichschaltung und Kontrolle.«

Ein leiser Zweifel huschte über das Gesicht von Leutnant Falke. Vielleicht wunderte er sich über diese Aussage, wo doch noch vor wenigen Minuten behauptet worden war, dass Elwenfels ein stockkonservatives und reaktionäres Nest sei.

»Die Fremden bestanden darauf, alle Einwohner persönlich zu befragen, eine Art Volkszählung zu machen und die Menschen zu Amtszwecken zu registrieren. Sie wussten nicht, dass Elwenfels schon seit dem Mittelalter einen autonomen Status besitzt und seit Jahrhunderten weitestgehend ohne staatliche Kontrolle auskommt. Doch das sollte sich nun ändern. Die Offiziellen wollten also am nächsten Tag wiederkommen und Assistenten aus Neustadt mitbringen, die alle Dorfbewohner bürokratisch erfassen sollten. Doch dazu sollte es nicht kommen.«

Die Spannung in den Reihen der Soldaten war fast körperlich spürbar. Cordula trank in aller Seelenruhe noch einen Schluck aus ihrem Glas. Niemand unterbrach sie mehr. »Sie kamen nie zurück«, fuhr sie mit dunkler Stimme fort. »Am nächsten Morgen warteten die Elwenfelser auf ihre unliebsamen Kontrolleure. Aber niemand erschien. Später erfuhren sie, dass der Gruppe auf ihrem Weg kurz vor Elwenfels etwas zugestoßen war. Zwei Männer aus der Delegation blieben spurlos verschwunden. Die beiden anderen wurden geistig verwirrt aufgefunden, und nur einer, der noch bei Verstand war, berichtete in wirren Sätzen von einem Mann auf einem Traktor. Die

Elwenfelser wussten natürlich, wer damit gemeint war. Und die Sache hatte Konsequenzen. Eine Gruppe von Polizisten kam in den Ort, um das Verschwinden der zwei Männer aufzuklären. Und nun ratet mal, was mit denen passiert ist?«

Die Blicke der Soldaten blieben starr auf Cordula gerichtet. Niemand sagte etwas.

»Ihr könnt es euch denken«, beantwortete sie ihre eigene Frage. »Einige der Polizisten wurden über Nacht wahnsinnig und landeten in der Irrenanstalt. Zwei andere verschwanden ohne eine Spur und tauchten nie wieder auf.« Sie blickte ernst in die Runde. »Es hört sich für euch vielleicht so an, als wäre dieser Geist so eine Art Schutzengel für uns. Als würde er Eindringlinge von diesem Dorf fernhalten. Und ich denke, unsere Vorfahren in den Nachkriegsjahren waren in erster Linie einfach froh, dass sie in Ruhe gelassen wurden. Einmal verschwand auch eine Bande von Einbrechern, ein anderes Mal traf es Jäger, die in den Wäldern rund um Elwenfels gewildert hatten. Aber dabei blieb es nicht ...« Cordula senkte den Kopf und schloss die Augen, als würde sie sich an etwas Unangenehmes erinnern.

Sofie beobachtete die Soldaten. Ein junger schwarzer G.I. kaute konzentriert an seinem Daumennagel. Ein anderer Mann mit blondem Seitenscheitel sah aus, als würde er mit starren Augen einen Horrorthriller anschauen. Und am Ende des Tisches saß der junge Soldat, der vorhin mit ihr und ihren Tischnachbarn gelacht hatte, mit reglosem Gesichtsausdruck und spielte gedankenverloren mit mehreren Ringen, die an einem Lederband um seinen Hals hingen.

Cordula strich ihr Kleid glatt und sprach weiter: »Vor fünf Jahren kam eine Gruppe Kletterer hierher. Irgendein

Typ hatte durch Zufall die Lichtung mit der Steilwand entdeckt und wollte die Stelle unbedingt seinen Freunden zeigen. Sie fuhren mit zwei Geländewagen durchs Dorf, parkten hinten auf dem Wanderparkplatz und bauten ihre Zelte auf der Lichtung auf. Ohne vorher jemandem von hier Bescheid zu geben. Unser Pfarrer ist damals extra zu ihnen gegangen, um die jungen Leute zu warnen. Aber sie haben ihn natürlich ausgelacht. Wir konnten dann nichts mehr weiter tun, um sie zu beschützen. Manche von uns haben dann gehofft, dass der Geist wenigstens diejenigen in Ruhe lässt, die nichts Böses im Sinn haben. Das waren ja nur harmlose Kletterer. Aber wir hatten uns geirrt. Zwei Tage später ist unser Förster dann zur Lichtung gegangen ... und hat eine schreckliche Szenerie vorgefunden.« Cordula schwieg und sah in die Reihen ihrer Zuhörer.

Sofie ließ ihren Blick von den konzentriert lauschenden Soldaten zu den Elwenfelsern wandern. Die schauten nun ebenfalls gebannt ihre Erzählerin an. Was würde Cordula sich noch alles ausdenken? Ihre Erzählung war ja schon jetzt viel fantastischer, als es den ohnehin schon merkwürdig klingenden Tatsachen entsprach. Erwin war das genaue Gegenteil eines grausam rächenden Geistes. Aber Sofie ertappte sich dabei, dass sie sich plötzlich nicht mehr ganz sicher war, ob ein winziger Teil von Cordulas haarsträubender Geschichte nicht doch der Wahrheit entsprach. Wussten sie denn wirklich, zu was Erwin wirklich in der Lage war, wenn es darauf ankam? Gab es an dem gutmütigen Winzer nicht doch eine finstere Facette, die sie alle nicht kannten, aber vielleicht bald kennenlernen sollten? Sofie verscheuchte den Gedanken. Nein. Cordula beschwor eine Angst herauf, die nicht nur ungerechtfertigt, sondern geradezu absurd war. Aber Angst war ein wundersames Werkzeug der Macht, und Cordula setzte es ein wie ein Dirigent den Taktstock.

Genüsslich dehnte sie die angespannte Stille noch weiter aus, ehe sie fortfuhr. »Die Kletterer lebten noch. Aber sie waren nicht mehr sie selbst. Sie saßen einfach da und starrten mit irrem Blick ins Leere, sabbernd, stotternd und unfähig, sich menschlich zu artikulieren. Nur eine junge Frau war nicht davon betroffen und berichtete, was in der Nacht zuvor geschehen war: Die Kletterer hatten am Lagerfeuer beisammengesessen, als sie plötzlich ein lautes Knattern hörten, wie von einem alten, stotternden Motor. Dann brach ein Traktor durch die Bäume, auf dem ein alter Mann mit einem Strohhut und einem blau-weiß gestreiften Hemd saß. Rund um die Lichtung gab es keinen befestigten Weg, auf dem ein Traktor hätte fahren können, nur hohes Unterholz und unebenen Waldboden. Und doch fuhr er direkt auf die Gruppe zu. Niemand war in der Lage, sich zu bewegen. Der Traktor war durchsichtig, wie aus Glas. Man konnte die Bäume und Sträucher durch ihn hindurchgleiten sehen. Er fuhr ganz langsam. Der Fahrer sah gar nicht gefährlich aus. Aber als er näher kam, sahen sie seine Augen. Und diese Augen ...« Cordula machte eine effektvolle Pause, riss ihre veilchenblauen Augen auf und fixierte damit ihre hypnotisiert dreinschauenden Zuhörer.

In diesem Augenblick dröhnte vom Kirchturm der erste Schlag, der Mitternacht anzählte. Das Leben auf dem Dorfplatz fror für die Dauer von zwölf scheppernden Schlägen ein, und einige der Soldaten blickten irritiert um sich. Sofie verbarg ihr Grinsen hinter einer Serviette. Pfarrer Karl musste sich unbemerkt von der Gruppe weggeschlichen haben, um die Erzählerin mit der höchstpersönlich eingeläuteten Geisterstunde atmosphärisch zu unterstützen. Denn die uralte Glocke im Kirchturm wurde immer noch von Hand geläutet, mit einem langen, dicken Seil, an dem Karl mit aller Kraft ziehen musste. Normalerweise vermied er diese Art von Training, wie er es nannte, und läutete die Glocke nur am Sonntag vor dem Gottesdienst und zu ganz besonderen Gelegenheiten. Einer Gelegenheit wie dieser hier. Was war schauderhafter und auf eine gruselige Weise verheißungsvoller als zwölf Glockenschläge in der Dunkelheit?

Als der letzte Schlag verklungen war, schien das Echo der Glocke noch lange in den Schatten zwischen den Sandsteinhäusern zu hängen. Erst als es wieder vollkommen still war, man nur noch das leise Plätschern des Brunnens hörte, sprach Cordula weiter.

Im gleichen, beschwörenden Tonfall drang sie weiter in die Fantasie ihrer Zuhörer ein. »Diese Augen waren das Beängstigendste, was sie jemals gesehen hatte. Sie waren blauer als blau. So wie bei den ›Weißen Wanderern‹ in *Game of Thrones*.«

Erwartungsgemäß nickten die Soldaten synchron. Darunter konnten die meisten sich etwas vorstellen.

»Es waren Augen wie Lampen, und sie schienen das Innere der Leute zu durchdringen. Der Blick von diesem Wesen fühlte sich an, als würde jemand direkt in ihre Seele greifen und alles herausziehen, was sie zu Menschen machte, um sie danach völlig leer zurückzulassen. Der Traktor fuhr langsam wie in Zeitlupe, aber unaufhaltsam weiter und in die Gruppe um das Lagerfeuer hinein. Alle schrien panisch auf. Aber nichts passierte. Niemand wurde verletzt oder getötet. Es war, als würde ein Windhauch durch sie hindurchfahren, und danach – plötzlich war alles vorbei. Von dem geisterhaften Traktorfahrer war nichts mehr zu sehen, und auch das Knattern des Motors war schlagartig verstummt. Als hätten sie alle sich die Erscheinung nur eingebildet. Aber drei ihrer Freunde waren verschwunden.«

Cordula sah die Soldaten eindringlich an. »You understand? Versteht ihr das? Solche Ereignisse passieren immer wieder. Erwin findet sie alle. Entweder diese Leute verschwinden spurlos, oder sie sind danach nicht mehr dieselben Menschen. Wir sind machtlos gegen diesen Fluch.« Damit lehnte sie sich zurück und stützte die Hände auf dem Tisch ab.

»That's it? Das war alles?«, fragte vorsichtig einer der Soldaten.

»Ist das denn nicht genug?«, entgegnete Cordula mit gespielter Fassungslosigkeit.

Ein unangenehmes Schweigen breitete sich aus.

»Ach ja, da ist noch etwas«, ergänzte Cordula. »In Elwenfels haben immer wieder Leute versucht, Erwin davon abzuhalten, unbescholtene Besucher verschwinden zu lassen. Glaubt ihr, wir leben gerne mit so einem Fluch? Es gab ein paar Mutige, die es gewagt haben, Erwin danach zu fragen.«

»Moment mal!« Falke hob die Hand. »Soll das heißen, ihr *sprecht* mit diesem Geist?« Er schüttelte fassungslos den Kopf.

»Natürlich«, meinte Willi. »Wenn man nämlich net wüsst, dass de Erwin ein Geist is, dann könnt man grad glaube, dass er en ganz normale Mensch is.«

»Und genau das ist ja das Schreckliche«, fügte Cordula an. »Wollt ihr wissen, was er gesagt hat, unser Dorfgeist?«

Stummes Nicken in der Runde.

»Er hat gesagt, dass er nur diejenigen mitnimmt, die etwas Böses, Schlechtes in sich tragen. Dass er aber diejenigen verschont, die reinen Herzens sind. In all den Jahren konnten ja immer wieder ein paar Menschen davon berichten, was ihnen widerfahren ist, und wir haben uns gefragt, warum er ausgerechnet sie verschont hat. Nun, ich denke, dass es tatsächlich solche seltenen Menschen waren, die keine bösen Schatten auf ihrer Seele haben. Aber«, sie machte eine hilflose Geste mit den Händen, »wer kann das schon von sich behaupten?« Dann fixierte sie die Männer vor sich.

Fasziniert beobachtete Sofie, wie die Soldaten verlegen die Augen niederschlugen. Nur ein einziger erwiderte Cordulas Blick, als ginge ihn das alles nichts an. Es war dieser Rick, mit dem sie vorhin zusammen am Tisch gesessen und gelacht hatten. Seine Finger spielten immer noch mit den Ringen an dem Lederband um seinen Hals. Auf seinem Gesicht breitete sich ein provozierend ungläubiges Lächeln aus.

»Seien wir ehrlich, ihr alle habt schon harte Sachen erlebt«, bemerkte Cordula. »Ihr habt in eurem Job ja wahrlich keine andere Chance. Vielleicht ist das der Grund, dass Erwin euch in Ruhe gelassen hat. Immerhin seid ihr schon seit drei Nächten auf der Lichtung, und euch ist noch nichts zugestoßen. Das Problem ist aber: Wenn nur einer unter euch ist, der etwas wirklich Böses getan hat, dann wird Erwin nicht stillhalten. Ihr müsst damit rechnen, dass er heute Nacht kommt und ein paar von euch mitnimmt. Nun wisst ihr, was euch erwarten könnte.«

»Wohin mitnimmt?«, fragte Rick in einem höflichen, aber nachdrücklichen Ton. Mit einem leisen Klimpern schob er das Lederband zurück in seinen Kragen.

»Das weiß niemand. In eine andere Welt.«

Sekundenlanges Schweigen.

»Aber das ist doch Unsinn!«, brach Leutnant Falke erneut den Bann. »Ne nette, kleine Schauergeschichte, weiter nichts. Aber Sie glauben doch wohl bitte nicht, dass wir das jetzt für bare Münze nehmen!«

»Das unterscheidet Sie nicht von den bisherigen Opfern«, stellte Cordula achselzuckend fest.

»Opfern … dass ich nicht lache!« Leutnant Falke stieß seinem amerikanischen Kollegen den Ellbogen gegen die Brust, als wollte er ihn dazu bringen, ebenfalls Stellung zu nehmen.

Sofie sah, dass der Lieutenant sich regelrecht zwingen musste, aus seiner angespannten Stimmung auszubrechen. Er guckte kurz irritiert zwischen Falke und Cordula hin und her, ehe er entschieden den Kopf schüttelte und das Gesicht zu einem spöttischen Grinsen verzog, das bei genauem Hinsehen aber ziemlich halbherzig wirkte. »*Grimm's Fairy Tales* reloaded.«

Ein kurzes Auflachen der beiden Offiziere, doch der Rest der Truppe blieb reglos sitzen.

Falke sah seine Männer der Reihe nach an und verzog missbilligend das Gesicht. Auf den Soldaten schien eine Art Bann zu liegen, fast so, als hätte Cordulas Geschichte sie verzaubert und in eine andere Welt versetzt. Schließlich schlug der Bundeswehrleutnant auf den Tisch, um die sonderbare Stimmung zu durchbrechen. Dann hob er sein Glas. »Hiermit befehle ich euch, den Geist zu ersaufen, Männer!«, und den amerikanischen Waffenbrüdern rief er zu: »Okay, time to drown this stupid ghost, buddies!«

Zögerlich ergriffen seine Leute ihre Gläser.

Cordula zuckte mit den Schultern und betrachtete ihr eigenes Schorleglas, ehe sie es – ohne zu trinken – entschlossen wegstellte. Dann schob sie sich vom Tisch herunter und setzte sich wieder auf die Bank zwischen die anderen. Ein paar sehnsüchtige Blicke folgten ihr.

Während die Elwenfelser langsam wieder in eine gelöste, durstige Stimmung glitten, nippten die meisten der Soldaten nun eher betreten an ihrer Weinschorle. Sie wirkten wie Kinder, die man mitten in der Nacht aufgeweckt hatte. Irgendwie orientierungslos.

Plötzlich stand Leutnant Falke auf und ging zu Cordula. Es sah so aus, als müsste er sich im letzten Moment gerade noch davon abhalten, sie grob an der Schulter zu packen und sie zu sich herumzudrehen. »Was denken Sie sich eigentlich?«, zischte er. »Was sind das für billige Tricks?«

Sofie erhob sich von ihrem Stuhl und stellte sich hinter den Leutnant.

Erwartungsgemäß blieb Cordula gelassen, drehte sich zu Falke um und hob ihr Glas. »Was denn, was denn, mein lieber Herr Leutnant?«, fragte sie mit einem unschuldigen Lächeln. »Es ist doch bloß eine kleine Gruselgeschichte, nichts weiter. Haben Sie das nicht selbst gesagt?«

Falkes Gesichtsfarbe wurde dunkler, seine Augen verengten sich. »Ihr wollt uns hier auf der ganzen Linie verarschen, was?«, blaffte er.

Die Leute an Cordulas Tisch wandten sich ihm zu und betrachteten seinen mühsam gezügelten Ärger amüsiert.

»Ich glaube, Sie verstecken hier eine von den US-Streitkräften desertierte Soldatin. Wir werden unseren Verdacht melden. Dann wird eine Untersuchungskommission dieses Dorf auf den Kopf stellen, und die werden herausfinden, ob sie hier ist. Alle hier werden sich verantworten müssen! Auch für den Angriff auf diese beiden Soldaten mit den Gesichtsverl…«

»Ach ja, das hatte ich ganz vergessen«, fiel Cordula dem Leutnant ins Wort. »Der unheimliche Traktorfahrer wird übrigens von einem Heer blutsaugender Fabelwesen begleitet. Sie haben sehr lange Schnäbel und ...« Weiter kam sie nicht.

In diesem Augenblick erklang von der anderen Seite des Platzes ein warnender Ruf. Alle Köpfe fuhren herum. Aus dem Schatten der Kirche löste sich die Gestalt von Anthony, der atemlos und mit großen Schritten auf sie zukam.

Sofie erschrak und begriff sofort: Anthony war allein. Von Carlos war immer noch nichts zu sehen. Das konnte nichts Gutes bedeuten.

Anthony drückte sich zwischen den ersten Tischen durch. Hektische Fragen wurden ihm zugeworfen, und er stand kurz davor, die Antwort über den Platz zu brüllen. Aber dann besann er sich, suchte mit den Augen Sofie und drängte sich zu ihr durch. Sein schweißnasses Gesicht war zerkratzt, in seinen Dreadlocks hingen kleine Zweigstücke und Blätter. Mit unterdrücktem Zittern und einer Hand an seiner verletzten Schulter beugte er sich zu Sofies Ohr herunter. »Sie ham de Carlos«, wisperte er.

Sofie sah ihn entgeistert an. »Was? Wie meinst du das?«

»Mir warn dort«, fuhr er leise flüsternd fort. »Wir ham ... Carlos wollt was überprüfe. Er hat gedacht, des Lager wär leer, dass alle do sin aufm Fest. Aber da war en Typ, der hat ihn entdeckt. Ich glaub, der hat de Carlos niedergeschlage. Mich hat er auch entdeckt. Die Traudel is abgehaue, aber der Typ hat sie wahrscheinlich gesehe. Un er hat mir hinterhergerufe, dass de Carlos erst freigelasse wird, wenn wir die Traudel rausrücke.« Er schnappte erregt nach Luft und starrte Sofie mit flackerndem Blick an. »Was sollen wir jetzt mache?«, presste er hervor.

»Sie könne de Carlos net einfach festhalte«, sagte Sofie lauter als beabsichtigt.

Leutnant Falke starrte sie an.

Sofie zwang sich, ruhig zu atmen. Was war zu tun? Carlos wegen unerlaubten Eindringens in das Zeltlager festzuhalten, war wahrscheinlich gerechtfertigt. Aber wie bekamen sie ihn da wieder raus? Und was war mit Trudy?

»Vielleicht sollten wir diese Kommissarin aus Ludwigshafen hole«, schlug Anthony vor, aber er sah aus, als hielte er diese Idee für den allerletzten, aber wenig rettenden Strohhalm.

Sofie wandte sich von Anthony ab und fixierte die beiden Offiziere. Falke sah sie an, als würde er an ihrem Geisteszustand zweifeln. Ellman trank in einem langen Zug sein Schorleglas leer, als ahnte er bereits, was sie gleich verkünden würde.

»Game over! Die Party is vorbei«, rief Sofie laut über den Platz.

Kapitel 29

Owacht: Showdown erster Teil

Die Welt war ein Film von Terry Gilliam, grell und rätselhaft, schwankend und auf eine unangenehme Weise anders. Carlos betrachtete eine Weile fasziniert und hingerissen die tanzenden, goldenen Lichter über sich und verlor sich in der Frage, was sie darstellten, woher sie kamen und ob sie ein gutes oder ein schlechtes Zeichen waren. Dann begriff er allmählich, dass die Welt kein träumerisch betäubter Strudel von Lichtern und hallenden Geräuschen war, kein Echo eines lange zurückliegenden Drogenrausches.

Er lag auf dem Rücken in einem Zelt. Die goldenen Reflexe waren Lichtkegel, die über das Zeltdach huschten, vermischt mit hektischem Flackern. Sein Kopf meldete sich mit einem Rauschen, als würde er von den Niagarafällen geduscht. Seine Handgelenke brannten, und als Carlos versuchte, sich vorsichtig zu bewegen, spürte er, dass seine Hände auf seinem Rücken gefesselt waren. Kabelbinder wahrscheinlich. Unwillkürlich musste er an seine Handschellen denken, die nach jahrelanger, zahlreicher Benutzung jetzt in seiner Wohnung herumlagen. Wo genau eigentlich?

Seine Gedanken drifteten wieder ab. Die Schmerzen in

seinem Kopf wurden etwas definierbarer, das Rauschen ebbte ab. Jetzt war es einfach nur noch das Brummen, das von einem saftigen Faustschlag übrig blieb. Wahrscheinlich würde sein Kopf morgen schief auf seinem Hals sitzen, und eine Gesichtshälfte wäre blau.

Morgen, dachte Carlos. Seltsamerweise hatte er keine Ahnung, ob es realistisch war, überhaupt an ein Morgen zu denken. Sein Gehirn klaubte die verstreuten Scherben seiner Erinnerung zusammen und bastelte daraus ein ziemlich bedrohliches Bild. Er versuchte sich einzureden, dass er nicht in der Hand von irren, gesetzlosen Terroristen war, sondern in vorübergehendem Gewahrsam des US-Militärs. Es gab gewiss angenehmere Szenarien, in denen man sich wiederfinden konnte, aber er würde zumindest lebend aus der Sache rauskommen. Aber gab es da nicht noch mehr zu verlieren als nur sein Leben? Er konnte plötzlich mit einer sonderbaren Intensität den nächtlichen Wald spüren, der hinter den Zeltwänden lag. Er war nicht allein. Irgendwo dort draußen würde in den nächsten Minuten die Wirklichkeit verändert werden. So gut kannte er den Ort Elwenfels und seine Bewohner mittlerweile.

Ein lautes Ratschen zerriss die dröhnende Stille. Jemand hatte den Reißverschluss am Zelteingang geöffnet und schlug die Plane zurück. Carlos wandte den Kopf.

Eine Gestalt trat ins Innere und beugte sich über ihn. Bundeswehrleutnant Falke. Er blickte ärgerlich auf den Gefangenen herunter, wie ein Vater, dessen Sohn weit nach Mitternacht nach Hause kommt. »Was haben Sie hier gesucht?«, fragte Falke unvermittelt. Sein Atem roch unangenehm nach Alkohol und der Anstrengung seiner Magensäfte, die wahrscheinlich gerade mit dem Saumagen und den vietnamesischen Frühlingsrollen überfordert waren.

»Das geht nur dieses Dorf und Rick Malone etwas an«, erwiderte Carlos und war erstaunt, wie klar seine Aussprache war.

»Sie sind unerlaubt in militärisches Sperrgebiet eingedrungen.«

Jetzt tat es doch weh, denn Carlos musste lachen. »Militärisches Sperrgebiet? Es ist einfach nur eine Lichtung im Wald, Mann. Warum hören Sie nicht auf, so ein bescheuerter Wichtigtuer zu sein? Ist ja lächerlich.«

Falke seufzte. »Warum müssen Sie alles so kompliziert machen? Ist das so was wie das gemeinschaftliche Hobby in diesem verdammten Dorf?«

Carlos hatte keine Lust auf eine Unterhaltung und erst recht nicht auf den schlechten Atem des Mannes. Er schloss die Augen und drehte den Kopf weg, als Falke ihm irgendetwas davon erzählte, dass man ihn erst mal festhalten würde und die Militärpolizei die Sachlage klären müsse, bevor man ihn wieder freiließe. Er wollte schlafen und ... nein, das wollte er nicht. Er war zu weit gegangen, um sich jetzt innerlich zurückzuziehen. Er riss die Augen auf. Gerade rechtzeitig, um zu sehen, dass sich das Licht verändert hatte und Falke alarmiert den Kopf hob. Carlos hievte sich auf die Knie. Die Lichter am Zeltdach waren zur Ruhe gekommen, aber sein Kopf fühlte sich an, als würde darin jemand Achterbahn mit Loopings fahren. Von draußen erklangen das schnelle Scharren von Schritten, gedämpfte Stimmen und das Säuseln des Nachtwindes. Doch in diesem Moment erschien auf der Leinwand des Zeltes etwas Goldenes. Als würden unzählige Feuer zwischen den Zelten brennen. Undeutlich und fern, aber sie kamen näher. Carlos' Herz machte einen Sprung.

Falke trat aus dem Zelteingang. Sein gemurmeltes »Was zum Teufel …?« war für Carlos das Zeichen, dass das Machtverhältnis sich gerade zu ändern begann. Er hatte nur noch keinen Schimmer, wie.

»Machen Sie mir den Kabelbinder ab!«, forderte er Falke auf.

»Das können Sie vergessen«, sagte der, ohne Carlos anzusehen.

Am Aufstehen konnte der Bundeswehrleutnant ihn jedoch nicht hindern. Carlos rappelte sich auf, atmete ein paarmal gegen den beginnenden Schwindel an und stellte sich neben Falke in den Zelteingang.

Draußen war eine Atmosphäre wie am Set eines Films. Diesmal war es ein düsterer Endzeit-Western. Oder ein Horrorfilm. Obwohl nichts zu hören war außer dem Murmeln der Soldaten, lag über allem eine alarmierende Stimmung. Und dann sah Carlos auch den Grund dafür.

Rund um die Lichtung brannte es. Es war ein Kreis aus Flammen, der sich ohne Lücke um das Lager geschlossen hatte. Über den Zelten lag der Geruch von Rauch und Harz. Die Luft war gehüllt in ein archaisches, bronzefarbenes Flackern, das Carlos seltsame Bilder von Menschen aus vorherigen Ären aufdrängte, von Eisenzeit und Hexenverbrennung, von Nächten während des Trojanischen Krieges und Dorfbewohnern, die mit Mistgabeln und Fackeln gegen Schloss Frankenstein wüteten. Er schloss kurz die Augen. Es war erstaunlich, was einem alles so im Gehirn rumging, wenn es gerade derart durchgeschüttelt worden war. Und wenn man tief im Unterbewusstsein wusste, dass keine Gefahr droht. Denn dass von dem Feuer keine Gefahr ausging, das war jetzt klar zu sehen.

Es waren Fackeln. Hunderte Fackeln in den Händen der Elwenfelser, die sich wortlos um die Lichtung herum aufgestellt hatten und nun in langsamen Schritten immer näher kamen. In den Bäumen flogen verschlafene Vögel auf, das Unterholz knisterte, und auf den Gesichtern lag diese ganz spezielle Patina, die einem Menschen anhaftet, wenn er sich nachts einem Feuer gegenübersieht.

In diesem Fall war es keine romantische Lagerfeueraura, sondern die blanke Entschlossenheit. Eine stumme, effektvolle Demonstration des Zusammenhalts gegenüber einem zugegeben übermächtigen Gegner. Carlos hatte keinen blassen Schimmer, was sie vorhatten. Er kniff die Augen zusammen, um einzelne Gesichter in der Menge auszumachen. Sie waren noch ein ganzes Stück entfernt, aber er erkannte Sofie und Willi, Otto, den Arzt, den Pfarrer und all die anderen, die sein Leben so tiefgehend verändert hatten, seit er ihnen zum ersten Mal begegnet war.

Carlos atmete aus. Er warf einen Seitenblick auf den Leutnant. »Jetzt habt ihr ein Problem. Ich wette, in Afghanistan wäre es jetzt gemütlicher.«

»Halten Sie doch einfach mal Ihre Schnauze!«, herrschte Falke ihn an. »Diese Karl-May-Festspiele hier sind nichts als lächerlich!«

Carlos sah, dass der Leutnant zu schwitzen begonnen hatte und seine Hände ein nervöses Tänzchen aufführten. Letztendlich hatten sie ihr Ziel gefunden, denn Falke packte Carlos' Ellbogen und stieß ihn vorwärts. Ein paar der Soldaten hatten ihre Handys gezückt und filmten das Geschehen. Wo war Malone? Carlos konnte ihn nirgendwo entdecken.

Die Elwenfelser rückten immer näher. Und wie auf ein geheimes, wortloses Kommando blieben sie alle in derselben Sekunde stehen. Der flackernde Ring war nur noch zehn Meter von den ersten Zelten entfernt. Dafür, dass so viele Menschen hier waren, war es unnatürlich still. Nur das leise Plätschern des Baches war zu hören, und das friedliche Geräusch stand in einem abstrusen Kontrast zu der bedrohlichen Stimmung ringsum.

Es war Lieutenant Ellman, der sie durchbrach. Wütend stapfte er ein paar Schritte auf die unheimlichen Besucher zu und hob die Hände. »What the heck?«, blaffte er. »What the hell do you want?«

»Was wollen Sie?«, schrie nun auch Leutnant Falke den versammelten Elwenfelsern zu. »Was soll dieser pathetische Auftritt?« Seine Stimme war kalt vor Verachtung.

Statt einer Antwort hörte Carlos irgendwo in der Menschenmenge ein Summen, das immer lauter wurde. Was war das? Eine schräge, aber unverkennbare Melodie, die die nächtliche Szenerie direkt beschrieb und dabei eine gewisse hinterhältige Komik mitschwingen ließ. Eine typische Elwenfelser Mischung von Stilmitteln.

Es war Ottos durchdringender Bass, der den Refrain eines sehr bekannten Liedes von Johnny Cash anstimmte, *Ring of Fire*. Carlos konnte den schwergewichtigen Automechaniker in der zweiten Reihe ausmachen. Er schaute in demonstrativer Gelassenheit in die Runde und brummte entschlossen vor sich hin. Neben ihm stand Willi, sein Gesicht bestand aus einem vollmondartigen Grinsen. Verstohlen knuffte er seinem brummenden Freund einen Ellbogen in die Rippen. Und schon begann der damit, einzelne Wortfetzen aus dem Liedtext herauszuklauben: »Änd it börns, börns, börns, se ring uff feier, se ring uff feier …«

Carlos' Mundwinkel fühlten sich an, als hätte jemand Juckpulver daraufgestreut. Den umstehenden Elwenfelsern schien es nicht anders zu gehen. Schmunzelnd senkten sich Gesichter, und manche Fackel begann deutlich im Takt eines unterdrückten Lachens zu schwanken.

»I fäll intu a börning ring uff feier!«, schmetterte Otto, und die angespannte Stimmung kippte ins Absurde, was aber nicht weniger bedrohlich wirkte.

Willis Ellbogen landete ein zweites Mal zwischen Ottos gut gepolsterten Rippen. »Jetzt is donn awwer mol widder gut!«, zischte er. Aber jeder, der Willi kannte, sah, dass der Sägewerksbesitzer sich vor unterdrücktem Lachen kaum auf den Beinen halten konnte. »Die Lage is jetzt net grad so entspannt, dass man singe muss, odder?«

»Awwer des is doch so e schäänes Liedel!«, entgegnete Otto und hob seine Fackel höher. »Un des passt doch jetzt aach so gut.« Er wandte sich zu den völlig perplex dreinschauenden Soldaten. Dann sang er ungerührt weiter und steckte noch ein paar andere Dorfbewohner an: »Änd it börns, börns, börns, se ring uff feier…«

Carlos begann, leise mitzusummen. Falke warf ihm einen Blick zu, aus dem man Gift hätte destillieren können. Dann packte er ihn an der Schulter und stieß ihn vorwärts.

Lieutenant Ellman drehte sich nach seinem deutschen Kollegen um und hob in einer ungehaltenen Geste die Hände, als würde er ihn fragen, ob es denn kein Heilmittel gegen diese durchgeknallten Dorfmenschen gab. Seine Ratlosigkeit, wie den Elwenfelsern beizukommen war, stand ihm ins Gesicht geschrieben.

Dass den Dorfbewohnern angesichts einer derart brenzligen und verfahrenen Situation immer noch der Pfälzer Schalk im Nacken saß, überstieg wohl jedermanns Verständnis. Szenen wie diese kannte Carlos nur aus Filmen. Da war alles möglich. Aber hier? Wie konnte man unter diesen Umständen nur so heiter und respektlos sein?

Lieutenant Ellman platzte nun endgültig der Kragen. Er stemmte die Fäuste in die Hüften und trat auf die erste Reihe der Fackelträger zu.

Otto ging vom Singen wieder über zum Summen. Willi streckte die freie Hand aus und hielt ihm den Mund zu. Woraufhin beide Männer wie kleine Jungen zu lachen begannen.

»Sorry, Mister General, wirklich sorry«, gluckste Willi. »My friend here is a little bit beside the Kapp.«

Falke zerrte Carlos an den gefesselten Handgelenken in dieselbe Richtung und stellte sich schräg hinter den Lieutenant. Jetzt stand er direkt vor den Elwenfelsern und konnte kaum glauben, was er sah. Er schaute in eine Wand aus zwinkernden Gesichtern, die ihm stumm zuzurufen schienen, dass er sich keine Sorgen zu machen brauchte. Carlos lächelte. Doch als er hörte, was Ellman sagte, schrumpelte diese Hoffnung zusammen wie eine Ameise unter einem Brennglas.

Es war gleichgültig, dass der Lieutenant seine Worte nicht ins Deutsche übersetzen ließ. Seine Gesten und der einzige Name, der fiel, waren an Eindeutigkeit nicht zu überbieten. Was Ellman forderte, war unmissverständlich. Der Deal war ebenso einfach wie unmöglich. Der als Wache im Lager zurückgebliebene Soldat, der Carlos erwischt hatte, war sich sicher, Trudy Gonzales zweifelsfrei erkannt zu haben. Jetzt konnte in Elwenfels niemand mehr so tun, als hätte man die Deserteurin nicht gesehen.

Ellman forderte die Auslieferung der Soldatin. Im Gegenzug würde man darauf verzichten, Carlos festzuhalten und für seinen Hausfriedensbruch zur Rechenschaft zu ziehen. Überhaupt wolle man die ganze Sache auf sich beruhen lassen und keine weiteren Schritte gegen das Dorf einleiten, obwohl es dafür ausreichend Gründe gebe. Ellman zählte an seinen drahtigen Fingern die Vergehen der Dorfbewohner ab: das Verstecken einer Gesetzesbrecherin, die Misshandlung zweier Soldaten durch ein dressiertes Raubtier und der Einbruch in das Lager. Ob ihnen denn klar sei, dass die Vereinigten Staaten von Amerika das Dorf auf Schmerzensgeld für diese beiden verletzten G.I. verklagen könnten?, blaffte Ellman. Ob sie tatsächlich glaubten, dass es ein Bagatelldelikt sei, in das Zelt eines US-Soldaten einzudringen? Geschweige denn, eine Fahnenflüchtige zu decken?

Aber diese ganzen Taten seien vergeben, vergessen und ausradiert, wenn die Elwenfelser nun ihren guten Willen demonstrierten und Trudy Gonzales ihrer gerechten Strafe zuführten. Dann sei alles bestens, Carlos würde freigelassen, und niemand würde dieses obstinate, verbrecherische, intrigante und anarchistische Dorf jemals wieder behelligen.

Peace, pleasure, pancake sozusagen.

Ellman zog tief die verrauchte Nachtluft ein, als er geendet hatte. An dem Kerl war echt ein passabler Redner verloren gegangen. Warum war Ellman bei diesem Talent eigentlich nicht Abgeordneter im US-Kongress?, dachte Carlos.

Er fühlte sich sehr schwach auf den Beinen. Was für eine perfide Erpressung. Seinetwegen mussten sie Trudy nicht ausliefern, er würde schon zurechtkommen. Sollten sie ihn doch anklagen! Wo war er in seinem Leben nicht schon überall angeeckt? Warum nicht auch noch bei der Militärpolizei der Army? Machte sich bestimmt gut in seinem ohnehin sehr unharmonischen Lebenslauf. Er würde schon halbwegs heil wieder aus der Sache herauskommen.

Aber Trudy? Sie war mehr als nur eine einfache Gehorsamsverweigerin. Sie wusste von den Scheinhinrichtungen. Und weil sie den Kreis der Verschwiegenheit verlassen hatte, war sie gefährlich. Für alle. Mehr noch: Sie hatte Malone dabei beobachtet, wie er einem Mordopfer hinterhergerannt war, und sie konnte bezeugen, dass er als Mörder infrage kam. Letztendlich konnte das zwar auch jeder andere der Truppe, sogar die Bundeswehrsoldaten. Aber von diesen Burschen würde wohl keiner den amerikanischen Kameraden verraten. Dafür war der Korpsgeist zu mächtig. Es ging hier nicht darum, eine desertierte Soldatin der Justiz zu über-, sondern eine Verräterin kaltzustellen. Trudys Leben war in Gefahr.

Carlos sah in die ratlosen Gesichter der Elwenfelser. Die Blicke hinter den Fackeln senkten sich, Schneidezähne bearbeiteten Unterlippen. Ottos übermütiges Brummen von gerade eben schien auf einmal wie eine lustige Anekdote aus lang vergangenen Zeiten. Die Stille tat weh.

Denk nach, hämmerte Carlos sich ein, das kann nicht alles gewesen sein! Es muss noch eine andere Lösung geben. Sein Blick fiel auf Rick Malone, der ein paar Meter entfernt stand und die Szenerie mit teilnahmslosem Gesichtsausdruck beobachtete.

Carlos kniff die Augen zusammen und starrte ihn an. »Hey, Malone! Where are your rings, buddy?«, rief Carlos ihm zu. Falls er geglaubt hatte, den Scharfschützen aus dem Konzept zu bringen, hatte er sich getäuscht.

Malone blieb ruhig und betrachtete die fackeltragenden Leute mit einem gewissen amüsierten Interesse, als handele es sich dabei um eine regionale Sitte.

»Was soll das jetzt schon wieder?«, schrie Falke, ignorierte die kurze Irritation aber. »Leute! Was ist so schwer an diesem Austausch?«

Ein paar Elwenfelser zuckten zusammen.

»Jetzt rückt die Frau schon raus. Hier sind einige, die verdammt müde sind. Und ihr wollt doch, dass wir morgen abhauen. Je schneller unsere Männer ihren Schlaf bekommen, desto schneller machen wir morgen den Abflug.«

Niemand sagte etwas.

Ohnmächtige Wut stieg in Carlos auf. Es war, als würde die Zeit sich verlangsamen und in einem zähen Nichts stecken bleiben. Der Schmerz in seinem Kopf schwoll von Neuem an. Er stellte sich vor, dass Malone den Ring von Bitterlinger am Körper trug, zusammen mit den anderen Schmucktrophäen. Wahrscheinlich an einem Band um den Hals. Malone würde dieses Band abnehmen und es ihm mit einem süffisanten, kleinen Lächeln überreichen. Wohl wissend, dass er ihm genauso gut in die hohle Hand hätte spucken können. Die Aktion hätte keinerlei Konsequenzen für ihn. Es war ja niemand da, der bezeugen konnte, was es mit dieser kleinen Sammlung auf sich hatte, damit sie vor Gericht verwertbar war. Carlos hatte sich nicht wenige Male in seinem Leben schon mies und ausgeliefert gefühlt, doch in diesem Moment erlaubte sich das gesamte Universum auf seine Kosten und die aller Elwenfelser einen geradezu widerwärtigen Scherz. Wo lag der Sinn dieser ganzen Sache? Und wo zum Teufel der Notausgang?

Auf einmal sah er Charlotte vor sich. Lächelnd und gelöst suchte ihre Hand die seine. Carlos holte tief Luft. Es tut mir leid, dachte er. Ich habe mich echt bemüht, aber es ist nichts zu machen. Ihm war schwindelig, und sein Mund fühlte sich an, als hätte ein Kipplaster seinen Sand darin abgeladen. Was würde er jetzt für eine Rieslingschorle geben.

Plötzlich kam Bewegung in die Menschenmenge am Waldrand. Köpfe wandten sich um, das Unterholz knackte. Irgendwo im Hintergrund erklang eine eindringliche, laute Stimme. Carlos konnte nicht verstehen, was gesprochen wurde, aber er hörte, dass es Anthony war. Was war da los? War das ein Schluchzen? Er konnte nicht direkt sehen, was vor sich ging, doch er ahnte es. Das konnte nicht, das durfte nicht sein. Jetzt war deutlich zu erkennen, dass die Dorfbewohner eine Gasse bildeten.

Carlos schloss die Augen. Er würde diesen Anblick nicht ertragen können. Trudy auf dem Weg zurück zu ihren sogenannten Kameraden. Und das Schlimmste daran war nicht einmal das, was mit Trudy passieren würde. Sondern die Tatsache, dass diese Soldaten es geschafft hatten, dass Elwenfels seine Ideale verriet.

Im Fackelschein sah es so aus, als würden ihre Augen in Flammen stehen. Für ein paar Sekunden war sie wieder die Trudy, die Anthony vorgestern Nacht auf der Straße überwältigt hatte. Er konnte ihr nicht ins Gesicht schauen.

»No way! Ich gehe nicht mehr zurück«, flüsterte sie. Ihre Stimme zitterte und war kaum hörbar. »Das könnt ihr nicht von mir verlangen! Dann hättet ihr mich gar nicht erst verstecken sollen.«

Anthony streckte die Hände aus und fasste ihre Schultern. Obwohl Trudy eine muskulöse Frau war, fühlte sie sich an wie ein zerbrechlicher Teenager.

Die umstehenden Dorfbewohner senkten die Köpfe. Manche schienen angestrengt nachzudenken, ob es nicht noch eine andere Lösung gäbe. Niemand sagte etwas.

Krampfhaft suchte Anthony nach Worten. In seinem Bewusstsein dämmerte schon seit ein paar Minuten eine sonderbare, beinahe unheimliche Gewissheit, auch wenn nicht klar war, aus welchen Untiefen sie in seine Gedanken aufgestiegen war.

Er war sich einfach nur absolut sicher, dass alles so passieren musste. »Listen, Trudy! Hör mir zu!«, bat er sie eindringlich. »Vertraust du mir?«

»Das hatte ich gedacht. Bisher!«, stieß sie leise hervor. »Hab mich wohl getäuscht. Das ist das Beschissene an der Army. Die ganz normale Menschenkenntnis geht dabei vor die Hunde.«

»Trudy! Hör mir genau zu! Du musst mir jetzt einfach vertrauen.«

»Warum sollte ich? Siehst du nicht, was hier passiert?«

»Weil ich … weil ich dich einfach darum bitte. Und weil du das, was gleich passiert, erst später verstehen wirst.« Er hatte die Worte eigentlich nur spontan ausgesprochen, aber jetzt, da sie artikuliert waren, fühlte sich die drängende Ahnung dahinter an wie ein tiefer gehendes Wissen. Er packte ihre Schultern fester. »Okay?!«

»Was wird denn passieren?«, flüsterte Cordula, die neben ihnen stand. »Was läuft hier eigentlich?«

»Lass mich mol. Bitte!«, zischte Anthony ihr zu und wandte sich wieder zu Trudy. »Erinnerst du dich an die Worte des alten Mannes, Trudy? Erwin?«, fuhr er flüsternd fort. »Gestern Abend, als du auf der Bank in der Weinstube geschlafen hast?«

Sie nickte widerwillig.

»Weißt du noch, was er zu dir gesagt hat? Und weißt du auch noch, was du mir gestern Nacht erzählt hast?«

Wieder ein Nicken.

Anthony hoffte inständig, dass Trudys Kindheitserlebnis aus Kuba ihr dabei helfen würde, den richtigen Zusammenhang herzustellen. Denn Erwins orakelhafte Äußerung, während er aus der alten Wirtin zu Trudy gesprochen hatte, war dazu wahrscheinlich viel zu geheimnisvoll:

Wenn ma ebbes wirklich von Herze will, muss ma's aach richtisch wolle müsse. Wie ma's dann kriegt, des kann ma net wolle müsse. Un wie ma's kriegt, kann aach kenner wisse. Hauptsach is: Ma muss es richtisch wolle müsse.

Plötzlich kam ihm ein verrückter Gedanke. Was, wenn dieser kubanische Priester und Erwin sich auf einer immateriellen Ebene abgesprochen hatten, um Trudy in die richtige Richtung zu führen? Geister waren ja nicht gerade für ihre klaren, konkreten Ansagen bekannt. Keine Ahnung, warum man im Jenseits so viel Spaß an kryptischen Andeutungen und Denksportaufgaben hatte. Aber Anthony hatte eine geradezu unheimliche Gewissheit, dass sich der Sinn von Erwins Worten genau jetzt entfalten würde, in wenigen Minuten, aber erst dann, wenn es ihm gelang, Trudy zu überreden. »Du musst gehen«, betonte er. »Geh zu ihnen, jetzt! Ich bitte dich!«

»Aber warum?«, schluchzte Trudy leise. »Warum willst du mich wieder loswerden? Ich dachte ... ich dachte, das mit uns...«

Anthony schloss zitternd die Augen. Das mit uns ... Er hatte immer geglaubt, auch als Single vollkommen glücklich zu sein. Aber die vergangene Nacht hatte ihm gezeigt, dass es doch noch ein fehlendes Puzzleteil gegeben hatte, das jetzt am richtigen Platz lag. Er hatte immer auf Trudy gewartet, ohne es je zu wissen. Und jetzt war sie da. Weil dieses kleine Dorf ihr Schicksal war. »Trudy, ich kann es dir jetzt nicht erklären«, drang er weiter in sie, doch sie machte einen immer verschlosseneren Gesichtsausdruck. »Du musst ...« Himmel, er hätte nie gedacht, dass er diesen abgedroschenen, durch tausend Lebensberatungs-

und Esoterik-Magazine geschleiften Satz tatsächlich einmal sagen würde: »Du musst loslassen.«

Trudy wischte sich mit einer harten Geste die Tränen ab. Die Enttäuschung in ihrem Gesicht machte ihre Züge wieder hart und kantig.

»Bitte glaub mir, es wird alles gut. Do it!« Es war ihm egal, wie Trudy seine Worte auffasste, ob sie ihnen Glauben schenkte oder nicht, wenn sie nur endlich in Richtung des Zeltlagers ginge. Später würden es alle verstehen. »Jetzt geh schon!«, presste er hervor. »Mach es verdammt noch mal nicht kaputt!«

Endlich reagierte sie.

Anthony biss sich auf die Zunge, bis es richtig wehtat. Natürlich wollte er sie nicht verletzen. Aber er sah nur diese eine Lösung. Sie musste glauben, dass er sie wegschickte. Und der Schmerz über diese Zurückweisung musste so schlimm sein, dass Trudy das, was nun unweigerlich mit ihr geschah, nicht mehr so schlimm vorkommen würde. Unehrenhafte Entlassung aus der Armee. Eine Haftstrafe. All das sollte in ihren Augen weniger schlimm sein als die Zurückweisung derer, die sie gerade noch beschützt und umsorgt hatten. Weniger schlimm als der Verlust dessen, was sich gerade noch wie Vertrauen und aufkeimende Liebe angefühlt hatte.

Anthony drehte es das Herz in der Brust herum, aber er musste auf die sonderbare Führung vertrauen, die er in seinem Leben schon immer verspürt hatte. Nicht dass sich dieses namenlose Vertrauen in Worte fassen ließ. Aber er wollte einfach, dass Erwins Worte und die Worte des kubanischen Priesters Wirklichkeit wurden.

»Sag mol, spinnst du, Anthony?«, zischte Cordula plötzlich und griff nach Trudys Hand. »Du kannst doch net so mit ihr rede!«

Doch ich kann, dachte er. Ich muss. Ich muss auch loslassen. Ich muss das Gesetz dieses Ortes außer Kraft setzen. Damit es in der anschließenden Leere wieder seinen Takt aufnehmen kann. Wie wenn man einem stockenden, stolpernden Herzen einen Elektroschock verpasst, damit es wieder in seinen angestammten Rhythmus findet. »Go! Now!«, zischte er und starrte Trudy so abweisend und kalt an, wie er nur konnte.

Trudy schluckte hart. Sie löste ihre Hand aus Cordulas Griff, drehte sich um und lief auf die Lichtung zu.

Die umstehenden Elwenfelser machten ihr mit erschütterten Gesichtern Platz.

Fragende, anklagende und verwirrte Blicke trafen Anthony, der die aufkommenden Tränen niederkämpfen musste. Wenn es nun nicht funktioniert?, fragte er sich. Dann war das alles umsonst. Dann habe ich sie verraten und für immer verloren.

Die Reihen der Dorfbewohner schlossen sich wieder hinter Trudy. Er sah nur noch ihr schwarzes Haar, das im Fackelschein wie Samt schimmerte. Das Gefühl des Verlustes war so überwältigend, dass er aufhörte zu atmen. Anthony verlor Trudy aus dem Blick. Der Fackelschein blendete ihn, er konnte auf der Lichtung nur die Umrisse der Zelte erkennen. Irgendwo dort stand Carlos. Wahrscheinlich würde er ihm nie wieder in die Augen sehen können. Ein Schluchzen würgte sich aus seinem Mund. Jetzt fanden seine Tränen doch ihren Weg.

Dann geschah etwas. Unsichtbar und fast unhörbar, aber doch so intensiv wahrnehmbar, dass alle Dorfbewohner um ihn herum den Kopf hoben.

Hinter ihnen, in der tiefen Dunkelheit des Waldes, in weiter Ferne und doch ganz nah, erklang das Knattern eines Traktors.

Kapitel 30

Die Legende lebt: Showdown zweiter Teil

Das passiert nicht wirklich, dachte Carlos. Entweder ist es ein verrückter Wunschtraum, oder der Schlag auf meinen Kopf war stärker, als ich dachte. Er kannte den Klang dieses Motors. Und doch musste es eine Halluzination sein. Eine Massenhalluzination, denn um ihn herum hoben alle die Köpfe. Durch die Elwenfelser ging ein kollektiver Seufzer der Erleichterung. Bei den Soldaten sah es anders aus. Carlos konnte sich nicht erklären, was um ihn herum geschah. Warum wurden die Männer denn alle so unruhig? Warum sahen sich die jungen Soldaten derart alarmiert an?

Sogar Leutnant Falke neben ihm zuckte merklich zusammen. »Was zum Teufel geht hier vor sich?«, stieß er zwischen den Zähnen hervor.

»Ein Traktor«, antwortete Carlos reflexartig. »Ist doch nichts Ungewöhnliches in einer so ländlichen Gegend.«

Falke warf ihm einen sonderbaren Blick zu und sah sich dann nervös nach allen Seiten um.

Die Soldaten rückten näher zusammen, als wären sie eine Horde Pinguine, die sich in der Kälte aneinanderdrücken. Carlos' Blick fiel auf Malone. Er sah aus, als hätte er gerade dem Tod ins Auge gesehen. Er starrte angestrengt zwischen den Dorfbewohnern hindurch, um zu sehen, wer oder was dieses Geräusch verursachte. Jetzt öffnete sich der Ring der Elwenfelser und bildete einen Durchlass. Für einen winzigen Augenblick erschien dort die Gestalt Trudys, die mit leerem Gesichtsausdruck auf die Lichtung zuging.

Doch schon im nächsten Moment packte jemand die junge Frau am Arm und zog sie zurück in die schützende Menge.

Und dann kam die Quelle des stotternden Motors in Sicht. Carlos musste lächeln. Um ihn herum jedoch wurde ungläubig nach Luft geschnappt. Elitesoldaten mit Kriegserfahrung, die nun mit flackernden Blicken und verzerrten Mündern herumstanden. Dabei war das, was sich der Lichtung näherte, nun wahrlich nichts besonders Bedrohliches. Ein alter Mann, der mit Strohhut, gestreiftem Winzerkittel und Latzhose auf einem alten Traktor vor sich hin schaukelte. Die Soldaten führten sich auf, als würde ein Weißer Hai auf sie zuschwimmen. Carlos verstand die Welt nicht mehr.

Das Knattern wurde lauter. Erwin nickte seinen Landsleuten freundlich zu, fuhr aber weiter zielstrebig in die Mitte der Lichtung. Das Unterholz knackte und knirschte unter den schweren Rädern.

Hinter Carlos' Rücken entfuhr einem der Soldaten ein kleiner Schrei.

»The old man, the ghost, that's him«, wisperte ein anderer tonlos.

Langsam dämmerte es Carlos. Irgendein Elwenfelser musste den Männern von Erwin erzählt haben. Wahrscheinlich hatten sie den Soldaten vorhin auf dem Fest eine haarsträubende Schauergeschichte aufgebunden und den Alkohol und die Stimmung dazu genutzt, sie auf ein tatsächliches Erscheinen Erwins vorzubereiten. Die Elwenfelser hatten offenbar auf das spekuliert, was Elitesoldaten gerne verschweigen würden. Dass sie unter ihren Uniformen auch nur kleine Hosenscheißer waren, die nach ihrer Mama schrien, wenn es hart auf hart kam.

Carlos' Grinsen wurde breiter. Er beobachtete Lieutenant Ellman, der gebannt in Richtung Waldrand starrte, sich aufrichtete und dann eine Pistole zog, die er unter seiner Uniformjacke im Hosenbund versteckt hatte. Es war nicht zu fassen. War der Mann etwa bewaffnet auf dem Dorffest gewesen?

Der Traktor hatte nun den Rand der Lichtung erreicht und war nur noch wenige Meter von den ersten Zelten entfernt. Jetzt hob der Alte den Kopf und schob seinen Strohhut etwas zurück. Carlos blinzelte. Genau diese Augen hatte er am vergangenen Abend bei Elsbeth gesehen, diese gespenstisch klaren, blauen Augen, die es trotzdem schafften, gleichzeitig warm und freundlich dreinzublicken.

Die Soldaten sahen das offensichtlich anders. Ungläubig schaute Carlos dabei zu, wie die meisten von ihnen zurückwichen, sich in die Gassen zwischen den Zelten drückten und voller Panik an ihren Kameraden zerrten, als wären sie nicht sicher, ob sie vielleicht die Einzigen waren, die diesen alten Mann auf dem Traktor sahen.

Erwin kam tuckernd näher.

»Stop!«, schrie Lieutenant Ellman, der wohl befürchtete, dass der Traktor eins der Zelte plattmachen würde. »I said: Stop!«

Erwin legte eine Hand hinter sein Ohr und schüttelte lächelnd den Kopf, als wollte er signalisieren, dass er durch den Motorenlärm sowieso nichts verstand.

»Stop! Now!«, brüllte der Lieutenant erneut.

Aber der Traktor ruckelte immer weiter, geradewegs auf Ellman zu, und Erwin lächelte den Soldaten an. Mit seiner linken Hand machte er eine wedelnde Geste, dass man ihm den Weg frei machen soll.

Der Lieutenant dachte gar nicht daran, dem Traktor auszuweichen. Ein Schuss krachte.

Carlos zuckte zusammen und schloss die Augen. Als er sie wieder öffnete, war die Szenerie unverändert. Er hatte erwartet, dass der Alte blutüberströmt und zusammengesunken auf seinem Traktor sitzen würde. Stattdessen war Erwins Lächeln noch breiter geworden, er hob die Hand, lüpfte mit einer altmodischen Geste seinen Hut und nickte dem Lieutenant zu. Der sprang endlich zur Seite, warf sich auf den Boden und zielte noch einmal auf Erwin.

Den zweiten Schuss verfolgte Carlos mit offenen Augen. Dass das Projektil in Erwins Oberkörper eindrang, sah man dadurch, dass eine kleine Verschiebung in seiner Gestalt wahrnehmbar wurde. Dann schlug die Kugel hinter ihm in einen Baumstamm ein, sehr nah an den Köpfen einiger Dorfbewohner, die sich erschrocken duckten. Carlos musste an den Film *Ghostbusters* denken. Erwin war zwar wesentlich eleganter als die schleimig grünen Schwabbelgeister, aber die Pistolenkugel hatte die gleiche Wirkung auf ihn. Nämlich keine.

Lieutenant Ellman starrte ungläubig auf den Traktor, der noch einen kleinen Ruck machte, ehe er endgültig stehen blieb.

Erwin nahm die Hände vom Lenkrad und kratzte sich an den Stellen, durch die die Kugeln gedrungen waren. »Alleweil wird's aber heftig, gell? Des juckt ganz schää«, rief er in einer Mischung aus Empörung und Belustigung.

Als wäre der Versuch, ihn zu erschießen, nicht schlimmer gewesen als ein Fußball, der während eines Kindergeburtstags in seinen Vorgarten geflogen kam.

Die Elwenfelser schnappten nach Luft.

Der Lieutenant sah aus, als hätte ihn jemand durch die Bleiche gezogen. Zitternd starrte er auf seine Waffe und rutschte gleichzeitig rückwärts, bis sein Rücken gegen eins der Zelte stieß. Reflexartig hob er erneut seine Waffe und zielte wieder auf Erwin, doch der lehnte sich zurück und schüttelte lächelnd den Kopf. Die Elwenfelser hinter ihm duckten sich jedoch in Erwartung weiterer Schießwütigkeit.

»Hear, du dappischer Forzathlet, dein Schießeise kannscht in de Müll schmeiße! Hascht du's immer noch net begriffe? En Geist kann ma net erschieße!«, schrie Willi aus der Menge, obwohl ihn Ellman unmöglich verstehen konnte.

»Schwachsinn!«, brüllte Leutnant Falke zurück. »Es gibt keine Geister!« Seine Stimme hörte sich jedoch an, als würde ein Hundewelpe in einem leeren Kaminschacht jaulen.

Carlos biss sich auf die Zunge. Der Moment war perfekt. Nur der Kabelbinder störte ein wenig.

Erwin sah sich bedächtig auf der Lichtung um und amüsierte sich prächtig. Er schüttelte den Kopf und nickte der kläglichen Versammlung schlotternder Uniformträger zu, die wie versteinert dastanden. Einer murmelte doch tatsächlich das *Vater unser.*

Ein Lachen hallte über die Lichtung. Es war kein hämisches Lachen von oben herab. Eher ein ungläubiges, mitleidiges Glucksen. »Kinners!«, sagte der Alte. »Vor mir müsst ihr doch net strammstehe. Entspannt euch mol e bissel. Wie saacht ma doch glei: Verrührt euch!«

Niemand bewegte sich.

»Jo alla. Dann halt net.« Erwin zuckte mit den Schultern und grinste. Dann machte sein Blick die Runde und blieb an Rick Malone hängen. Er hielt inne, hob die Hand und streckte seinen Arm nach ihm aus. Ein knotiger, langer Finger zeigte auf den jungen Mann.

Malone stand isoliert von den anderen zwischen zwei Zelten und starrte wie gebannt auf die Erscheinung. Sein Gesichtsausdruck zeigte noch einen kleinen Rest von Entschlossenheit, sich nicht einschüchtern zu lassen.

»Du! Disch hab isch gesucht«, sagte Erwin, diesmal mit ernster Stimme.

Malone verstand natürlich nicht, was der alte Mann zu ihm sagte, aber es war ihm sichtlich unangenehm, jetzt so im Fokus dieser unheimlichen Erscheinung zu stehen.

»Du bischt doch der Herr der Ringe, odder net?«, fragte der Alte in durchaus freundlichem Ton, als würde er ein kleines Kind auffordern, seinen Namen zu nennen.

Malone runzelte die Stirn und starrte einfach weiter.

»Verstehscht mich net? Do ... Ringe!«, präzisierte Erwin und deutete auf seine eigenen Finger, um das Gesagte pantomimisch zu unterstreichen.

»He means your scalps, Malone!«, rief Carlos dazwischen.

Malone blinzelte, und sein Kopf ruckte herum.

»Komm, zeig sie uns!«, fuhr Carlos fort. »Wir wollen sie sehen. In Elwenfels gibt's nämlich kein Facebook.«

»Isch weiß zwar net genau, was er määnt, de Carlos«, sagte Erwin schulterzuckend. »Awwer meischtens hot er recht.«

»Malone!«, rief Carlos wieder auf Englisch. »Ich habe deine Bilder gesehen. Und ich habe auch deine kleine Schatzkiste gefunden!«

Malones Gesicht veränderte sich fast unmerklich. Als würde er mit kleinen Muskelkontraktionen verhindern wollen, dass eine locker sitzende Maske abrutscht. »Shut the fuck up!«, blaffte er, und von seiner enervierenden Höflichkeit war nichts mehr übrig.

Carlos war sich nicht sicher, was Malone mehr zusetzte. Der unheimliche Traktorfahrer oder seine Anschuldigungen. »Zeig uns die Ringe, du tapferer Scharfschütze!«, rief Carlos und machte ein paar Schritte in seine Richtung. »Es sind fünf, nicht wahr? Und ein sechster für deinen Mord an Hartmut Bitterlinger vorgestern Nacht.«

Es fühlte sich einfach nur großartig an, Malone vor all den anderen in die Enge zu treiben, auch wenn der immer noch sein Pokerface zeigte. Obwohl der Kabelbinder beinahe die Blutzufuhr in seine Hände unterband und seine Fingerspitzen unangenehm kribbelten, kam es Carlos so vor, als könnte er zum ersten Mal seit einigen Stunden wieder befreit aufatmen.

Malone funkelte Carlos finster und wortlos an und suchte Blickkontakt mit seinem Vorgesetzten.

Aber der Lieutenant war außer Gefecht gesetzt. Er saß immer noch an die Zeltwand gelehnt und glotzte seine Vollautomatische an, als hätte er nicht nur das Vertrauen in seine Waffe, sondern gleichzeitig auch noch in seinen Job verloren.

»Hopp, Männel!«, rief Erwin Malone mit freundlich aufmunternder Stimme zu.

Malones Blick zuckte von Carlos zu dem geisterhaften Traktorfahrer zurück.

»Des Lewe kann so leicht sei. Man muss es bloß in Ruh lewe losse. Un die ganze Ringe, wo ma sich do ums Herz legt, die sin bestimmt arg schwer, odder net?«

Malone verstand kein Wort, und niemand machte sich die Mühe, Erwins Worte für ihn zu übersetzen. Und doch sah es so aus, als würde der Soldat doch zumindest den Sinn des Gesagten erahnen. Ein kaum merkliches Beben ging durch seinen Körper. Er rammte die Hände in die Hosentaschen und starrte Erwin direkt an, als wollte er einen Starrwettbewerb abhalten, bei dem der verlor, der als Erster wegschaute. Aber gegen den ruhigen, durchdringenden Blick der blauen Augen hatte er keine Chance.

»Hey! Was seid ihr nur alle für erbärmliche Feiglinge?«, bellte Leutnant Falke auf einmal. Er hatte sich von seinem ersten Schrecken erholt und schaute mit wildem Blick seine Untergebenen an. »Seht ihr denn nicht, was hier gespielt wird? Diese Gruselgeschichte ... die ganzen unheilvollen Andeutungen! Mann, die wollen doch, dass wir diese bescheuerte Scharade glauben! Das ist alles inszeniert! Und ihr scheißt euch in die Hosen wegen einem alten Tattergreis auf einem rostigen Schrotthaufen!« Er stieß ein lautes Lachen aus. »Ihr seid doch ein Haufen Kleinkinder! Wo ist denn eure Ehre geblieben? Schämt ihr euch nicht?!«

»Aber die Schüsse, Herr Leutnant ...«, erhob sich ein zaghaftes Stimmchen aus der furchtsamen Runde.

»Was ist damit? Der Typ trägt wahrscheinlich eine kugelsichere Weste!« Sein Blick fiel auf den zusammengesunkenen Lieutenant. »Oder unser alliierter Freund hier hatte nicht den Mut, richtig zu zielen. Wahrscheinlich haben die uns vorhin was in den Wein gemischt, dass ihr jetzt hier herumsteht wie die Hasen! Lasst euch doch nicht verarschen, Männer!«

Aber seine aufbauenden Worte verfehlten ihre Wirkung. Er hätte genauso gut ein Kinderlied singen können – es hätte keinen Unterschied gemacht. Plötzlich entfuhr Rick Malone ein lautes Keuchen. Er fasste sich an die Brust und verzog das Gesicht zu einer erschrockenen Grimasse.

»Juckt's bei dir aach?«, fragte Erwin fürsorglich und kratzte sich wie zur Erklärung an den Einschussstellen oberhalb seiner Latzhose.

Malone krümmte sich. In seinen Augen stand ungläubiger Schmerz. Sein ganzer Körper geriet in Bewegung. »What are you doing to me?«, schrie er. »What the fuck …?«

»Sag bloß, der määnt mich?«, wollte Erwin von Carlos wissen.

»Ich weiß nicht. Machst du irgendetwas mit ihm?«

»Isch? Nää.« Erwin schüttelte mit Unschuldsmiene den Kopf und hob die Hände. »Alles, was do passiert, des macht er selbscht mit sich.«

Ein gellender Schrei fuhr über die Lichtung. Malone begann, an seinem Kragen zu reißen. Dabei zuckten seine Finger unkontrolliert umher, als würden sie etwas berühren wollen, was zu heiß zum Anfassen war. »Help me!«, presste er hervor und warf seinen Kameraden einen verzweifelten Blick zu.

Niemand rührte sich. Mit weit aufgerissenen Augen verfolgten die Soldaten die Szene. Keiner rührte sich.

Es war ein wirrer, ruckartiger Tanz, den Malone aufführte. Hätte nur noch gefehlt, dass aus seinem Kragen Rauch aufgestiegen wäre. Malone stieß einen weiteren schmerzverzerrten Schrei aus, bekam etwas unter seinem Hemd zu fassen und riss es heraus. Es war ein Lederband, das um seinen Hals gebunden war. Mit hektischen Bewegungen zerrte er daran, um es sich über den Kopf zu ziehen. Aber es war zu eng.

Etwas Metallisches baumelte an dem Lederband. Carlos kniff die Augen zusammen. Die Ringe. Der Beweis, nach dem er gesucht hatte. Wenn sich darunter tatsächlich Bitterlingers Ehering befand, war Charlotte gerettet. Vor triumphaler Freude hätte er am liebsten lauthals gejubelt.

Wie ein Besessener versuchte Malone weiter, das Band über seinen Kopf zu zerren, und begann heiser zu schreien. Seine Linke wanderte zu seinem Gürtel und griff nach dem Messer, das dort in einer Scheide steckte. Metall blitzte im Fackelschein auf. Zitternd tastete er mit der Messerspitze nach dem Lederband und zerschnitt es. Dann packte er das Bündel Ringe und schleuderte sie mit einem Schrei von sich, der kaum noch etwas Menschliches hatte. Leise klirrend landeten sie auf dem Waldboden. Über Malones bleiche Wange zog sich eine kleine, blutige Spur; er hatte sich in der Hektik mit dem Messer verletzt. Bebend stand der Soldat da und starrte in die Richtung, in die das Lederband mit den Ringen geflogen war, als wüsste er nicht, was es mit ihm zu tun hatte. Carlos bewegte sich in dieselbe Richtung und sah die Ringe im Gras aufblitzen.

Stille legte sich über die Lichtung wie ein lautloser Regenschauer.

Aber es war noch nicht vorbei. Malones Gesicht spiegelte eine Grimasse nackter Angst wider. Er sah aus, als ob er etwas sagen wollte, brachte aber keinen Ton über die Lippen. Dann spannten sich seine Muskeln wie bei einem sprungbereiten Tier. Sein Blick richtete sich auf Erwin, der ganz ruhig und entspannt auf dem Traktor saß und Malone einfach nur beobachtete.

Malone rang nach Atem. Dann stieß er seltsamerweise ein hohles »Thank you!« hervor, wirbelte herum und rannte zwischen den Zelten hindurch auf den Waldrand zu.

Die dort versammelten Elwenfelser wichen auseinander und machten ihm Platz.

Er keuchte, als wäre der Leibhaftige hinter ihm her, und rannte immer schneller. Niemand hielt ihn auf. Schon bald war das Knacken des Unterholzes wieder verstummt. Und der Spuk war vorüber.

Carlos ließ langsam die angehaltene Luft aus seinen Lungen strömen und drehte sich um.

Ebenso wie Malone war auch Erwin verschwunden.

Ganz allmählich löste sich der Bann, der auf den Soldaten zu liegen schien. Die Männer sahen sich irritiert um, betasteten ihre Gesichter und schauten fragend ihre Kameraden an. Als wären sie nicht ganz sicher, ob sie das alles nur geträumt hatten.

Carlos lief zu der Stelle, an der Malone das Messer hatte fallen lassen. Er ging in die Hocke, packte es und hielt die Klinge so, dass er den Kabelbinder damit durchtrennen konnte. Es dauerte eine Weile, aber niemand machte Anstalten, ihn daran zu hindern. Das Blut strömte schmerzhaft zurück in Carlos Hände, aber für ihn fühlte es sich wie die reinste Wohltat an.

Falke stand mit starrem Blick da. Ein angedeutetes Kopfschütteln zeigte, dass sein Weltbild gerade irreparablen Schaden genommen hatte. Lieutenant Ellman dagegen sah immer noch so aus, als wäre er in einem Tagtraum gefangen, der sich nicht sonderlich gut auf seine Psyche auswirkte.

In diesem Augenblick löste sich jemand aus der tuschelnden Menschenmenge am Waldrand. Nadja Sprengel. Die Kommissarin kam direkt auf Carlos zu und zog sich im Gehen einen Gummihandschuh über die rechte

Hand. Der Fackelschein zauberte bronzefarbene Lichter in ihr offenes Haar.

»Wo ... wo kommen Sie denn auf einmal her?«, stammelte Carlos. Seine Hände fühlten sich mit einem Mal an, als würde nicht bloß Blut zurück in die Gefäße fließen, sondern auch Säure. Was wahrscheinlich mit dem giftigen, kalten Blick zusammenhing, den die Kommissarin ihm zuwarf.

»Ist doch egal«, erwiderte sie. »Hauptsache, ich habe das alles hier richtig mitbekommen. Das meinen Sie doch, oder, Herb?«

Irrte er sich, oder wirkte sie bis in die Grundfesten ihres Ermittlerverstandes erschüttert? Aber warum starrte sie ihn denn dann so böse an, zum Teufel? War hier nicht mal ein bisschen Dankbarkeit angebracht? Er hätte sich als Kriminalkommissar die Finger nach einer solch eindeutigen Beweislage geleckt. Wobei ... bewiesen wurde hier eigentlich gar nichts, und er verstand jetzt auch, warum Nadja Sprengel ihre Verwirrung hinter dieser abweisenden Fassade verstecken musste.

»Wie haben Sie das gemacht, Herr Herb?«, fragte sie. Ihre Stimme war ein einziger Vorwurf. Von der beschwingten, verführerischen Frau, mit der er am Morgen durch den Wald gestapft war, war nicht mehr viel übrig.

»Wie meinen Sie das?«, gab Carlos zurück. »Ich habe doch gerade eben am wenigsten von allen gemacht, oder?«

»Ach, ich bitte Sie! Sind Sie so eine Art Hypnotiseur? So wie dieser blonde Typ in der Fernsehserie, dieser ... dieser *Mentalist*?«

»Ich weiß nicht, was Sie meinen. Wirklich.« Dabei wusste er es ganz genau.

Nadja Sprengel sah ihn mit zusammengekniffenen

Augen an. Dann bückte sie sich und hielt Ausschau nach dem Lederband mit den Ringen. Als sie es gefunden hatte, hob sie es auf und betrachtete es.

»Ist er dabei?«, fragte Carlos hoffnungsvoll. »Der Ehering von Hartmut Bitterlinger?«

»Wie haben Sie ihn dazu gebracht, dieses Band abzunehmen?«, wiederholte die Kommissarin ihre Frage, ohne auf seine überhaupt einzugehen.

»Er hat es von ganz allein getan. Oder haben Sie mich dabei gesehen, wie ich ihn gezwungen habe, das Band abzunehmen?«

»Ich habe mitbekommen, dass Sie mit ihm geredet haben. Dinge, die ich nicht verstanden habe. Was haben Sie ihm gegeben, damit er so tut, als wäre er der Mörder?«

Carlos schloss kurz die Augen. Konnte es wirklich sein, dass Nadja Sprengel das Ganze ausgerechnet in diese Richtung interpretierte? War es möglich, dass sie Erwin gar nicht gesehen hatte? Wie musste das alles dann auf sie gewirkt haben? Wie eine groteske Scharade. Bestimmt hatte jemand aus dem Dorf sie gerufen und angekündigt, dass in dieser Nacht die Lösung des Falles zum Greifen nah sei. So gesehen hätte mich das auch nicht gerade überzeugt, dachte Carlos nun. Seltsamerweise empfand er keinerlei Frustration dabei.

»Dieser Mann *ist* ein Mörder«, sagte er trocken. »Und nicht nur der von Hartmut Bitterlinger. Es ist sein Job zu töten, und in seiner Freizeit hat er nicht damit aufgehört. Sie sollten dazu seine Kameraden befragen, außerdem seinen Vorgesetzten ...« Er warf einen Blick auf Ellman, der an den Baum gelehnt dasaß und nun mit dem Kopf wackelte. »Also, falls der mal irgendwann wieder bei sich ist.«

»Mag sein. Aber was ist, wenn Sie ihm den Ring untergeschoben haben? Ganz nüchtern hat der Junge ja nicht mehr gewirkt. Wie soll ich beweisen, dass er sich selbst diesen Ring an sein Lederband gehängt hat?«

Carlos zog die Schultern hoch. »Sorry, aber da kann ich Ihnen nun wirklich nicht helfen. Das ist Ihre Aufgabe.« Er lächelte. »Sie schaffen das schon. Ich ... wir wären fürs Erste schon zufrieden, wenn Sie Charlotte freiließen.«

Nadja Sprengel nickte fahrig. »Was für einfache Bedürfnisse Sie doch haben, Herr Herb.«

»Warum sind Sie denn so feindselig?«

»Vielleicht liegt es daran, dass ich Ihnen nicht trauen kann.«

»Können Sie sich mal entscheiden? Heute Morgen haben Sie noch ganz anders dahergeredet! Sie haben doch mit eigenen Augen gesehen, was hier geschehen ist.«

»Ja, allerdings«, zischte sie. »Ich habe gesehen, wie ein Haufen Soldaten sich aufgeführt hat wie schockgefrostete Lämmer. Dieses Theater war einfach lächerlich. Und warum hat dieser Lieutenant geschossen?«

Sie hat ihn wirklich nicht gesehen, dachte Carlos. Erwin war unsichtbar für sie.

»Vielleicht leidet er ja an ... Verfolgungswahn? Sie wissen doch, wie das mit Soldaten manchmal ist. Viele von denen sind wirklich nicht mehr ganz knusper da oben.«

»Herb! Sie haben diese Soldaten dazu gebracht, dass Sie ein Theater aufführen. Wahrscheinlich haben Sie denen irgendeine Droge verabreicht.«

»War bloß Rieslingschorle«, sagte Sofie, die nun zu ihnen getreten war. »Und wo Sie schon den *Mentalist* erwähnen. Ja, wir haben solche Fähigkeiten, wir alle zusammen. Das ändert aber nichts daran, dass dieser Soldat meinen Schwager aufm Gewissen hat. Haben Sie das noch nie erlebt? Dass jemand auf so eine Art und Weise en Mord gesteht? Ich wette, Sie werden ihn irgendwo wimmernd und zusammengekrümmt finden, wenn Sie morgen mit Ihrer Truppe den Wald durchsuchen. Ich hoff doch, dass Sie das vorhaben. Damit der Typ schnell gefasst wird, ohne wieder irgendetwas zu vertusche.« Sofie warf einen vielsagenden Blick zu Lieutenant Ellman, der sich endlich benommen aufgerichtet hatte und herumtapste wie ein Bär auf Valium. Dann berührte sie die Kommissarin am Arm. »Wir laden Sie auch zum Mittagessen ein, wenn Sie fertig sind, ja?«

Nadja Sprengel schüttelte Sofies Hand ab, fummelte eine Beweismitteltüte aus ihrer Jackentasche und ließ das Lederband mit den Ringen hineingleiten. »Sie glauben, ab jetzt wird alles ganz einfach, hm?«, fragte sie. »Wenn Sie sich da mal nicht täuschen.« Ohne ein Wort des Abschieds wandte sie sich um und lief in den Wald.

Die Elwenfelser trugen die Fackeln zurück in den Ort, und überall zwischen den Bäumen waren jetzt helle Punkte zu sehen.

Sofie legte ihre Hand auf Carlos' Rücken. »Mach dir nix draus«, sagte sie leise. »Der Ring muss die Charlotte entlasten. Das wird selbst diese Frau einsehen müssen.«

Mit einem Mal fühlte sich Carlos so erschlagen und ausgelaugt, dass er sich am liebsten gleich hier auf dem Waldboden zum Schlafen hingelegt hätte. »Wo ist der Typ wohl hin, was meinst du?«, flüsterte er.

Sofie hob die Schultern. »Du kennst ja unseren Wald. Des is kein Ort, wo man vor sich selbst weglaufe kann.«

Carlos nickte langsam. Ein leiser, unheilvoller Schauer kribbelte in seinem Nacken. Er schaute hinaus in die Wand der schwarzen Bäume. Es waren kaum mehr Lichtpunkte zu sehen. Viele der Soldaten waren in ihren Zelten verschwunden. In der wiederkehrenden Stille der Nacht war es, als könnte er aus der Ferne das leise Weinen eines kleinen Jungen hören. Und noch etwas. Das verzerrte, gedämpfte Schnattern und Gackern sonderbarer Vögel.

Nein, der Wald von Elwenfels war definitiv kein guter Ort für einen wie Rick Malone.

Kapitel 31

In dem die Scherben einer unglaublichen Nacht mühsam zusammengekehrt werden

Carlos hatte noch eine ganze Weile mit Sofie und Hans zusammengesessen, und gemeinsam ließen sie das Geschehen der letzten Stunden noch einmal Revue passieren. Im vergangenen Jahr mündeten die Probleme, mit denen Elwenfels konfrontiert worden war, ebenfalls in einen solchen nächtlichen Spektakel im Wald. Doch damals hatte alles ein gutes Ende gefunden. Diesmal hingen die Ereignisse immer noch in der Schwebe, und Carlos hatte keine Ahnung, wie es weitergehen würde.

Er war in einen unruhigen Schlaf gefallen und schon um fünf Uhr wieder aufgewacht, weil sein Schädel sich anfühlte, als würden glühende Metallteile darin umherfliegen. Eine schleichende Übelkeit machte sich in ihm breit. Als er einen vorsichtigen Blick in den Spiegel warf, schaute er sofort wieder zurück. Seine rechte Gesichtshälfte war geschwollen, und es sah aus, als wäre dort ein Tintenfleck verlaufen. Er ignorierte die Verunstaltung, so wie er das schon früher gemacht hatte, wenn ihn die Nachwirkungen gewisser Fälle auch noch nach Tagen verfolgten.

Als er mies gelaunt im ersten Morgengrauen über den stillen Dorfplatz lief, konnte er sich beim besten Willen nicht vorstellen, dass dieser Tag irgendetwas Gutes bringen würde.

Am Tor der Arztpraxis hing noch immer das Schild: *Sprechstund is, wenn's was zu piense gibt.* Carlos nahm den Spruch wörtlich und klingelte. Nur wenige Minuten später erschien jedoch nicht der Dorfarzt an der Tür, sondern die Hebamme Cecilie.

Sie hatte einen weißen Bademantel am Körper und einen erstaunlich wachen Ausdruck auf dem Gesicht.

»Der Michael kommt gleich«, versprach sie.

Carlos schaffte es gerade noch, sich von ihr in das Behandlungszimmer führen zu lassen, ehe ihm kurz die Lichter ausgingen. Als Schaf, ebenfalls im Bademantel, auftauchte, stieß er bloß ein wissendes »Oje« aus, ehe er Carlos eine Spritze mit einem starken Schmerzmittel verabreichte. Dann delegierte er das Blutdruckmessen und Pulsfühlen an seine Liebste und schlurfte in die Küche nach nebenan. Kurz darauf erfüllte der paradiesische Duft von Kaffee die Praxis. Cecilie war mit Carlos' Vitalfunktionen anscheinend nicht unzufrieden und tätschelte ihm aufmunternd die Wange, wie einem kleinen Jungen, der eine Impfung tapfer überstanden hat. Dann ließ sie ihn mit dem Arzt allein.

»Is ganz normal, dass du dich so fühlst«, bemerkte der trocken, als er Carlos eine dampfende Tasse überreichte und dazu ein Glas Wasser vor ihm abstellte. Er grinste. »Ich fühl mich auch so, wie wenn mich en saarlännische Vollernter überrollt hätt. Un ich glaub, den anderen geht's net anderschter.«

»Aber warum nur?«, fragte Carlos matt und atmete dankbar den Kaffeeduft ein. »Eigentlich haben wir doch erreicht, was wir wollten. Warum fühlt es sich dann so an, als wäre mir der verdammte Himmel auf den Kopf gefallen?«

Schaf lachte leise. »Ich sag dir was, Asterix. Des, was gestern passiert is, war für niemanden leicht. Glaub bloß net, dass wir mit so em Erlebnis umgehe, als tät des jeden Tag passiere. Do war einfach zu viel negative Energie auf einmal unterwegs. Davon müsse mir uns jetzt erst mal erhole. Un de Anthony muss wahrscheinlich tagelang de Wald mit Salbei ausräuchern, damit die schlechte Schwingunge wieder verschwinden.«

Eine Weile tranken sie schweigend aus ihren Tassen.

Erleichtert spürte Carlos, wie der donnernde Schmerz in seinem Kopf und die Benommenheit langsam nachließen. »Ich hatte gestern irgendwie das Gefühl, als wäre da so eine Art Vakuum ... O Mann, das hört sich wahrscheinlich voll doof an: ein Vakuum im Gefüge der Welt. Als würde für ein paar Sekunden alles auseinanderbrechen, was uns zusammenhält. Dann kam Erwin, und danach war alles wieder normal. Ist das nicht vollkommen verrückt?«

»Du willst wisse, ob du verrückt bischt?«, fragte der Arzt.

Carlos zuckte mit den Schultern. »Wäre schon ganz nett, wenn man sich auf einen bestimmten Geisteszustand verlassen könnte, ja.«

»Carlos, mein Guder. Du kennst Elwenfels noch net so genau. Wenn du eines Tages mol hierherziehst un mit de Charlotte e Familie gründest ...«

»Moment mal ... Was?!«

»Jo alla. So abwegig is des doch gar net, oder? Uff jeden Fall eins is mol sicher, Carlos. Es hat en tiefere Sinn, warum du damals zu uns komme bischt. Wenn du also eines Tages für immer do bischt, dann wirst du begreifen, dass do bei uns, also in dem Wald do drauße, tatsächlich so en Riss im Gefüge der Welt verläuft.« Schaf holte tief Luft, als wollte er das Pathos vertreiben, das sich in seine Stimme geschlichen hatte. »In Waldleiningen aufm Kleine Roßrück liegt die ›Pälzer Weltachs‹, aber hier im Wald von Elwefels – do liegt en Drehpunkt vom Universum, en Kanal, wo verschiedene Dimensione zusammekomme. Wenn des die Quantenphysiker wüssten, die täten wahrscheinlich den Teilchenbeschleuniger aus Genf do her verlege.« Er lachte kurz auf. »Keiner kann genau sage, was des is. Wir ham uns ja längst an des Fantastische gewöhnt, wo uns ausmacht, an de Erwin, die Elwetritsche, de magische Wein.« Er senkte die Stimme. »Aber ich sag dir, do is noch mehr.«

Carlos überlief ein Schaudern.

»Meinst du das ernst?«, fragte er und musste plötzlich an seine Lieblingsserie *Twin Peaks* denken. Ja genau, dachte er. Elwenfels war so etwas wie das pfälzische Twin Peaks. Ein kleiner, unauffälliger Ort mit großen, tiefgründigen Geheimnissen, eingebettet in einen mysteriösen Wald, in dem irgendetwas vollkommen anders lief als im Rest der Welt. Ein zarter Knick in der Beziehung von Ursache und Wirkung. Eine Delle in der Realität.

»Ah jo, natürlich. Do bei uns entfaltet sich irgend e andere Art von Logik. Un die Menschen, wo von außerhalb komme, die spüren des besonders stark, wenn sie dafür offen sin. Es ist, wie wenn Gott dir persönlich de Kopf massiere tät, weeschwieschmään?«

Carlos nickte. Es ging ihm allmählich immer besser. Draußen vor den Fenstern wurde der Himmel langsam heller.

Der Arzt berührte behutsam seine Schulter. »Wollen wir en kleine Spaziergang mache, hä?«

»Wohin denn?«

»Uff die Lichtung. Mol gucke, wie's do so aussieht, jetzt

bei Tageslicht. Und wer weiß? Vielleicht finden wir jo noch de Malone.«

»Bibbernd im Innern eines hohlen Baumstamms?«, schmunzelte Carlos.

»Ja, warum net? Der braucht nach der letzten Nacht bstimmt en Arzt, der ihn wieder zusammenflickt.«

Wie sich herausstellte, waren sie nicht die Einzigen, die diese Idee hatten. Auf dem Weg aus dem Dorf begegnete ihnen Willi, der mit einer altmodischen Gaslaterne aus dem schmalen Weg vom Sägewerk kam.

»Hat dich des Sandmännel auch im Stich gelosst?«, fragte der Doktor.

Willi brummte etwas Unverständliches. Auch er wirkte angeschlagen.

Der Weg durch den Wald verlief in einträchtigem Schweigen. Als sie ankamen, lag milchiges Morgenlicht über den Bäumen. Die Spinnen hatten ihre Netze aufgespannt, auf denen die Tautropfen wie winzige Glasperlchen funkelten. In den Bäumen regten sich die erwachenden Vögel. Bei so viel Zauber war es unvorstellbar, was hier in der Nacht abgelaufen war. Die Lichtung war menschenleer. Kein einziges Zelt war mehr zu sehen.

»Na alla!«, sagte Willi zufrieden und entspannte sich sichtlich.

Dann entdeckten sie die Bescherung. Die Gäste hatten entweder fluchtartig das Weite gesucht oder aber ihren Müll absichtlich zurückgelassen. Auf der Lichtung lagen Flaschen und Getränkedosen verstreut, Essensreste gammelten unter dem Ansturm von Fliegen vor sich hin, und der Wind raschelte in unzähligen weißen Plastiktüten, die wie kleine Gespenster über die Wiese wehten. Über der Szenerie lag auch der unverkennbare Gestank menschlicher Hinterlassenschaften.

»War irgendwie klar, dass die uns noch einen kleinen Abschiedsgruß hinterlassen«, murmelte Carlos. Er hatte es ehrlich gesagt nicht anders erwartet.

»Drecksbankerte!«, fluchte Willi. »Diese widerlichen Saukerle!«

Der Arzt seufzte. »Hauptsache, sie sin fort. Aufräume könne wir selber.«

»Meint ihr, die haben ihren durchgedrehten Kameraden unterwegs aufgesammelt?«, überlegte Carlos laut. Der Anblick der vermüllten Waldlandschaft tat ihm in der Seele weh. Aber er zweifelte nicht daran, dass die Lichtung in wenigen Stunden wieder das Naturparadies war, das er kannte. Plötzlich hörten sie hinter sich ein Rascheln.

Carlos fuhr herum.

Vor ihnen stand die alte Anna. Unter einem alten Parka trug sie ein geblümtes Spitzenkleid und dazu ein Paar grüne Gummistiefel. Das Haar hatte sie wie üblich zu einem kunstvollen Turm aufgesteckt und mit ein paar getrockneten Blüten verziert. Auf ihrem Arm trug sie ihren Fuchs Barbarossa, der wie ein kleines Kind den Kopf auf ihre Schulter gelegt hatte und entspannt mit dem Schwanz wedelte. Sein verbundener Hinterlauf hing schlaff von ihrem Arm herab.

»Hallo, Anna«, begrüßte Carlos sie.

Doktor Schaf musterte prüfend das rote Fellbündel. »Is alles in Ordnung mit ihm?«

Anna drückte einen Kuss auf den Nacken von Barbarossa. »Jo. Der merkt grad, wie schää es sei kann, mol so richtig faul zu sein. Ich wett, der lässt sich auch noch rumtrage, wenn des Füßel wieder heil is, gell Barbarossa?«

Der Fuchs gab ein wohliges Knurrgeräusch von sich und wedelte freudig mit dem Schwanz.

»Alla donn. Gibt Schlimmeres, gell?«, schmunzelte der Arzt beruhigt.

»Genau. Du sagst es«, gab Anna zurück und sah die drei Männer unheilvoll an. Wie zur Bestätigung stieß der Fuchs nun ein kleines Jaulen aus.

»Hä? Wie määnscht du des?«, fragte Willi.

»Ich zeig's euch.« Sie drehte sich um und lief in Richtung ihrer Hütte.

Carlos wechselte einen vielsagenden Blick mit den beiden anderen.

»Bitte, net schon wieder e Leich im Wald«, brummte der Arzt. »Die im letzten Jahr hat mir gereicht.«

Aber es war keine Leiche, die Anna ihnen zeigte. Sie führte die kleine Gruppe zu einem dichten Brombeergestrüpp, das hinter ihrer Hütte wucherte. Abrupt blieb sie stehen und zeigte mit ihrer Hand auf den Boden: »Do.«

Zwei sandfarbene Stiefel. Soldatenstiefel. Sie waren ordentlich abgestellt worden, die Stiefelspitzen zeigten ein wenig auseinander, als würden sie in einem Schaufenster stehen. Die Schuhe waren fleckig und voller Erde, die Schnürsenkel halb herausgezogen. Das Wildleder war an einigen Stellen aufgesprungen und abgerissen, als wäre der Träger damit über Stacheldraht geklettert.

Oder als hätten Vögel mit spitzen Schnäbeln darauf eingehackt, dachte Carlos. Er ging in die Hocke und betrachtete die Stiefel näher. Er hatte erwartet, verkrustetes Blut an ihnen zu finden, aber da war nichts.

»Des is noch net alles«, sagte Anna und führte die drei Männer um das Gestrüpp herum. An den Brombeerranken hingen Kleidungsstücke wie an einem Garderobenständer: eine sandfarbene Flecktarnhose mit passendem Hemd, ein weißes T-Shirt, Unterwäsche, Socken und eine silberne Erkennungsmarke.

»Des heißt wohl, dass do jetzt en nackischer Mann durch de Wald rennt, odder?«, fragte Anna mit einem unschuldigen Lächeln.

»Außer, es hat ihn jemand uffgefresse«, meinte Michael Schaf und konnte gerade noch ein zufriedenes Grinsen unterdrücken.

»Hä? Wie määnscht des?«, wollte Anna erschrocken wissen.

»Do. Guck mal!« Er deutete auf die rostroten Flaumfedern mit den kaum sichtbaren weißen Punkten darauf, die zwischen den Brombeerranken zitterten.

Carlos kannte diese Federn. Er selbst besaß eine größere dieser Art. Sie hing an einem dünnen Band über dem Bett in seiner Hamburger Wohnung.

»So was machen unser Elwetritsche net!«, widersprach Anna empört.

»Isch tät auch ken Ami-Soldat esse«, murmelte Willi und spuckte zur Unterstreichung seiner Worte ins Gras.

Carlos angelte die Erkennungsmarke aus den Dornen. Beide Plaketten waren noch vorhanden. Darauf stand Rick Malones Name, seine Sozialversicherungsnummer, Blutgruppe und Religionszugehörigkeit.

»Der taucht net wieder uff«, sinnierte der Arzt.

»Du meinst, er ist … in diesem Vakuum verschwunden, von dem du vorhin gesprochen hast?« Carlos schüttelte den Kopf.

Schaf antwortete mit einem vielsagenden Schweigen.

Carlos steckte die Erkennungsmarke in seine Hosentasche. In seinem Kopf zogen ein paar Möglichkeiten vorüber, was mit Malone passiert sein konnte, aber keine davon war plausibel.

Nachdenklich machten sie sich wieder auf den Rückweg, nicht ohne Anna aufgetragen zu haben, die Kleidungsstücke einzusammeln und gut zu verstecken. Falls in den nächsten Tagen Polizisten den Wald durchkämmen sollten, durfte es keine Anhaltspunkte für neue Verdächtigungen geben. Am Ende hieß es noch, die Elwenfelser hätten Malone gelyncht und im Wald vergraben. Die Dorfgemeinschaft konnte nicht noch mehr Trubel und Probleme gebrauchen.

Von der Lichtung drangen Stimmen zu ihnen herüber. Offensichtlich hatten sich bereits die ersten Freiwilligen eingefunden, um die kleine Idylle wieder in ihren Ursprungszustand zu versetzen. Wie die unliebsamen Gäste selbst würden nun auch ihre Hinterlassenschaften verschwinden.

Carlos wartete darauf, dass sich nun endlich die erhoffte Erleichterung einstellen würde. Ein Happy End fühlte sich anders an. Innerlich machte er sich darauf gefasst, dass es doch noch ein Nachspiel geben würde.

Als sie zurück ins Dorf kamen und auf den Platz einbogen, fuhr gerade ein grauer Mercedes um die Ecke und bremste in der Nähe des Brunnens. Carlos sah, wer aus dem Wagen stieg, und traute seinen Augen nicht.

Kapitel 32

Könnte schon das Happy End bringen, wenn da nicht noch zwei weitere Kapitel wären

Charlotte betrachtete die graue Wand gegenüber ihrem Bett. Die zweite Nacht in einer Zelle lag hinter ihr, und tief in ihrem Innern wusste sie, dass sie eine weitere nicht überleben würde, zumindest nicht, ohne den Verstand zu verlieren. Gerade in dem Moment, als sie glaubte, einen Nervenzusammenbruch nicht mehr aufhalten zu können, wurde ihre Zellentür geöffnet. Eine uniformierte junge Frau winkte sie müde zu sich.

»Sie könn gehe«, war alles, was sie sagte.

»Wie bitte?«, echote Charlotte.

»Babbel ich Schwäbisch?«, gab die Beamtin zurück. »Eigentlich hot des bis jetzt noch jeder verstände, wenn er freigelassen wird.«

Auf weichen Knien erhob sich Charlotte. Vielleicht träume ich nur, dachte sie.

Die nächste halbe Stunde erlebte sie tatsächlich wie in einem Traum. Sie musste ein Formular unterschreiben, das sie sich nicht einmal durchlas. Alles, was sie verstand, war die Nachricht, dass sie frei war. Man gab ihr die Wertsachen zurück. Wenn ich sie jetzt berühre, wird der Traum zerplatzen, dachte Charlotte. Aber nichts geschah.

Der Akku ihres Smartphones war leer, sonst hätte sie sich sofort bei Sofie gemeldet. Gerade als sie den Beamten bitten wollte, er möge doch ein Taxi für sie rufen, erschien Nadja Sprengel und bot ihr an, sie heimzufahren.

Heim, dachte Charlotte, was für ein zauberhaftes Wort.

»Kommen Sie, ich erklär's Ihnen im Auto«, sagte die Kommissarin. Sie wirkte müde und irgendwie irritiert.

»Gerne. Es würde mich jedenfalls sehr interessieren, wie Sie darauf gekommen sind, dass ich unschuldig bin«, erwiderte Charlotte, um einen möglichst neutralen Tonfall bemüht. Aber sie hörte selbst, wie zynisch ihre Worte klangen.

Nadja Sprengel verzog das Gesicht.

Wahrscheinlich gehörte sie nicht zu den Menschen, die sich gut entschuldigen können, selbst im Angesicht einer großen Fehlentscheidung, dachte Charlotte.

»Haben Sie den Täter denn gefunden?«, fragte sie, als die Kommissarin ihr auf dem Parkplatz des Präsidiums die Wagentür aufhielt. Im Auto roch es ein bisschen zu aufdringlich nach Parfüm und Duftbäumchen, und auf der Rückbank lag ein Paar Pumps mit verdächtig hohen Absätzen.

»Sagen wir mal so«, erwiderte Nadja Sprengel. »Wenn Sie den nackten, wirr vor sich hin brabbelnden Mann meinen, der heute Morgen bei Landau am Waldrand aufgetaucht ist und behauptet hat, er wäre G.I. bei der U.S. Army, dann könnten wir der Klärung des Falls näher kommen.«

»Was denn für ein nackter Mann?!«

»Lassen Sie sich das von Ihren Mitbürgern erklären. In Elwenfels war vergangene Nacht ganz schön was los.«

»Und was? War es wirklich einer von diesen Soldaten?«

Sprengel seufzte unwillig und steuerte den Wagen durch dichten Berufsverkehr hinaus aus Ludwigshafen.

»Er wurde kurz nach seinem Auffinden an Angehörige des US-Militärs übergeben, die ihn identifiziert haben. Ich habe meine Verdachtsmomente gegen ihn an die Militärpolizei weitergegeben, aber alles weitere liegt nicht mehr in unserer Hand. Wenn und ob diesem Mann der Prozess gemacht wird, dann nicht in Deutschland.«

Charlotte nickte wie betäubt. Sie verstand nicht so recht, von was diese Kommissarin da sprach. Aber es war ohnehin besser, sich diese Geschichte von den anderen erzählen zu lassen. Weniger sachlich, mit mehr Emotion und den typisch pfälzischen Einflechtungen.

Als sie auf der Hochbrücke über dem Hauptbahnhof die Umrisse der Haardt am Horizont ausmachen konnte, machte Charlottes Herz einen Hüpfer, und sie spürte das Leben, das in sie zurückkehrte. Hinter ihr blieb die urbane Kulisse zurück, und vor ihr lag der Wald. Aber ihre Sehnsucht nach Elwenfels wagte es noch nicht, sich frei auszubreiten. Dafür war später immer noch genug Zeit. Erst einmal musste Charlotte eine ganz bestimmte Sache klären. »Sie sind sich wirklich sicher, dass ich es nicht war?«, fragte sie. »Ich meine, nicht dass dieser Soldat alle Schuld von sich weist oder Ihnen später noch ein Detail einfällt und Sie dann wieder auf die Idee kommen, mich einzubuchten. Wenn das nämlich so ist, dann sollten Sie mich lieber gleich dabehalten.«

Die Kommissarin schüttelte wortlos den Kopf. »Ich habe Sie nicht festgenommen, weil ich auf eine *Idee* gekommen bin«, korrigierte sie Charlotte. »Sondern weil die gefundenen Indizien Sie erheblich belastet und mich dazu gezwungen haben. Und das Hauptindiz hat Sie jetzt eben wieder entlastet. So einfach ist das.«

»Was für ein Hauptindiz?«

»Die Mordwaffe.«

»Der Stein?«

»Genau. Die KTU hat ihn detailliert untersucht und festgestellt, dass Sie den Stein mit Ihrer kleinen Hand niemals so hätten greifen können, um damit einen derart harten Schlag auszuführen. Physikalisch wäre das gar nicht möglich gewesen. Das sind komplizierte Messungen, aber sie sind entscheidender als Ihre Fingerabdrücke auf dem Stein. Und bevor Sie fragen, warum das alles so lange gedauert hat – ich habe diese spezielle Untersuchung gestern erst angeordnet.«

»Und warum?«

»Weil ich eben nicht mit Scheuklappen durch die Gegend laufe und mich auf einen einzigen Täter fokussiere, so wie gewisse Leute aus Ihrem Ort behaupten. So bequem und selbstgefällig bin ich nicht. Leider war einiges in Ihrem Fall anfangs ziemlich eindeutig. Allerdings ...« Sie stockte und bremste kurz vor der Säule einer Geschwindigkeitskamera.

Am Horizont zeichnete sich bereits das weiche Rückgrat der Haardt ab, und Charlottes Sehnsucht reckte sich genüsslich in ihrer Brust.

»Allerdings hatte ich die ganze Zeit das Gefühl, dass ich einen Fehler begehe, wenn ich mich nur auf Sie als Täterin konzentriere«, fuhr die Kommissarin fort. »Diese Leute aus Elwenfels, die haben mir ein sehr spezielles Bild von Ihnen vermittelt. Also, wenn Sie es genau wissen wollen, ohne diesen nervigen Typen aus Hamburg würden Sie immer noch in der Zelle sitzen.«

Carlos also. Ihr hanseatischer Ritter. Charlotte fühlte eine warme Welle in sich aufsteigen.

»Wenn der nicht so hartnäckig gewesen wäre, dann

hätte ich mich weiterhin auf Sie konzentriert. Aber er ist immerhin ein Ex-Kollege. Er hat mich auf ein paar wesentliche Dinge hingewiesen. Und dabei hat sich der Fokus einfach ein bisschen verändert. Bei dieser Gelegenheit haben wir übrigens auch den Ehering gefunden. Er war bei dem Soldaten.«

»Wie schön«, meinte Charlotte mit einem etwas hilflosen, erleichterten Lachen. »Also, ich meine … wie gut. Gut, dass Sie auf Carlos gehört haben.«

»Im Prinzip sind wir immer auf Hilfe von außen angewiesen. Die Frage ist bloß, was wir daraus machen. Ich wäre eine schlechte Polizistin, wenn ich nicht auf Ihren Freund aus Norddeutschland gehört hätte.«

Charlotte lehnte sich zurück und ließ sich treiben. Das Leben kehrte jetzt mit solcher Macht in sie zurück, dass sie am liebsten das Fenster aufgerissen und in den Fahrtwind geschrien hätte.

Schließlich endete die Autobahn bei Bad Dürkheim, und die Kommissarin schlängelte sich auf die Umgehungsstraße, die parallel zur Weinstraße in Richtung Deidesheim führte. Irrte Charlotte sich, oder betrachtete Nadja Sprengel die Weinberge ringsum mit einer gewissen wehmütigen Sehnsucht?

»Ich war mal ziemlich verliebt«, sagte sie plötzlich, »in einen jungen Mann aus Elwenfels.«

Charlottes Kopf fuhr herum. Sie musterte das markante Profil der Kommissarin, die konzentriert geradeaus sah.

»Ich bin in Forst aufgewachsen. Meine Eltern waren Winzer«, fuhr sie fort.

Wird das jetzt ihre Lebensbeichte?, fragte sich Charlotte verwirrt. Die harte Schale der Polizistin zeigte erste Risse.

»Ich habe das alles hier geliebt. Dieses spezielle Lebensgefühl. Meine Eltern wollten, dass ich nach dem Abitur eine Winzerlehre mache.«

Charlotte lachte leise auf. »Das kenn ich irgendwoher.«

»Ja, aber ich war mit Herz und Seele dabei, verstehen Sie? Ich war keines von diesen Mädchen, die in die große, weite Welt hinauswollen und dabei ihre Herkunft vergessen. Ich habe das, was meine Eltern gemacht haben, geliebt. Schon als kleines Mädchen wollte ich Winzerin werden.«

»Das wollt ich auch«, sagte Charlotte und dachte für einen Moment mit einem kleinen Schmerz an ihre Eltern, die schon so lange tot waren.

»Na, dann wissen Sie ja, wie sich das anfühlt. Jedenfalls hatte ich vor hierzubleiben und mein ganzes verdammtes Herzblut hier zu vergießen. Und dann habe ich auf einem Weinfest diesen Jungen kennengelernt. Ich war neunzehn, und er war zweiundzwanzig. Ein Elwenfelser.«

»Wer war er?«

»Sein Name war Robert, und er ist ...«

»... beim Klettern in Nepal abgestürzt«, flüsterte Charlotte erschrocken. Ihr Hals zog sich zusammen. Sie hatte Robert gekannt, er war mit ihr auf der Schule gewesen. Das Unglück vor achtzehn Jahren hatte das Dorf in tiefe Trauer gestürzt, und manche hatten behauptet, dass es Unglück bringt, wenn man sich so weit von Elwenfels entfernt.

»Ja. Dann weißt du ja, wen ich meine«, erwiderte die Kommissarin und schien gar nicht zu bemerken, dass sie Charlotte auf einmal duzte. »Als ich erfahren habe, dass er tot ist, da war es vorbei mit meinen Träumen. Ich wollte einfach nur noch weg. Weg von dieser Idylle. Alles hier hat mich an ihn erinnert. Aber weißt du, was das Allerschlimmste war?« Zum ersten Mal, seit sie losgefahren waren, sah Nadja Sprengel Charlotte direkt an. »Das Schlimmste war nicht der Verlust von Robert, sondern dieses Dorf ... Elwenfels. Ich hatte ihn oft dort besucht, und es war für mich der schönste Ort, den ich mir denken konnte. Ich sah mich schon dort leben, mit ihm. Aber dann war er tot, und ich wollte das alles nicht mehr. Nur noch raus aus dem Paradies. Keine Weinberge mehr, keine Sandsteindörfer, keine Sonnenuntergänge am Haardtrand, keinen Wald und keine gottverdammte Rebenblüte. Ich habe mich in ein Leben gestürzt, das das komplette Gegenteil von alldem hier ist. Hab sogar jahrelang keine Rieslingschorle mehr angefasst.«

»Un? Hat's geholfe?«, fragte Charlotte vorsichtig und betont pfälzisch.

»Was glaubscht du donn?«, kam es zurück. »Ich hab das Ganze mit aller Kraft verdrängt. Aber des geht halt net. Man kann net vor dem davonlaufe, was man wirklich is.« Sie atmete schwer ein. »Un ich sag dir noch was. Der Grund, warum ich dir und den anderen aus Elwenfels so misstraut habe, liegt darin, dass es so verflucht wehgetan hat, dort ermitteln zu müssen. Ich habe mich dagegen gesträubt, zu euch zu fahren, weil ich unbedingt vermeiden wollte, dass die alte Wunde wieder aufreißt. Wegen der Fehlentscheidung, die ich damals getroffen habe. Seitdem lauf ich nämlich komplett in die falsche Richtung.«

In Deidesheim verließ die Kommissarin die Umgehungsstraße und fuhr dem Wald entgegen.

»Eigentlich wusste ich von Anfang an, dass es nicht sein konnte, dass jemand wie du, jemand aus diesem Ort zu so einer Tat fähig ist. Ich meine, ich weiß es nicht wirklich rational, aber ich spüre doch, dass ihr etwas Besonderes seid. Dass ihr ganz weit weg seid von dem menschlichen Abschaum, mit dem ich so viel Zeit vergeude. Ganz weit weg von den typischen menschlichen Abgründen. Wenn bei euch jemand leidet, dann löst er das anders. Im Rest der Welt ziehen solche Menschen ihre Umwelt immer in ihre eigene Scheiße mit rein. Aber bei euch läuft das irgendwie anders, das hab ich damals schon gespürt.«

»Aber wenn du es gespürt hast, warum hast du mich dann verdächtigt?«, fragte Charlotte.

»Ich habe mich gegen alle Argumente gestemmt, weil ich Elwenfels in meinem Innern unbedingt ... Ich weiß nicht ... degradieren musste. Zu einem gruseligen, verschwörerischen Hinterwäldlerort, an dem das Böse gedeiht. Dein Freund aus Hamburg hat eigentlich die wahre Ermittlungsarbeit geleistet. Er hat mich dazu gebracht, genau hinzusehen.«

Der Wagen tauchte in die schattige Waldstraße ein, die über die erste Hügelkuppe der Haardt führte. Charlotte schloss kurz die Augen, überwältigt von der Gewissheit, dass sie gleich wieder auf sicherem, vertrautem Terrain war. Daheim!

»Genauer hinzusehen«, wiederholte Nadja Sprengel, »damit meine ich nicht nur den Fall, sondern auch mich. Ich hab gesehen, was in meinem Leben schiefgelaufen is. Elwenfels ist wie ein Spiegel, verstehst du?«

Charlotte nickte. Sie wusste genau, von was die Kriminalbeamtin sprach. Es gab so viele Beispiele dafür.

Nadja Sprengel bog um eine Kurve, und Charlotte stieß einen kleinen Jauchzer aus. Direkt vor ihnen tuckerte ein Traktor die Straße entlang. Erwin.

Nadja bremste den Wagen ab und schlängelte sich an dem winzigen Gefährt entlang. Charlotte ließ das Fenster herunter und schob den Kopf heraus.

Der Alte lüpfte seinen löchrigen Strohhut und lächelte sie an. »Jo, mei Mädel, un?«

Es war seine Standardbegrüßung, und Charlotte liebte diesen schlichten Satz, der gleichzeitig alle persönlichen Fragen beinhaltete, die man stellen konnte. »Sieht so aus, wie wenn alles wieder gut wär, oder?«, sagte sie.

»Jo, fer disch bestimmt«, sagte Erwin. Dann beugte er sich hinunter und fixierte mit seinen strahlend blauen Augen die Kommissarin, die ihn verwirrt musterte. »Un wie isses fer disch?«

»Ähm … für mich?«, erwiderte Nadja Sprengel irritiert.

»Jo, äfach immer uffs Herzel höre, des longt schunn, gell?« Er hob die Hand zum Gruß und tuckerte weiter.

Sichtlich verwirrt überholte Nadja Sprengel den Traktor und fuhr weiter. Zum Glück warf sie keinen Blick mehr in den Rückspiegel, denn sonst hätte sie dort niemanden mehr auf der Straße gesehen. Von einem Moment auf den nächsten war Erwin spurlos verschwunden.

Charlotte sah ihr an, dass sie gerne noch etwas gesagt oder gefragt hätte, aber sie legten die restlichen Kilometer bis Elwenfels schweigend zurück. Als die ersten Häuser in Sicht kamen, wäre Charlotte am liebsten aus dem fahrenden Auto gesprungen und die restlichen Meter gerannt.

Die Kommissarin bog auf den Dorfplatz ein, und Charlotte legte die Linke auf ihren Unterarm. »Hör mol, wenn du noch emol gucke willst, wo dein Platz im Lebe is, also bei uns gibt's bestimmt niemand, wo was dagegen hätt. Überleg dir's! Ich könnte zum Beispiel im Weingut e bissel Hilfe brauchen.«

Statt einer Antwort stieß Nadja ein ungläubiges, verlegenes Lachen aus, als wollte sie sagen: Träum weiter, das ist viel zu schön, um wahr zu sein.

Aber Charlotte wusste, dass jeder Mensch, der einen

Fuß nach Elwenfels setzte, etwas sehr Wesentliches über sich selbst erfuhr. Was derjenige dann daraus machte, war seine Sache. Auch damals bei Hartmut war es so gewesen, allerdings war er zu vernagelt, um richtig hinzuschauen.

Der Wagen kam neben dem Brunnen zum Stehen. Charlotte riss die Tür auf, stieg aus und blickte sich um. Alles war ruhig an diesem noch frühen Morgen. Dann sah sie drei Männer, die auf den Platz einbogen, unter denen auch derjenige war, nach dem sie sich am meisten gesehnt hatte. Sie beugte sich schnell noch einmal in den Wagen. Nadja Sprengel saß mit versteinerter Miene und verschränkten Armen hinter dem Steuer.

»Danke«, sagte Charlotte leise.

»Wofür denn? Für die zwei Tage deines Lebens, die ich dir geklaut habe?«

»Danke, dass du zurückgekommen bist nach Elwenfels.« Charlotte war bewusst, wie bedeutungsschwanger ihre Worte klingen mussten, aber sie war sicher, dass die Kommissarin ihren Sinn verstand.

Dann schlug sie mit einer schnellen Bewegung die Wagentür zu und lief um den Brunnen herum auf Carlos zu, der sich von Willi und dem Doktor gelöst hatte und nun im Laufschritt auf sie zukam.

Charlotte dachte: Ich werde ihn nicht küssen. Das hebe ich mir für später auf, wenn wir allein sind. Wenn das ganze Drumherum nicht mehr so aussieht wie der Abspann von einem kitschigen Liebesfilm.

Beim Näherkommen sah sie, dass Carlos ziemlich mitgenommen wirkte. Wie ein Ritter, der siegreich, aber zerschlagen aus dem Kampf heimkehrt. Im letzten Jahr hatte sie schon einmal so gefühlt, als er plötzlich mitten in einen Streit zwischen ihr und Hartmut geplatzt war. Damals hatte er gesagt, dass er eine Lady vor einem schwäbischen

Drachen retten müsse, und Charlotte hatte über das Bild gelacht. Jetzt kam es ihr nur noch traurig vor. Hartmut war tot. Und Carlos war nicht wirklich ein Ritter. Sie bremste ihre Schritte. So romantisch das alles im Grunde war – jetzt war nicht die Zeit dafür, es voll und ganz auszukosten.

Dann stand Carlos vor ihr und strahlte sie an, als wäre sie ein ganzes Jahr fort gewesen. Ein wenig linkisch breitete er seine Arme aus.

Er war sich wohl nicht sicher, ob eine Umarmung jetzt angebracht wäre. Doch Charlotte fegte ihre Bedenken weg. Sie schloss die Augen. Als sie ihren Kopf an seine Brust legte und sich seine Arme um ihren Rücken schlossen, da konnte sie sich tatsächlich nicht daran erinnern, wann sich das letzte Mal etwas so gut angefühlt hatte.

Kapitel 33

In dem fünf Tage später zweimal Abschied genommen wird, aber nur einmal endgültig

»Er war einer von uns. Und dann halt doch wieder net …« Der Elwenfelser Pfarrer rang sichtlich um Worte, um die er in jeder anderen Situation gewiss nicht verlegen gewesen wäre. Hartmut Bitterlingers Sarg stand blumengeschmückt neben dem offenen Grab. Die versammelte Trauergemeinschaft murmelte ihre Zustimmung zu dem paradoxen Satz ihres Geistlichen.

Carlos beobachtete die Szenerie von der Mauer aus, auf der er zusammen mit vielen anderen Elwenfelsern saß, weil der Friedhof schlicht zu klein war, um das ganze pfälzische Dorf und seine vier schwäbischen Besucher aufzunehmen, die gekommen waren, um dem toten Winzer das letzte Geleit zu geben.

»Un jetzert isser fort, und doch isser immer noch do, de Hartmut«, sagte der Pfarrer und machte eine vage Geste zwischen dem offenen Grab und dem Himmel, der an diesem Tag aussah wie eine gehäkelte Spitzendecke auf tiefblauem Grund. »Awwer so is des halt mit dem Tod und dem Leben«, fuhr er mit nachdenklicher Stimme und einem angedeuteten Lächeln fort. »Es gehört halt zamme wie Woi un Blubberwasser.«

Verhaltenes Lachen war in den Reihen der Dorfbewohner zu hören. Für sie war dieses Bild wahrscheinlich so stimmig wie jene Formel *Erde zu Erde, Asche zu Asche, Staub zu Staub*, die man auf anderen deutschen Friedhöfen zu hören bekam.

Nur die vier Familienangehörigen Bitterlingers, die aus Stuttgart angereist waren, sahen sichtlich verwirrt in die Runde und fragten sich wohl, wo in diesem Dorf die Grenzen von Pietät und Anstand verliefen. Dabei waren es durchaus liebevolle Worte, die Karl für Hartmut Bitterlinger gefunden hatte.

»Sind wir ehrlich: Er hot's schunn e bissel schwer gehabt bei uns. Er hot gekämpft, weil er gedenkt hot, des Lewe wär en Kampf. Un desdewege hot er's net leicht gehabt, der arme Kerl. Dabei hätt er's eigentlich ganz leicht gehabt, schließlich hot er uns geholfe, jeden Tag unsern Durscht zu lösche mit dem Riesling, wo von ihm komme is, also vom Weingut von de Charlotte un ihm. Ja, un der Woi, der war … also den hot ma trinke könne, odder?!«

Zustimmendes Gemurmel.

Die schwäbischen Besucher wechselten fragende Blicke, und Carlos musste schmunzeln. Wie hätten sie auch wissen können, dass diese Aussage das größte Lob für einen Wein darstellte, das in der Pfalz möglich war?

»Jo, wenn wir ehrlich sin, de Hartmut war schunn e geplagte Seel. Vielleicht hot er nie des gefunde, was er gesucht hot. Net emol bei uns. Obwohl man jo immer sagt: Wer ebbes richtig sucht, der kummt irgendwann nach Elwefels.« Karl zuckte etwas hilflos mit den Schultern und sah auf den Sarg hinab.

Hartmut Bitterlinger wird wohl auf ewig als Mysterium in die Annalen der Dorfgeschichte eingehen, dachte Carlos.

»Wir wissen net, wo er jetzert is, de Hartmut«, fuhr der

Pfarrer fort. Er trug an diesem Tag eine schwarze Jeans und ein etwas zerknittertes, schwarzes Sakko, zwischen dessen Revers unverkennbar die vier Bandmitglieder der Ursprungsbesetzung von Queen hervorlugten. Der Pfarrer liebte es, T-Shirts mit seinen Lieblingsmusikern zu tragen. Dass inzwischen die meisten von ihnen das Zeitliche gesegnet hatten, passte besonders bei Anlässen wie dem heutigen. Wie dieses Outfit allerdings auf Außenstehende wirkte, konnte man nur erahnen. Die vier Schwaben sahen jedenfalls immer mehr so aus, als würde sie eher Empörung als Trauer übermannen.

Charlotte dagegen sah mit ernstem, aber entspanntem Gesichtsausdruck auf den Sarg ihres getöteten Mannes, als würde sie eine letzte stumme Zwiesprache mit Hartmut halten und ihn endgültig von allem freisprechen, was andere Menschen noch Jahrzehnte nach dem Tod eines unliebsamen Menschen wie eine Eisenkugel mit sich herumschleppen. Sie trug ein schwarzes Kleid mit weißen Punkten und wirkte immer noch ein wenig mitgenommen.

Carlos ertappte sich immer wieder dabei, dass er seine Blicke ganz auf sie fokussierte. Am liebsten hätte er jetzt neben ihr gestanden und den Arm um sie gelegt. Aber wie hätte das ausgesehen? Dabei waren sie sich in den vergangenen Tagen immer näher gekommen. Zwar nur ein paar kleine und zaghafte Schritte auf dem schmalen Grat zwischen Traurigkeit und Erleichterung, aber es waren entscheidende Schritte gewesen, das spürte Carlos. Er hatte keine Ahnung, wo sie hinführen würden, aber solange sie ihn nur weiter in Charlottes Nähe brachten, sollte es ihm recht sein. Alles andere war ihm im Moment egal. Die Welt war mit einem Mal wieder groß und weit und steckte voll ungeahnter Möglichkeiten.

»Also, was ich mein: Wo auch immer de Hartmut is jetzert«, fuhr der Pfarrer in seiner Rede fort, »wir hoffen, dass er sich dort gut fühlt un daheim. Vielleicht e bissel mehr daheim, als wie er sich bei uns ... Jo, also hoffen wir, dass sei Seel e neue Aufgab find, wo zu ihm passt. Vielleicht jetzt net grad als Winzer. Awwer vielleicht als Weinverkoster. Odder als Kritiker, wo sich de Kopp zerbricht un de Gaume verknippelt über de anner Leut ihr Weine. Wissen ihr, wie isch määän?« Er lachte kurz auf.

Das war der Augenblick, in dem einer der schwäbischen Angehörigen Bitterlingers den Kopf hob und den Geistlichen anklagend ansah.

»Entschuldigung, Herr Pfarrer«, sagte der Mann mit einem Schwäbisch, das breiter war als die breiteste Stelle des Neckars, »was isch des hier, bitte? Des isch doch kein christliches Begräbnis!«

Karl wiegte den Kopf und drehte sich zu Anthony, der etwas abseits stand, neben sich eine ausgegrabene Weinrebe von Bitterlingers Wingert am Haardtrand. »Do! Könnt ihr gucke. Den wunderbare alte Knorze von Rieslingrebe werden wir später auf des Grab vom Hartmut einpflanze. Mehr christliche Symbolik geht doch gar net, odder?«

Die umstehenden Dorfbewohner nickten.

Hartmuts Bruder gab sich damit aber nicht zufrieden. »Noi, noi! Das mein i gar nedde! Sondern das, was Sie hier schwätzet, von wegen anderes Leben und neue Aufgabe für seine Seele ... des ganze esoterische Zeugs. Sind Sie überhaupt ein richtiger Pfarrer?«

Karl seufzte. »Jo, also, wenn Sie's genau wisse wolle ...«

»Glaubet Sie, diese Worte trösten uns?«

»Wenn ihr hier leben würdet, dann könntet ihr verstehen, wie das gemeint ist«, beschwichtigte Charlotte ihren aufgebrachten Schwager. »Un für de Hartmut wär des auch okay, ganz sicher.«

Der Mann sah sie zweifelnd an und senkte kopfschüttelnd den Blick. »Ach ja? Und auf dem Dorfplatz drüben is schon alles aufgebaut für euer nächstes großes Gelage«, stieß Hartmuts Schwester hervor. »Ihr seid doch einfach nur froh, ihn los zu sein!«

»Loslasse! Des is genau des Stichwort. Genau do drum geht's doch im Leben«, bestätigte der Pfarrer mit einem Lächeln. »Alla. Wo auch immer der Hartmut is jetzert, un wo auch immer er hingeht – eins is klar, weil's bleibt, wie's immer war, geschtern, jetzert un immerdar.« Er senkte den Kopf und hob salbungsvoll die Hände. Von Freddy Mercury auf seiner Brust war nur noch der Mund zu sehen, der breit in die Runde lächelte. »So, un jetzert wollten wir noch was Musikalisches ... Leider is de Charlotte nix eingefallen, was der Hartmut gern hätt als Lieblingslied, gell?«

Charlotte nickte. Es gab keine Musik, die eine besondere Bedeutung für ihren verstorbenen Mann gehabt hätte. Besser als mit dieser traurigen Erkenntnis konnte man Bitterlingers Leben eigentlich nicht zusammenfassen.

»Jo. Un deswege ham wir unsern Anthony gebeten, ein passendes Liedel fer de Hartmut rauszusuche.« Karl drehte sich zum Friedhofswärterhäuschen um und gab Trudy, die in einem Fenster stand, ein Zeichen. »In diesem Sinne: Alla donn, gute Reise, Hartmut.«

Im nächsten Moment schallte in so ohrenbetäubender wie lebensbejahender Lautstärke, und getragen von schweren, blubbernden Bässen, *Dreamland* von den Wailers über den kleinen Gottesacker. Während das Lied erklang, lösten sich Otto, Willi, der Arzt und der Pfarrer aus der Menge, erfassten den Sarg an den darunterliegenden Seilen und balancierten ihn über das offene Grab.

Zu Bunny Wailers frohlockendem, aber auch ein wenig wehmütigem jamaikanischem Gesang glitt der Sarg langsam in die Erde hinab. Das Lied handelte von einem sehnsüchtig besungenen imaginären Traumland voll kindlicher Unschuld und Schönheit, und wenn man es genau betrachtete, hätte es auch eine wundervolle Vorstellung vom Jenseits sein können.

Charlotte stand reglos am Rand des Grabes und schaute nach oben in die Wipfel der Kastanien, die sich leise im Reggae-Rhythmus zu wiegen schienen. Carlos wunderte sich selbst ein wenig über die Melancholie, die plötzlich in ihm hochkam. Er schluckte gegen die aufsteigenden Tränen an und konzentrierte sich zur Abwechslung auf den Anblick Trudys, die etwas verlegen aus dem Fenster schaute. Er folgte ihrem Blick und fand Anthony, der ihr verstohlen ein Zeichen mit der Hand machte. So zahlreiche Gegensätze waren für Carlos zu viel. Er ließ einer dicken Träne freien Lauf und schämte sich nicht, dass Charlotte in genau diesem Augenblick den Kopf drehte und ihn ansah. Irrte er sich, oder lächelte sie fast unmerklich?

Später, als der Friedhof entvölkert und der Dorfplatz voll besetzt war, schien der Normalzustand von Elwenfels auch äußerlich wiederhergestellt zu sein. Das Zusammensein hatte zwar nichts von der Ausgelassenheit eines Weinfestes, aber es reichte, dass die allgemeine Lebensfreude wieder die Regie übernahm.

Von den vier schwäbischen Trauergästen war nichts zu sehen. Sie waren im Anschluss an die Beerdigung sofort wieder abgereist.

Auch von Charlotte keine Spur. Carlos fühlte sich ausgelaugt und wusste plötzlich, was mit dem Ausdruck »zwischen Baum und Borke« gemeint war. Da war diese Gewissheit, dass er demnächst wieder nach Hamburg zurückkehren musste. Und diese Erkenntnis kämpfte gegen diese irrsinnige Sehnsucht an, einfach hier in Elwenfels zu bleiben, ein Gefühl, das allerdings garniert war mit jeder Menge Unsicherheit, ob er hier überhaupt auf Dauer erwünscht war. Nicht zu vergessen die quälende Frage, ob es eine gute Idee gewesen war, sich Hals über Kopf in Charlotte zu verlieben. All die Widersprüche ergaben eine fatale Mischung, die ihn völlig fertigmachten.

Die Bank unter ihm gab spürbar nach, als Willi sich neben ihn setzte. Und schon landete die schwere Pranke des Sägewerkbesitzers auf seiner Schulter und schüttelte ihn einmal ordentlich durch. »Un Großer? So wie's aussieht, bischt du jo jetzt so gut wie einer von uns!«, verkündete er, und die um sie herumsitzenden Elwenfelser nickten.

Jetzt kommt's, dachte Carlos. Jetzt laden sie mich ein hierzubleiben. Jetzt erklären sie mich zu einem Mitglied ihrer Gemeinschaft. Sie nehmen mich auf, so wie sie damals Hans Strobel aufgenommen haben.

Aber nichts dergleichen geschah.

»Isch weiß, was du denkscht«, sagte Willi und sah Carlos für seine Begriffe fast liebevoll an. »Awwer es gibt fer alles e richtige Zeit. Un die Zeit fer disch, die kummt noch. Bloß darfst du net erwarte, dass wir jedes Mol nach Hamburg kumme, um disch zu hole.« Er stieß ein brummendes Lachen aus.

Carlos antwortete mit einem bemühten Lächeln.

»Wie geht's denn jetzert mit dem Malone weiter?«, fragte Pfarrer Karl und quetschte sich auf die andere Seite neben Carlos. »Meint ihr, der kriegt sei gerechte Straf?«

Carlos schüttelte den Kopf und dachte an sein letztes

Gespräch mit Nadja Sprengel. Die hatte ihn, nachdem sie Charlotte zurückgebracht hatte, ins Bild gesetzt.

»Er wird, wenn überhaupt, vor ein Militärgericht gestellt«, sagte Carlos ohne große Überzeugung. »Ihr wisst ja, wie die Amis das handhaben. Vertuschung steht da an alleroberster Stelle. Da wird alles sauber gebügelt, was irgendein schlechtes Licht auf das Image der Streitkräfte werfen könnte. Also erwartet nicht zu viel.«

»Vielleicht landet de Malone jo auch im Irrehaus«, hoffte Willi.

»Hauptsache, der Typ bekommt nie wieder eine Waffe in sei Griffel«, meinte Karl. »Amen.«

»Können wir Malone jetzt bitte endgültig vergessen«, schlug Carlos vor. »Und über irgendwas Schönes reden?«

Wie auf ein geheimes Stichwort hin vibrierte jetzt das Handy in seiner Hosentasche. Er wollte den Anruf eigentlich nicht annehmen, tat es dann aber doch, weil es ihm Gelegenheit gab, diese unangenehme Situation zu beenden.

Die Zeit fer disch, die kummt noch ...

Er drückte den grünen Punkt auf dem Display. Es war Gerd Albers, sein alter Lieblingskollege von der Polizei, der ihn immer noch mit Hintergrundinformationen versorgte und ihn auf dem Laufenden hielt.

Albers kam ohne Umschweife zur Sache. »Wo steckst du?«

»Ich bin ... äh, ziemlich weit weg von Hamburg.«

»Tja, dann entscheide dich ganz schnell. Komm sofort zurück. Oder bleib für immer weg.« Albers klang ungewohnt ernst.

Carlos runzelte die Stirn. »Was ist denn los?«

»Bernhard Schüssler, der Immobilien-Raubfisch.«

Der Name drang wie aus einem weit entfernten Sternensystem an Carlos' Ohr, und nur ganz langsam dämmerte es ihm, dass es ja ein Leben vor seinem Ausflug nach Elwenfels gegeben hatte. Sein Magen fühlte sich mit einem Mal an, als hätte er einen großen Stein verschluckt. Aber es sollte noch schlimmer kommen.

»Der Schüssler ist tot«, informierte ihn Albers. »Ermordet. Und ein paar Dreckspatzen pfeifen den Namen Carlos Herb von den Dächern.«

»Ich ... ich hab ihn nur beschattet!«

»Wirklich nur beschattet? Oder vielleicht ein bisschen mehr?«

»Was? Ich soll ihn ermordet haben?« Carlos schrie fast.

Entsetzte Gesichter drehten sich nach ihm um.

»Logisch hast du ihn nicht ermordet«, beschwichtigte Albers. »Irgendjemand will es so hindrehen, dass es danach aussieht. Du wirst dich da schon wieder rauswinden. Aber das ist ne harte Nummer. In deine Wohnung wurde eingebrochen.«

»Was? Woher weißt du das?«, fragte Carlos erschrocken.

»Äh, weil ich deine Fische füttere und deine blöden Pflanzen gieße vielleicht?«

»Ach so. Ja, klar. Tschuldigung.«

»Also, da will wohl jemand Beweise sammeln gegen dich.«

»Scheiße ...«

»Das kannst du laut sagen. Also, wie geht's weiter? Hältst du dich unterm Radar, oder kommst du zurück zur Schadensbegrenzung?«

Carlos Herb war durchaus bewusst, dass diese Frage eine jener berühmten Wegkreuzungen war, an der er sein Schicksal hätte in eine andere Richtung lenken können. Er steckte das Handy wieder in seine Hosentasche und sah sich um.

Willi und die anderen Elwenfelser blickten ihn fragend an.

Carlos schloss die Augen und sagte rasch: »Ich fahre morgen zurück nach Hamburg.«

Dass er den Schicksalsmoment ungenutzt hatte verstreichen lassen, begriff er erst, als er durch die feiernde Menschenmenge Charlotte auf sich zukommen sah.

Kapitel 34

Zum Schluss noch einmal die volle emotionale Breitseite und die dazugehörige Hymne, die die Verabschiedung des Helden so schwer macht, …

… dass man mit dieser Überschrift am liebsten so lange weitermachen würde, um bloß nicht dieses endgültige Kapitel anfangen und dann zwangsläufig beenden zu müssen, was ja dann bedeuten würde, dass dieses Buch am Schluss und Carlos in Hamburg angelangt wäre, etwas, das ja eigentlich niemand will (er wohl am allerwenigsten), keiner außer den Autoren, weil die schon jetzt an eine Fortsetzung denken, die ihres Erachtens umso spannender wird, weil der Protagonist (armer Kerl!) schon wieder aus dem Paradiese ausziehen und beim nächsten Mal auf bis jetzt noch ungeklärte Weise zurückkehren muss (siehe Epilog).

Alla hopp, jetzt lesen halt:

Im Hauptbahnhof von Mannheim war es an diesem Nachmittag voller als sonst: Ein halbes pfälzisches Dorf hatte sich auf dem Bahnsteig versammelt, um ihrem liebsten Gast einen würdigen Abschied zu verschaffen. Dichtes Gedränge war die Folge.

»Mann, ey! Jetzt pass halt uff!«, nörgelte ein dicker Türke, dem Elsbeth die Ecke einer Gemüsekiste in den Bauch gerammt hatte.

»Jo, mein Guder!«, gab sie liebevoll ironisch zurück.

»War net so gemäänt.« Sie strich dem Mann mit der freien Hand über seine gut gepolsterte Rundung, sodass er sie mit einem verdutzt entwaffneten Lächeln anschaute. Anderswo hätte man sich jetzt geprügelt.

Carlos war der Aufruhr, den die Delegation aus dem Dorf auf dem engen Bahnsteig veranstaltete, längst nicht mehr peinlich. Anfangs hatte er seine Zweifel gehabt, ob es eine gute Idee war, mit einem Elwenfelser Autokorso und dem legendären roten Doppeldeckerbus mit dickem *1.-FC-Kaiserslautern*-Schriftzug nach Mannheim zu fahren, um ihn in den Zug zu setzen. Aber was hatten sie nicht alles bei seinem Abschied im vorigen Jahr veranstaltet? Und jetzt war er in erster Linie froh, dass er unmotorisiert auch nur zu einer begrenzten Mitnahme von diversen Abschiedsgeschenken in der Lage war. Was die Elwenfelser aber nicht zu stören schien.

»Wie soll ich das denn alles nach Hause transportieren?«, stöhnte er beim Anblick eines kleinen Leiterwagens. Darauf stapelten sich drei Weinkisten, zwei Sechserpacks Dubbegläser, ein Sack Kartoffeln und ebenjene Gemüsekiste, deren Gewicht Elsbeth vorsorglich noch um einige Marmeladengläser erhöht hatte. »Ich habe nur für einen Platz bezahlt. Und für all das hier brauche ich noch einen oder zwei mehr. Wie soll ich das denn in Hamburg alles ausladen? Will einer von euch vielleicht mitfahren und mir beim Tragen helfen?«

»Hopp, jetzt piens net rum!«, kam Willis unvermeidlicher Kommentar. »Du bischt doch ken Labbeduddel, odder? Du schaffscht des schunn.« Seine Rechte tätschelte die Weinkiste, während seine Linke mit weitaus weniger Zartgefühl mal wieder auf Carlos' Schulter landete.

Natürlich, dachte Carlos. Im Vergleich zu dem, was hinter ihm lag, war der Transport von pfälzischen Nahrungs-

und Genussmitteln ein Klacks. Und im Vergleich zu dem, was vor ihm lag, erst recht.

Charlotte war nicht mit zum Bahnhof gekommen, weil sie bereits ihre ganz eigene Abschiedsszene erlebt hatten. Beim Gedanken an sie legte sich eine unsichtbare warme Hand auf sein Zwerchfell. Würde sich dieses wunderbare Gefühl wieder auflösen, wenn er zurück in Hamburg war, allein und zurückgeworfen in sein chaotisches Leben mit seinen unausweichlichen Kämpfen? So weit durfte er es nicht kommen lassen.

Er hatte niemandem im Dorf erzählt, warum er nach Hamburg zurückfuhr. Und niemand hatte ihn danach gefragt. Schade eigentlich, dachte Carlos. Aber sie vermuteten wohl, dass sein Leben in Hamburg ihm einfach keine andere Wahl ließ. Und er wollte sie auch nicht mit seinen Problemen belasten.

Er musterte die laut durcheinanderredenden Elwenfelser, die in einer Traube um ihn herumstanden, und kämpfte tapfer gegen die aufsteigende Wehmut an. Sie benahmen sich wie Eltern, die ihr einziges Kind zu seiner ersten Klassenfahrt verabschieden, es bis zuletzt noch bemuttern und nur mit einer Litanei von guten Ratschlägen in die große, weite Welt entlassen. Dabei dauerte es noch zwanzig Minuten bis zur Einfahrt des Zuges nach Hamburg. Auf der gegenüberliegenden Seite des Bahnsteigs wartete eine Menschenmenge auf einen Zug nach Stuttgart.

Hans Strobel legte einen Arm um Carlos' Schulter. »Min Jung, grüß mir die alte Heimat.«

»Ach nee. Du vermisst Hamburg doch kein bisschen. Wieso soll ich es dann grüßen?«

»Ich sag dir mal was, Carlos, und das solltest du unbedingt beherzigen, wenn du eines Tages hierbleibst.«

Carlos erwiderte stirnrunzelnd Strobels eindringlichen Blick. Er war jetzt schon der Dritte, der eine solche Andeutung machte. Was wussten die Elwenfelser, was er nicht wusste?

»Hamburg wird immer meine Heimat sein«, sagte Hans. »Wenn die Umstände, die mich damals zum Weggang bewegt haben, nicht so kompliziert wären, dann würde ich mich freuen, mal wieder hinzufahren und die alte Luft zu schnuppern. Weißt du, wenn du einen Ort mal geliebt hast, dann hörst du nicht auf ihn zu lieben, bloß weil du etwas gefunden hast, was du noch mehr liebst.«

»Du hörst dich schon fast so an wie Erwin«, murmelte Carlos.

»Gut. Dann bin ich schon wesentlich weiter als noch vor ein paar Jahren«, erwiderte Hans augenzwinkernd und überaus selbstzufrieden.

In Carlos regte sich erneut eine unbändige Sehnsucht, dieser schmerzhafte Drang, alles hinter sich zu lassen und noch mal neu anzufangen. In Elwenfels.

»Hear, Großer, wie guckscht du aus de Wäsch?«, fragte Willi und drängte sich neben ihn.

»Ich will nicht nach Hamburg zurück«, gab Carlos wahrheitsgemäß zu und fühlte sich wie ein Kind, das sich am Ende der Sommerferien mit Händen und Füßen gegen den Schulanfang sträubt. »Ich würde am liebsten einfach bei euch bleiben.«

Willi seufzte. »Ich hab dir's doch schon gesagt: Dei Zeit kummt noch«.

In seinen Worten schwang eine solche Gewissheit mit, dass Carlos sie einfach schweigend hinnahm. Es fühlte sich gut an, dass man einem Elwenfelser in jeder Hinsicht blind vertrauen konnte, auch wenn er rätselhafte Andeutungen von sich gab. Auch die Blicke der anderen waren weder wehmütig noch traurig. Es war offensichtlich: Sie alle glaubten wohl tatsächlich, dass sein Abschied nur vorübergehend und nur das Vorspiel zu einer neuen Ankunft war.

Einige Elwenfelser beschlossen, dass es wohl an der Zeit war, Carlos noch ein Abschiedslied zu singen. Zuerst war es bloß ein leises Ansingen aus zwei, drei Mündern.

Warscht du emol uff de Kalmit odder uff de Dahnerhä?
Hoscht du emol ome Herbschdag moins de Newwel
steige seh …

Carlos hatte das Lied am vergangenen Abend auf dem Fest zu später Stunde mehr als einmal gehört. Er hatte sich die Band, die es geschrieben hatte, nicht merken können. Irgendetwas mit Gitarristen, die keinen Namen hatten.

… des wer alles nix Besonnres, sagscht du,
un du mischt jetzt geh,
weil es gäb außer de Palz jo a noch onneres zu seh …

Immer mehr Elwenfelser stimmten in das Lied mit ein. Carlos lächelte. Er konnte ein bisschen mitsummen, aber der Text blieb ihm weitestgehend ein Rätsel. Nur der Refrain, den hatte er gleich verstanden. Vielleicht, weil er tief in seinem Innern wusste, dass es die Wahrheit war. Seine Wahrheit.

… sicher hoscht du recht, wonn du sagscht,
dass ders onnerschtwu a gfallt,
awwer onnerschtwu is onnerscht,
und halt net wie in de Palz …

Er sah sich etwas verlegen auf dem Bahnsteig um. Einige verwunderte Gesichter drehten sich zu ihnen um, manche amüsiert, manche abfällig und genervt. Doch dann erhoben sich aus der wartenden Menschenmenge weitere Stimmen, die zuerst zaghaft, dann immer enthusiastischer in das Lied mit einstimmten. Zwei junge Frauen begannen mit leuchtenden Augen mitzusingen, eine Gruppe Jugendlicher taten es ihnen ein wenig stimmbruchschräg nach. Sogar ein älteres Ehepaar in Wanderausrüstung fiel mit ein. Und plötzlich sang der halbe Bahnsteig. Es war so etwas wie eine Hymne der Pfälzer.

... bischt du owens mit me Sunnebrond uff doim Balkon geleh,
un du hoscht beim Sunneunnergang die Schwalbe fliege seh.
Des wär alles nix Besonnres, sagscht du,
un du mischt jetzt geh,
weil es gäb außer de Palz jo a noch onneres zu seh.
Sicher hoscht du recht, wonn du sagscht,
dass ders onnerschtwu a gfallt,
awwer onnerschtwu is onnerscht,
un halt net wie in de Palz ...

Die spontane Gemeinschaftsaktion rührte Carlos, auch wenn es längst nicht mehr nur sein Abschiedslied war, sondern etwas, das die Leute für sich sangen. Aber er wusste nicht, wann er das letzte Mal so ergriffen gewesen war.

Auf dem gegenüberliegenden Bahnsteig blickte ihnen eine Reihe stirnrunzelnder Gesichter entgegen. Diejenigen, die auf den Zug nach Stuttgart warteten, bedachten die singende Menge mit fast schon indignierten Blicken.

Wahrscheinlich blieb es einem gewissen Teil der Menschheit einfach suspekt, wenn andere aus heiterem Himmel und ohne offensichtlichen Anlass anfingen, aus einer Alltagssituation etwas Wunderbares zu machen.

»Was gucken ihr denn so?«, rief Willi auf die andere Seite hinüber. »Grad unsre arme schwäbische Mitmenschen, die wo immer do umsteige misse, tät des gut tu, wenn se mol e bissel singe täte. Hopp!« Dann ruderte er mit den Armen, als wollte er die wartende Menge dirigieren, und sang dabei den Text noch lauter: »... un halt net wie in de Palz!!!«

Kopfschütteln war die Antwort darauf.

»Jo alla. Dann halt net!«, winkte Willi ab.

Die Lautsprecherdurchsage verhinderte neue Gesangseinlagen. Der Zug kam in Sicht und rollte langsam zwischen den Bahnsteigen ein. Carlos seufzte. Jetzt wollte er alles nur noch so schnell wie möglich hinter sich bringen. Laut gerufene Abschiedsgrüße, die jetzt auf ihn einprasselten, gingen unter im Quietschen der Räder, die Wartenden drängten sich vor den Zugtüren.

Willi und Otto ließen es sich nicht nehmen, Carlos persönlich zu seinem Platz zu begleiten, um die schweren Abschiedsgeschenke sicher zu verstauen. Carlos sah mit zusammengeschnürter Kehle aus dem Fenster, wo die Elwenfelser Delegation auf dem Bahnsteig stand und winkte.

»Alla dann, Carlos, mein Guder. Un Donkschää fer alles, was du fer uns getan hast«, sagte Willi und legte ein letztes Mal seine schwere Hand auf die Schulter.

»Du weißt, du kannscht immer zu uns kumme, wenn was is, gell?«, ergänzte Otto. »Auch midde in de Nacht, wenn's sei muss.«

Carlos schluckte und versuchte zu lächeln. »Ja, mal sehen«, sagte er mit belegter Stimme. »Könnt ihr jetzt bitte gehen?«, bat er dann. »Wenn ihr nicht wollt, dass ich ein paar Liter Salzwasser vergieße.«

»Oh!«, brach es aus Willi hervor. »Riesling wär schlimmer.« Dann breitete er die Arme aus und drückte Carlos an seine breite Brust.

Als Otto an der Reihe war mit seiner Umarmung, knackten Carlos' Rückenwirbel bereits vernehmlich. Immer mehr Reisende strömten ins Abteil und drängten Willi und Otto nach draußen. Carlos machte es sich auf seinem Sitz bequem und sah aus dem Fenster. Seine Freunde gingen bereits unter in der dichten Menschenmenge auf dem Bahnsteig. Im nächsten Moment fuhr der Zug an, und alles, was er noch sah, waren ein paar winkende Hände.

Dann war er allein mit seinen Erinnerungen und der ziemlich beklemmenden Aussicht auf die nächsten Tage. Er lehnte den Kopf ans Fenster, schloss die Augen und konzentrierte sich auf das mit Abstand schönste Abschiedsgeschenk, das er aus Elwenfels mit nach Hause nehmen würde. Ein Abschiedsgeschenk, das er für immer behalten konnte und das auch noch lebendig sein würde, wenn der Riesling längst ausgetrunken war.

Epilog

fünf Stunden zuvor

Da hast du deinen kitschigen Liebesfilm, dachte Charlotte. Sie war ein wenig benommen von Carlos' Geruch. Den würde sie sehr vermissen, diesen Geruch nach Minze und Gras und nach seiner abgetragenen Lederjacke.

Obwohl – so kitschig war der Moment nun auch wieder nicht. Zwei Menschen saßen auf einem umgestürzten Baumstamm außerhalb des Dorfes, etwas verlegen wie zwei füreinander schwärmende Jugendliche, die zum ersten Mal allein und unbeobachtet sind. Zu ihren Füßen rauschte zwar der Bach, aber es blühten keine Blumen in der Nähe. Und es wehte auch kein Wind, der ihr als romantischer Helfershelfer das Haar hätte ins Gesicht wehen können, damit Carlos es zärtlich wegstreichen konnte. Nicht einmal die Sonne schien an diesem Tag im frühen Juni.

»Also, ich hoff, du verstehst, wenn ich net …«, begann sie und tastete nach seiner Hand.

»Du musst dich nicht rechtfertigen«, unterbrach er sie und umschloss ihre Finger.

»Nein, Carlos, hör zu«, bat sie und sah ihn an. »Du weißt, wie ich für dich empfind.«

»Tue ich das?«, fragte er.

»Jo alla. Jetzt mach net so, wie wenn du en dappischer Olwerdolwer wärst, wo nix merkt!«

Carlos lachte leise. »Auch wenn ich nicht alles verstehe, ich spür schon etwas, Charlotte. Ich weiß bloß nicht, ob ich es richtig ... interpretiere.«

»Was gibt's denn da zu interpretieren?«

Carlos schwieg und strich ein wenig abwesend über ihre Hände. »Du willst mir sagen, dass du Zeit brauchst, richtig?«

»Siehst du, du bischt gar nicht so schlecht im Schlussfolgern. Man merkt doch immer wieder, dass du mal Polizist warst«, neckte sie ihn. Sie konnte nicht verstehen, warum Carlos ihr jetzt glauben machen wollte, sie nicht richtig einschätzen zu können. Wo er doch immer zu wissen schien, was sie dachte, und mit einer für sie völlig unbekannten Sensibilität ihre Schwingungen erfasste.

»Und du willst mir sagen, dass es ohnehin schwierig wird, weil ich in Hamburg lebe«, fuhr er fort.

Charlotte nickte.

»Und außerdem ... kennen wir uns noch gar nicht wirklich.«

»Dann musst du mich eben öfters besuchen kommen«, tastete Charlotte sich vor.

»Naja, ich weiß nicht, ob das so eine gute Idee ist.«

»Warum?«

»Ich habe das Gefühl, dass immer dann, wenn ich herkomme, irgendetwas Schlimmes passiert.« Er sah sie fast ein wenig schuldbewusst an.

Sie lächelte. »Dann musst du eben einfach mal offiziell eingeladen werden. Das erste Mal bist du einfach so hier aufgetaucht, un diesmal ham dich Willi und Otto genötigt. Aber wer weiß, vielleicht kriegst du ja irgendwann mal en rosa Brief mit einem Hauch Parfüm, und darin werd ich dich frage, wann zum Teufel du endlich wieder zu mir kommst.«

Charlotte liebte Carlos' jungenhaftes und ungläubiges Lachen.

»Aber im Ernst jetzert. Ich weiß net, wie viel Zeit ich brauch, um des alles zu verarbeite. Ich brauch Ruh, um die Vergangenheit loslasse zu könne.«

»Und dabei würde ich nur stören«, ergänzte Carlos.

Sie sah ihm in die Augen und nickte. Er drückte ihre Finger ein wenig fester. Sein Blick war ganz ohne diesen sentimentalen Schmerz, den sie eigentlich erwartet hatte. Er sah sie einfach nur ernst und liebevoll an und gab ihr das Gefühl, alles zu akzeptieren.

Konnte das wirklich sein, war es wirklich so einfach? Konnte sich ein Abschied so gut und richtig anfühlen? In drei Stunden würde Carlos zum Bahnhof nach Mannheim aufbrechen. Und bei diesem Gedanken empfand sie keinen dramatischen Abschiedsschmerz, nicht einmal Wehmut, sondern nur eine angenehme, zuversichtliche Ruhe.

In diesem Augenblick hörten sie ein vertrautes Geräusch.

Nein, das konnte kein Zufall sein, dass Erwin ausgerechnet jetzt des Weges kam. Charlotte hatte ihren Ururgroßvater in Verdacht, dass ihn die pure Neugierde an dieser Stelle vorbeiführte. Kurz darauf rumpelte der kleine Traktor über die alte Steinbrücke. Erwin schaute geradeaus und guckte dann bemüht unabsichtlich nach rechts, wo Charlotte und Carlos auf der Uferböschung saßen. Er tat überrascht und stoppte den Motor. Charlotte konnte sich ein Lachen nicht verkneifen.

»Ich kumm doch wohl net ungelege«, fragte er höflich und zwinkerte ihrem Begleiter zu.

»Naja, wer weiß, wann ich dich das nächste Mal wiedersehe«, erwiderte Carlos.

»Wann? Wenn du wieder kummscht, so äfach is des.«

»Das kann aber noch eine ganze Weile dauern.«

Erwin winkte ab. »Es kummt, wie's kummt.«

Charlotte freute sich zum hundertsten Mal auf die Pointe, auch wenn sie wusste, dass Carlos diesen Spruch in den Tagen ihrer U-Haft für seinen Geschmack wohl ein wenig zu oft gehört hatte.

Trotzdem setzte Carlos sich jetzt aufrecht hin, hob die Hand und signalisierte Erwin, dass er den zweiten Teil dieser pfälzisch-philosophischen Essenz selbst aufsagen wollte. Seine Augen leuchteten wie bei einem Kind, das ein Gedicht auswendig gelernt hatte und es voller Stolz vortragen wollte.

Aber Charlotte ließ ihn nicht dazu kommen. Sie wusste nicht warum, aber sie hatte mit einem Mal das Bedürfnis, den Sinn dieser Pointe nicht in Worten auszudrücken. Sie drehte sich zur Seite, ergriff Carlos' Gesicht und bedeckte seinen Mund mit ihren Lippen.

So, dachte sie, und jetzt kann es meinetwegen Rosen regnen und Schlüsselblumen hageln.

Carlos zuckte ganz kurz zusammen und schien für eine halbe Sekunde zu erstarren. Dann erwiderte er den Kuss vorsichtig und ein wenig schüchtern, ehe er begriff, dass das alles wirklich geschah.

Charlotte genoss die ruhige, souveräne Intensität, mit der er sie jetzt an sich zog und küsste. Seine Hand wanderte ihren Rücken hinauf und umschloss ihren Nacken. Es fühlte sich an, als hätten sie es schon Hunderte Male getan. Das hier, dachte sie, das hier ist die Vorahnung auf etwas absolut Wundervolles. Etwas, das nur noch besser werden konnte, wenn man ihm noch ein wenig Zeit gab.

Behutsam löste sie sich von Carlos und sah ihn an. Irrte sie sich, oder konnte sie durch die Lederjacke hindurch sein klopfendes Herz spüren?

Von der Brücke war ein leises Seufzen zu hören.

Charlotte wandte den Kopf und sah, dass Erwin seinen Strohhut abgenommen und den Kopf ein wenig schief gelegt hatte.

Er lachte leise und sagte: »Besser hätt ich's auch net ausdrücke könne. Weeschwieschmään?«

’s End

Glossar

Das für ethno-linguistisch interessierte Leser*innen pfälzisch-standarddeutsche Übersetzungshilfen für einige pfälzisch-dialektische Schlüsselwörter bereithält

Affezibbel – Affenzipfel, vergleichsweise harmloses pfälzisches Schimpfwort

Alla – vom französischen *aller*: gehen. Pfälzisches Zauberwort, das solo oder in Verbindung mit anderen Wörtchen in allen Lebenslagen, z. B. als Gruß und Aufforderung, gebraucht werden kann: Alla donn, alla hopp, jo alla …

Betzeberg, Betze – Synonym für das Stadion des 1. FC Kaiserslautern auf dem gleichnamigen Berg

Bohnesimpel – ein sehr einfältiger Mensch

Dappe – tappen, tapsen

Dappisch – dumm

Dappschädel – Dummkopf

Därkem – Bad Dürkheim

Dehn, Kurt (1920–2000) – einer der bekanntesten Pfälzer Mundartdichter und Volksmusikanten. Von ihm stammt das mittlerweile zur Hymne gewordene *Ja so en gude Palzwoi* und die schöne Zeile: *En echte Pälzer raacht ken Hasch, denn unser Stoffkummd aus de Flasch …*

Do könnt ma naus, wo ke Loch is – Da könnte man doch aus der Haut fahren.

Drecksbankert – um dieses Wort mit Inbrunst zu verwenden, bedarf es schon eines richtigen, unsympathischen Feindes, dem entgegenzuschleudern sich diese Beschimpfung ohne Reue lohnt. Wörtlich: ein dreckiger, auf einer Bank gezeugter Bastard.

Dubbe – rundliche Vertiefungen in einem Halbliter-Schoppenglas. Hatte der Glasbläser Schluckauf? Nein. Eher hat es den praktischen Grund, dass auch die fettigen Finger der Weinfestbesucher an den »Saugnapfstellen« des Dubbeglases gut Halt finden.

E kreizdunnerwedder-unnerirdisch-abardische Kataschtroph – kreativer, pfälzischer Fluch: eine kreuzdonnerwetter unterirdisch abartige Katastrophe

Elwetritsch – pfälzisches Fabelwesen, das aus der Kreuzung von Kobolden und Federvieh hervorgegangen ist und sich vorzugsweise unter Weinreben oder im Unterholz des Waldes aufhält; entfernter Verwandter des bayrischen Wolpertingers.

Ferzz – unnützes Zeug, das genauso schnell verpufft ist wie das, was man mit diesem Wort sonst noch assoziiert (siehe Forzathlet)

Forzathlet – rhetorischer Profi im Erzeugen von heißen Winden, die schnell verwehen

Forzdormelisch – taumelnd, »durch den Wind«

Gedees – Getöse, Gedöns

Giftnickel – Giftzwerg

Grumbeere – ein anderer (auch im weiteren süddeutschen Raum verwendeter) Ausdruck für die Kartoffel

Hear – Wird gesprochen, wie man es schreibt und nicht wie das englische »hear«, auch wenn das Wort dieselbe Bedeutung hat: Hör/hör mal!

Heckebankert – siehe Drecksbankert

Hinkel – Hühner

Knorze – knorriger Ast

Labbeduddel – Weichling, die pfälzische Version vom anglizistischen »Loser«; oldschool: Pantoffelheld, Schlappschwanz

Olwerdolwer – Tollpatsch

Owacht – Obacht, Achtung

Piense – jammern, klagen, wimmern, lamentieren. Eine gewisse Verwandtschaft des Piensers mit einem winselnden Hund kann etymologisch nicht ganz geleugnet werden.

Schoppegewitter – onomatopoetische Transkription für das Geräusch beim Zuprosten mit aufeinanderprallenden Schorlegläsern

Sellemols – damals

Uzereie – Neckereien, Verhohnepipelungen, oder drastischer: Verarschung!

Wer hot'n disch gestumpt, dass wackelscht? – Hey, wer hat dich denn angestoßen, damit du wackelst?

Weeschwieschmäään – weißt du, wie ich meine?

Wingert – Weinberg, Weingarten; des Pfälzers heiligster Ort in der Natur

Worschdmarkt – Wurstmarkt, hier gemeint: Der Dürkheimer Wurstmarkt. Was vor über sechshundert Jahren als kleine Pilgerzusammenkunft auf dem Michelsberg bei Bad Dürkheim begann, ist heute »Das größte Weinfest der Welt« (immer am zweiten und dritten Wochenende im September).

Zores – Ärger

Abspann

Rick Malone wurde zurück in die USA geflogen. Er entging der Strafverfolgung, musste jedoch die Armee wegen eines diagnostizierten posttraumatischen Stress-Syndroms (PTSD) verlassen. Danach arbeitete er eine Weile im Mittleren Westen als Security-Berater. Dieses relativ ruhige Leben nahm ein abruptes Ende, als ihm eines Morgens beim Joggen ein alter John-Deere-Traktor entgegenkam, dessen Fahrer einen Strohhut trug … Seitdem fristet er seine Tage in einem Sanatorium für Veteranen in Michigan, wo er wegen einer akuten schizoaffektiven Psychose behandelt wird.

Jimmy Dean und Russel Calvin verließen nach ihrer Rückkehr in die USA das Militär.

Jimmy hat sich der Friedensbewegung des berühmten vietnamesischen Mönches Thich Nhat Hanh angeschlossen und praktiziert Zen in einem abgelegenen Retreat in Ohio.

Russel lebt in Südostasien, wo er sich seither aktiv an der Beseitigung von US-amerikanischen Streubomben und Minen aus dem Vietnamkrieg beteiligt. Die Laoten nennen ihn respektvoll »den reumütigen Mörder«, in

Phonsavanh wurde ihm zu Ehren eine ziemlich unförmige Statue aus Beton errichtet.

Leutnant Horst Falke ließ sich nach seinem Abschied von der Bundeswehr zum Stuntman ausbilden und lebt heute in Mumbai. Dort bekommt er in Bollywood-Filmproduktionen immer mal wieder interessante Rollen, bei denen er hauptsächlich Uniformen mit Hakenkreuzen tragen und laut »Aaachtung!« schreien darf. Falls er eines Tages den vor fünf Jahren begonnenen Hindi-Grundkurs erfolgreich beenden sollte, sagt ihm sein Agent eine große Zukunft als Charakterschauerspieler voraus.

Lieutenant Bill Ellman erzählte niemandem etwas über die Ereignisse im Pfälzerwald, kletterte in der Militärhierarchie erstaunlich schnell weiter nach oben und wurde letztendlich sogar Sicherheitsberater im Weißen Haus. Leider fiel er bei seinem obersten Chef, einem Präsidenten mit angeblich pfälzischen Wurzeln, in Ungnade und wurde nach nur einem Monat wieder entlassen. Im Moment schreibt er an einem kritischen Buch über Korruption und illegale Aktionen der US-Streitkräfte. Er weiß nicht, dass er auf der Abschussliste von CIA und Homeland Security steht.

Der Rest der Elitesoldaten auf deutscher und amerikanischer Seite verstreute sich in alle Winde. Auffällig viele von ihnen beendeteten ihre Militärkarriere vorzeitig, einige wurden danach sogar zu pazifistischen Aktivisten, was die Verantwortlichen zu der Frage veranlasste, was bei jener Gemeinschaftsübung im Pfälzerwald geschehen sein mag.

Trudy und Anthony nehmen sich auf einer ausgedehnten Karibikreise Zeit für ihr junges Glück und baumeln derzeit Arm in Arm in einer Hängematte in Long Bay an der jamaikanischen Ostküste. Monate später werden sich ein paar Rastas in den Hügeln von Portland über ihre Cannabis-Ernte wundern, deren Qualität so unfassbar gut ist, weil sie die speziellen Samen zur Aussaat benutzten, die Anthony ihnen von seiner kleinen Plantage auf dem Elwenfelser Dorffriedhof mitgebracht hatte.

Donkschää!!!

Es gibt einige Menschen, die uns beim Schreiben dieses Buches und der Neuveröffentlichung geholfen haben, mit Rat und Tat und Sein und konstruktivem Echo.

Jochen und Andrea Gruhn samt ihrem Hund Zorro danken wir für einen überaus inspirierenden Waldspaziergang durch das südwestpfälzische Wasgau, der alles ins Rollen brachte.

René Stein, unser Lektor und Textstreichler, hat wieder einmal alles gesehen und gegeben. Es ist schön zu merken, wie er durch die Arbeit an unseren Büchern sein Fremdsprachenrepertoire erweitert.

Bettina Feldweg, Herrin der Gebrauchsanweisungen, hat uns die Tür zum Piper-Verlagshaus aufgemacht.

Regine Schmitt, unsere verantworlichen Piper-Verlagsfee, ist unermüdliche Betreuerin, Hinweisgeberin, Verwalterin und Inspiration für Wort und Tat.

Bettina Habekost, Tom Götz und Celia Habekost sind inspirierende Freundschaftskometen, enthusiastische Zuhörer und Ideensammler.

Thorsten Scheller, Manager, Agent und Freund, danken wir für Rückhalt, Zuversicht und immer wieder neue Ideen.

Dr. Michael Schaaf, unser Freund und Leibarzt, hat uns geholfen mit detaillierten Schilderungen verschiedener Verletzungen und deren Behandlung bei Mensch und Fuchs.

Matthias Scheller, befreundeter Anwalt aus Speyer, gab uns hilfreiche Einblicke in die Welt des Polizei- und Justizapparats.

Der Pfälzer Kultband *Die anonyme Giddarischde* gebührt Ehre und Dank für den Sountrack zur »Highmat«. Ihr Song *Annerschwu is annersch*, der hier im Abschiedskapitel angestimmt wird, verewigt so unvergleichlich perfekt das Lebensgefühl in diesem wunderbaren Strich von Land, der sich Pfalz nennen darf.

Dank allen Pfälzer Winzer, die mit ihrem vergorenen Traubensaft dafür gesorgt haben, dass die Ideen unaufhaltsam geflossen sind.

Danke an alle Pfälzer Eingeborenen für eure allgegenwärtige, nimmermüde Babbelei und Inspiration.

Ihr alle, wir alle zusammen sind Elwenfels!